ハヤカワ文庫NV
〈NV1489〉

シリア・サンクション

ドン・ベントレー
黒木章人訳

早川書房
8741

WITHOUT SANCTION
by
Don Bentley

Translated by
Fumihito Kuroki
First published 2021 in Japan by
HAYAKAWA PUBLISHING, INC.
This book is published in Japan by
arrangement with
BAROR INTERNATIONAL, INC.
Armonk, New York, U.S.A.
through TUTTLE-MORI AGENCY, INC., TOKYO.

私の美しい信奉者、アンへ

レインジャーに〈降伏〉の二文字はない。倒れた戦友を敵の手に渡してはならない。いかなる状況下にあっても国家の名誉を汚してはならない。

——合衆国陸軍第七五レインジャー連隊隊是第五条

一人の人間が民の代わりに死に、国民全体が滅びないで済む方が、あなたがたに好都合だとは考えないのか。

——ヨハネによる福音書十一章五十節

（新共同訳）

シリア・サンクション

登場人物

マット・ドレイク……………………DIA（国防情報局）作戦本部要員
ライラ………………………………ドレイクの妻
フレデリック（フロド）・ケイツ……統合特殊作戦コマンドの一員
ジェイムズ・グラス…………………DIA 作戦本部長
ジョナサン・ハートライト…………DIA 長官。陸軍中将
ベヴァリー・キャッスル……………CIA（中央情報局）長官
チャールズ・ロビンスン……………CIA 元シリア支局長
ジョン・ショー………………………CIA の準軍事作戦要員
ジョニー・エッツェル………………統合参謀本部議長。陸軍大将
ジェフ・ベイリー……………………統合特殊作戦コマンド司令官。陸軍中将
ジェレミー・トンプスン……………DNI（国家情報長官）
〝アインシュタイン〟………………パキスタンの兵器科学者
ヴァージニア・ケニヨン……………化学博士
サイード………………………………シリア人武装勢力の指導者
ザイン…………………………………シリア人武器商人
ノーラン・フィッツパトリック……統合特殊作戦コマンド・シリア分遣隊指揮官。陸軍大佐
ホルヘ・ゴンザレス…………………合衆国大統領
ピーター・レッドマン………………大統領首席補佐官

プロローグ

シリア、アレッポ

〝ビシッ〟という不吉な音とともに玄関ドアが枠からはずれ、陽の光が室内に満ちる。ファジル・マルーフには時が止まったように思える――午後の黄金色の陽射しが妻のヤナの顔に降りかかり、豊かなまつ毛とそばかすがかすかに残る両の頬に広がっていく。この瞬間、内戦も理不尽な殺戮(さつりく)もなければ、ファジルのこじんまりしたアパートメントに押し入ろうとしている黒ずくめの聖戦主義者(ジハーディスト)たちもいない。今のこの瞬間、真に存在するのは彼の妻と、彼女が胸にかき抱いている、もぞもぞ動く布に包まれたものだけだ。

やがてその〝瞬間〟は過ぎ去ってしまう。

「こっちだ」ファジルはそう言うと、娘を抱く妻を片手で隠し部屋に導き、もう片方の手で拳銃を握る。「ビーコンを起動させてくる」

「ファジル」ヤナはそう言い、夫に手を伸ばす。黒い瞳の両眼を涙で潤ませながら。「すぐ戻るから」そう応じるとファジルは妻の震える指先から逃れる。「練習したとおりにやるだけだ」

ファジルは踵を返し、救助を求めてキッチンに向かって駆けていく。雑然としたカウンターに置かれたコーヒーポットをひったくるように摑むと、取っ手の真下を力まかせに押す。指の下でプラスティックが割れ、隠しボタンが押される。一瞬の間ののちにポットは振動し、救難信号が送信されたことを告げる。

やった。これで助けが来る。

ポットを落とすと、拳銃の太くて短い銃身が眼に入る。と、そのとき、先頭のジハーディストがはずれた玄関ドアから押し入り、AK－47の銃口を室内にめぐらせる。ファジルが拳銃の引き鉄を引くのと同時にAK－47が火を噴く。眼に見えない拳がファジルの肩を強打する。彼はよろけ、拳銃を持つ腕が下がる。それでもファジルは歯を食いしばって構え直し、また引き鉄を引く。

また引く。

また引く。

ファジルは戦闘員ではないし、戦う必要もない。救難信号のボタンはもう押した。

あのアメリカ人が駆けつけてくれる。
約束してくれたとおりに。

1

三カ月後
テキサス州オースティン

赤ん坊が母親の肩越しにおれに笑いかけている。その眼はきらきら輝いている。顔にまとわりついているくるくるの巻き毛をかすめるようにぽっちゃりとした手を挙げ、小さな指を振っている。

おれは手を振り返さない。

あの子のことを知らないからじゃない。むしろよく知っている。名前はアビール。アラビア語で〈かぐわしい〉という意味の名前に負けない、黒髪のかわいい女の子だ。おれが見て見ぬふりを決め込んだ理由はまったくほかのところにある。父親と母親と同じように、アビールも三カ月前に死んだからだ。

しかし死んだからといってあの子に会えなくなったわけじゃない。

おれは眼を閉じ、手を振るあの子に応じてやりたい衝動と闘う。あの子の一家が暮らしていたシリアの狭いアパートメントの居間で、それこそ何度もやっていたことをしないように踏んばる。アビールの笑い声には、その笑顔と同じぐらいの中毒性があった。今このときですらも、おれは全力を尽くして笑みを噛み殺している。さもなければ、おれにだけ見える死んだ赤ん坊が口を開き、きゃっきゃと笑い返してこないともかぎらない。

でも笑みを浮かべず手も振らない本当の理由は、眼に見えない赤ん坊とやり取りしている人間は人目を惹くからだ。テキサスのオースティン市は〝変人都市〟を自任しているのかもしれないが（オースティン市は〈Keep Austin weird（変なオースティンのままで）〉というスローガンを掲げている）、それでもこの空港の運輸保安局の職員たちとお近づきになる気は毛頭ない。なのでおれはアビールをつとめて見ないようにする。と、いつものタイミングで震えが始まる。

手始めは左人差し指のほとんど目立たない引きつりだ。しかしそのまま放っておくと、じきに引きつりはほとんど目立たないどころじゃなくなる。おれは深く息をつき、面倒を起こしている指を丸める。そして自分のアコースティックギター――ギブソンのコピーだ――のすべらかなネックを握っているところを思い浮かべ、中指と薬指も使ってイーグルスの『テイク・イット・イージー』のイントロのコードポジションを押さえる。

誤解しないでほしいが、おれはもっと新しめの音楽も好きだ。それでもイーグルスの曲は実はシンプルなコード構成になっていて、素人でもすぐにコピーできる。オリジナルメンバーのドン・ヘンリーとグレン・フライの書いた曲がヒットに次ぐヒットを飛ばしたことからもわかるように、偉大さとは往々にして単純さの裏に隠れているものだ。

「こんな具合でいかがですか？」

その声にはっとして、おれは自分の意識を赤ん坊の亡霊から靴磨きのジェレマイアに、それからわが〈アリアット〉のぴかぴかのカウボーイブーツに移す。この空港は腕のいい靴磨きが大勢いると評判だが、一番厳しい靴磨き学校――海兵隊の新兵訓練所（ブートキャンプ）――で技術を身につけたものはたったひとりしかいない。

「見事なお手並みだ、ジェレマイア」

「ありがとうございます、サー」ジェレマイアはごま塩頭に載せたキャップを被り直す。

「八ドルになります」

ジェレマイアのキャップは消防車のように真っ赤で、正面に〈ヴェトナム帰還兵〉という黄色い文字が刺繍されている。その上にはヴェトナム戦争従軍記章をかたどった刺繍がある。それだけだ。所属部隊の記章も特殊部隊章もなければ、最終階級や授与された勲章を示すピンバッジもない。同世代のかなりの数の若者たちがわがままを通すなか、ジェレマイアが祖国の求めに応じて戦地に赴いたことを物語る、ただの色あせたキャップだ。ここで何度もブーツを磨いてもらったが、ジェレマイアは自分のヴェトナム出征について話したことは一度もない。それでもおれにはわかる。理由その一。軍隊時代の話をすることを拒んだから。理由その二。そんな眼つきをしているから。

ジェレマイアの場合の〝そんな眼つき〟は、たまに何もないところを見つめるときに出てくる──心的外傷を抱えていることを示す身体的反応だ。別の言い方をすれば、そんなときのジェレマイアの両眼は、どうしても記憶から消しさりたいものを見ている。

おれにはその気持ちがわかる。

おれは財布から十ドル札と五ドル札を出し、ジェレマイアの褐色のごつごつした手に押しつける。

「これじゃ多すぎます、ミスター・ドレイク」ジェレマイアはそう言う。浮かべた渋面が黒檀色の顔にクモの巣のように刻まれたしわを際立たせている。

「何度も何度も言ってるけれども、マットと呼んでくれ。それに余分な金は恵んでやるわけじゃない。この椅子の賃料だ」

ジェレマイアは週に二回、月曜と金曜の午前九時におれのブーツを磨いてくれる。そしてこのルーティーンは六週間続いている。それでもおれたちは、彼が〝オフィス〟と呼んでいる、四脚並べた背もたれの高い椅子のひとつにおれが腰を下ろすたびに同じようなやり取りを交わしている。

週に二回のお決まりの会話は、ある意味においては心の慰めになっている。人によっては、介助犬やお抱えセラピストやぎっしり詰まった薬棚に安らぎを見いだす。おれの場合は七十代のアフリカ系の靴磨き職人と中古のギターだ。そんなものに頼っているわりには、そこそこうまくやっているように思える。

「それ、あまりよろしくないですよ、ミスター・ドレイク」ジェレマイアはそう言い、靴墨が染みついた指でおれの震える手を示す。

よろしくないどころじゃない。

痙攣（けいれん）は指を這い上がり、今はもう前腕の筋肉が躍っている。おれは心のなかの曲をG-D-Cというシンプルなコード進行の『テイク・イット・イージー』から、デイヴ・マシューズが厄介なバレーコードを何の苦もなく軽快に奏でる『アンツ・マーチング』にチェンジしてみる。

効かなかった。

この繰り返す震えを早いうちにどうにかしなければ、本格的な発作めいたものに発展するだろう。そんなわけにはいかない。今はだめだ。なぜならジェレマイアの右肩の上の天井からぶら下がっている発着案内板が、サンディエゴからの直行便が五番ゲートに到着したと告げているからだ。これから十分も経たないうちに、おれが毎週月曜と金曜にこの空港に坐っている理由が眼のまえのごった返す通路を横切って九番ゲートに向かい、ロナルド・レーガン・ワシントン・ナショナル空港への接続便に乗る。おれの右の前ポケットには同じ便の航空券が収まっている。もしかしたら、今日こそこの航空券を使うことになるかもしれない。

「ミスター・ドレイク？」

「だからマットだ、ジェエレマイア——マットと呼んでくれ」

「ミスター・ドレイク、これはあなたへの主の御言葉なんだと思います」

おれは発着案内板からジェレマイアに眼を移す。この話題は未踏の領域だ。おれたちが言葉を交わすようになってから四十日ぐらいになるが、話す内容が上っ面だけの無難なものから先に進むことはなかった。おれは野放図な長い髪とだらしない顎ひげという風貌だが、それでもジェレマイアは同じ〝ちょっとした過去〟を共有していると感じ取っているみたいだ。念入りに整えたはずの浮浪者っぽい見かけが、がっしりとした肩や傷だらけの拳とマッチしていないからかもしれない。

もしくは、おれの表情に自分を見たからかもしれない。

いずれにしても、自分とおれが同じ世界に属していることにジェレマイアは気づいている。おれとジェレマイアはたぶん少なくとも三十は歳が離れているし、同じ戦争に行ったわけでもない。それでもおれたちは、死地に赴き、そして生還を果たした人間同士という強い絆で結ばれている。が、ジェレマイアの真面目な表情からすると、この未承認の緊張緩和（デタント）状態は終わりつつある。

「あんたが全能の神からの伝言をことづかったのなら」おれは気のない笑みを浮かべ、そう言う。「聞かせてもらえないかな」

おれは意を決して右側を見る。フードコートがあり、小さなステージを取り囲むようにたくさんのテーブルが整然と置かれている。レトロなTシャツと色あせたジーンズという姿の若者が、ギターでリトル・テキサスの『エイミーズ・バック・イン・オースティン』をかなりまともに弾き鳴らしている。朝食用のタコスを出す店を見ると、その脇で母親の肩越しに手を振っていたアビールはもういない。それでも震えはあいかわらず続いている。

「主はあなたにわかってもらいたいんです」ジェレマイアはそう言い、振戦を起こしているおれの前腕を思いのほか強い力を込めて握る。「あと戻りはできないことを」

彼に腕を握られると震えは治まる。訊かずもがなのことを尋ねようとしたそのとき、ふたつのことが続けざまに起こる。ひとつ目は、ポケットに入れていたスマートフォンが震え始めたこと。ふたつ目は、おれの隣の椅子に男がすっと腰を下ろしたことだ。

銃を携行する男が。

2

大抵の人間にとって、携帯電話が鳴ることは西から太陽が昇るような驚天動地の出来事じゃない。おれはその大抵の人間じゃない。右の前ポケットに入れっぱなしのおれのスマートフォンは、六週間前に買ってこのかた鳴ったことがない。

一度たりとも。

鳴らないのは、おれがこのスマートフォンを持っていることを知っている人間の数が、合計してもかっきりひとりだからだ。そのひとりとはおれだ。

以前持っていたスマートフォンは政府支給のもので、国家安全保障局(NSA)が策定した暗号規格〈スイートB〉が適用されていた。それにひきかえ今のやつは単純で、コストコで現金払いで買ったプリペイド式だ。先代のスマートフォンは以前の人生と一緒に捨ててきたが、おれが生きる世界では、以前の人生はその後の人生にずかずかと入り込んでくるきらいがある。

隣に坐った銃を持つ男は、ジェレマイアが客のためにきちんと畳んで並べた新聞のなかの一紙を手に取る。第一面には《大統領選は最終盤まで大接戦》という見出しが躍っている。

これでも〝世紀の控え目表現〟かもしれない。

「お磨きしますか？」ジェレマイアは隣の男に言う。

銃を持つ男はうなずく。

この男の名誉のために言っておくが、おれの新たな友人は全力を尽くして銃を携行していないふりをしている。流行りの髪型に整え、ジャケットにスラックスとボタンダウンシャツ、そしてレースアップシューズという出で立ち。ジャケットの肩のあたりが少々窮屈なせいで、坐ったときに生地が寄って見慣れたふくらみが浮かび上がらなければ、さしものおれも腰のホルスターに気づかなかったかもしれない。

ところがこの銃を持つ男は左側からやって来たくせに、おれの右側の椅子をわざわざ選んで坐った。ひねくれた考えの持ち主なら、右の腰にある銃とおれとのあいだに充分な間隔を空けようとしたからだと取るかもしれない。

面白い。

おれは震えるスマートフォンをポケットから取り出し、液晶画面に表示されている発信者番号を確認し、そしてため息をつく。

以前の人生でのおれのボスについてはいろいろと言われているが、繊細な男だと言われたことはない。ワシントンＤ・Ｃ・のアナコスティア・ボーリング統合基地にある国防情報局本部から発信される電話の番号は、ほとんどの場合はランダムな数列で表示される。ところがジェイムズ・グラス作戦本部長が誰かにかまってもらいたがるときはちがう。どうやったのかはわからないが、ジェイムズは自分の電話を細工して、発信者番号を９１１が連続して表示されるようにしてある。かまってもらいたがっている場合、ジェイムズはまちがいなく電話の相手に出頭を求めている。

が、おれはもうＤＩＡに雇われている身じゃない。ジェイムズはそう思っていないのかもしれないが。この事実をしっかりとわからせる格好の機会だ。

おれは震えつづけるスマートフォンの側面のカヴァーを開け、ＳＩＭカードを取り出してへし折る。本体はそのまま持っておこうかとも考えたが、念には念を入れることにした。おれは横を向き、椅子の脇に置かれたごみ箱に電話を落とす。

理屈の上では、新しいＳＩＭカードを入れればプリペイド式携帯電話の安全性は確保される。しかし強大な科学力を有するＮＳＡにかかれば、理屈は色を失ってしまうことが多い。探知不可能という触れ込みを過信した挙げ句にＮＳＡに携帯電話をハッキングされ、ヘルファイア・ミサイルの露と消えたテロリストどもがどれほどいることか。しかし厳密に言えば、そのNSAの力を合衆国市民に向けることは違法だ。

一方、ジェイムズは法律の細かい解釈なんかあまり気にかけない。

銃を持つ男のジャケットのなかでマルチトーンの電子音が鳴り響く。携帯電話の着信音というよりもむしろ臨界に達する寸前の原子炉が発するけたたましい警報音に近い。隣の男は銃を持たないほうの手でジャケットの内ポケットに手を差し入れると、ブラックベリーを取り出して耳に当てる。

隣の男の携帯電話が鳴った瞬間、ジェレマイアは顔を上げ、苛立ちの表情を浮かべた。そして男がジャケットの前を少しだけはだけると、すぐに別の顔になった。靴磨き職人の茶色の眼がおれの眼を捉える。おれはゆっくりかぶりを振る。

何がどうなっているのかおれにはわからないし、男の電話が二分三十秒以内に終わってくれるならどうでもいい。これまでの経験からすると、その時間になれば彼女が姿を見せるはずだ。そのとき初めておれは、今日がこれまで何度も過ごした月曜日もしくは金曜日とはちがう一日になるのかどうか知ることになる。

「何ですって?」銃を持つ男はブラックベリーに向かってそう言う。

おれは男のことなど気にかけず、混みあってきた通路に神経を向け、見慣れた彼女の顔を探す。

しゃれ者家族がデザイナーズブランドのベビーカーで人混みをかき分けるようにして進んでくる。短く切ってホットパンツにしたジーンズを穿き、ギターケースを肩に担いだ少女が一緒にいる。携帯電話を片手に話しているビジネスマンが右側によけ、ラングラーのタイトなジーンズに土埃にまみれたブーツという姿のカウボーイふたり組に道を譲る。まさしくこれぞオースティンならではという奇妙な光景だが、おれが週に二回この空港を訪れる理由はまだ現れない。

彼女はまだ姿を見せていない。

「目標は押さえている」銃を持つ男は言う。

今すぐに見えてもおかしくない。でなければ……

そう思ったが、結局行動には移さなかった。できなかった。今は無理だ。今日こそはいつもとはちがう一日になる――おれにはそう信じる必要がある。未使用の航空券をまた別の日に振り替えずに、もとの日常に戻る。今日、おれはワシントンD・C・行きの便に乗る。

「ローリングス特別捜査官だ」銃を持つ男は携帯電話を脚の上に置き、おれのほうを向いてそう名乗る。「一緒に来てくれ」

「遠慮する」

眼のまえの人混みが開ける。おれの心臓が早鐘を打つ。

「頼んでいるわけじゃない。立つんだ、今すぐ」

連邦捜査官はさまざまな官僚組織に属しているが、官僚組織はそれぞれ特異な体質と独自の〝部族語〟を有する。DIAにいた五年のうちにわかったのだが、そうした官僚組織と協働する場合に極めて重要なのは明確かつ簡潔な言葉を使ったやり取りだ。その学びを念頭に置き、おれは連邦捜査局(FBI)でも通じる言葉でローリングス特別捜査官に応じる。

「うせろ」

ローリングス特別捜査官がいきなりおれの日常に足を踏み込んできた理由はわからないし、知ったことじゃない。おれたちはまだ偉大なるテキサス州にいるんだから、警察はむやみに逮捕することはできない。逮捕するに足る理由、もしくは逮捕令状がなければ無理だ。このふたつの魔法の言葉を、おれの新たな友人は使わなかった。つまり彼は法の力ではなく脅しでおれをおとなしく従わせようと試みた。ところが生憎なことに、おれには脅しはあまり効かない。

ローリングスは何ごとか言い返してくる。機知にも意味にも富む内容なのはまちがいないが、おれには届いていない。ちょうどそのとき、彼女が現れたからだ。

客席の照明が落とされ、緞帳がゆるゆると上がる。ひそひそ声は収まり、劇場は静寂に包まれる。そして観客の眼は一点に注がれる――そんな感じでライラは姿を見せた。〈スクール・オブ・アメリカン・バレエ〉に在籍していたことがあるライラの身のこなしは、今でもバレエダンサーの抑制された優雅さをたたえている。一方、おれが演じているギリシア悲劇はまだ終わっていない――ローリングスは援軍を呼び寄せ、ジェレマイアはおれから図体のでかい連邦捜査官に眼を移し、どちらの側につくか決めようとしている。でもおれのふたつの眼はライラしか見ていない。

ライラは身びいき抜きでとびきりの美人だ。彼女のパキスタン人の父親とアフガニスタン人の母親は、地球上で最も民族多様性に富む地域ならではのハイブリッド遺伝子を娘に授けた。現在ではアフガニスタンとパキスタンと呼ばれているこの地域は、アレクサンドロス大王やモンゴルの騎馬軍団といった数多の国外勢力に征服されつづけてきた。そうしたすべての支配者たちの影響はライラの容貌に如実に表れている。浅黒い肌と両肩に落ちる漆黒の髪は、あっと思わせる緑の瞳をより一層美しく見せている。

人だらけの通路越しであっても、彼女の姿におれの鼓動は乱れる。

ローリングスの支援要請に、フードコートにいたふたり目の連邦捜査官が応じる。こちらはどう見ても筋肉大好き男で、スキンヘッドにハーレー・ダビッドソンのTシャツとジーンズ、そして擦り切れたワークブーツという風体からしていかにもそれっぽい。消火栓のような体つきのそいつは、がっしりした両手でおれの右肩と左腕をさりげなくつかむ。初めての荒仕事じゃないことがわかる、慣れた手つきだ。

ふたりの連邦捜査官の背後で、ライラは搭乗客たちの流れに乗って九番ゲートに向かっていく。彼女の週日がまた終わりを迎える。これから家に帰り、十月も終わろうかというのに季節外れに暖かい日和に合わせた装いに着替えるんだろう。白のタンクトップと、肢体をそれとなく見せつけると同時に包み隠しもする、マキシ丈のスカート。タンクトップを着ると、アーモンド色の引き締まった両腕があらわになる。薄い生地で仕立てたスカートは、繊細な曲線を描く腰を引き立たせる。

おれは妻の体に息を呑むが、それでもやっぱりその顔をどうしようもなく見たい。彼女がおれの存在に気づくこともなく、靴磨きの椅子から五十メートルもないところを通り過ぎたとき、それは起こる。見慣れたライラの顔が、一瞬で別のものに変わる。

ほかの誰かの顔に。

そこそこ距離があるせいで細かいところまでは見えないが、それでもどんなに恐ろしい顔なのかは想像がつく——肌はロウのように青白く眼はうつろで、口は声のない悲鳴を上げているように開き、すべらかな額のど真ん中には直径九ミリの穴がうがたれているんだろう。

ここ六週間のあいだ、おれは毎週月曜と金曜にこの椅子に腰を下ろし、ライラをひと目見るまで待ちつづけている。そのたびに妻の姿を心待ちにしてきたが、そのたびにほかの誰かの顔がおれを見つめ返してきた。

アビールの殺された母親の顔が。

ミスター・マッスルは体重八十一キロのおれをやすやすと椅子から立たせる。右のほうでは、ライラが人混みのなかに消えていく。赦しの秘蹟を得る機会はまた潰えてしまった。

その刹那、おれの日常から歩み去っていくライラを見せつけられるたびにふつふつと沸き起こっていた怒りがとうとう爆発する。その怒りは標的を求める。

そしてミスター・マッスルに狙いを定める。

おれの指は丸まり、手は拳になる。おれはその拳をミスター・マッスルのみぞおちに叩き込む。拳は彼の胸の下に深々と突き刺さる。ミスター・マッスルは体をくの字に折り曲げ、ざらついた喘ぎ声を吐き出す。なすすべもなくなった彼の肘を掴むと、おれは体をくるりと回転させ、アームロックで締め上げ、そのままローリングスに叩きつける。彼が坐っていた背の高い椅子がひっくり返り、ふたりの連邦捜査官は頭から倒れて床に転がる。

なげやりな月日をやむなく過ごしたあとの暴力は心地いい。爽快と言ってもいいだろう。

が、その爽快感はあまり長続きしなかった。ローリングスがまだ呆気にとられた表情を浮かべているうちに、誰かが背後からタックルしてきた。おれは勢いよく倒され、擦り傷だらけのリノリウムの床で頭がバウンドする。

連邦捜査官はちょっとばかしゴキブリっぽいところがある——ひとり見つけたら、物陰に十人以上が潜んでいると思え。

タックルしてきた男はおれの背中の腎臓のあたりにパンチを二発叩き込む。これは悪手だ。クソみたいに痛いパンチだが、仕返しするチャンスなんか捨てておれの両手を締め上げるべきだった。

おれは横向きになり、相手の鼻があると思しきあたりに肘を打ち込む。肘は硬いものに当たる。何かがぐしゃりと潰れ、小気味よい衝撃が腕の端から端まで走る。

とんでもなく愉しい気分だ。DIAのセラピストによるカウンセリングなんか全部サボって、酒場での大乱闘という昔ながらの素晴らしい治療法を試してみるべきだったのかもしれない。

一発の拳がおれの頬骨に打ち込まれ、光の粒が視界のあちこちで躍る。背中には大きな膝がめり込む。

ミスター・マッスルは復活し、パーティーに加わっていた。

たこだらけでごつごつした手でおれの親指と人差し指のあいだを摑むとそのままねじり上げ、両の手首に手錠をかける。

どう見ても一回か二回は試したことがあるお手並みだ。それでも、おれが持っているすべての長袖シャツには手錠のセラミック製の鍵が縫い込まれていることは知るまい。DIAを辞めたことで、おれはグロックと機密保護(セキュア)が完璧なスマートフォンを失うという代償を支払ったのかもしれないが、身につけた小技まで手放したりはしない。

「この野郎の頭を押さえつけとけ」

そう命じるローリングス特別捜査官の声には有無を言わせない響きがある。がっしりした手に荒っぽく押さえられ、おれの頰は無慈悲なリノリウムに貼りつく。次の一発に備えて身構えたが、頰に押し当てられたのは拳じゃなく携帯電話のひんやりとしたスクリーンだった。

「マット、無駄なあがきはやめろ。戻ってこい。アインシュタインが動き出した」

さらなる指示もなく通話は終わる。おれもそれ以上何か言われるとは思っていない。あらゆる手を尽くしたにもかかわらず、おれはジェイムズ・グラスに見つかって出頭を命じられてしまった。六週間にわたってオースティンの荒野を彷徨(さまよ)ってきたが、それももう終わりだ。燃える柴のまえに立つモーセのように、流浪の身のおれは呼び戻されてしまった

（荒野で燃える柴から語りかけてくる神の命令に従い、モーセはイスラエルの民を引き連れてエジプトから脱出した）。帰還命令に従うしかない。全能なる神はノーという返事を受け入れない。

3

ワシントンD.C.

ベヴァリー・キャッスルの貴族然とした首に指を這わせてそのまま絞めてやったら、どんな気分になるだろう——ふと気づくと、ピーター・レッドマンはまたそんなことを考えている。大統領首席補佐官たるもの、そんな夢想にうつつを抜かすことなどまかりならぬ。そうわかっていながらも、ピーターは柔らかですべらかなベヴァリーの肌に触れた指先の感触をどうしても確かめたくなることがままある。

大抵の場合、ピーターはこのホワイトハウス内の政敵を嫌っているに過ぎない。

その彼が、今日は彼女のことを憎んでいる。

ピーターは深い息をひとつつき、眼のまえに坐る女に詰め寄りたくなる衝動を頭のなかから振り払う。そして自分の意識の中心を、この特別な場所に向ける。彼がいるオフィスは地球で最大の権力を持つ人間が住まう、歴史の重みがひしひしと感じられる場所だ。眼を閉じれば、リンカーンが開いた有名な会議での、ほころびつつある連邦をつなぎとめる最善の手をめぐる舌戦がこだまとなって聞こえてくるように感じる。それとも聞こえてくるのは、ソ連がキューバで見せた軍事的示威行動に、世界初の核戦争に発展させることなく待ったをかけようとする大統領と司法長官という若い兄弟の押し殺した話し声かもしれない。

何でもありの荒っぽいホワイトハウス内の政治のなかにピーターが身を置いて、じきに四年が経つ。もはやヴェテランの域に達したと言っていいのだが、それでもピーターはこの建物の西棟（ウェスト・ウィング）が醸しだす雰囲気に感嘆の念を抱きつづけている。かつてウェスト・ウィングの廊下を歩いていた偉大な先人たちへの謝意は、意外にもまだ彼からは失われていない。現代の人々の多くに欠けている謙虚さにしても同様だ。さほど遠くない未来、自分が世界の頂点に立つ日が来るかもしれない。それは偉業なのかもしれないが、歴史のなかでは些細な出来事だろう。そんなことを重々心得ているピーターは、どうあっても慎み深い人間だ。

ところが忍耐に関しては話は別だ。

「単刀直入に訊きますが、ベヴァリー」絞め殺してやりたいという思いをあらん限りを尽くして消した声色をつくり、ピーターはそう言う。「これは一体どういうことなんですか（ホワット・ザ・ファック・ハプンド）？」

ピーターの言葉にベヴァリーはぴくりとする。自分の上品な耳が、こんな俗で汚い言葉で冒瀆されたのはこれが初めてだとでも言わんばかりに。五十をかなり過ぎても、彼女は十歳は若く見える——遺伝子のなせる業というよりも、サンフランシスコの自宅にまで呼びつける形成外科医軍団の優れた技術の賜物だ。

それでもピーターは、顔をいじっていようがいまいがベヴァリーは上手に歳を重ねていると認めざるを得ない。実際、肩にかかる長さのブロンドの髪と青い眼、そしてシャープな顎のラインという北欧系の顔立ちで、年齢が自分の半分ほどという男たちの視線を集めている。ケーブルテレビのニュース専門局の政治アナリストとしてなら引く手数多だろう。ところがベヴァリーは中央情報局長官で、おまけにうんざりするほど癪にさわる女なのだ。

ベヴァリーの最大の欠点は面倒くさい性格ではない。そんな程度であれば、ピーターは彼女の彫りの深い顔立ちを眼にしたり、わざとらしく取り澄ました声色が耳に入ってくるたびに殺意をおぼえたりはしない。普通にホワイトハウスの同僚としてやっていける。ピーターはまだ四十代半ばだが、成人してこのかたずっと政治の世界に身を置いている。間抜けの扱いならお手のものだ。それでも無能な人間となると狂気とも言える怒りをかき立てられる。

「ご自分でお調べになればよろしいかと」磁器もかくやという純白の両頬に十セント硬貨ほどの赤らみを浮かべ、ベヴァリーはそう答える。「わたしは閣僚の一員なので――」

「大統領の裁量にあずかるのは誰なのか、この期に及んでまだわかっていないみたいですね。投票日は四日後なんですよ、ベヴァリー。あと四日しかないんです。選挙事前予測はいまだに誤差の範囲内にある。これから九十六時間のあいだは、何事においても私の了承を得なければならない。これはすべてに当てはまる。よろしいですか？」

「高慢ちきなクソガキね」吐き捨てるようにそう言うベヴァリーは両の眼に氷の結晶の輝きを宿し、唇を引き、完璧な歯をのぞかせる。「わたしはあなたのために働いているわけではない」

「これからの九十六時間、絶対に私の言ったとおりにしてください。この四日のあいだに私があなたを首にしたら、大統領になりたいというあなたの野望はどうなると思います？」

「そんな度胸もないくせに。大統領が当選できたのは、わたしの資金調達ネットワークがあればこそだった」

「うぬぼれるのもいい加減にしてください。四年前の予備選でボロ負けしていながら、結局あなたは勝ち馬に乗ったんだ。あのころはあなたが必要だったのかもしれない。でも今はそうじゃない。さあ、これからコーヒーを用意しますから、一体全体何があったのか話してください」

ピーターはテーブルの中央に置かれた銀器のカラフェを手に取り、大統領紋章が青く記された磁器製の白いマグカップふたつにテキサス産のピーカン風味のコーヒーを注ぐ。芳醇な木の実の香りがあたりに満ちる。

自分のマグカップにミルクを足すと、ピーターはもう一方をベヴァリーのほうへ滑らせる。

「それで？」

ベヴァリーはピーター・レッドマンをねめつける。両眼の奥に宿す憎悪を隠そうともしない。

それでいい。ピーターはそう思う。自分の仕事は好かれることでも称賛されることでも、ましてや恐れられることでもない。課せられた任務はただひとつ。ヒスパニック系アメリカ人として史上初めて地上最高の高みにまで達したホルヘ・ゴンザレスの二期目を確かなものにすること。それ以外のすべては、党内の世襲議員や将来の大統領候補の嘲笑もひっくるめて雑音に過ぎない。

ベヴァリーはさらに一秒ピーターをにらみつけたのちに、爪を引っ込める猫のように刃のような視線を収める。マグカップを取り上げると口に当て、ブラックコーヒーをひと口飲み、またテーブルに戻す。そして足元に置いたブリーフケースを開き、一冊のフォルダーを取り出すとテーブルに置く。

「事後検証報告書です。お読みになりますか？」

「いや結構」ピーターはそう答えると、フォルダーに眼をやる。オレンジ色の表紙の上辺と底辺には〝極秘事項〟の文言が大文字のブロック体でくっきりと記されている。「かいつまんで説明してくれればいいです」

これが通常運転のベヴァリーだ――とにかく闘志満々。しかし身の程をわきまえさせると、今度は嘘のように打って変わって公僕の鑑となる。そのへりくだった態度は、見事にチューニングされた政治的本能で相手の弱みをかぎつける直前まで続く。

つくづくこの女にはうんざりだ。ピーターは胸の内にそう毒づく。議会の通路の反対側にいる敵勢は、建前上は疎ましい存在だ。それでもピーターは、自分は閣僚たちよりも野党共和党の院内幹事のほうが反りが合うと思っている。これはゲームの一部なのだ。一方ベヴァリーは、〝疎ましい〟という言葉をまったく新しいレヴェルに持っていってしまった。

「かしこまりました」ベヴァリーはそう言う。

その声は歯切れがよくめりはりの利いた、彼女がまだカリフォルニア大学バークレー校（UC）の無名の歴史学教授だった頃に威力を発揮していた当時の響きを取り戻している。所得の不平等を訴える学生たちの集会で行ったスピーチがネットで急速に拡散し、いきなり全米という大舞台でスポットライトを浴びる以前のベヴァリーの声に戻っている。

ベヴァリー・キャッスルは見目麗しい女性だ。しかしその美貌ゆえに彼女の知的能力を一笑に付す人間はそれなりの代償を支払わされる。

「シリア時間の〇二〇〇頃、ＣＩＡの準軍事（パラミリタリー）作戦チームがイスラム国（IS）分派の化学兵器研究所と疑われる施設を襲撃しました。その時点の情報では、研究所の防御態勢は皆無ではないにしても厳重ではないだろうというものでした。しかしその情報は誤りでした。襲撃チームは待ち伏せされていました。銃撃戦ののち、ブラックホークは破壊され、四人が死亡しました」

「えっ！」ピーターはあやうくコーヒーでむせそうになる。「投票日直前の週末に、シリアの蟻塚を蹴っ飛ばそうとした？　気でも狂ったんですか？」

「遅れてすまない。もう始めているのかな？」

動揺のあまり、ピーターが自分の本来の声を取り戻すまでまるまる一秒かかってしまった。それどころか、晴れやかな表情のベヴァリーに恐怖をおぼえていなければ、唖然としてもうしばらく椅子に坐ったままでいたかもしれない。

「そんなことはございません、大統領」ベヴァリーはそう言い、席を立つ。「お時間どおりです」

いま一度、ピーターは長くてすらりとしたベヴァリーの首に眼をやる。いつかそいつに指を這わせて、怒りが失せるまで絞めてやる。そう心に誓う。

4

「今朝の調子はいかがかな、ピーター」大統領はそう声をかけ、ピーターとベヴァリーに坐るよう手振りでうながす。

「最新の世論調査では拮抗しています」ピーターはそう言い、テーブルの空いた席に着いた大統領のためにコーヒーを注ぐ。「でも、逃げ切れるはずです」

「おいおい」たしなめるような声で大統領は言う。「選挙戦のことを訊いたわけじゃない。きみのご機嫌はどうかと尋ねているんだ」

「ご覧のとおりですよ、大統領」ピーターはそう答え、大統領のマグカップにミルクと砂糖を入れる。ベヴァリーへの怒りに満ちてはいるが、それでもピーターは自分の口角が自然と上がり、笑みが浮かんでくるのを感じる。

これがホルヘ・ゴンザレスの人心掌握術だ。

メキシコ移民の息子である大統領は、当然ながら何世代にもわたって蓄積された一族の富と直結した大政治家の血統につらなってはいない。しかしカリスマ性を持ち合わせた、誰にも負けない働き者で、そしてプロの政治家としては珍しく、概して陽気な質だ。生粋のテキサス人でもある大統領は、考えのちがいを超えて事に取り組むという〝テキサス魂〟を持ち合わせている。底抜けとも言えるほどの楽観主義者でもあり、底なしの泥沼にはまってしまった議会運営を打開するためなら議会の通路の反対側に出向くことも辞さない。そうしたところから、就任当初はよくレーガン元大統領になぞらえられた。

それから四年を経た現在、経済の停滞と終わりの見えないアフガニスタンとイラクの紛争、そしてあれよあれよという間に制御不能になっていくシリアの内戦に、もはやそんな比較をするものなどいない。

それでも、自分を取り巻く世界がひっくり返ろうとも、ゴンザレス大統領は気づいたそぶりも見せないだろう。コーヒーを多めにひと口飲むと、大統領は自身のトレードマークとなっている満面の笑みを輝かせる。「朝から大好きなふたりと一緒に仕事ができるとは珍しい。ベヴァリー、このミーティングはきみの要請によるものだったな。議題は何かな？」

無邪気な問いかけにピーターは心のなかで渋面を作る。ホルヘがヒューストン市長だった当時、ピーターはその二期目の選挙運動に加わって以来ずっと歩みを共にしてきた。だからこそ大統領が真面目に質問していることをしっかりとわかっている。そしてベヴァリーが大統領のこの言葉を額面どおりに受け取ることもピーターはわかっている。

大統領候補指名争いではあっさりと負かされてしまったものの、ベヴァリーの心のなかでは自分の時代が来たことになっていて、大統領は邪魔ものでしかない。CIAの長官職は論功行賞として与えられるものであって、政敵が就くことなどめったにない。つまりこの人事は、情け無用の予備選挙で損なわれた党の団結を取り戻す努力の一環だったのだ。ところがベヴァリーは、長官職は自分の力で得たものだと見なした。彼女のなかでは、ホルヘが二期目を終える頃には、自分は指名どころでは済まないほどの貸しを大統領と党に作っていることになっている。自分の未来はしっかりと見えている。その運命との邂逅（かいこう）に役立たないことはぜんぶ邪魔。それが大統領選の現在の苦しい戦況であっても。つまりはそういうことだ。

「シリアについてです、大統領」ベヴァリーはそう言うと、椅子の上で坐る位置をずらして大統領と向き合う。

ほとんど眼には見えない、微々たる移動だったが、それでもピーターには感じ取れる。ついさっきまでベヴァリーは彼に向き合っていた。しかし今はちがう。暗い舞台を照らすスポットライトが演者から演者へと移るように、ベヴァリーの方位磁針は大統領を指し、ピーターは冷えとする陰に追いやられた。

ベヴァリーとの関係が政治的な敵対関係でなければ、ぼくたちはどうなっていただろう――そんな問いがピーターの頭をよぎったことが、これまでの四年のうちに一度ならずあった。しかしそんな埒もない考えに長く囚われることはなかった。自分とベヴァリーは一枚のコインの両面だ――ふたりともそれぞれが信じる政治理念に情熱を注いで邁進している。この全身全霊をかけた献身に別の要素が入り込む余地はほとんどない。ロマンティックな関係などもってのほかだ。

「シリアがどうかしたのか？」大統領はそう問う。

「わたしのところの準軍事作戦チーム(パラミリタリー)が化学兵器の研究所と思(おぼ)しき施設を襲撃したのですが、そこで新型の化学兵器を発見しました。チームの化学兵器探知機では探知できない、未知の兵器です」

「なんてことだ」そう言うと大統領は椅子の背もたれに身を預ける。「驚くべき展開だな。だが肝心なことをまずはっきりさせておこう――ピーター、私はシリアでの隠密作戦を承認したおぼえはないが」

「われわれは承認しておりません」ピーターは答える。またピンク色に染まるベヴァリーの頬に内心ほくそ笑む。

厳格なカトリック教徒の大統領は、汚い言葉を使うことを自分にもスタッフにも許していない。そうした側面とつとに知られる陽気な雰囲気と併せて、大統領のことを何も知らない人々は、ホルヘ・ゴンザレスは〝ヒスパニック版フレッド・ロジャーズ（子ども番組の司会者で、礼儀正しい口調と実直な態度で有名だった）〟でしかないという印象を抱きがちだ。

それは勝手な思い込みで、とんでもない勘ちがいでもある。たしかにホルヘへの柔らかな物腰は演技ではないが、その朗らかな性格の裏には驚くほど敏捷な精神が隠されている。傲慢な共和党議員に当意即妙の反論をいくつも繰り出してその主張を粉砕し、天使の笑みをたたえたままけちょんけちょんにやり込めるさまを、ピーターは何度も眼にした。

また同じことになるかもしれない。ピーターにはそんな気がする。

「もう一度言ってくれるかな？」大統領はそう言い、ベヴァリーからピーターへと眼を移す。「聞きまちがいに決まっている。私が承認したこともなければ知りもしない隠密作戦をCIAがシリアで敢行した、というふうに聞こえたんだが」

「それでまちがいありません」ピーターはそう答える。「四名とブラックホーク一機が失われました」

ピーターは澄ました顔でそう返答するが、心のなかでは喜色満面だ。

大統領は、閣僚およびホワイトハウスのスタッフのあいだの確執を良しとはしない。それればかりか、他人の不幸を喜んでいるところを見とがめられると叱責を受ける。それでも大統領は、彼らの仕事に大きなプレッシャーと途方もないプライドがともない、衝突がつきものだということは理解している。それがわからないような甘ちゃんではない。したがって、自身が定めたルールから部下たちが逸脱した場合は、凄まじいほどよく効くやり方で道を正してやる権利を大統領のみが有している。

「ベヴァリー」大統領はそう言い、温かみのある茶色の眼でCIA長官をじっと見つめる。

「そのとおりなのかね？」

「ピーターの言うことは概ねそうですが、部分的にはイエスです」

ちがい、ピーターは拳を握りしめる。それでもこの罠には引っかからなかった。ベヴァリーとはちがい、ピーターはホルへのやり方を心得ている。今のところは大統領にこのミーティングを仕切っていただこう。

今のところは。

「説明してくれないか」大統領はそう求めた。

「かしこまりました」ベヴァリーはそう言うと、さきほどテーブルに置いたフォルダーをまた開く。最初の数枚を飛ばし、大統領紋章のある書類を一枚抜くと、テーブルの上を滑らせる。

「大統領、憶えていらっしゃいますか？　これはご自身が半年前に承認なさった〝大統領事実認定〟です。この書面には、現政権は現在シリアで活動中のあらゆるジハーディスト組織による化学兵器開発を容認しない、とあります」

「そうだったな」ホルヘはそう応じる。書面を読む大統領の額にしわが寄る。

ゴンザレス大統領は五十五歳という若さで選出された。当時はカメラのまえではエネルギッシュな姿を見せ、その裏で熟練の安定した政治手腕をのぞかせていた。物静かで落ち着いた性格の大統領は、打ち砕かれた希望と破れた夢をもたらすのが関の山という高邁な雄弁など売り物にはしなかった。海外での軽率な火遊びで国民を終わりの見えない戦争に引きずり込んだりはしないという公約も打ち出した。

その代わりに、国民が切望してやまない冷静で確かな指導力を提供すると約束した。

だからといってこの四年間が安泰だったというわけではない。それなりの対価を支払ってきた。豊かだった黒髪は薄くなり白いものが交じり、額に刻まれる細い筋も次第に深いしわへと変わっていった。

親しみのある人柄はさておき、大統領は現任期のかなりの時間を、まさしく今のように浮かぬ顔で書類に眼を通して過ごしてきた。大統領の心労の大半は、合衆国最高の情報機関の長であるベヴァリー・キャッスルのお粗末な手綱さばきにまつわるものだ。ピーターはそう考えている。

今回の大失態はその最新事例にすぎない。

「憶えていらして安心しました」ベヴァリーはそう応じる。めりはりが利いて歯切れのいい、自分の学位論文の正しさを論じる博士号取得候補者の口調で。「この大統領事実認定の最終段落を根拠として、われわれＣＩＡはならず者たちの化学兵器研究所の発見と評価を最優先事項としています。これを念頭に置き、わたしはパラミリタリーチームを含むすべての資産（アセット）を動員し、シリア国内の大量破壊兵器（WMD）プログラムの状況を確認しました。われわれが受け取った情報によると、アサド政権の支配地域内で活動中のテロリストの分派組織が化学兵器を開発中とのことでした。その化学兵器を使って大々的な攻撃を、おそらく西側を標的に目論（もくろ）んでいるとのことです。ちなみに情報の提供元はイスラエルです」

最後のひと言を口にしたとき、ベヴァリーは大統領をちらりと見た。ピーターにはその理由がわかる。大統領執務室（オーヴァル・オフィス）の歴代住人の一部とはちがい、ホルヘ・ゴンザレスはイスラエルに対してしかるべき敬意を抱いている。ガキ大将との一対一の喧嘩にもひるまない、界隈一肝のすわった子ども。イスラエルのことを現大統領はそうなぞらえている。おまけに、モサドのエージェントを主人公にしたダニエル・シルヴァの小説のファンでもある。

情報の提供元が本当にイスラエルなのだとしたら、大統領はベヴァリーに対してなおさら寛大にあたるだろう。

しかし、そこには大きな疑問符がつく。

「わたしの考えでは」大統領の沈黙をさらなる説明への呼び水と受け取ったベヴァリーは話を続ける。「化学兵器研究所と疑われる施設への隠密作戦による襲撃は、この大統領事実認定によってCIAに与えられた任務のひとつです」

「〝わたし〟の考え?」テーブルの向こう側にいる取り澄ました女につかみかかりたくなる衝動をあらん限りを尽くして抑え、ピーターはそう言う。「で、その考えとやらを、あなたはたまたま誰にも明かさなかった?」

「もちろん明かしませんでした」彼の問いかけを振り払おうとするかのようにほっそりとした指をひらひらと振り、ベヴァリーはそう応じる。「わたしは中央情報局長官です。この機関に与えられた責務と管轄範囲は相当なものです。わたしは、そのすべての活動内容をこと細かにお伝えして大統領を煩わせるようなことはいたしませんし、そうすべきでもありません」

表面上はもっともらしい答えだ。閣僚については、大統領自らが動いて有能な人材を招いた。そして彼らにそれなりの裁量権を与えるべきだと大統領は信じている。それでもべヴァリーの振る舞いは大統領の理念を目一杯拡大解釈したものだ。

シリアにあるとされている化学兵器研究所がもたらす脅威にベヴァリーが眼を向けた点はピーターにも納得できる。それでも彼女が大統領のゴーサインを得ないまま作戦の実行を許可した理由は、国家の重大問題に責任をもって対処するためでも、CIAの不法活動に対する否認権をウェスト・ウィングに与えるためでもない。

CIA長官としての華々しい業績が欲しかったからだ。

四年前の取り決めでは、大統領が再選されてもベヴァリーは留任しないことになっている。職を解かれたら、彼女はまちがいなく自身の大統領選挙活動の基礎固めに専念するだろう。この作戦が成功裏に終わっていたら、〈ワシントンポスト〉や〈ニューヨークタイムズ〉の懇意にしている記者たちに〝ホワイトハウス筋〟の情報としてリークし、その手柄を掌中に収めることができただろう。

失敗に終われば、作戦の詳細は国家安全保障という金庫に封じ込められ、日の目を見ることはないだろう。ベヴァリーは頭のてっぺんから爪先まで政治家だ。そしてこの失敗に終わった作戦は、ゴンザレス大統領が根絶を約束していた密室政治の実例にほかならない。

さらにお粗末なことに、その作戦は成功しなかった。合衆国軍人の命が失われ、おまけに期日前投票はすでに大盛況で、メディアはこぞって選挙結果を目一杯キャッチーなものに仕立て上げようとしている。ベヴァリーがやらかした大失態を跡形もなく収束させる役目はピーターが負うことになる。

　そう、いつものように。

「驚くべき不手際ですね」ピーターは握った両の拳をテーブルにつき、身を乗り出してそう言う。「私はいっそのこと――」

「ピーター――そこまでにしておけ」

　思いもよらない制止にピーターはたじろぐ。そして信じられないといったふうに大統領を見る。どやしつけたわけではないが、それでもゴンザレス大統領の発した言葉は激しい鞭の音のように上ずっていた。その声色には有無を言わせぬ力が隠されていることは明らかだ。

「大統領？」

「たしかに私はミス・キャッスルが選択した行動方針(COA)を不快に思ってはいるが、われわれは中傷し合ってはならない。私が大統領であるかぎりは許さない。加えて、正式承認があろうとなかろうと、今回のケースでは彼女は適切な行動を取ったと私は信じている」

「大統領」ピーターは、古くからの友人の言葉を自分の脳が正しく処理しているとは思えずにいる。「お言葉ですが、一体何をおっしゃっているんですか？　世論調査は事実上拮抗しています。ベヴァリーがやったことは──」

「やらなければならなかったことだ」大統領が勝手に言葉を継ぐ。

「ですが投票日は──」

「テロリストどもがタイムズスクエアで化学兵器を使ったというニュースを火曜の朝に知れば、有権者にとっては投票なんか二の次になってしまう。当然だ」

大統領は事実認定の書面をベヴァリーに戻すとピーターを見る。その温かな両眼に、めったに見られない厳しい光を宿している。

「平時であれば、ミス・キャッスルは命令指揮系統を手前勝手に無視しているというきみの主張に賛同するところだが、今は平時ではない。それでも、さらなる隠密作戦が発動されるのであれば、私は事前告知を要求する。ミス・キャッスル、ここまで言ってわからないなら今すぐ言ってくれ。そういうことなら一時間以内にきみの辞任を発表しよう」

ベヴァリーの顔に広がっていた勝ち誇った笑みが消える。生憎なことに、ピーターに自分の天敵が叱責を受ける姿を見て溜飲を下げる暇はない。大統領がまた自分に向き直ったからだ。

「ピーター、きみが心の底から私のことを最優先に考えていることはわかっている。しかしわれわれにはそんな余裕はない。今のところは。午前中にも新たな事実認定を出すことにする」

「何についてですか？」

「すべての情報機関に対し、この新たな化学兵器の実態の確認を最優先事項とするよう指示するものだ。その行動計画を、本日の業務終了時までに提出することを各機関の長に求める。もちろんきみにもだ、キャッスル長官」

「かしこまりました、大統領」ベヴァリーはそう答える。うやうやしい口調だが、それでもピーターを盗み見て、結んだ唇に笑みをたたえる。「うちの精鋭がすでに事にあたっています」

「きみがそう言うからには最高の人材にちがいない」皮肉の色をあえて隠さず、大統領はそう言う。「計画立案だけでいい、ミス・キャッスル。私の了解を得ずにまた勝手な作戦を始めたら、今度こそ最後だと思ってくれ」

「大統領」ピーターが口をはさむ。大統領が点けてしまった導火線は何とかして消さなければならない。「私がカイム上院議員と取り組んできた議案をお話ししなければなりません。一分だけお時間をいただければ――」

「ピーター、きみがいなければ私はここにはいなかっただろう。露ほども疑わずにそう信じている。自分の言うとおりにすれば私はオーヴァル・オフィスに行けるときみは約束した。そしてその約束を守ってくれた。しかし今は政略の話は抜きにしてくれ。どのみち私はいずれホワイトハウスを去る身だ――そうなるのは五年後の一月であってほしいが、ひょっとしたら来年の一月に早まるかもしれない。どちらになるにせよ、一般市民に戻るときには必ず戻るべき国があるようにしたいと思っている。ベヴァリー、きみはやるべきことをやれ。後始末はピーターがやってくれる。ふたりともよろしければ失礼させてもらう。これから記者会見だ」

ゴンザレス大統領は返事を待つことなく席を立ち、入って来たときと同じようにあっけなく会議室から出ていく。今回ばかりは、ピーターは部屋から出ていく二十年来の友人を立ち上がって見送らなかった。

両脚がまだ自分を支えてくれるとは思えなかったからかもしれない。

5　ワシントンD.C.

　あれから四時間と少し経ったあと、おれは国防情報局（ＤＩＡ）とは何たるかを余すところなく具現化した、青みがかった濃灰色（スレートグレー）のビルの前にいる。ディズニーの子ども番組もかくやという青く澄みわたった十月の空には、午後の太陽がまぶしく輝いている。それに対して、六階建てのＤＩＡ本部はまさしくノルマンディーの海岸を睥睨（へいげい）するドイツ軍の掩体（えんたい）陣地だ。いとこにあたる中央情報局（ＣＩＡ）の本部がラングレーのとびきり上等な地所にある、今や偶像とされている建物だとしたら、ＤＩＡのそれは暗い北の海辺に建つトーチカだ。

　この国で双璧をなす情報機関のあいだにある永遠のライヴァル意識は、それぞれの本部を見れば丸わかりだ。昔ながらの風格に満ちたヴァージニアの地の木立に囲まれたＣＩＡ本部は、垢抜けた兄貴分だと容易にわかる。だとしたらポトマック川の東岸にあるＤＩＡの本部は、親に褒めてもらおうとずっと頑張りつづけているのに、大体において放っておかれる弟だ。

おれのかつてのボスには、ＦＢＩの三人組に無理強いして、待たせておいたプライヴェートジェットにおれを放り込ませる力があるのかもしれない。そんな威厳に満ちたジェイムズ・グラスをもってしても、この鋼鉄とガラスでできた醜悪な化けものには見劣りする。それでも、ジェイムズがローリングス特別捜査官の携帯電話を介しておれに寄こしてきた他愛のないメッセージが思っているとおりのものだとしたら、今の彼にはこのビルを跡形もなくぶっ壊して建て直せるだけの力があるのかもしれない。

アインシュタインが動き出した。

この短い言葉は底の知れない危険をはらんでいる。

アインシュタインは、パキスタンのある兵器科学者におれたちがつけたコードネームだ。こいつは母国の化学兵器開発がまだよちよち歩きの頃にキャリアをスタートさせた。そしてこれまでの五年間、一番の高値をつけた客に自分の技術を売りつけている。つまりはパキスタンの支援を受けて開発した核を世界中の顧客に輸出していた、悪名高いカーン博士の同類ということだ。その無分別な開発計画が合衆国からとんでもない圧力をかけられて棚上げにされると、アインシュタインは行商の旅に出た。

一年半ほど前、アインシュタインはおれたちのレーダー網に引っかかった。パキスタン政府内のＤＩＡの資産（アセット）が、やつは現在進行中のシリア危機に乗じて、自分の専門知識を誰かに売り込もうとしていると知らせてきたのだ。あいつは生まれてこのかたスンニ派だが、本当は敬虔なイスラム教徒というよりも資本主義の信者だ。結構な額の報酬を払ってくれる相手には、その宗派を問わず喜んで自分の科学技術の才覚を貸し出す。アサド政権を動かしているシーア派だろうが反政権側のスンニ派だろうが、はたまたワッハーブ派の過激思想にかぶれたＩＳだろうがお構いなしだ。

五十万ともいわれる人々の命をすでに呑み込んでいる内戦で、アインシュタインにパンドラの箱を開けさせてはならない。そうなる前にさっさとやつを抹殺するプランをおれは主張していた。ジェイムズは賛成票を投じてくれたが、ＤＩＡ長官のハートライト中将には別の考えがあった。これはアインシュタインをこちら側の資産（アセット）にする千載一遇のチャンスだというのだ。やつを寝返らせて、世界にはびこる極悪テロ組織や独裁政権の情報を得る窓口にしようというのが長官の腹だった。

あいつを殺すんじゃなくて、むしろ雇うことになった。そしておれはその伝言役を仰せつかった。

長官の判断は表面的には理にかなっている。それでもおれの内なる皮肉屋は、長官の決断には見かけ以上のものがあると疑ってかかっていた。ＣＩＡとＤＩＡは予算の分捕り合いを延々と繰り広げている。アインシュタインをその技術ごとこっちに引き抜いてしまえば、それはハートライト中将の大手柄となり、議会を戦場にした来年次予算をめぐる戦いで優位に立てる。

言うまでもないことだが、そこにはハートライトのうさんくさい個人的な動機も絡んでいる。長官の任期は今が盛りの大統領選挙と同時に終わりを迎えることになっている。ハートライトは合衆国陸軍の将官で、しかも三つ星持ちだが、とっくに再就職活動を始めてあちこち動き回っている。ひときわ質（たち）の悪い兵器科学者を見事引き抜くことができれば、退役後の履歴書にとびきりの箔がつくことは言わずもがなだ。

長官がどんな理屈をつけようが、その先にあるものは同じだった——おまえがアインシュタインを口説き落とせ。おれは星条旗に敬礼し命令に従う合衆国軍人だが、DIAの作戦要員（オペレーター）としての五年のキャリアのなかで初めて資産（アセット）への勧誘をにべもなく断られた。それが今、ジェイムズのメッセージを正しく解釈したならば、アインシュタインは心変わりをしたということになる。向こうから接触してきたということは、それはつまりおれがあいつのハンドラー候補になるということだ。隠遁生活から脱して新入り資産（アセット）を管理しなければならない。

そういうことなのか？

眼のまえにある入退館ゲートを政府職員たちが流れをなして通過し、左手にある駐車場に向かっていく。金曜の午後五時を迎え、民主主義世界の安全を守るべく戦ってきた彼らのシフトは終わった。次はD.C.の交通渋滞に果敢に立ち向かう時間だ。D.C.にある狭いアパートメントを四人でルームシェアすることをいとわない若手職員でも、たぶん通勤に三十分はかけているだろう。もっと広くて手ごろな値段の家を望む家族持ちの上級職たちは、ヴァージニアの北側やメリーランドの南の郊外から苦悶に満ちた一時間半の強行軍を強いられる。

おれの給料と、所属事務所の共同経営者（パートナー）への道をたどっている法廷会計士のライラのそれを合わせると、DIAの若手と上級職のあいだぐらいの額になる。ヴァージニア州アレクサンドリアの旧市街（オールドタウン）は、持ち家はべらぼうに高いが賃貸なら何とかなる。身の丈に合った予算で、おれたちはポトマック川に臨むタウンハウスを見つけることができた。

通勤時間はそんなにかからない。DIA本部までは二十分、ライラの事実上の職場であるロナルド・レーガン・ワシントン国際空港なら十分以内に着く。実を言えば、今のこの時間、ライラは家に戻っているはずだ。ワイングラスを片手にソファで丸まり、ジョン・ディクソンの最新小説をぱらぱら読んでいるのかもしれない。

そのわが家に、おれはもう六週間戻っていない。冷たい汗をかき、おぼつかない足取りでベッドルームから逃げ出したあの夜から一度も帰っていない。シリアの亡霊たちがとうとうおれの命を奪いに来た。そうとしか思えなかった。それまで、体の震えは頭痛の種にすぎなかった。ここと思えばまたあちらとばかりに不規則に起こる引きつりを、筋痙攣だとごまかしてきた。なんだかんだ言っても脚の銃創は治りきっていないんだから、と。しかしあの夜はちがった。

とびきりひどい悪夢からはっと目覚めると、ナイトスタンドの脇に立つ小さな人影が見えた。

アビールだった。

おれは半身を起こし、ライラを見た。が、横にいたのは妻じゃなかった。おれに寄り添って寝ていたのはアビールの母親だった。

その瞬間、体の震えが始まった。指から腕まで走る、最大級の痙攣だった。おれはもつれる足でベッドルームから出て階下のリヴィングに行った。心臓は雷鳴かと思うほど大きな音を立てて脈打ち、額から流れ落ちる汗で眼は焼けるように痛かった。心を麻痺させるパニックから死にもの狂いで逃れようとしていると、壁に立てかけてあったおんぼろのギブソンのコピーが眼に留まった。

大学生の頃にその場の気まぐれで買ったギターを、最後に眼にしたのはいつなのか思い出せなかった。最後に弾いたのはいつなのかも言わずもがなだった。それでもおれはギターの傷だらけのネックを摑んで腰を下ろし、ひびだらけの木製のボディを膝に載せ、つま弾き始めた。どうしてそうしたのかはわからない。一曲か二曲かき鳴らしているうちに、痙攣と錯乱は次第に薄れていった。負傷兵送還便でシリアから脱出し、引きずる足で本国に戻って以来、自分が犯した身の毛もよだつ大失態とは別のことを初めて考えることができた——三人の命と親友の体の自由を奪ってしまった過ち以外のことを。

が、この思いがけない平穏は代償を連れてやって来た。通りかかる車が時おり壁に投げかけるヘッドライトの光以外は闇に包まれたリヴィングで、おれはこれからどうなるのかわかった。その夜、体の震えはたんなる筋肉の引きつりをはるかに超えたものになってしまった。その夜、おれは死んでしまった女児を見て、自分の妻がその母親に見えてしまった。

明日は何を見るんだろう？

明日は何をしてしまうんだろう？

高い視座から見なければ答えの出ない問いだった。陸軍に入ってからＤＩＡのオペレーターになった現在にいたるまで、おれは十年以上にわたって槍の切っ先であり続けた。クソほどひどい目に遭ったこともあるし、この終わりの見えない対テロ戦争で失った戦友の数はふた桁を超えそうな勢いだ。

しかしこれはそんなこととはちがった。

以前ならどう対処すればいいのかわかっていた。しかしあの夜のおれは未知の領域に入ってしまった。アビールの母親に見えなかったらどうする？　あの家族を殺した男に見えてしまったら？

そうなったらどうなる？

どうなるかはわからないし、どんなことも起こってはならない。おれの生涯の愛しい人は、もはや自宅にいても安全ではなくなってしまった。

おれのせいで。

ライラとは出会って九カ月で結婚した。それから六年後のおれは、そこまで愛することはできないと思っていた以上に彼女を愛している。妻はおそろしく素晴らしい女性だが、欠点がないわけじゃない。ピットブルさながらに頑固なところ。そしておれが何を言おうが何をしようが、愛想を尽かすことが一切ないところだ。彼女の両親は移民につきものの苦難の暮らしを送ってきた。無一文でこの国にやって来た親たちの底知れぬ強い意志を、その娘は受け継いでいる。

そう、ライラは絶対におれを見捨てたりはしない。たとえそのせいでふたり一緒に破滅に追い込まれるとしても。その筋書きだけは受け入れることはできない。

だからおれは、自分にできるたったひとつの手を使ってライラを守ることにした。このままベッドルームに戻ったら何をしでかすか自分でもわからなかったおれは、ありもしない作戦に招集されたという書き置きを残し、古びたギターを手に家を出た。

ライラと同じで、おれもいい暮らしのなかで育ったわけじゃない。親父もお袋も移民でこそないが、ふたりはユタの荒涼とした田舎の、能天気に〝農場〟と呼ぶ土地でかつかつの生活を営んでいた。もちろん金はあまりなかった。それはつまり、飼っている牛が親父の治せない病気になって獣医のところに行かなきゃならなくなったら、いろんな問題が生じるということだった。いつ襲ってくるかわからない狂犬病にかかったときは、まさしくそんな感じだった。一頭の感染が疑われたら、親父は隔離して様子を見る。三十日待っても症状が出なかったら、親父は安堵のため息を漏らしてそいつを柵のなかに戻す。でも狂犬病につきもののあからさまな異状を見せたら、楽に死なせてやる。

それだけのことだ。

ライラと暮らす家を出るとき、おれはそれを思い起こしていた。自分は治るかもしれない。あるいは安楽死が必要なのかもしれない。いずれにせよ、決まるまでのあいだライラを危険にさらさないようにするには、おれなりのやり方で自己隔離をするしかなかった。

陸軍から奨学金をもらってテキサス大学の予備役将校訓練課程（ROTC）に進んだおれは、大学のあるオースティンと恋に落ちていた。だからほかに行く場所のなかったおれはこの市(まち)に戻った。名無しの権兵衛になる必要から、退職届はジェイムズ宛ての電子メールで送り、機密保護(セキュア)が完璧なスマートフォンとDIAの身分証明証もフェデックスで返しておいた。
何もしないというわけにはいかないので、ギターのレッスンを受け、バーで働くことにした。D.C.行きの片道航空券を買ったのはひと月半前のことだ。オースティンで乗り継いで家に戻るライラを驚かせてみたかったからだ。ところが目の当(ま)たりにしたのは妻の美しい顔ではなく、もう死んでしまったシリアの女性のそれだった。心がわなわなと震えた。それでもおれはひるまず、使わなかった航空券を別の日の便に振り替え、また試してみた。そして二度三度とやってみた。しかしそのたびに同じ結果に終わった。妻ではないものばかりを見た。

もう自己隔離は失敗だったと認める頃合いなのかもしれない。アビールの顕現はさらに頻度を増し、痙攣はさらに重症になっていた。今ここでウーバーを呼べば、二十分でライラの元に帰ることができる。DIAと金輪際手を切り、自分の夢に向かってひたむきに進むライラにすべてを賭ける潮時が来たのかもしれない。

そんなことが頭に浮かんでも、その途端におれはそんな考えを捨てる。ジェイムズにもアインシュタインのことにも、そして自分の仕事にも背を向けることはできるだろう。軍隊暮らしで学んだことがあるとすれば、それは余人をもって替えがたい人材なんかいないということだ。ジェイムズは喚き散らすかもしれないが、DIAにはアインシュタインを駒として使えるハンドラーはまちがいなくいる。ただし、絶対に背を向けることなどできない男が、おれにはまだひとり残っている。

そのとき、本部ビルのガラスの玄関ドアがふたつに分かれ、おれの思いが呼び寄せたかのように、おれの親友が破壊された体をさらす。足を引きずりながら近づいてくるあいつを見ると、アビールはラッキーだったと思わずにはいられない。あの子はひどい死に方をしたが、苦しみは一瞬で終わった。

フロドの苦しみは始まったばかりだ。

6

最近わかったんだが、どうやらおれの人生はすぱっとふたつに分かれているらしい——その前とそのあとに。〝その前〟とはシリア以前のおれとおれの人生のことだ。〝そのあと〟はシリア以後のすべてだ。ほとんどの場合、両者のちがいはおれにしかわからない。ライラとジェイムズと、そしてふたり以外の全員にとって、〝その前のおれ〟と〝そのあとのおれ〟は同じひとりの人間に見える。かく言うおれにしても、大体において〝その前のおれ〟みたく振る舞っているんだろう。

それでもおれは、今の自分が〝その前のおれ〟とはちがうとわかっている。

初めて家に戻ったとき、おれはふたりの自分のちがいがはっきりと眼に見えるものだったらと願っていた。眼には見えずともおれは変わってしまったんだと友人と家族に注意をうながす、脚の銃創以外に際立った要素があればいいと思っていた。で、〝そのあと〟——初めてフロドに会ったとき、そんな願いがどれほど身勝手なものか思い知らされた。

〝そのあと〟のフロドはあまりにもあからさまに変わってしまっていた。〝その前〟のあいつのことなどまったく知らない人間でもわかる変わりようだった。その変化は悲劇だった。なぜならシリア以前のフロドは、この惑星で最も危険な人間のひとりだったからだ。

とりたてて人目を惹くところのない、あえて言うなら誰の記憶にも残らない男。それがおれのフロドに対する第一印象だった。あいつはボクサーで言えばバンタム級の体格で、物腰柔らかな話し方をする黒人だ。五年前にモスル郊外の砂塵の舞う前線作戦基地(FOB)で初めて会ったとき、おれはフロドのことをまったく面白味に欠ける男だと思った。おれにとってはDIAの作戦要員(オペレーター)としての初めてのイラク派遣だった。そしてフロドは狙撃手で、〝ザ・ユニット〟というシンプルな名称で知られる組織から派遣されていた。つまり万人が呼ぶところのデルタフォースからおれの護衛として貸し出されたのがフロドだった。

あいつがどんなふうにしてフロドというコールサインを得たのか、実際のところはわからない。たしかに本名はフレデリック・ケイツだが、ホビット族っぽいところは微塵もない(『指輪物語』に登場する小人族)。それでもオペレーターをコールサインで呼ぶことはザ・ユニットでよくあることなので、おれはその理由(わけ)をあえて訊こうとはしなかった。おれもフロドも特殊部隊コミュニティではヴェテランだ。知っておくべきことはそれだけでよかった。

しかしおれたちの共通点はそこだけで、ほかはまったくくちがった。ユタのしけた牧場のせがれで身長百八十三センチ体重八十一キロの白人と、それにつきまとうフィラデルフィア郊外から来た黒い影。それがおれたちだった。フロドの背がおれの肩に届く程度だったのは、あいつが堂々たる体格だからじゃなくて髪を思いきり高く立てていたからだ。前線に展開している特殊部隊のオペレーターは髪型などの身だしなみについてうるさく言われない。おれは自分の身体能力に自信はあったし、いやしくも天下の第七五レインジャー連隊の元隊員だ。そんなおれにボディーガードをつけようという考えは一笑に付すしかなかった。

おれはその考え方をかっきり二十四時間、最初の任務でドジを踏むまで保ちつづけた。おれが狙撃手の姿を見たのはすべてが片付いたあとのことだった。おれは資産志願者（アセット）と一緒にオープンカフェでチャイを愉しんでいた。すると、カフェの隣の建物の屋根から死体が道に転がり落ちた。その死体の額には直径七・六二ミリの穴がうがたれ、手にはオーストリア製のステアーH550スナイパーライフルのスリングがまだ握られていた。

この一件以来、フロドとおれは片時も離れていられない仲になった。

それでもこの新たな友人にはわからないところが多かった。ザ・ユニットの多くのオペレーターと同様に、海軍特殊部隊（SEALs）でよくやっている筋力ではなく持久力を偏重し痩身をよしとする体づくりをフロドは避けていた。その筋張った筋肉とくっきりと浮き出た腱は、生身の肉体というよりも鋼鉄製のケーブルと鉄の塊でできているように見えた。

別の戦闘地帯でのことだ。またぞろ不首尾に終わった作戦のさなかに、フロドは負傷した戦友を消防士スタイルで肩に担ぎ、どこに敵が潜んでいるかわからないアフガニスタンの標高六百メートルの山中をヘリの降着地域まで運んだ。その離れ業を、あいつは背嚢を下ろすことも抗弾ヴェストを脱ぐこともなくやり遂げた。

卓越した運動能力と無敵の戦術能力を兼ね備えた比類なき戦士、それがフロドだ。そればかりか、頼れる愛銃ヘッケラー&コッホHK417の照準器越しに確認したありとあらゆる標的に弾丸を撃ち込むことができる、神業ともいえる腕前を持つ。あいつは、おれが出会ったオペレーターのなかで楽勝でトップに立つ。そのフロドが、世界中の紛争地帯でおれの背中を守ってくれた男がすぐ眼のまえに、コンクリート敷きの床の向こう側に立っている。

猫背になって足を引きずりながら歩いてくるあいつを見て、おれはわれを忘れて駆け寄る。

いまだに筋骨隆々の右前腕に帯ひもとゴムベルトを格子状に巻いて固定した杖に手こずりながら、かつては幅のあった肩をまえに傾げてフロドは歩いている。使いものにならなくなったあいつの左脚を、軍の外科医たちは切断しようとした。それをフロドは拒んだ。

それでなくともジハーディストたちは、あいつの片腕を切り株に変えてしまっていた。あの罰当たりどもに自分の体をもう一ポンドたりともくれてやりはしないとあいつは言った。

「フロド」血のにじむような努力を費やしてよろよろと歩くあいつの足を止めるべく、おれは呼ばわる。「ここだ」

おれの大声にフロドは歩みを止める。そしていいほうの足に体重をあずけてバランスを取り、杖をついている残ったほうの手を振ろうとする。杖の扱いがままならず、とりあえずうなずくと、あいつはまたぎこちなく歩きつづける。

おれは入退館ゲートに駆け寄るが、すぐに足を止める。困ったことに気づいた。IDカードを持ってないから、守衛にゲートを開けてもらわなきゃならない。おれはゲートの左側に走り、絶対に手持ち無沙汰にしているはずの守衛がいるブースを目指す。呼び出し用のブザーを押さずにブースの防弾ガラスをどんどんと叩く。

「どうしました?」驚いた顔の守衛はそう言う。

「マット・ドレイクだ。IDカードは持ってないが職員名簿には載っている。通してくれないか」

「申し訳ありませんが」守衛の取り澄ました声がインターフォン越しに聞こえる。「IDカードをお持ちでない方をお通しすることはできません」

「名簿を見てくれよ。何なら生年月日と社会保障番号を訊いてくれてもいい。祖母さんの旧姓でもいい。何でも答えてやる。とにかくゲートを開けてくれ」

「本当に申し訳ありません。開けるわけにはいかないんですよ」

杖をつく不規則な音が近づいてくる。足取りこそおぼつかないが、それでもフロドの心に乱れはないみたいだ。

おれは乱れている。

「いいか、よく聞けよ。一度しか言わないからな」守衛がスピーカーに耳を寄せなければ聞こえないぐらいに声を落とし、おれはそう言う。「あの男が見えるか？」

そしてフロドを指差す。

守衛は振り返ってあいつを確認すると、おれに眼を戻す。

「あの方がどうかしましたか？」

「おれのケツを守るために、あいつは片腕を失って左脚をだめにしてしまった。それについては、おれは何をしてやることもできない。でもあんたがおれを通してくれなかったせいであいつが足を滑らせて転んだら、おれとあんたは面倒なことになる。どういうことだかわかるか？」

守衛はしばらく何も言わずにおれを見ている。おれの言葉をどう取ったかはわからないが、それでも充分伝わったはずだ。守衛はコンピューターのモニターをおざなりに見ると、ボタンを押しておれを通す。

電子音にフロドは足を一瞬止める。あいつがまたよろよろと歩き出す時間をおれは与えない。おれたちを隔てる距離を駆け足で詰めると、おれはあいつを包み込むようにして強く抱きしめる。

「調子はどうだ、ブラザー？」おれは声が震えないように必死にこらえ、そう言う。

「おまえよりはましだと思う」無線の電波状態がどんなに悪くてもすぐにあいつの声だとわかる、深みがあって響きのいいバリトンでフロドはそんな答えを返してくる。

「そりゃどういうことだ？」おれはそう返すと、あいつの言った意味を考えてみる。ライラから聞いたのか？　五体不満足な親友がこんなタイミングでおれの結婚生活に口をはさんできたのだとしたら、完全にキレてしまうかもしれない。それでも、これがいつものフロドでもある。あれほどいろんなことがあったあとの今でも、あいつは自分のことよりもおれの身を案じてくれている。

「ジェイムズのことだ。おまえと話をしてこのかた、ずっとご機嫌斜めだ」

「爆発しそうか？」

「核爆発ってとこだ」

「じゃあ、お偉いさんは何がお望みなのか確かめるとするか」

「心配するな、ブラザー。ケツ持ちはしてやる」

おれは何も言わずうなずく。言葉にすると涙声になりそうな気がする。以前のおれは、自分は恵まれていると思っていた——申し分のない妻、兄弟ともいうべき友人たち、そして信じることのできる仕事。

でもそれは〝その前〟のことだ。

〝そのあと〟は、アビールはこの世からいなくなり、フロドは自分の靴ひもも結べなくなり、ライラは未亡人同然になってしまった。おれがへまをしたせいで、みんながべらぼうに高い代償を支払った。

おれ以外の全員が。

7

「マット！　どうしたの、その顔？　かわいい顔が台無しじゃないの」

ジェイムズのオフィスの入り口にある狭い待合スペースに鎮座するマホガニー材のデスクの向こう側から、ひとりの女性がそんな声をかけてくる。彼女の名前はアン・ボーモン。母音を伸ばすゆっくりとした話し方からわかるように、合衆国を南北に分かつメイソン＝ディクソン線のかなり下のほうの出身だ。

初めて会ってからもう五年以上が経つが、アンは年を食ったようには見えない。優雅に銀色に変わりつつある、肩に届く長さの栗色の髪は以前のままで、しわと呼べるほど深くはない、額に走る細い筋も変わっていない。アンは南部育ちの証しのエレガントな装いがよく似合う。

それでもアンがただの政府職員だと思ったら大まちがいだ。そんなふうに彼女を見るのはアホだけだ。ジェイムズのオフィスに出頭する荒くれ者ぞろいのオペレーターたちにひるんだりはせず、むしろカブスカウト扱いして全員のお袋さん役（デンマザー）を引き受けている。最初はおれも、やけになれなれしい態度で接してくる彼女が煩わしかった。それでも年を経るにつれて、アン・ボーモンは生まれついての無敵の擁護者だということがわかってきた。

「何でもない」おれはつとめて決まり悪そうな感じに言う。「ちょっとした誤解があったんだ」

「だろうな」引きずる足をおれの横で止め、フロドが言った。「どうせどっかの女に見とれてたんだろ」

　普段なら、アンの笑いのツボを押さえているフロドは鈴を転がすような笑いを彼女から見事に引き出すことができる。ところが今日はこのフロドのからかいの言葉は効かなかった。何とかしゃべろうとするアンのはしばみ色の両眼に、みるみるうちに涙が湧いてくる。

「本当だ」おれはそう言った。何だかかなり気まずい雰囲気だ。「大丈夫だから。嘘じゃない」

「わかってる、あなたは嘘なんかつかないって」アンはかすれた声でそう言う。「ごめんなさいね、涙なんか流しちゃって。でも、わたしの大切なあなたたちがまた一緒にいるところを見て、とにかく嬉しかったの。本当に久しぶりじゃないの、マット」

　その口調にはなじるようなものがあった。アンはそうとは気づかせないようにおれを責めたようだが、それでも心がちくりと痛んだ。彼女もフロドも、そしてライラも全員ひっくるめて、おれは無情なやり口で自分の人生からあっさり切り捨てた。あのおかしなことは自己隔離で何とかできるかもしれないと思っていたが、今はもう確信が持てない。たぶんおれが実際にやっていたのは、救ってくれるかもしれない人たちから逃げて閉じこもっていただけなんだろう。ありがたいことに、そんなおれの内省を有無を言わせぬ声が無理やり断ち切ってくれた。スパイ組織の親玉のアジトから聞こえてくるよりも戦場で聞いたほうがしっくりくる声だ。

「マット——ぐだぐだやってないで入ってこい。フロドと一緒にだ」

おれはアンの肩をぐっと抱き寄せようと彼女のまえで立ち止まったものの、立ち上がった彼女に逆に包み込むように抱かれ、びっくりした。

「あまりきついことは言わないであげてね、マット」アンの囁くような声がおれの耳をくすぐる。「ジェイムズだって、あなたがいなくなって寂しかったのよ」

そしてアンは予想外の抱擁の腕をほどくと、眼前にそびえたつドアに向かっておれを急き立てる。

おれは肩をそびやかせ、別世界へと足を踏み入れる。自分の運命を受け入れる覚悟はできている。大丈夫、いつもどおりにフロドがケツを守ってくれる。

「クソみたいなありさまだな」おれがドアを閉じるとジェイムズはそう言う。

「お会いできておれも嬉しいですよ、本部長」おれはそうやり返すと、楕円形の会議テーブルのいつもの席に腰を下ろす。「先に言っておきますが、ライラなら元気にやってます」

ジェイムズ・グラスのことを威圧的な人物だと評することは、ビル・クリントンは女好きだと言うこととちょっとだけ似ている。言葉では充分に伝わらないことがままあるものだ。

「その顔は一体どうした？」ジェイムズはそう尋ねる。

「あなたがやったんでしょ」

「どういうことだ？」

「空港にいるおれを迎えに行かせたＦＢＩはちょっとばかし仕事熱心すぎたってことです」

「連中にやられたのか？」ジェイムズは部屋に響き渡る声でそう訊く。「そいつらの名前を言え。首を引っこ抜いて、咽喉（のど）にクソを流し込んでやる」

ジェイムズは陸軍特殊部隊の軍曹だったが、右眼を奪った携行式ロケット弾（RPG）の破片に、オペレーターとしてのキャリアにとどめを刺された。そんな彼は型にはまったDIAの背広組と馴れ合おうとはしない。ドアを蹴破り、テロリスト志望者を天国への片道旅行に送り出してきた一八年で身につけた粗野な言葉を吐く。

粗野なのは服装も同じだ。上級管理職の政府職員にはブルックス・ブラザーズ的なドレスコードが求められるが、ジェイムズはシャツの第一ボタンをはずして袖をまくり上げ、前腕のタトゥーをさらしたがる。ネクタイは一本も持っておらず、ジャケットの着用義務がある場合は、広い背中と分厚い胸でジャケットははちきれんばかりになる。黒の眼帯（アイパッチ）と、あまりにミスマッチな白髪交じりの坊主頭。このふたつさえあればジェイムズの装いは完成する。

DIAの作戦本部長で世界中のジハーディストどもにとっての悪夢であるジェイムズ・グラスは、とにかくありとあらゆるくだらないことが我慢ならない。〝子分の恥は親分の恥〟というマフィアのドン並みのねじ曲がった倫理規範を持つ彼のことだ。自分の手下であるおれの名誉、ひいては自分自身の名誉が汚されたと思ったら、FBI全体と戦争をおっぱじめてしまうだろう。

そしてたぶんジェイムズが勝つ。

「まあまあ本部長」おれはテーブルの真ん中に置いてあるカラフェの水をグラスに注ぐ。

「あなたはあいつらを責めることなんかできませんよ。あなたの命令に従っただけなんですから。そうでしょ？」

おれは誰に言われるわけでもなくコースターを使う。磨きに磨き上げたオーク材のテーブルに丸い跡をつけることに、アンはものすごくうるさい。おれが手に取ったコースターには、SEALsのチーム6が仕留めた直後のビン・ラディンの顔が印刷されている。ジェイムズは自分が加わった作戦の〝記念品〟をとっておきたがる。とはいえ切り取った耳を連ねた首飾りはもう流行遅れなので、かわりに特注のコースターにしている。

「FBIを使ってマットを連れてこさせたんですか？」フロドが訊く。

「おれの電話に出ようとしなかったからだ」ジェイムズは床に置いてあった白い発泡スチロールのカップを取り上げ、嚙み煙草の唾まみれの滓をそのなかに吐く。そしておれと同じように賢明な判断を下して、コースターを敷いてアンのテーブルにカップを置く。選んだのは吊るされたあとのサダム・フセインのコースターだ。

「出なかったのは辞めたからですよ」

「くだらん」ジェイムズはそう言い、げじげじ眉毛にガードされたたったひとつの眼でおれをねめつける。「おれたちみたいな人間は自分からは辞めない。木の箱に入れられて担がれるまでは留まりつづける。おまえは前回の作戦のあとに空白の時間を必要とした。まあいいだろうと思って、おれはそれを許した。もう充分だろう、そのクソが詰まった頭のなかを整理して通常業務に戻れ。やってもらう仕事がある」

そう命じられて、〝その前〟のおれだったら星条旗に敬礼して銃を取っただろう。でも今は〝そのあと〟だ。ジェイムズの言うとおりだ。彼のような人間は誰かから追い出されないかぎりこの仕事から去ることはない。でも今のおれはジェイムズのような人間なんだろうか？

今でもそうありたいと思っているんだろうか？

ペーパーバックをぱらぱらめくりながら、ありもしない作戦から夫が戻ってくるのを待つライラの姿をおれは思い浮かべる。おれは妻に嘘をついた。彼女の顔を見るたびに死んでしまった女児の母親の顔を見てしまうからだが、それでも心の内では仕事に戻ることを思案していた。おれは一体どうしてしまったんだろう？

「あのですね、本部長」おれは立ち上がり、言う。「仕事の話、ありがたいんですが遠慮します。誰かほかをあたってください。おれは降ります」

「そのクソみたいな冗談は何だ？」ジェイムズはそう言った。牡牛のような首に赤みが上がっていく。「おれはおまえの――」

「本部長」口調こそ穏やかだが、フロドのバリトンの声は今でも力を失わずに部屋に響き渡り、誰の耳にも有無を言わせないものを感じさせる。まるで誰かに消音(ミュート)ボタンを押されたかのように、ジェイムズは言葉を途切れさせる。

「マット」フロドはおれのほうを向き言った。「おまえに見てもらいたいものがある。三分足らずの動画だ。それを見てもまだ辞めたいと思うのなら、おれがドアまで送ってやる」

おれは一瞬とまどい、そしてうなずく。迷ってみせたのはうわべだけだ。ついさっき、おれの情報部員としてのキャリアは確実に終わった。おれは御大ジェイムズ・グラスに歯向かった。大統領その人がこの部屋に入ってきても、おれはうせろと言うだろう。今この瞬間は、誰にだってノーと言ってやる。

フロド以外には。

フロドはテーブルに置かれていたリモコンを手に取り、部屋の奥の壁に掛けられたモニターの電源を入れる。モニターに映し出された映像は白黒だが画質はいい。どこかのレストランの店内だ。高そうな店で、リネンのテーブルクロスが掛けられ、キャンドルの明かりが揺れ、食器は本物の磁器(チャイナ)だ。映像はレストラン内をパノラマ式に巡り、そしてひとつのテーブルにズームインしていく。

「技術部が手を入れてくれた」おれの表情を見てジェイムズが言う。「デジタルズーミングと画像の平滑化。魔法だな」

おれはうなずく。無音のドラマが展開していく。一組の男女が食事をしている。防犯カメラが幸せそうなカップルを上と背後から捉える。女のほうはそうでもないが、男のほうはよく見える。高そうなスーツを着た、見たところ健康そうな男は笑みを絶やさない。

「男の手をよく見ろ」

そう言われる前から男の手が震えていることにおれは気づいていた。でもそれが本物なのかデジタルズーミングのせいでそう見えるのかは判断できずにいた。数秒後、震えは男の全身に広がっていく。本格的な痙攣に襲われる男に、女は立ち上がって手を貸そうとする。その甲斐もなく男は椅子から転げ落ちる。女は男の傍らに駆け寄って膝をつき、のたうち回る男の頭をかき抱く。

痙攣の発作は激しさを増していく。男のかかとは床を打つ。体はわなわなと震え、暴れる手が女の顔に命中し、横に弾く。背中は弓なりになり、ありえない角度にまで反っている。

そして男はぐったりとして床に転がる。ぴくりとも動かなくなる。

女は画面に映っていない誰かのほうを向き、叫ぶ。その顔が大写しになる。絶叫しているのか、口は丸く大開きになっている。両眼は涙で濡れている。

映像はそこで終わる。

「何ですかこれは？」おれは訊く。

「おれたちもわからない」ジェイムズはそう答え、カップに唾を吐く。「女のほうは何ともなかった。店内にいた全員も。男は死んだ。検死結果はまだ出てないが、予備的な毒物スクリーニング検査はシロと出た。医者どもは脳塞栓症のたぐいじゃないかと言っている。めったにないことだが、まったくないわけじゃない」

「で？」

「男はＣＩＡの準軍事作戦要員（パラミリタリー・オペレーター）だ。二四時間足らず前に化学兵器研究所と疑わしきシリアの施設を急襲したチームの一員だ」

「クソ野郎どもが」おれはそう言った。

「そのとおりだ。施設を捜索中にチームは襲撃を受けた。映像の男が化学兵器のサンプルを採取しようとしていたときに銃撃が始まった。採取が終わる前にチームは撤退せざるを得なかった。その最中に男の防護グローヴにサンプルが付着した。すぐに外してその場しのぎの汚染除去をした。無事に除染できたみたいだったが、それでもＣＩＡは念のために男を真っ先に本土に帰還させた。ウォルター・リード陸軍研究所で徹底的に検査したが、毒物も化学物質もまったく検出されなかった。そこで奴さんは任地にとんぼ返りするまえに夫婦でディナーとしゃれ込むことにした。前菜にもありつけなかったが」

「化学兵器研究所の情報の出処は？」おれは訊く。

「イスラエルだ」フロドが答える。「ＩＳの分派が合衆国本土で化学兵器テロを企てているという情報をモサドの資産(アセット)が摑んだ。おそらくの話だが、研究所にあった化学兵器はＣＩＡの化学兵器探知機では見つけられないものなんだろう。ぴかぴかの最新型ってことだ」

「テロリストどもはどうやって手に入れた？」

「やつらに雇われたパキスタンの兵器科学者が開発した」

「アインシュタインか」

「そうだ」ジェイムズが言う。「説明したとおり、襲撃チームは研究所のガサ入れを終えていない。しかしその報告内容から察するに、あいつらが踏み込んだビルでは開発はあまりやっていなかったみたいだ。本当の研究所の位置がわかれば、そこの屋上めがけて統合直接攻撃弾(JDAM)を落として一件落着だ。しかしどこにあるのかわからん。それどころか、あのオペレーターが何を使って殺されたのかもわかっておらん」

「つまり何もわかっていない」おれはそう言う。

「ちがう」ジェイムズが言う。「おれたちにはアインシュタインがいる」

「襲撃後、アインシュタインが連絡してきた」フロドが口をはさむ。「自分が開発した兵器と研究所の情報を手土産に寝返ると言ってきた。でもあいつはひとつだけ条件をつけてきた——おまえだ。おまえが迎えに来たらこっちにつくと言ってきた」

「どうしておれが？」

「奴に訊け」ジェイムズがそう言う。

「実はこういうことなんだ」フロドは言う。「合衆国のすべての情報機関に、この化学兵器の正体と在処（ありか）を突き止めろという大統領事実認定が出ている。目下のところ、それ以外の任務は全部あと回しになっている。シリアでの作戦統制（OPCON）はCIAが握っているが、連中はそのジハーディストどものことも化学兵器のことも一切摑んじゃいない。このふたつにつながる糸はアインシュタインだけで、あいつはおまえとしか仕事をしないと言っているわけだ」

モニターのど真ん中で女の顔が凍りついたままになっている。

CIAの準軍事作戦チームは探知不可能な化学物質に出くわした。その化学物質にとっては、最先端技術を駆使して作られた防護グローヴも穴がぼこぼこあいたスイスチーズみたいなもので、やすやすと透過した。そしてテロリストどもはその化学兵器をアメリカで使おうとしている。

誰かに止められないかぎりは。

おれに止められないかぎりは。

「これからの段取りは？」おれはフロドからジェイムズへと視線を移す。

「とっととシリアに飛んで、やるべきことをやれ」勝ち誇ったようなうすら笑いを隠そうともせずにジェイムズは答える。「大統領はＣＩＡ主導の作業チームを立ち上げた。毎日開かれるミーティングで全体の進捗状況を大統領に報告することになっている。ＤＩＡからはおれが出る。フロドはここでおまえのハンドラーを務める。アインシュタインに接触しろ。あいつが化学兵器と研究所の情報を渡したら、こっちに引き入れろ。渋ったら、頭の中身を搾り取れるだけ搾り取ってから弾丸をぶち込め。シリア行きの機体は三時間後にアンドルーズ空軍基地を発つ。女房にしばしの別れを告げて装備を整えろ。仕事に取りかかる時間だ」

そんなわけで、おれは何の予告もなくゲームに引きずり戻された。文句なんかひとつもない。最高の気分ではないにしても。守護天使のフロドは自分の食事の用意もままならないし、妻は死んでしまったシリア女性に見えるし、にこにこと笑う赤ん坊にとり憑かれてもいる。

もっと面白いことに、ジェイムズがウィニングランを決めているうちに、いつのまにか人差し指の震えが始まっていた。
とにかく文句なんかひとつもない。

8

ヴァージニア州アーリントン

ランニングシューズが正確なスタッカートを刻み、ピーターの足元の舗装面が飛ぶように流れていく。手首にはめたGPS搭載のツールが確認音を発するが、ピーターは人工衛星からの信号に頼らずとも自分のペースを正確に掴むことができる。

ハイスクールに入ったばかりの頃のピーターは、フットボールよりも本のほうに面白みを感じるもやしっ子だった。そんな彼は、スポーツしかやることのない小さな町では変異体だった。ピーターはティーンエイジャーにして早くも自分とは何者なのかを充分すぎるほどにわかっている少年だった。この町のハイスクールでの四年間を何とか生き抜きたかったら、必死に頑張ってそれなりのスポーツマンにならなければならない。しかもなるべく早く。そのことを、ピーターは入学して二週間も経たないうちに思い知らされた。

それで走り始めた。

クロスカントリーの練習に初めて参加したとき、ピーターはこの競技の何たるかを本当にうっすらとしかわかっていなかった。走りたいという気持ちよりも、とにかく何とかしなければという気持ちのほうが勝っていた。フットボールをやるには小柄だったし、サッカーをやれるほどの運動神経はなかった。しかし彼の父親は、走ることなら誰にでもできると息子に言った。

だからピーターは言われたとおりに走った。

最初の一マイル、ピーターはそれまでの人生で最大の苦痛を味わった。わき腹が痛み、呼吸は苦しくなり、ぜいぜいと喘いだ。胃液がこみ上げてきて咽喉がひりひりした。ところが最初の一マイルが終わり二マイル目に入ると、とんでもなく不思議なことが起こった。ピーターには音楽が聞こえた——一マイルを七分で走るために必要なペースを生み出す、起伏のあるリズムが聞こえたのだ。それは体が刻むテンポともいうべきものだった。三マイル目になると、彼の体と心は同調（シンクロ）した。四マイル目に突入したところで恋に落ちた。

ピーターの天賦の才は入部から一年も経たないうちに彼をチームの代表に導いた。その次はハーヴァード大学の奨学金をもたらし、労働者（ブルーカラー）世帯の両親には絶対に背負うことができない金銭的負担を軽くしてくれた。

走ることはピーターの人生をいとも簡単に変えた。

その天賦の才がピーターではなくクリステンに授けられていたら、すべてが変わっていたかもしれない。

しかし彼女はそうではなかった。

ピーターは顔をゆがめ、メトロノームのテンポを変えるようにピッチを上げる。コースの前方にあるカーヴを一気に駆け抜ける。ブロンドの髪をポニーテイルに結わえた、小鹿のようにくりくりした青い眼の少女の残像を振り払おうとする彼には、両足が路面を叩きつける音しか聞こえない。自分より二十歳は若い男性ふたり組のランナーを脇目も振らずに抜き去っていく。悪魔に追いかけられているようにピーターは走る。

母親の千々に乱れた声を電話越しに聞いて以来、ピーターがやってきたことはすべてクリステンのためだった。ハーヴァードを四年ではなく三年で卒業すると、〝ロビイスト街〟として知られるD.C.のKストリートにある事務所からの実入りのいいポジションへの誘いを断り、それまでは無名だったテキサスのとある市長が二期目を目指す選挙活動のボランティアを買って出た。その政治家は、自分の治める市がふたつのハリケーンに立て続けに破壊されると、冷静で確実なリーダーシップを有権者たちに示した。その手腕により、期せずして全国デビューを果たすことになった。

初めて見たホルヘ・ゴンザレス市長のぶら下がり会見に、ピーターは未来の大統領が披露する当意即妙のスピーチを見た。ヒューストン・アストロズの色あせたキャップのつばから雨水をしたたらせながらも、ホルへは洪水で家を失った市民に対する救援プランを、明快簡潔ながら詳細に語った。

その刹那、一マイルのラップタイムが七分フラットだとわかったときと同じように、ピーターはこう直感した――この人は大物になる。そして指導教官と友人たちの忠告に耳を傾けることもなく、本能に命じられるがままにテキサスに飛んだ。

そしてピーターの本能は正しかった。

予測どおりなら、四日後ゴンザレス大統領は再選を果たし、上下両院も与党が過半数を押さえる。一期目の四年間を、ピーターは議会の通路の両側の陣営との関係強化と、革新的な法案への根まわしに費やしてきた。その法案とはアメリカの眼を無意味な戦争からそらさせ、本来なら優先されるべき国内問題に向けさせるものだ。優先されるべき国内問題とは崩壊しつつあるインフラの補修、政府を単一支払者とする健康保険制度の導入、そしてなかんずく重要なのは大学教育の無償化だ。

アメリカ市民の誰しもが、大学で無料で学べるようにしなければならない。

学費を工面できないというだけで、アメリカの息子たちや娘たちが、常軌を逸した学生ローンを受け入れるか星条旗が掛けられた棺に収まるかの二者択一を強いられないようにしなければならない。そんなことが二度とあってはならない。妹のクリステンが亡くなった二十年前、ピーターはそう胸の内に誓った。そしてその誓いはほぼ確実に果たせそうだ。むろん、ベヴァリー・キャッスルの無能ぶりがホルへの再選の障害とならなければの話だが。

先だってのミーティングの最後にベヴァリーが見せたあのうすら笑い。政敵の独善的な微笑を思い出し、ピーターはランニングのピッチをさらに上げそうになった。それでも何とか気を鎮める。死んでしまった妹の記憶からは走り去れても、ベヴァリー・キャッスルはピーターが対処しなければならない〝問題〟だ。

だからといって自分ひとりで取り組まなければならないわけではない。

手首のスマートウォッチに眼を落とし、ピーターは時間を確認する。約束の時間まであと一分。彼は時間ちょうどになるようにペースを調整する。これから会う人物はちょっとした時間の狂いも許さない。そして両者とも携帯電話を置いてくることで合意していた。

その友人と会おうとするたびに課せられるさまざまな制約は煩わしいが、それでもピーターは文句を言わない。時たま一緒に走るパートナーが経験豊かな情報部員の場合、偏執的な活動スタイルを覚悟しなければならない。

木立を抜けるカーヴの先のコース沿いに錬鉄製のベンチがある。そこにペットボトルが二本、いわくありげに置かれている。一本は水が満杯で片方は空。尾行者は見当たらない、会合は予定どおりというサイン。

どう贔屓目に見ても古くさい。友人が施す安全措置をピーターはそう見ている。解読がほぼ不可能な暗号化技術があらゆるスマートフォンに応用されている時代に、自分が生まれる以前の諜報技術（トレードクラフト）を必要とする意味がわからない。しかしこれから会う人物は大統領選挙の仕切り方を指南したりはしない。なのでピーターも彼の専門分野における接触の取り方をとやかく言わない。結局のところピーターもその友人も、ホームシックにかかったハーヴァードの一年生の頃からあまり変わっていない。

走り慣れたランニングコースの分岐点にさしかかる。左を選ぶとポトマック川の土手沿いの日当たりのいいコースになり、右を選ぶと木立の奥へと分け入ることになる。ピーターは右に進む。すると数歩も走らないうちに彼はひとりではなくなる。

いつものように、ピーターのランニングパートナーはどこからともなく現れた。ピーターが一マイル八分三十秒ジャストというペースを力強く刻んでいたかと思うと、元チームメイトのチャールズ・シンクレア・ロビンスン四世がもう並走している。

「ベヴァリーのことで力を貸してほしい」前置きをせずにピーターは話の口火を切る。

お互いの立場や話の中身もあるので、ふたりが面と向かって会うことなどめったにないし、あったとしてもごく短いものだ。いきおい、ちょくちょく交わされるわけでないふたりの会話は軽口抜きに始まることになる。旧交を温める時間なら、有権者がホルヘ・ゴンザレスをふたたび大統領に選んだあとでたっぷり取れる。しかしこれからのやり取りは、この四年間で交わした内容ほぼすべてと同様、完全にビジネスオンリーになる。

　ゴンザレス大統領を再選させるというビジネス限定に。

「へえ？」息が切れている様子などみじんも見せずチャールズが言う。「手を貸してほしいのはシリアのことだと聞いたんだが」

「襲撃のことを知ってるのか？」

「こっちの人員が四人死んでヘリが一機おしゃかになった。誰でも知ってるよ。このくそみたいな大立ち回りが起こしたごたごたで、おれまであおりを喰らいそうだ」

　チャールズはＣＩＡの国家情報長官(DNI)との連絡役だ。情報(インテリジェンス)コミュニティ全体の財源から行政機関、そして特定の状況によってはマスコミに至るまで、ありとあらゆる事柄についての情報評価を確認し、そして形成することができる能力がある。

　チャールズの前職はシリアの支局長(ステーションチーフ)だ。三カ月前、アサド政権は何の警告も与えずに自国民に対して化学兵器を使用した。チャールズは完全に不意を突かれた。その後に生じた政界の荒波のなかにあって、チャールズがＣＩＡから丸裸で放り出されないよう密かに手を尽くしたのが、ほかならぬピーターだった。

ピーターの庇護に、チャールズは内戦が続くシリア情勢についてのインテリジェンス・コミュニティ全体の評価に手を加え、選挙を迎える現政権に有利なものに仕立て上げることで報いた。その甲斐あって、共和党の大統領候補ケルシー・プライス上院議員が次々と繰り出す政権批判の集中砲火を、極めて効果的にかわすことができた。チャーリーの尽力でプライスによる批判の無力化には成功したが、ピーターが信頼をおける誰かが現場にいなければ、ベヴァリーの余計な行動を監視することはできない。散々な結果に終わった襲撃作戦がその最たるものだ。

「何とかできるか？」ピーターは尋ねる。

「状況によりけりだ」チャールズはそう答える。いつものように感情を一切表に出さない声で。「何があった？」

ピーターがかつての級友との再会に感謝したのは今回が初めてではない。四年前、チャールズのほうがピーターに接触してきた──進行中のイラクにおける戦争の陰惨な現状に関する内部情報を持って。未来の大統領補佐官にとっては突っ返すことのできない手土産だった。ピーターはチャールズがもたらした情報の〝おいしいところ〟を切り貼りして巧妙につくり変えた。それを材料にして、当時のホルヘ・ゴンザレス候補は現職大統領を完膚なきまでに叩きつぶした。見返りとして、チャールズはＣＩＡ内で落ち目になりつつある自分を何とかしてほしいと言ってきた。

ピーターは一も二もなく呑んだ。

たしかにチャールズは、シリアの現場責任者だった三ヵ月前に混乱を引き起こした。それでもピーターは旧友と交わした四年前の取り決めを好意的に見ている。ベヴァリーの最新のやらかしでこうむる損害を抑える術があるのなら、チャールズが心得ているだろう。

「今朝、ベヴァリーに不意打ちを喰らった」木造の歩道橋をふたりして突っ切りながらピーターはそう言う。「投票日直前にヘリを一機撃墜されて四人が殺され、ひとりが正体不明の化学兵器に触れて死んだということだけでも充分ヤバいが、それに輪をかけてひどいことになった。ベヴァリーの提案を大統領が支持している。そのテロリストの分派と、連中が開発した化学兵器を見つけ出せと全情報機関に指示する事実認定を出したんだ。シリアでのわれわれの活動範囲を広げようと、大統領は真面目に考えている。よりによって投票日が目前に迫っているタイミングで」

「理由は?」

ピーターはかぶりを振る。「本人にもわからないんじゃないかな。その探知不可能な化学兵器に怯えているのはたしかだ。それでシリアの全作戦区域をベヴァリーに委ねちまった」

「完璧だな」

　その言葉にピーターは思わずよろめく。チャールズが腕をつかんでくれなければ転倒していただろう。差し出された手を振り払うと、ピーターは友人に向かって言う。「完璧？　ぼくの言ったことをちゃんと聞いていたのか？」

「おれに事に当たってほしいってことだろ？　だったらおれをシリアに戻せ。研究所を見つけてやる。そこに巡航ミサイルをぶち込めば、合衆国市民の命をひとつも危険にさらすことなく済む」

「どうやって見つける？」

「シリアで築いた資産(アセット)ネットワークはまだ生きている。どこかのテロリストどもがあそこで化学兵器を開発したなら、おれの手のものたちが情報を摑むはずだ」

　ピーターはまた頭を振る。「三カ月前はそんなにすんなりとはいかなかったじゃないか」

「あれは国防情報局(DIA)のドレイクっていう短気な野郎のせいだ。あいつさえいなけりゃ、おれの作戦はうまくいっていたはずだ。アサドの化学兵器攻撃のあとでおれのチームを撤退させたのは失策だった。おれたちの活動がようやく実を結び始めていたところだったのに」

ピーターは額の汗をぬぐい、チャールズの提案をつらつらと考えてみる。

シリア駐在のステーションチーフとして、チャールズは現地で展開される合衆国によるすべての諜報活動の調整にあたっていた。だが実は、ピーターはそれよりもはるかに頭の痛い任務を旧友に与えていたのだ——何しろ米軍を増派することなく内戦を終結させろというのだから。戦争に倦んでいるアメリカ国民は、中東での三度目の軍事介入を許容しないだろう。とくに、イラクへの関与を終わらせるという綱領を掲げる大統領によるものは。共和党が過半数を占める議会は大統領の曖昧なイラク戦略に声を大にして反対しており、政界ではそれに同調する声が高まっていた。こうした批判を和らげるにはシリアに平和をもたらすしかないと判断したピーターは、その実現をチャールズに命じたのだった。

この難題への回答としてチャールズが策定した手段は〈オペレーション・ショーグン〉と命名された。シリアの反政府勢力を秘密裏に結集させ、武器を供与することを目的とするこの秘密作戦の目的はただひとつ、シリアの殺戮の独裁者バッシャール・アル＝アサドの抹殺による政権交代の実現だった。

作戦を支援するべく、ピーターは万全の手を打った。それまでは供与が禁じられていた兵器類を反政府勢力の小部隊に与えたのだ——ジャベリン自動追尾式対戦車ミサイル、レミントン社のモジュラー式スナイパーライフル(MSR)、次世代型暗視ゴーグル(NVG)、セキュアなコミユニケーション手段などだ。そして兵装したMQ－9リーパーとRQ－1プレデターから成る無人航空機（UAV）編隊をシリア上空で巡回させることを優先任務とするCIAのパイロットも用意した。

　要するに、シリア人だけで構成された攻撃部隊がアサド政権の息の根を断つために必要なものはすべて用意したということだ。

　その過程でチャールズの資産（アセット）ネットワークは驚くほど大量の情報をもたらし、その多くは大統領日報（PDB）に掲載された。が、〈オペレーション・ショーグン〉が発動されるより早く、独裁者アサドはアレッポ市民に対して化学兵器攻撃を開始した。

　自分の鼻先で敢行された化学兵器攻撃にチャールズは面目を失い、彼のネットワークの信頼性も失われた。ウェスト・ウィングが部下のチャールズを使って自分を動かしたことがそもそも気に入らなかったベヴァリーは、予想どおりの激怒をもって反応した。彼女はチャールズとその部下たちを呼び戻し、〈オペレーション・ショーグン〉チームを解散させた。

　それに加えて、シリアに派遣されていたマット・ドレイクというDIAの作戦要員（オペレーター）が、化学兵器攻撃中にチャールズが見せた作戦遂行能力についての評価報告というのっぴきならないものを提出した。泣きっ面に蜂とはこのことだった。DIAによる公式な活動報告（AA）

書(R)によれば、高価値資産(アセット)からの喫緊の救助要請をドレイクが受けたにもかかわらず、チャールズはヘリを飛ばしてCIAの緊急即応部隊(QRF)を送り込むことを拒んだとされていた。

実際に何があったのか、ピーターは今もって把握していない。把握しているのは、アサドの化学兵器攻撃は完全にチャールズの不意を突いたものだったこと、そしてドレイクとその護衛がCIAの支援を受けずに陸路で資産(アセット)の救出に向かったことだけだ。

そして彼らは失敗した。

ふたりは待ち伏せされ、半死半生となった。作戦失敗という砂嵐が去ったあとに転がっていたのは、重傷を負った二名の米兵、資産(アセット)とその家族の亡骸(なきがら)、そして地に堕ちたチャールズの信用だった。

どこからどう見ても成功したとは言えない。

三カ月前でさえひどかったシリア情勢はさらに悪化していった。ロシアと、それに同調するイランとヒズボラはアサド政権を積極的に支援し、一方サウジアラビアはさまざまなスンニ派抵抗勢力に秘密裏に資金提供している。ひところはイスラム帝国(カリファーテ)と呼ばれていたISの支配地域は縮小し、生じた空白地帯は複数のテロリスト分派が押し寄せ、またたく間に埋められた。

ピーターの眼には、シリアはすでに崩壊しているとしか見えない。国外ではなく国内に注力する法案に国民の眼を向けさせようとするゴンザレス政権にとっては、脇腹に刺さった大きな棘でもある。大学授業料無償化の財源なら、野放図に増えつづける軍事予算から吸い取れば増税なしに作ることができる。それをできる力が連邦議会にはある。このアイディアをピーターがアメリカ社会に売り込もうとするたびに、アサド政権はさらなる残虐行為に出た。それに呼応するかのように、今度は共和党のタカ派たちが、シリアの狂人とその虎の子の化学兵器は、これまで以上に屈強な軍隊が必要だという証拠にほかならないと指摘するのだった。

いまいましいことにタカ派の戦略は効いた。前回の選挙でホルヘが勝ちを収めた州選出の立場の弱い共和党議員でさえ、神聖にして侵すべからざる軍事費のこととなると党の強硬派に逆らうことを渋った。しかし現在の予測が正しければ、この手詰まり状態は四日後に解消する。世論調査では、民主党が四年ぶりに上下両院で過半数の議席を獲得するという結果が出ている。つまりシリア問題が未解決であっても、共和党の助けがあろうとなかろうとピーターは自分の国内政策を推し進めることができるだけの票を手中に収めるということだ。

ベヴァリーが新たに手に入れたシリアについての勅許状を誰かが抑え込めばの話だが。チャールズのような誰かが。

チャールズの反政府勢力ネットワークが正体不明の化学兵器を見つけたら、その手柄は大統領のものにすることができる。しかし失敗したとしても、せめてアメリカ国民の命が失われないようにしなければならない。人命を賭してまで得体の知れないものを追うことはない。いずれにせよピーターは、ホルヘ・ゴンザレスが再選されさえすれば解決できない問題などないと信じている。

しかし世論調査が今朝弾き出した数字は、そのシナリオが既定路線ではないことを示していた。

「本当にきみが何とかできるのか？」ピーターは言った。「大統領の今後がかかっているんだぞ」

「おれの今後もだ」

「どういう意味だ？」ピーターは訊く。

「おれが何とかしたら、ＣＩＡ本部（ラングレー）の七階のオフィスをくれ。ベヴァリーのオフィスを」

「冗談だろ？　長官職までは約束できない」

「いや、おまえならできるさ。ゴンザレスが再選されたらどのみちベヴァリーはお払い箱だって、局内じゃ噂されている。火曜の晩に投票が締め切られたって、おまえが願うように世界中の問題が消え失せてしまうわけじゃない。おまえにはＣＩＡ（エージェンシー）が必要だろうが、もっと必要なのはエージェンシーを仕切る友人だ。それはおれのことだよ。おれを次期長官にするって約束してくれ。約束してくれたらシリアのことは何とかする」

ピーターはしばしチャールズを見つめ、友人の申し出をこれ見よがしに熟考しているふうを装う。しかしチャールズが取引を持ちかけてきた時点で腹は決まっていた。今のピーターは、ゴンザレス大統領の二期目と引き換えならどんなことでもすると誰にでも約束するだろう。クリステンをこの世に戻すことはできないが、妹の死は無駄ではなかったと確信することはできる。

「いいだろう」ピーターは言った。「やってくれ。でも化学兵器を見つけようが見つけまいが、そんなことはどうでもいい。ぼくが欲しいのは九十六時間だけだ。その時間のあいだだけシリアのことがニュースにならなかったら、中央情報局の次期長官はきみだ。でもベヴァリーのことは自分で何とかしてくれ。監督権は彼女にあると大統領は明言している。シリアに戻るのなら、まずは彼女を何とかしなきゃならない」

チャールズはにやりと笑い、ピーターの肩をポンと叩く。「二時間以内におれはチームと一緒に向こうに飛ぶ。おれが飛び立つまでには、ベヴァリーを抑え込むのに必要なものはおまえの手に入ってるよ」

そう言うと返事を待たず、チャールズは木立を抜けていくランニングコースを走り出す。

長い両脚が躍動する。

ピーターは走り去っていく友人を見つめる。朝にベヴァリーの待ち伏せ攻撃を喰らって以来、その日はじめて湧き起こってくる希望を感じる。ベヴァリーはとんでもないくそ女かもしれないが、チャールズが自分の仕事をやり遂げたら、四日も経てば過去の人になってしまうだろう。

9

ヴァージニア州アレクサンドリア

アレクサンドリアの歴史保存地区である旧市街(オールドタウン)の基準からすれば質素な造りの、人通りの少ない脇道に立つ二階建ての控えめな賃貸タウンハウス。それがおれとライラの住まいだ。五棟が共有する中庭の手入れ、そして玄関へといざなう小径の両側を彩る立ち上げ花壇にライラの気配が感じられる。花の季節は過ぎ去って久しいが、それでも魅惑的な香りは漂っている。おれはライラのかぐわしい黒髪を思い浮かべる。

シリア便の離陸まであと二時間。レンタカーのダッシュボードの時計はそう教えてくれる。ライラにしばしの別れを告げるには充分な時間だ。でもおれは車から下りず、暗い車内でゆっくりとカウントされていくデジタル表示の下ひと桁を見つめている。

玄関ポーチには温かみのある心地よい明かりが灯されている。おれが家を空けているときはいつもそうであるように。移民二世の大半と同じように熱烈な愛国者のライラは、赤レンガ造りの玄関に旗立てを付けたがった。そうすれば、おれが出動するたびに合衆国国旗（オールド・グローリー）を掲げることができるからと。

説得して諦めさせた。

おれだってこの国のことを愛してはいるが、国旗を掲げる家は街のこのあたりにはほとんど見あたらない。余計な注目は集めたくない。スパイの生活とはそういうものだ。

あの玄関の先でアビールの母親がおれを待っていたらどうする？　おれはそんなことを考え、息を吸い込み、そうなった場合の台詞を反芻する。おれがレンタカーの運転席に坐り、下げた窓から入ってくる、ダウンタウンを行き来する車の音に耳を傾けているのは、そんな身のすくむ思いをしそうだからだ。

　家を出てから六週間が経つ。おれが仕事がらみのことで不在になることにも、その仕事のあいだは連絡がつかないことにも、ライラは慣れっこになっている。彼女はおれがユニークな仕事についていることをわかってくれている。仕事中のおれは、大体において非公式諜報員（NOC）のガイドラインに沿って活動している。それはつまり一日二十四時間別人（レジェンド）となり、時と場合によっては他国の情報機関の監視の眼にさらされて暮らすということだ。作戦従事中は妻とまったく連絡を取ることができない。

　そんなのはいやだとライラは言ったが、極めて厳しい制約を課す理由を説明すると理解してくれた。どうして夫の眼には自分の顔が死んだ女のそれに見えてしまうのかについては、どんなに言葉を尽くしても理解してもらえないだろう。

新たに支給されたスマートフォンが鳴る。認めたくはないが、邪魔されたことに感謝しつつ電話に出る。

「ドレイクだ」

「マット、おれだ」フロドだ。その声は緊迫の色を帯びている。「今すぐアンドルーズに向かってくれ。スケジュールが前倒しになった」

「アインシュタインか？」

「いや、ちがう。とにかくアンドルーズに行ってガルフストリームを見つけろ。装備はもう積んである。離陸したら状況を説明する」

「わかった」おれはそう答え、通話を切る。

セキュアなスマートフォンであろうがなかろうが、フロドが通常回線を介したやり取りと同じ口調で話していたことにおれは気づいた。おれの友人は、片方の膝がだめになっても落ち着いた態度を保っている。そんなあいつのいきなりの電話はたったひとつのことを意味する——何かが変化したということだ。

重大な何かが。

おれはスマートフォンを助手席に放ってエンジンをかける。走り去るおれは悲しみと絶望、さらには怒りすら覚えてしかるべきだ。ところが実際は別の感情に支配されている。安堵だ。

10

ワシントンD.C.

「それでは諸君、始めてもよろしいかな？」

もちろん本気で訊いたわけではない。大統領執務室(オーヴァル・オフィス)に入ってからじきに四年が経ち、その以前にも行政の長として長い人生を歩んできたというのに、ホルヘ・ゴンザレス大統領は会議の開始を命じることにいまだに抵抗を感じている。

内気なところも大統領の魅力のひとつだと、普段からピーターは見なしている。しかし今日は、その陽気な物腰の下に隠している鉄の心をさらけ出してほしいと願っている。最新の世論調査ではホルヘはプライス候補をわずか三ポイント差で上回っているが、それはベヴァリーのシリアでの大失敗が報道される以前に締め切られたものだ。〝かつかつのリード〟はもはや過去の出来事になりつつある。

「かしこまりました、大統領。ベヴァリー、それでは始めてくれたまえ」

国家情報長官(DNI)のジェレミー・トンプスンが言う。思惑どおりに仕立てられた政治的地位とほぼ同様に、トンプスンは大体において価値のない人間だ。

DNIは九・一一の際のさまざまな攻撃への対応としてつくられた役職だ。この政治任用官に与えられた建前上の任務は、各情報機関で国家安全保障上の情報が共有されていなかった（ストーヴパイピング）という九・一一以前の失態を二度と繰り返させないことにある。しかし実際に据えられる人材はよくてお飾りで、最悪の場合はDNIを政治的パフォーマンスの手段としか見ていない。

九・一一後の世界の最初のCIA長官だったジョージ・テネットはDNIが置かれると、大統領に直接報告できる権限を政治力学で任命された邪魔者に譲るつもりはないことを即刻示した。その後釜たちも同じ姿勢を貫いた。この会議にジェレミーが出席しているだけで、まちがいなく摩擦が生じる。そしてその摩擦の原因がベヴァリーとなるのはまちがいない。ピーターはそう考えている。

「かしこまりました」トンプスン長官を見ようとすらせず、ベヴァリーはそう応じる。

ホルヘ・ゴンザレスが閣僚会議に好んで使う円形の会議テーブルで、ベヴァリーは大統領から数席離れたところに坐っている。閣僚たちのなかにあっても、彼女は統合参謀本部の将軍や各省庁の長官たち、さらには同輩にあたる各情報機関の長にも空世辞は言わない。自分の政治家としての行く末を握っているのはこのなかでひとりだけ。あとはどうでもいい。そういうことなのだ。

慎重に慎重の上にも慎重を期さねばならないこのタイミングにあっても断固たる決意を見せるベヴァリーに、ピーターは感服している。それは認めざるを得ない。彼女はホルへの跡を継いで大統領になるという意思を隠そうとはしないし、その振る舞いも後継者然としている。

それでもピーターはベヴァリーのことをいつまでも称賛するつもりはない。自分の目標の達成を阻むものは何人であれ踏みつぶすという姿勢をベヴァリーは再三再四にわたって示してきた。たとえその相手が合衆国大統領であっても。

「大統領」きらめく碧眼で大統領をしっかりと見つめ、ベヴァリーは言う。「まず最初に、悪いニュースについての追加情報をお伝えさせていただきます」

ピーターはテーブルの下で拳を握りしめ、話をさえぎりたい衝動をこらえる。ここは不意打ちで大統領を驚かせるタイミングでも場でもない。ましてや悪いニュースのおまけなどもってのほかだ。悪い知らせなら事前に大統領にのみ、せめて首席補佐官である自分にだけ伝えるべきだ。

今は一致団結を打ち出すべきときなのだ。大統領としては、思慮深いがやるべきことはしっかりやるという、各閣僚に求める指導力の手本を示す絶好の機会でもある。ベヴァリーがチームプレイヤーだったらこの暗黙の金科玉条を理解し、それを踏まえて行動しているだろう。

ベヴァリー・キャッスルは政治家としてのキャリアのなかでずいぶんと指弾されてきたが、チームプレイヤーだと評されたことは一度もない。

「続けてくれ」ゴンザレス大統領が言う。落ち着いた声音こそ自制心の鑑とも呼べるものだが、額のしわはさらにその深さを増している。

ホルヘはCIAの長官職をベヴァリーに与えたことを後悔している。本人は絶対に認めようとはしないが、心の底ではそう思っていることをピーターはわかっている。大統領予備選挙で分裂してしまった党を、彼女を長官に据えたことで完全にではないにせよ建て直すことはできた。それでも再選の可能性を犠牲にするほどの価値はベヴァリーにはない。無能だという点だけならどうにでもなる。しかし彼女のCIA長官にあるまじき振る舞いと抑えの効かない野望の相乗効果で、ホルヘへの政権は一度ならず沈没しかけたことがある。

しかしそれも計画の一部なのかもしれない。大統領候補として立つなら、花道を飾った民主党政権よりも悪夢続きだった共和党政権のあとのほうが勝ち目はある。ベヴァリーの取り巻きたちはそう判断したのかもしれない。

もしかしたら、ベヴァリーは大統領が再選されることをまったく望んでいないのかもしれない。

そんな妄想が拳となり、それでなくとも縮こまっているピーターの臓腑を打つ。そんなことがあり得るのか？　ぼくらの選挙活動を妨害しているのか？　普段であれば、ピーターはそんな愚にもつかない考えは即座に振り払う。しかし今日は、あながち的外れではないようにも思える。

「ありがたく存じます、大統領」こびへつらいのお手本の声でベヴァリーは応じる。「今朝がたご説明申し上げたとおり、昨夜ＣＩＡの準軍事（パラミリタリー）作戦チームが化学兵器研究所と疑われるシリアの施設を襲撃し、多大な人的損失を被りました」

そこでベヴァリーは言葉を切る。四人の作戦要員（オペレーター）を失ったことに打ちのめされているかのように。しかし彼女はまちがいなくその四人の名前も知らなければ、ましてや人混みのなかから見分けることもできないことをピーターは確信している。それでもシェイクスピア劇もかくやという演技に、彼女の左側に陣取る統合参謀本部の将官たちは感じ入ったようにうなずく。

「それでも」ベヴァリーは話を続ける。「彼らの犠牲は無駄ではありませんでした。目標の施設内を調べたのちに、チームはそこが当初考えていたとおりの化学兵器の生産拠点ではないとの結論にいたりました。処刑施設だったのです」

ベヴァリーの報告に、ざわめきのコーラスがさざ波のように会議テーブルに広がる。画面に生々しく映し出されるISによる残虐行為に、百戦錬磨の軍人たちでさえ青ざめている。十歳にも満たない男児たちが命じられるがままに囚人の顔を撃って処刑する、ことさらに胸をえぐられる場面では、何人かの軍部の人間が画面から顔をそむける。

しかしピーターはちがう。観るものを責めさいなむ映像を最初から最後まで観る。同世代の多くとはちがい、悪魔は存在するという考え方をピーターは全面的に肯定している。そしてシリアを母国と称するテロリストどもを悪魔と見なすことに何の抵抗も感じない。狂信者たちと折り合いをつけることはできないし、かのチャーチルも言っているとおり彼らに改心など望むべくもない。

狂信者たちにヘルファイア・ミサイルをぶち込むことなど、ピーターは屁とも思っていない。それどころか、ピーターは無人航空機(UAV)による標的殺害を後押ししており、その件数は前政権の十倍近くにもなる。しかし実働部隊の展開となると一切許可するつもりはない。その点でピーターは上下両院の共和党議員たちと意見を異にしている。

シリアの諸問題を解決できるのはシリアの人々だけ。ピーターはそう信じている。彼らの問題解決の努力に、合衆国は軍事訓練や武器と情報の提供というかたちで支援にあたるべきだ。それでも、民主主義を長続きさせることができない国に民主主義を輸出するという、毎度毎度の無駄な試みによってアメリカ人の命がひとつたりとも失われてはならない。しかしここでベヴァリーのわがままを許してしまったら、確実にアメリカ人の命が失われてしまう。

「その施設を処刑場だと断定した根拠は何かね？」DNIが質問する。

ピーターは最大限の努力を尽くし、辛辣な言葉を発しないように自制する。言葉は唇の一歩手前で止まる。DNIが何か発言するときは大体そうなる。ジェレミー・トンプスンの質問を聞いていると、ピーターはできの悪いホームコメディを見せられているような気分にしょっちゅうなる。この手のコメディでは、脇役たちは登場するたびに誰でもわかるような質問をする。それは脚本家たちが、自分が書いた複雑なプロットを馬鹿な視聴者たちは理解できないと考えているからだ。

脚本家たちは正鵠を射ている。ただしDNIの場合は別だが。この男は頭に石が詰まっている馬鹿で、人一倍の役立たずだ。

「第一の手がかりは発見された死体です」ベヴァリーは真面目くさってそう答える。

不快なCIA長官ではあるが、それでもピーターは彼女の返答に笑みをこらえるしかなかった。たしかにベヴァリーには、悪意など露ほども見せることなく毒に満ちた答えを返すことができる天賦の才がある。そうやって誰からとがめられることもなく狙いを定めた相手を虚仮(こけ)にし、取るに足らない存在におとしめてしまうのだ。これはたぶん、大学教授を目指す研究者たちが学位論文の口頭試問から終身在職権を得るまでのあいだに受ける、さまざまな訓練の賜物なのかもしれない。ピーターはそんなことを何度か思ったことがある。

これが経験の浅い政治家なら、笑いを取った時点で間(ま)を取るところだ。しかし政治に関しては古強者(ふるつわもの)然としたところのあるベヴァリーはそんなミスは犯さない。トンプスンへの皮肉がまわりから受けても浮かれず、彼の質問などなかったかのように説明を続け、DNIをさらにないがしろにしていく。

ベヴァリー・キャッスルの政治的本能は〝優れている〟という言葉では収まりきらない。

「われわれはその死体に着目しました」ベヴァリーはそう言う。彼女が説明を続けるうちに、会議室の奥の壁ほども幅のあるモニターが息を吹き返し、いくつかの映像を繰り返し流していく。両側に気密扉が並ぶ薄暗い廊下に続いて、いくつかの部屋の様子が映し出される。天井にはむき出しのパイプが走っている。そこからぶら下がるシャワーヘッドのようなもののまわりを取り囲むようにして、死体がいくつか転がっている。

ナチスの絶滅収容所に驚くほどよく似ている。

画面が切り替わり、今度は死体がクローズアップになる――男たちと女たち、そして子どもたちの顔が順不同で次々と映し出される。その吐き気をもよおす映像を、ピーターはひとつひとつ頭のなかに刻み込んでいく。このおぞましい映像を、ベヴァリーはみんなをショックに陥れるためだけに流しているんじゃなかろうか。ふとピーターはそう考える。

そして一瞬のうちに、これらの死体が象徴するものを明確に理解する。

「一体われわれは何を見せられているんだ？」トンプスンはそう問いかける。ピーターのようにピンときてはいないようだ。

「サンプル集団」この言葉をピーターの口から引きずり出したのは、ぽっちゃりとした赤ん坊の姿だった。

「そのとおりです」ベヴァリーは言う。「これが、わたしが急を要すると判断した理由です。それぞれの部屋の死者たちは無作為に選ばれているようには思えません。女性二名、男性二名、そして子ども四名の合計八名が各部屋で命を絶たれています。個々の年齢は部屋ごとに異なりますが、年齢層と性別の区分はどれも同じです。レッドマン補佐官がおっしゃったとおり、われわれの分析官も死者はサンプル集団として各部屋に分けられていると見ています」

「実験用のラット扱いか」大統領が言う。恐怖の響きがはっきり聞きとれる声で。

「そのとおりです、大統領。テロリストたちは、自分たちが新たに開発した化学兵器の有効性をこれらの人々を使って確認したのです。もちろんこれも慄然とする事実ですが、わたしが冒頭で述べた悪いニュースの追加情報ではございません」

「まだ何かあるのか？」

ベヴァリーはすぐには答えない。胃に穴があきそうなほどの激しい怒りをピーターはおぼえる。統合参謀本部の面々が参加する閣僚会議であえて報告した意味はここにあった。自途轍もない情報が明かされようとしている。より多くの聴衆の面前で発表することで、自分の行動にお墨つきを与えようとしているのだ。細工は流々仕上げを御覧じろというわけだ。

一瞬、ピーターはあり得たかもしれない未来に思いをはせる。その並々ならぬ知性と他の追随を許さぬ政治手腕をもってすれば、ベヴァリーは歴史に名を残すＣＩＡ長官になれたかもしれない。政治的野心を脇に置き、四年だけの任期で満足していれば、自分は計り知れないほどの支援を彼女に与えていただろう。

が、現実はそうではない。今この瞬間もシリアで無辜の民に悪逆非道の限りを尽くしているテロリストたちは、自分たちの過ちに気づくことはない。それと同じように、ベヴァリーが自分の本性を超克する存在になることなどまずない。彼女は骨の髄まで政治屋なのだ。そして結局のところ政治屋とはたったひとつのことを何よりも気にかける――つまり自分自身を。

「今朝の状況報告では」ベヴァリーは話を続ける。「襲撃にあたったパラミリタリーチームの四名が殺害されたとご説明いたしました。しかしそれは誤情報でした。報告された戦死者のひとりは生存しているとの情報が、先ほど入ってまいりました」

「なるほど、だったらここは喜ぶべきところではないかね？」ジェレミー・トンプスンが言う。

「ちがいます。たしかにそのオペレーターは生きてはいますが、問題の化学兵器を開発したテロリスト分派に拘束されています」

「それは確かなのか？」絞り出したかのようなか細い声で大統領は尋ねる。

「はい、まちがいありません。われわれのオペレーターを拘束したテロリストたちは、さまざまなジハーディストのウェブサイトに、ある動画を投稿するようになりました。拷問の動画です」

ベヴァリーの報告は各方向からの息を呑む音で迎えられる。しかし大統領はさらに訊く。

「その動画の信憑性は確認できたのか？」

「はい、大統領」ベヴァリーは答えた。「われわれは顔認証システムとさまざまな高度分析技術を用い、テロリストたちに拘束されている人物をジョン・ショーと同定しました。

しかしテロリストたちは、自分たちが本当に捕虜を取ったことを確実な手で伝えてきました。動画に加えて、法医学的証拠をわれわれに提供したのです」

「それは何だ」ホルヘは問いただす。「指紋か？　DNAか？」

大統領の問いかけは無邪気もいいところだ。そう質問させるよう仕向けたベヴァリーのやり口に、またしてもピーターは憤然とする。ゲームの潮目はまた変わろうとしている。ピーターにはそんな漠然とした予感がする。その予感が当たれば、ピーターはまたCIA長官に一点リードされてしまう。

「DNAではありません、大統領」ベヴァリーは声を詰まらせるようにして言う。「彼らはもっとわかりやすいものを送りつけてきました。ショーの右耳です」

11

「みなさん」会議テーブルのそこかしこでひそひそと交わされる会話を切り裂くように、ピーターは声を発する。「みなさん、聞いてください」

そしてテーブルをバンと叩き、声を張り上げる。「聞いてください！」

九組の眼がピーターを捉え、おしゃべりのBGMは止まる。

ぼくらしくもない。公職への立候補をピーターが真剣に考えたことがないのは、自分は裏方のほうが力を発揮できるとわかっていたからだ。やっぱり今のはやり過ぎだ。それぞれの思惑は別にするとして、この会議室にいる善意に満ちた面々はベヴァリーの哀れな作戦要員（オペレーター）を救出する作戦プランを練り上げるにちがいない。ピーターはそう思う。その作戦プランは確実に合衆国市民の命をさらに奪う。そして大統領はと言えば、将軍たちにせっつかれたときはいつもそうであるように、彼らに同調するだろう。

そんな事態を許すことなどできない。投票日までの日数がとっくにひと桁となった今は。

「みなさん」ピーターはまた呼びかける。四回目は調子を和らげたが、それでも実際に誰がこの場を仕切っているのかを示すだけの語気は残しておいた。「この会議の内容は最高機密に分類されました。大統領、ここは一旦、大統領と私とキャッスル長官の三人だけで話し合う時間を取ったほうがよろしいかと」

「今は政治的駆け引きをしている場合ではないと思うがね」国家情報長官（DNI）のジェレミー・トンプスンが憤りの色に染まった声で言う。「あの野蛮人どもはわが国の若者を捕まえているんだぞ。ここで雁首をそろえて世論調査の数字をどうのこうの話し合う以外にやることがあるんじゃないかな。そのうちまた体の別の部分が送られてくるぞ」

テーブルの反対側の統合参謀本部の面々がまたひそひそ話を始める。今すぐどうにかしなければ、あからさまな謀反につながるひそひそ声だ。ピーターにはそれがわかる。

「トンプスン長官」両の前腕をテーブルにつき、ピーターは言う。「この閣僚会議が始まる以前に、ＣＩＡのオペレーターが拘束されたという報告は受けていますか？」

「いや、しかし――」

「長官はＣＩＡによる襲撃作戦を承認しましたか？」

「していない。私は――」

「この作戦が今後の行動方針（COA）となり得るという説明は受けていますか？」

いく。

「受けてない」

尋問の行き着く先がようやくわかったと見え、答えるたびにＤＮＩの顔は赤みを増して
「失礼を承知でお尋ねします、ミスター・トンプスン。あなたは実際、国家情報長官でいらっしゃいますよね？」

「そうだが」

ジェレミー・トンプスンは火を吐かんばかりの勢いでそう答え、横目でベヴァリーをねめつける。このときピーターは、ＣＩＡ長官に対して物騒な考えを抱いているのは自分ひとりではないことを知る。しかしトンプスンに鞭をくれてやったからには、アメも少しばかり与えてやらなければならない。

「では、あなたは国家情報長官であるにもかかわらず、ＣＩＡがシリアで作戦を実行したことをご存じなかった。そう解釈してよろしいですか？」

ピーターは視界の隅で、坐る位置を変えるベヴァリーを捉える。頭脳明晰な彼女は、ピーターの立て続けの質問が自分の優位を危うくするものだということを理解している。その一方で、政治の原則では自分の敵が攻撃の的になっているときはその射線に入ってはならないとされている。ベヴァリーの場合、敵とはここにいる全員だ。

「いかにも、そのとおりだ」ジェレミーは答える。その顔は赤いぶちだらけの塊と化している。今この瞬間にあの書類を手渡されるものと覚悟している。名目上は自分の部下にあたる人間たちの面前で辞任を求められるという、不名誉の極みであるあの書類を。

もっともピーターの頭にはＤＮＩの辞任などまったくないのだが。

「その理由はわかっています」穏やかな、むしろ慰めると言ってもいい口調でピーターは言う。「キャッスル長官は大統領の意向を酌んで行動したまでです。何しろ慎重な扱いを要する作戦です。閣僚全体での情報の共有はできませんでした」

「しかしそれは極めて異例なことだ」

陸軍航空士から初めて統合参謀本部議長に昇りつめたジョニー・エッツェル大将が口を開く。

「まったく同感です、大将」ピーターは相槌を打つ。「だからこそ閣僚のみなさんにご退席をお願いしているのです。大統領とキャッスル長官と私の三人にしばらくお時間をいただきたい。そのあとでこの会議の続きをやります。それまではこの場をお借りしたいのです」

殊勝なことに、ＤＮＩが真っ先に席を立つ。トンプスンは有能な政治家ではないかもしれないが、それでも眼のまえに垂らされたものが命綱だとわかるだけの知恵はある。トンプスンはその巨体を両足にあずけて立ち上がるとスーツを整える。「退室する」そう言うとピーターに小さくうなずき、会議室からのしのしと出ていく。

ピーターは無表情をつらぬく。しかし希望の燃えさしが息を吹き返したと感じている。腕利きの政治のプロは、しばしばギャングの胴元にたとえられる。現にピーターの仕事の大部分は政治という賭場での〝貸し〟を見逃さないことにある。そして今、DNIは彼にべらぼうな借りをつくってしまった。

良き軍人である統合参謀本部の面々もDNIに倣い、ぱりっとした軍服と磨き上げられた靴を一瞬見せびらかしてからドアに急ぐ。彼らにしても今のこの状態は気に入らないのだろうが、命令が下されたらどうすればいいのかわかっている。

国防長官と国務長官もあとに続く。ふたりとも仏頂面だ。それでも、こうした極めて重要な局面で我を通そうとするとどんなことになるのか、過去にピーターによって充分思い知らされている。これもまたギャングと同様に、ピーターは秀でた殺しの腕が政治の世界でも必要なことをわかっている。

あっけないほど早く、会議室のドアは不気味な音を立てて閉じられる。そして大統領とベヴァリー、ピーターの三人きりになる。

「さっきのあれは何ですか?」穴があきそうなほどベヴァリーを見つめ、ピーターは言う。

「ピーター」ホルヘが口を開く。「あれは――」

「大統領」ピーターは片手を上げて話しかける。その眼はベヴァリーに注がれたままだ。「あなたと私が知り合ってから、どれぐらいになるでしょうか？」

いきなりの問いかけに不意を突かれたかのように、ホルヘは言いよどむ。「……二十年近くになると思うが」

「その二十年のうちに、私があなたに坐ったままひと言もしゃべらないでくれとお願いしたことがありますか？」

「まあ、ないと思う」

「では大統領、今からお願いします。これから私はキャッスル長官といろいろと話をつけなければなりません。私たちの話を不快に感じられるとすれば、先に謝っておきます。それでも黙っていてください。話し合いが終わったとき、越えてはならない一線を私が越えたと思われたり、私の言い分のほうがおかしいと大統領が判断なさったりしたら、辞表を出します。ですから今のところはつつしんでお願いいたします、私に話をさせておいてください」

ピーターの言葉がもたらした沈黙は彼が望んだ以上に長く続くが、ピーターはそんなことなど気にしていない自分に気づく。歴史はごくごく些細な出来事で決まってきた。その時点では取るに足らないように思えたことが、のちのち世界を形づくるということはままある。現に、オーストリア大公フランツ・フェルディナンドの運転手が道をまちがえたことから第一次世界大戦が勃発した。

今はまさしくそうした瞬間のひとつだとピーターは確信している。

「わかった、ピーター」大統領は言った。「話したまえ」

ピーターはうなずき、一瞬間をおいて自分の考えをまとめる。そして自分の進むべき道を壊そうとするものに顔を向ける。

ここは手際よく攻めなければならない。とりあえず大統領は大目に見てくれたが、それはそれとしなければ。自分と大統領の尻についた火を消すには、絶対に言わなければならないことを言わなければならない。たぶん大統領との関係を永久に変えてしまうようなことを。ピーターはそう考えている。それがゴンザレス政権の二期目をもたらすのであれば、その十字架を喜んで背負ってやる。それにはまず、陣営に忍び込んでいる毒ヘビの頭を踏み潰さなければならない。

ピーターはひとつ息をつき、眼差しの切っ先をベヴァリーに定める。いつものことながら彼女は美しい。ブロンドの髪は完璧なウェーブを描き、肩へと落ちている。かなり控えめなメイクはシャープな顔立ちを際立たせ、青い瞳にさらなる深みを与えている。

この女は、どうして公職なんかに就いたのだろう。ピーターがそんな疑問をおぼえたのはこれが初めてではない。ベヴァリーは弁が立ち知性に溢れ、おまけにカメラ映えする。この三つがあれば、ニュースキャスターのハリス・フォークナーの向こうを張れるだろうに。FOXニュースでリベラル視点のコメントを独り占めにしていれば何百万ドルもの年収が得られるというのに、どうして給料の安い公務員の身に甘んじているのだろう？

そのときピーターには、はたとわかる。テレビの世界に行ってしまえば、さしものベヴァリーもその他大勢の美人キャスターのひとりになってしまう。政治家として生きる道だけが真の権力へとつながり、そして彼女は何よりも権力を欲している。したがってベヴァリーの暴れ馬のような野望に手綱をつけたいのであれば、その権力を失うかもしれないと脅すしかない。

「くそみたいなやり取り（ブルシット）抜きでさっさと済ませましょう」ピーターは口火を切る。「あなたと口げんかしている時間はもうないのだから」

汚い言葉を使ってはならないというホルへの信条に反して、ピーターはあえて下品な言葉を選んだ。これまでの経験からすれば、この会話は出だしからひどいものになるだろうし、大統領にもその先にあるものを知っておいてほしい。

「どうぞ」ベヴァリーの唇がゆっくりと動き、かすかな笑みをつくる。「くそみたいなや（ブルシッ）

り取りはあなたに似合わないものね」

ピーターは不意にぎくりとする。ベヴァリーはもう勝ったつもりでいる。新型の化学兵器が開発されたという知らせとＣＩＡのオペレーターが捕虜になったという一報のワンペアは、ベヴァリーが強硬に主張している外交政策の道へと政権をせっついて進ませることになる。大統領は軍事介入によってアサド政権を倒さなければならなくなるだろう。

どうしてベヴァリーは、何かにつけて大統領をこうも危険な対立に押しやろうとするんだろう。ピーターは幾晩も眠れぬ夜を過ごし、こんなことを自問していた。その理由が今日わかった。自分の辞任を棚上げにするためだ。

ベヴァリーがＣＩＡ長官に就いたのは和解のしるしだった。つまり党内融和の努力の結果であり、べつに彼女の外交手腕を買ったからというわけではない。だからピーターはそのように彼女に接してきた。閣僚会議への彼女の出席は必要最低限にとどめ、特定の問題についてのＣＩＡとしての正式評価は旧友のチャールズにしばしば仰いだ。

今回のベヴァリーの企てはその形勢を逆転させ、大統領の懐に無理やり入り込むためのものだ。だからといって大統領に取り入ろうというわけではない。彼女の辞任の日取りはホルへの就任式の翌週と決まっている。とは言え嫌がらせというわけでもない——そこまで性根は腐っていないはずだ。そう、この策略はすべて彼女が演じる舞台の最終幕のお膳立てを整えるためのものなのだ。その舞台は彼女自身の大統領就任で幕を閉じる。

「あなたは、自分はすべてをお見通しだと考えている」ピーターは自分の思うがままを言葉にする。「でもそれはちがいます」

「どういうことかしら？」

「まずあなたは自分が何者なのかわかってないんです。独りよがりでずる賢い裏切り者。それがあなたです」

「そんな言い方は許さない」

「受け入れなさい。まだ長官のままでいたいのなら。ベヴァリー、私はあなたほど頭はよくありません。実際、あなた並みに頭のいい人間なんかそういませんよ。そんな私でも、あなたが何をやってきたのかようやくわかりました。もう手遅れで、あなたを止めることはできないのかもしれません。それでもこのまま指をくわえて見ているだけで何もしなかったら、私は地獄に堕ちるでしょう」

「何をわけのわからないことを」

「私の犯した過ちは、あなたが私たちに勝ってもらいたがっていると勘ちがいしていたことです。第二次ゴンザレス政権は、次期大統領へ向けての自分自身の選挙活動を立ち上げる政治基盤にまさしくうってつけだ。そう考えているんじゃないかと。でもちがった。ですよね？」

今度ばかりはベヴァリーは何も言わない。ふくよかな唇はきっと結ばれ、眼はガラスの欠片（かけら）のような輝きを放っている。

「それはどういうことだ？」

その問いかけの言葉を発したのは大統領だ。ピーターはわずかに向きを変えるが、ベヴァリーからは決して眼を離さない。野望の露見と帝国の盛衰を同時に確認できる瞬間。ここで敵に背を向けるのは愚か者の所業だ。

「シリアですよ、大統領」ピーターはそう答え、ベヴァリーのねじ曲がった理屈を解きほぐしていく。「ずっとシリアだったのです。大統領にごり押ししてアサド政権を倒して、自分の遺産（レガシー）を確かなものにしたかったんですよ、長官は。考えてみてください――見事われわれがアサド政権を放逐して内戦を終結させたら、長官は先見の明のある、党の垣根を越えた人物と見なされます。統合参謀本部に気に入られ、シリアに平和をもたらした人物にもなります。そして最良のタイミングで〈ニューヨークタイムズ〉だか〈ワシントンポスト〉だかの友人に情報をリークします。自分は合衆国のさらに断固とした介入を訴えつづけてきた、とね」

「われわれが失敗した場合はどうする？」

「かえって好都合です。長官の辞任は既定路線ですが、それを知っているのはわれわれだけで国民は知りません。想像してみてください——シリアに軍事介入したものの、早々に泥沼化しそうなことが判明する。一週間後、CIA長官が辞任する。なぜ？　国民は疑問に思うが、長官は何も言わない。しかしマスコミはこのふたつの事実をつなぎ合わせてあれこれ考え、そして極めて重大な結論を導き出す。〝政権が推し進めるシリア対策に抗議するために長官職を辞したにちがいない〟。そのせいで、もしかしたらわれわれは選挙で負けるかもしれません。そうなれば、プライス政権は自分たちが始めたわけでもない戦争を続けなければならないということです。それからの四年間、ベヴァリーは穏健派の代弁者という完璧な立場を維持します。つまるところ、彼女にとってシリアは魔法のコインなんです——表が出たら自分の勝ち。裏ならわれわれの負け。今回のCIAによる襲撃作戦はたまたま実行されたわけではありません。実際には現場は実行に反対したと思います。賭けてもいいです。ここで失敗しても、彼女は失うものなど何もない。そう思いませんか？」

ピーターの繰り出す言葉の拳が大統領を連打する。大統領は打ちのめされ、椅子の背にぐったりともたれる。そしてそのまま何も言わず、ただ坐っている。ピーターの言ったことがあまりにもおぞましく、受け入れることができないかのように。

それでも結局は受け入れる。ホルヘ・ゴンザレスは陽気で底抜けに明るい楽天家だと一般に思われているが、それでも馬鹿ではない。二十年を超える政治人生で、人間が見せる最良の面と最悪の面をつぶさに見てきた。裏切られたのは今回が初めてではないし、これが最後というわけでもない。

「それは本当なのか？」

大統領の問いかけはベヴァリーに対するものだ。その言葉の裏には、ホルヘが受け継いだヒスパニックの血のかすかな名残りが隠されているようにピーターは感じる。彼の長年の友人は冷静な性質で、取り乱すことなどめったにない。が、心底怒ると、自分を育てた辛口なメキシコ人女性たちが憑依する。

さすがにベヴァリーは動揺している素振りなど寸毫も見せない。一応の礼儀として何を言われているのかわからないというふりすらしない。それどころか坐ったままテーブルから徐々に離れ、信じられないほど長い両脚を組み、大統領に拝謁を許すかのような姿勢を取る。

「この期に及んで、それが本当なのかどうかに意味がありますか？　この四年間のあなたは、わたしの言うことなんかどうでもいいという態度を十二分に見せてきました。その関係を、どうして今になって変えなきゃならないのかしら？」

大統領の小麦色の顔がワインレッドに染まる。「ベヴァリー、まさかそれほどまでとは思っていなかった。本当だ。きみが辞表を提出したら、私はいくつか電話をする。そのあとは、この街にきみの知人を名乗る人間はひとりもいなくなるだろう。どこかの市議会議員にはなれるかもしれない。だが国政でのキャリアはもうおしまいだ」

これで二度目だ。ピーターはそう思う。ここまで怒り心頭に発すると、得てして大統領は絨毯爆撃で相手を焼き尽くすきらいがある。爆弾を落としまくる友人を着陸させるまで、前回の場合ピーターは三日近くを要した。大統領が激怒するのも至極もっともだが、それでもホルヘに核爆弾まで落とさせるわけにはいかない。そこがつらいところだとピーターは感じている。認めるのもしゃくにさわるが、これからの四日間はベヴァリーが必要なのだ。

「大統領」ベヴァリーが何か言うより早く、ピーターは口をはさむ。「お怒りはごもっともです。それでも急いてはいけません。意見の相違点がはっきりしたからには、キャッスル長官もわれわれのシリア政策を喜んで受け入れるものと、私は信じています」

ベヴァリーが部屋中に響く笑い声で応じる。「一体全体、どうしてそんなことが思いつけるわけ?」ベヴァリーはそう言い、唇で微笑とも嘲笑ともつかない曲線を作る。

「これを」ピーターは眼のまえで黒い革製のフォルダーを開くと一枚の書類を取り出し、

指にマニキュアを施したベヴァリーの手元へと滑らせる。統合参謀本部を交えた閣僚会議に先立って、チャールズから送られてきた電子メールをプリントアウトしたものだ。約束どおり、チャールズはベヴァリーのことをどうにかしたのだ。

「何なの？」ベヴァリーは何の気なしに書類を手に取る。女王にふさわしい傲慢な口調だが、そのなかにピーターは一抹の不安を聞き取る。法を破るということの厄介なところは、その報いをいつ受け、どれほどの報いを受けるのかわからない点にある。

ベヴァリーの場合、とんでもないほどの報いを受けることになる。

「お読みになってください」ピーターはそう言い、今この瞬間を堪能する。

ベヴァリーの眼は大統領に向けられ、そしてピーターに戻される。そして眼を落とし、書類を読み始める。

展開されていくドラマを大統領は黙って見ており、ピーターは深く息を吐く。この書類を、彼は大統領にはわざと見せなかった。ベヴァリーを罠にはめ、その本性をさらけ出すことができるという確かな手ごたえに賭けていたからだ。そしてその賭けにピーターは勝った。

電子メールの文面を読むベヴァリーを、ピーターは忘我の境地もかくやとばかりに陶然として見つめる。そして彼女がのっぴきならない一節に眼を通したことに気づく。ベヴァリーははっと息を呑み、眼を大きく見開く。そして書類を今一度読む。心ここにあらずといった様子で、眼に見えないスカートのしわを震える手でなでつける。

ピーターはベヴァリーの力量を信じる必要があった。これが二流の政治屋なら、事細かに説明しなければこの書類の重要性を理解することはできないだろう。しかし彼女は一発でわかった。ベヴァリーなら頼りがいのある大きな資産（アセット）になれたかもしれないが、残念ながら自分の忌まわしい野望しか見えていない。その彼女も今やピーターにとっては数ある債務者のひとりだ。

「ご関心を惹かれましたか？」ピーターは言う。

ピーターは大統領ほどのヒューマンスキルは持ち合わせていない。しかしその政治的駆け引きの極意は全身全霊で理解している。政治人生の早い段階で、彼は打ち負かした相手に情けをかける大切さを学んだ。その表情から察するに、ベヴァリーはようやく膝をついたようだ。

中央情報局長官は二度息を呑み、そしてうなずく。声に出して答えることができるとは信じていないみたいに。

「結構です」ピーターは言う。「われわれはそのとおりにやろうとしているのですから」

12

大西洋上空のどこか

「以上だ」デジタル暗号化されたフロドの映像はそう言うと、機密保護（セキュア）が万全な回線を経由して隔壁に掛けられたモニターから見つめ返してくる。ガルフストリームの会議室は狭いが設備はしっかり整っている。プライヴェートジェットでの旅は実に快適だ。革張りの座席に深々と腰を沈め、この一時間のあいだに起こったことを全部反芻し、フロドの言ったことの整理を試みる。

レンタカーの車内に坐ったまま自分の家を見ていたときにかかってきたフロドからの電話を切ると、おれはアクセルペダルを目一杯踏み込んでアンドルーズ空軍基地を目指した。普段なら二五分かかるところを一五分もかからずに到着した。勢いそのままに基地のゲートにたどり着くと、歩哨の航空兵が助手席に飛び乗り、アイドリングを開始していたガルフストリームまで案内した。レンタカーのキーを航空兵に渡すとタラップを駆け上がり、ふかふかのソファにどっかりと腰を落とした。おれがシートベルトを締めるより早くガルフストリームは離陸した。適切な高度に達すると機首を東に向け、大西洋上空を音速の少し手前の速度でかっ飛んでいった。

巡航高度を保ったまま真一文字に飛んでいる最中に、平服姿のフライトアテンダントが機尾の会議室におれを案内し、ウォルナット張りのドアを閉めた。これからフロドが何を話すにせよ、まちがいなくおれの両耳にしか入らない。

最初のふたつのセンテンスで会議室を使う理由がわかった。テロリストどもが新型の化学兵器を手に入れたという情報だけでも充分なバッドニュースなのに、フロドがもたらした今度の情報はまったく新しいレヴェルのバッドニュースだ。

「それで、その準軍事作戦要員（パラミリタリー・オペレーター）がまだ生きているのはまちがいないんだな？」おれはそう訊く。推力一万五千ポンドの二基のロールスロイス製ジェットエンジンを最大出力にして、さっさと大西洋を渡り切ってくれ。おれはそんなことを願う。シリアのどこかで時計の針がカチリと進むたびに、ひとりの男の命がさらに危うくなっていく。

モニター上のフロドはかぶりを振る。「確かなことは何ひとつわかっていない。CIA（エージェンシー）の襲撃チームのリーダーは、ショーの死亡はまちがいないと言っている。弾丸（たま）が飛んできてその場を離れるまえに、脈だけは調べたんだと。また訊いたところで、そのリーダーから何を聞き出せるっていうんだ？」

何も言えなかった。考えたくもないほど身の毛もよだつシナリオだ。特殊作戦コミュニティの人間なら誰でもうなされる悪夢。

ＣＩＡのパラミリタリーチームは処刑施設から出てくるところを襲われ、混乱のなかで四人のオペレーターがやられた。残りのチームメンバーは殺された仲間を三人まで回収したが、四人目のジョン・ショーはキル・ゾーンの奥深いところに倒れていた。ショーの周囲には迫撃砲弾が落ちまくり、チームを脱出させるはずのブラックホークもすでに火を噴いていた。チームリーダーは身を切られる思いで四人目の部下を置き去りにする判断を下した。ジョン・ショーは死んだ。おしまい。

しかしショーが死んでいなければ、もしくはアインシュタインの言うことをとりあえず信じるとすれば話は終わらない。ショーは炸裂した迫撃砲弾で負傷した。ひどい脳震盪を起こしたが、それでも死ななかった。

ただし、そんなに長くはもたない。

「アインシュタインの話の裏は取れたのか？」おれは訊く。

フロドはまた頭を横に振る。「直接は取れていない。ジハーディストのウェブサイトにアップされたショーの拷問動画と、シリアの資産（アセット）に送られてきた彼の片耳はあるが、ショーを捕虜にしているやつらと例の化学兵器を開発したテロリストどもを結びつけるものは何もない。アインシュタイン以外には」

「あいつを信じるのか？」

フロドは肩をすくめてみせる。「ジハーディストのウェブサイトはしゃかりきになって情報を発信してるし、掲示板やＳＮＳでもこの話題でもちきりだ。投票日が次の火曜日だっていうタイミングで、とんでもない大ごとが起こったもんだ」

「テロリストどもはショーの処刑をライヴ配信するつもりだというアインシュタインの情報となんとなくつじつまが合うな」

「そうだ」

「で、どうなる？」

「シリアについての大統領事実認定はまだ生きている。ＣＩＡが戦域統制にあたり、あっちでのすべての作戦を仕切っている。救出活動もだ」

「おまえのかつてのお仲間たちはさぞかし大変だろうな」

フロドはうなずく。「統合特殊作戦コマンド（JSOC）の緊急即応部隊（CQRF）がすでにシリア内に配置済みだ。現地の作戦要員（オペレーター）は建前の上ではＣＩＡの指揮下に置かれるが、おまえも知ってるとおりＪＳＯＣはＣＩＡと反りが合わない。いずれにしろ、化学兵器とショーについての情報の頼みの綱はアインシュタインだけだ。今のところ、あいつの腹は決まっている。おまえ以外の誰とも仕事はしない」

「あのくそったれのことはマジで気に入らない」おれはそう言い、あの高慢ちきな兵器科学者とたった一度だけ会ったときのことを思い出す。「何とかできるうちにあの野郎をかっさらうべきだったんだ。でもうちの長官は腰が引けちまった」

「気持ちはわかるが、今さら言っても仕方のないことだ。でもなんであいつはおまえにご執心なんだろう？」

おれも同じことを自問しつづけているが、納得のいく答えはまだ出せていない。アインシュタインがおれ以外のハンドラーを拒んでいることは、いくつかの点で納得がいく。やつはおれのことを知っている。面倒なことになると知り合いを頼ろうとするのは人間の性だ。しかし同時に、溺れる者は藁をもつかむものだ。アインシュタインは本当に溺れかけているんだろうか。

「どうも気に入らないな、マット」おれが何も言わずにいるとフロドがそう言う。「一切合財があまりにも都合がよすぎる。おれたちが欲しがっていた科学者が、いちばん欲しいタイミングで心変わりする確率はどれぐらいだ？　それだけじゃない、あいつは化学兵器計画とショーの居場所という、まさしくおれたちが欲している情報を渡す構えを見せている。ほぼあり得ない話だ」

「そのとおりだ。でもおれたちはあいつに金玉を握られつづけているのもたしかだ。ショーがまだ生きているんなら、おれたちは連れて帰ってやらなきゃならない」

「だな。しかし今回は、おれはおまえの背中を守ってやれない。アインシュタインは一番の高値をつけた相手に死を売る最低最悪の糞虫野郎だ。おまえは良心というものを信じているのかもしれないが、おまえをジハーディストどもに売るほうが香ばしそうなら、あの野郎はそうするぞ」

「ああ、わかってる」おれは言う。「だからおれたちは賭け金を吊り上げる必要がある」

「どうやって?」

「おれとおまえだけでやるんだ。それがおれの考えている作戦計画(OP)だ」

いつもどおりに、フロドはおれが進もうとしている方向をあまり時間をかけずに理解した。三言か四言ばかり説明してやると、あいつはおれのプランを把握した。五言目で提案をしてきた。十分後にテレビ会議の回線が切断されたとき、おれは気づいた——おれの親友は一緒にシリアに行くことはできないが、それでもあらん限りを尽くしておれの背中を守ろうとしてくれている。六千マイルの距離をものともせずに。おれはレザーシートのリクライニングを倒す。果たしてこれだけで充分だろうか。そんなことばかりが眠ろうとするおれの頭に浮かぶ。

前回のおれたちの作戦行動では、フロドは三十センチも離れずにおれに寄り添っていた。そしてそのとき以来、おれたちはふたりともツキから見放されたままだ。

腕の震えが始まった日のことだ。フロドがハンドルを握るレンジローヴァーの助手席で、おれはクソみたいに大汗をかいていた。いつものように、先にフロドのほうがおれの異変に気づいた。

「大丈夫か?」フロドはそう言うとハンドルを左に切り、とろとろ走っているモペッドをかわしにかかる。エンジン音を轟かせながらの追い抜きざまにモペッドの前輪に接触し、モペッドはよたよたと歩道に向かって弾かれる。運転手は拳を振り上げるが、フロドは詫びる様子すら見せない。シリアでは車同士の接触はレースさながらだ。

「何のことだ?」おれはそう言い、膝の上に広げた地図から顔を上げ、レンジローヴァーのカップホルダーに入れてあるトランプの箱ほどの大きさの装置に眼を向けた。装置の強化プラスティック製のケースの真ん中では、二十五セント硬貨ほどの大きさのLEDが真紅の閃光を瞬かせている。

「手が震えてるじゃないか」

「ただの痙攣だろ」おれはそう答え、ラミネート加工された地図を指でなぞりながら、グローヴをはめた手を握ったり開いたりした。「あと八百メートルぐらいでやばいところに突っ込む。そこを切り抜けたあとの大きな交差点を左折しろ。目的地まであと八分」

「了解」フロドはそう言い、汚い排気ガスを吐きながら走る錆だらけのピックアップトラックを抜きにかかる。今回はじっくりとハンドルを右に切る。

レンジローヴァーのごつごつとしたオフロードタイヤが、縁石とは名ばかりの崩れかけたコンクリートに乗り上げた。フロドはハンドルを左に切り、道路沿いに並ぶ無人の露店をなぎ倒す直前に車の鼻先を車道に戻した。

この国に来て半年が経つが、フロドは現地民のように運転している。実際には現地民よりもうまく車を操る。隠れ家（セーフハウス）のだだっ広いモータープールに停めてある大量の車両とはちがい、フロドのレンジローヴァーのフェンダーはへこんでいないしサイドパネルにもかすり傷すらない。

おれたちは見事なチームワークを発揮していた。フロドが運転を、おれがナヴィゲーションを受け持って駆けずりまわり、現在進行中のシリア内戦の情報を提供してくれる資産（アセット）を集めていた。ところがこのときのおれは、フロドの見事なドライヴィングテクニックをもってしてもどうにもならないんじゃないかという恐怖に震えていた。眼のまえの装置のＬＥＤは、かれこれ四十分近く点滅しつづけている。三十分も余計にかかっている。

　その仕組みもそうだが、このしみったれたプラスティックの塊の使用目的は単純だ。おれがファジルを口説き落としたとき、彼は悩み苦しんでいた。シリア国民の大半と同じように、ファジルは内戦がもたらす際限のない暴力に怯えていた。国の西側からは、アサドとその子分たちが進攻してきて平和維持という名の下に町をことごとく壊滅させていた。そして東側では、イスラム国（ＩＳ）の黒い旗を掲げる外国人戦闘員の群れが手前勝手に解釈したイスラム法（シャーリア）を押しつけ、終末論に染まった教義を受け入れない人々を皆殺しにしていた。ファジルが暮らすアレッポは、この両陣営の勢力が交差する場所に位置している。ファジルはＩＳの情報を喜び勇んで報告してくれた。しかし彼はこの国を破壊する暴力の波をくい止める一助になりたい一方で、妻と生まれて間もないわが子の身も案じていた。その気持ちをおれは察し、彼の家族を国外に逃がしてやると申し出た。しかし妻に拒まれた。彼女は夫と一緒にいる覚悟を決めていた。

　おれたちは妥協点を探った。おれたちのいるセーフハウスからファジルのアパートメントまでは、車を使えば三十分だがヘリなら十分以内に着く。中東の居住施設の多くと同様に、ファジルのアパートメントハウスの屋上は住民たちの集いの場になっている。焼けつく太陽が沈んで涼しい夜気に包まれると、そこでこぞって夕涼みをする。フロドとおれは屋上構造の強度と安全性を見積もり、同じ結論に達した——平らな屋上は即席のヘリパッドにうってつけだ。

そのうえでファジルに問題の解決策を、コーヒーポットに仕込んだ衛星ビーコン発信装置というかたちで示した。自分と家族の身に危険を感じたら、ポットに埋め込まれたボタンを押す。それからおれたちが子ども部屋の奥にしつらえた強化構造のセーフルームに身を隠す。

ファジルと家族が脅威から逃れて立てこもっているあいだに、彼が作動させたビーコンは暗号化された信号を空に向かって放つ。そのはるか上空で、静止衛星が受け取った信号を増幅させて地上に送り返す。0と1の羅列はおれの受信機にたどり着き、内蔵するマイクロコントローラーがLEDを点滅させ、資産（アセット）がまずいことになっていると告げる。

仕組みは簡単だ。

ただし、そう簡単にはいかなかった。

おれはファジルのアパートメントのキッチンでチャイを飲みながらビーコンを渡した。妻のほうは大切な娘のアビールを腕に抱え、キッチンをせかせかと動きまわりながら軽食を用意していた。アビールは母親の肩越しにおれを相手にいないいないばあをして、グミのように甘い笑みを浮かべてから顔をさっと隠していた。

改造したコーヒーポットを渡すとき、おれはファジルにこう約束した――この装置を作動かせるようなことが起こったら、十分以内に騎兵隊を引き連れてここの屋上にやってくる。が、彼に最も必要とされている今この瞬間、おれはその約束を果たせずにいる。十分はとっくに過ぎ、揺るぎない恐怖感があとに残った。

「その震えはいつから始まったんだ？」またアクセルペダルを踏み込みながらフロドが尋ねてきた。道幅が広くなった直線路の利点を最大限に生かす覚悟を決めたようだ。シリアでのおれたちにとって、待ち伏せ攻撃に対して威力を発揮する武器のひとつがスピードだ。おれたちの車にはそう言えるだけの改造が施されている。それでも、レンジローヴァーのボンネットの下で唸り声を上げるV８エンジンが生み出すハイパワーをもってしても、この国のどこで出くわすかわからない死の脅威から逃れられないことがままある。砂漠の風が電子顕微鏡でしか見えない殺し屋どもを誰の手も借りずに運んでくるとなればなおさらだ。

「さあな」おれはそう答えたが、痙攣は手から前腕へと広がっていた。「おまえに言われて初めて気がついた。左折まで四百メートル。ファジルのところまであと五分だ」

「これはおまえの落ち度じゃない」視線を眼のまえの道路からおれに移し、フロドは言った。

「いや、おれのせいだ。何かあったら飛んでくると約束したのはこのおれだ。おれが約束したんだ」

「アサドが化学兵器攻撃を仕掛けてくるなんて予想できっこない」

「おれたちは諜報活動をしてるんだぞ、フロド。化学兵器攻撃の察知はそのど真ん中だ」

おれは眼のまえの道路の先を見つめつつ、助手席側のドアと座席のあいだに押し込んでおいたM－4カービンに両手で触れた。このときのおれは、誰を真っ先に撃ち殺したいのかわかっていなかった。またぞろ大量破壊兵器（WMD）でアレッポ市民を攻撃したのはアサドだが、おれが殺したかったのはCIAの支局長（ステーションチーフ）でセーフハウスの上級官、チャールズ・シンクレア・ロビンスン四世だ。

ファジルのビーコンによる救助要請に応じてCIAの二機のヘリを派遣することを、チャールズは拒んだ。化学兵器で汚染された地域に部下たちを行かせたくないからだと言って、あいつは承認拒否を正当化した。しかし本当の理由はCIAのQRFチームとパイロットたちの身を案じたからではなく、むしろ自己防衛本能がしっかりと働いたからだ。おれはそう考えていた。

CIAはとんちんかんな情報分析をいろいろと出していた。そのなかのひとつに、ISの狂信的なジハーディストたちに先手を打たれてアレッポを取られてしまうまえに、アサド側は通常兵器と併せて化学兵器による攻撃も矢継ぎ早に繰り出してくる可能性があると指摘するものがあった。おれたちのささやかなセーフハウスは、ものの見事にアサド軍の予想進路上にある。そこでわれらがチャールズは、戦うか逃げるかの選択を迫られるシナリオが現実になった場合にそなえて、CIAの火力とヘリを手元に残しておきたかった。そんなところだろう。

認めたくはないが、チャールズの判断は正しかったのかもしれない。それでもこの時点で正しいか正しくないかは問題じゃない。問題なのは、助けを呼べば十分もかからずに駆けつけるという約束を、おれは反故にしてしまったということだ。

頭のなかの時計が時を刻む馬鹿でかい音からどうしても耳をふさぎたかったおれは、窓の外を通り過ぎていく木立を見つめていた。風が集まって塵旋風が生じ、道端に散らばるゴミを巻き上げる。極小の低気圧は天然のブロワーとなり、紙くずを下草に吹き込んでいく。

こうした空気の流れが、平和だったアレッポの目抜き通り沿いに建ち並ぶ無数の家屋に口にするのもおぞましい死をもたらした。それが三十分前のことだ。おれの資産のアパートメントも見舞われたのかもしれない。そして今は同じ風が街のゴミまみれの通りを掃除している。

風とは気まぐれなものだ。

木立を通り過ぎた。道路の左脇のコンクリート舗装が切れて土になっているあたりで、その気まぐれな風に一枚の紙がぱたぱたとはためいていた。しかしその紙はほかのごみとはちがって風にあおられても宙に舞わない。まるで地面に繋ぎとめられているかのように、歩道の上で風のリズムに合わせて螺旋の舞いを踊っていた。

「ＩＥＤだ！」おれは叫んだ。心ここにあらずのおれの脳みそが、ようやく強い風と舞い飛ばない紙を結びつけた。あの紙は地中に埋め込まれた即席爆発装置（ＩＥＤ）の目標点だ。運命の瞬間。フロドに打てる手はふたつある――急ブレーキをかけるか、アクセルペダルを目一杯踏みつけるかだ。どちらの手も正解になり得るし、まちがいにもなり得る。コンマ何秒かの時間、おれという存在のすべては五分五分の可能性にゆだねられる。ブレーキかアクセルか。裏か表か。死ぬか生きるか。

まったく風とは気まぐれなものだ。

フロドはアクセルを選んだ。レンジローヴァーは突進していく。

裏が出た。

噴射される高熱と視力を奪う閃光。一陣の風がおれの頬をくすぐる。そして静寂。まじりけなしの絶対的な静けさのなか、過負荷に陥ったおれの感覚は死にもの狂いで修正作業に取り組んでいる。爆発の猛威で神経系がショートしたみたいだ。数分ぐらいに感じられたが、実際には何分の一秒かだったんだろう。その最高にご機嫌な時間のあいだ、おれの魂は宙を舞っていた。

そのあと、世界は一瞬にして元どおりになった。

溶けていくプラスティックと燃える繊維、そして超高温に熱せられた金属のにおい。そして肉のにおい。絶対に嗅ぎわけられる、黒焦げになった肉のにおい。

おれは頭をぶんぶんと振って残像を振り払おうとした。車内がやけに明るい。理由はすぐにわかった。レンジローヴァーはいまやオープンカーと化し、午後の陽射しが降り注いでいた。強化装甲を施されたドアに、ＩＥＤはまるでそれがバルサ材でできていたかのように穴をあけていた。

おれは左を見て、フロドに手を伸ばした。が、ハンドルは失われ、フロドの左腕の大部分もなくなっていた。あいつはいつも左手でハンドルを握り、右手をシフトレヴァーにかけて運転していた。そして今、レンジローヴァーを操っていたほうの腕は黒い切り株になっている。

フロドはひと言も発さずに運転席に坐り、そこにはない腕を前後にゆっくり振っていた。腕が見えないのは眼の錯覚かとでも言わんばかりに。まだ悲鳴は上げていない。おれと同じように、あいつの神経系も押し寄せてくる刺激の津波でぱんぱんになっているんだろう。

しかし神経の目詰まりはいつ治ってもおかしくない。脳が信号の受信を再開すると、二分か三分かのうちに命を脅(おびや)かすショック状態に陥ってしまうだろう。

もちろん、これから数秒のうちに襲ってくる暴力的な痛みを乗り越えられたらの話だが。

おれたちに災厄をもたらしたイラク侵攻から十五年ほどを経て、ＩＥＤはいくつか世代を重ねて立派に成長した。その技術と戦術は、単純な仕組みの指令爆破式ＩＥＤがただの子どもだとしたら現在のＩＥＤは成熟した大人だ。おれの先輩たちは、ヴェトナムのジャングルで指向性対人地雷(クレイモア)を起爆させてヴェトコンたちへの攻撃を開始していた。それと同じように、現在の道端の爆弾は手の込んだ待ち伏せ攻撃の引き鉄となる。あのＩＥＤを仕掛けたジハーディストどもが同じ手を講じているとすれば、本格的な攻撃がいつ始まってもおかしくない。

もう始まっていなければの話だが。

耳鳴りが収まると、トタン屋根に落ちる雨のような音が聞こえてきた。しかし雲ひとつない空から雨は降ってこない。金属と金属がぶつかり合う音の元はかなりおぞましいものだった――レンジローヴァーの防弾装甲の成れの果てにぶつかってひしゃげる高速弾だ。

おれはシートベルトを外してインテリアパネルに手を伸ばし、ハザードボタンの隣にある何の変哲もない後付けのボタンを押した。レンジローヴァーのフロントとリヤのバンパーに取りつけてある発射筒から発煙弾を空気圧で射出する音が鳴り響いた。

　いいほうに考えれば、見えないものに弾丸（たま）を当てることは難しい。破裂した発煙弾からもくもくと湧き出る濃い白煙は、熱映像照準装置（サーマルサイト）すら効かない特注品だ。

　悪いほうに考えれば、煙幕を張ったことで一撃目のＩＥＤではおれたちを倒せなかったことを攻撃側に知られてしまった。もう死んだふりはできない。煙幕が落ち着き、おれたちを包む不吉な灰色のもやに変わると、弾丸（たま）の雨は小振りからあられ交じりの嵐に変わった。

「腕のやつが！」フロドは歯を食いしばったままそう言い、シートベルトに悪戦苦闘している。

「落ち着け、相棒」おれはシートベルトを外してやり、あいつのシャツを掴んだ。「別の車を探すぞ」

　おれは助手席側のドアを開けると尻から身を放り出し、それからフロドを引っこ抜いた。おれたちは重なり合って路面に落ちた。その拍子に、あいつの腕の切り株がおれの胸に当たった。あいつは悲鳴を押し殺したが、黒い肌がその色を失いつつある。危険なサインだ。

「まだ踏ん張るぞ」おれはそう声をかけ、フロドの半身をフロントタイヤにもたれかけさせた。「腕の止血は自分でやってくれ」

もちろん包帯を巻いてやることはできる。しかし戦闘中の負傷がもたらす致死性のショックの大半は心に受ける。そうなった場合の対処法のひとつが、何かに精神を集中させてやることだ。普通はいろいろと質問を投げかけてやる。

あいにく今のおれたちには銃火の炉辺でおしゃべりに興じている暇はない。その代わりにフロドには仕事を与えて集中してもらった。おれはM－4カービンを手に取った。フロントバンパーの陰から顔を出し、〈イオテック〉のドットサイト照準器越しに木立に眼を走らせた。

情勢はかんばしくない。ゆらゆらと漂う煙幕の切れ間から、少なくとも六つの銃口炎が確認できた。そのうちの五つはカメラのフラッシュ程度なので小火器だが、六つ目は馬鹿でかい。メロンほどもある大きさの火の玉は歩兵用付属火器（CSW）のものにちがいない。

煙幕の有無などかまわず、とんでもない数の鉛玉がおれたちめがけて飛んでくる。

その事実を念押しするかのように一発がバンパーに当たり、金属の小片がおれの頬に降りかかった。「止血はできたか？」ちんけな遮蔽物になってくれているレンジローヴァーのタイヤハウスから身を引き、おれは声をかけた。

「できた」

おれは肩越しに確認してみた。止血帯が巻かれ、さっきまでほとばしっていた血はもう止まっている。フロドはモルヒネも自分で打っていた。よかった。でもろれつが回らなくなっている。

　順調でもない。

「まだいけそうか？」おれはそう話しかけた。

「誰に言ってる？　おれは泣く子も黙る空挺レインジャーだぞ。ちゃんと方向を示してくれたら、くそったれな鉛玉を誰かのど頭にぶち込んでやる」

　フロドが銃剣突撃を敢行することは当分ないだろう。片腕でもやろうというのなら話は別だが。おれはあえて危険を冒してバンパー上から顔を出してみた。弾丸が雨あられと降り注いだだけだった。

　おれは腹ばいになり、レンジローヴァーのシャーシの下からイオテックのドットサイトをぐるりとめぐらせた。何組かの足が見えた。M-4カービンのセレクターレヴァーを親指で押してセーフからセミオートに切り換え、赤い点を一番手前の足に重ねて引き鉄を引いた。M-4は狭い空間であり得ないほどの大声で吠えた。と、足が炸裂して赤い霧に変わった。おれたちを側面から攻撃しようとしたジハーディストは路面に倒れた。突っ伏したかたちになったそいつに、さらに二発撃ち込んだ。

　情けもかけないし降伏も許さない。これが強者のルールというものだ。わかったかこのタコ野郎。

「マット、何か手を打つならさっさとやっちまおう。腕が馬鹿みたいに痛い」

「踏ん張るんだブラザー」おれはそう言うと、逃げていく踵を狙ってまた二発撃ち、タイヤハウスの陰にいるフロドの元に戻った。「クソどもが本腰を入れてくるぞ」

おれの制圧射撃に、ジハーディストどもは慌てふためいて木立のなかに退散した。しかしこれがつかの間の勝利なのはわかっている。秩序だった攻撃を仕掛ければ、あいつらは汗ひとつかかずにおれたちを始末できるだろう。CSWの照準を右に三十メートルずらせば、おれたちは昔ながらのL字型の待ち伏せ攻撃にはまってしまう。そうなったら、おれたちの余命はものの数秒で判明する。

「おれたちはどんな感じだ、マット？」

「大体おまえが思ってるとおりだ」

「そんなにまずいのか？」

おれは答える代わりに、胸に装着したマルチバンド型携帯無線機(MBITR)の送信ボタンを親指で押した。「ウルフハウンド・メイン、こちらローンスター。応答せよ」

MBITRはものすごくいかした無線機だ。軽量コンパクトで暗号化技術が使われていて、アナログな要素なんかひとつもない。それはつまり、デジタル時代の産物のご多分に漏れず、こいつの仕事ぶりは1か0だということだ。最高の働きを見せることも、流木ぐらいにしか役に立たないこともある。通常、送信ボタンを押すとこいつはさえずり、内蔵された暗号化回路がまだ作動中だと知らせてくれる。ところがさっきボタンを押したときは空電音しか発しなかった。今日は流木になる日みたいだ。

おれはスロートマイクをいじくり、ブルートゥースのイヤフォンを調べ、また送信ボタンを押してみた。

「ウルフハウンド・メイン、こちらローンスター。応答せよ」

数分前には通過地点から連絡を入れることができたのに、今では一万五千ドルもすることの装置はままごとのオーヴン並みになってしまった。素晴らし過ぎて涙が出てくる。

「フロド、おまえの無線で試してみてくれ」

「ウルフハウンド・メイン、こちらローンスター。応答せよ。ウルフハウンド・メイン、こちらローンスター。応答せよ。だめだマット、うんともすんとも言わない」

クソ信じられない。無線機がきっかり同時に二台とも故障したことは不吉だが、おれの優先順位リストのトップじゃない。そう、栄えある第一位は、木立の向こう側に停めてある車両でCSWを操るふたりのジハーディストだ。

クソいまいましい。

機関銃弾がレンジローヴァーと路面を弾き、コンクリートの欠片が宙に舞う。

フロドとおれはどつぼにはまってしまった。航空支援は呼べないし、移動すれば絶対に撃たれてしまう。釘付けにされたままでいても、車両からCSWをぶっ放してくるふたりの間抜けに、股間から頭まで直径七・六二ミリの穴だらけにされてしまうだろう。いいことなんかひとつも見つからない。いや、ひとつだけあった。五十メートルほど離れたところに、セメントと漆喰でできた家がいくつか肩越しに見える。

フロドもおれもレインジャー連隊出身だ。つまり〈モガディシュ・マイル〉と呼ばれる伝統をふたりとも受け継いでいる。一九九三年、レインジャー連隊のある分隊は銃火が降り注ぐ苛烈なソマリアの首都モガディシュの通りを一マイル走り、置き去りにしてしまった戦友たちを救出した。フロドとおれが何とか生きて帰ることができたら、このどん詰まりの状況のことを誰かがいつか〈シリア・スプリント〉と名づけてくれるかもしれない。

「あれを見ろ、タフガイ」おれはそう言い、フロドの頰を軽く叩いて注意をうながした。

「これからここを離れて、六時の方向にある家並まで行く。おれはおまえを担ぐ。援護してくれ。わかったか？」

「いいねえ、マット」フロドはそう応じたものの、ショックと失血の影響は大きく、発するひと言ひと言の間隔がさらに長くなっている。「おれの銃は？」

「ちょっと待て」そう言うなり、おれはレンジローヴァーの車内に飛び込んだ。

レンジローヴァーに当たる弾丸の音は、あられがトタン屋根を打つ音から怒り狂うスズメバチの翅音に変わっていた。音速の壁を越えて飛んできた機関銃弾はおれの頭の十センチほど上を通過していく。煙幕は晴れつつあり、ジハーディストの狙いは定まりつつある。コンソールの真ん中にある電子ディスプレイに手を伸ばしてタブレットを引っぺがすと、おれは車から抜け出した。そのとき一掃射がおれの肩をかすめた。

「くそ」おれはそう毒づき、フロドの横に転がった。

「撃たれたのか？」

「かすっただけだ」おれはそう言い、シャツに咲いた小さな赤い花を見た。「仕返しの準備はできたか？」

「愚問だ」

「よし、当たって砕けろだ」

おれのハイスクールの作文教師が好きだった小説なら、〝運命の瞬間〟だとか〝正念場〟だとか表現するんだろう。でもおれは単純で飾り気のない男だ。だから〝生死の分かれ目がまさに明らかになる瞬間〟ということにしたい。こっちのほうが大袈裟なところは少ないと思う。まあどうでもいいことだ。おれはｉＰｈｏｎｅサイズのタブレット端末の電源ボタンを押し、おれたちの控えめな車を改造した軍の出入りの防衛業者がしっかり仕事をしてくれていますようにと祈った。この新機軸の仕掛けは、ショッキングな出来事が起こって車のバッテリーが切れても作動する。そこの技術者たちはそう太鼓判を押した。

そう言えば彼らは〝ショッキングな出来事〟とやらの具体例を教えてくれなかった。車の横っ面に爆発成形侵徹体（対装甲用の弾頭の一種）を喰らうことがその一例じゃないとすれば、おれには〝ショッキングな出来事〟の定義そのものがわからない。

ディスプレイに命が灯った。ささやかながらも、ここ十分で初めての吉報だ。一瞬間を置いて、油圧装置が作動する音が聞こえた。ここまでは順調だ。

「ほら」おれはそう言い、ディスプレイをフロドに渡した。「片手で操作しなきゃならないんだが」

「スクリーンが赤く光ってるぞ、マット」

その理由はレンジローヴァーをひと目見ただけでわかった。仕掛けが動き出して予定どおりに車の後部を持ち上げたまではよかったが、回転銃座（ターレット）はダメージを受けているみたいだ。支柱の一本が曲がり、それが装置の作動の妨げになっている。

防衛業者はどいつもこいつもクズばかりだ。

「どうやら銃座は動かないみたいだ」おれは言った。「でも考えてみりゃ、本当はそっちのほうがいいのかもしれん。おまえは片腕をなくしちまったけど、そもそも両腕がそろってたころから大した腕前じゃなかったからな」

「ふざけんなよ、てめえ」

「おっと言葉には気をつけてくれよ」おれはそう言い、スリングを使ってＭ－４カービンを胸に固定した。そしてしゃがむと、フロドを摑んで肩に担ぎあげた。

「これでよし」ずきずきと痛む肩に眼もくれず、おれは言った。「とっとと終わらせちまおう」

フロドは何ごとかぶつぶつとこぼした。ほんの一瞬の間を置いて、レンジローヴァーの屋根にあるミニガンが火を噴いた。世界一馬鹿でかいチェーンソーのような轟音が鳴り響く。

〈ディロン・エアロ〉社製のＭ１３４Ｄミニガンの六本の銃身が毎分六千発の弾丸（たま）を発射するところを見たことがないのなら、この世に生きている価値はない。かく言うおれも遠隔操作兵器とは無縁の人間だから、こいつの働きぶりをしっかりと評価できる立場じゃないのだが。

でもジハーディストどもはしっかりと見た。

さっきまで、レンジローヴァーにはテキサスの霰交じりの嵐（ヘイルストーム）もかくやというほど弾丸（たま）が降り注いでいた。しかしミニガンからほとばしる真紅の曳光弾（トレーサー）の流れが木立の向こう側に吸い込まれていくと、銃撃は止んだ。

残念ながら、フロドがもたらすこの〝恐怖と畏怖（二〇〇三年のイラク侵攻の戦略標語）〟を、おれは正しく評価することができなかった。なぜならフロドを担いだ状態で、酔っ払ったカバのように優雅な足取りで背後にある家屋に向かってどたどた走っていたのだから。どのみち、これは一時しのぎに過ぎない。ジハーディストどもについて言いたいことがあるとすれば、あの野郎どもは馬鹿であっても間抜けじゃないということだ。でなければ止むこともない内戦のなかを三年も生き残ることはできない。つまりおれたちのミニガンは華々しい火力を誇るが、本当は左右に銃口を振ることができないことに気づかれるまで、そんなに時間はかからないということだ。とんでもない音を立てながら弾丸（たま）を消火ホースのように注いではいるが、射線の正面に立たなければ比較的安全だ。

漆喰壁まであと半分というところで、ミニミニ版塵旋風がおれの両側でまた息を吹き返してきた。ミニガンがただの花火だと見抜いて目もくれず、必死に逃げているふたりの男を狙い撃つジハーディストが、少なくともひとりはいたみたいだ。

距離をさらに半分に詰め、あと十メートルちょっとまで来たところで、自動火器の一斉掃射が眼のまえの壁を叩き、漆喰に何ダースものクレーターをつくった。

おれは右にそれ、ジハーディストどものあいだにレンジローヴァーを挟もうとした。その努力は無駄に終わった。安全地帯まであと五メートルというところで、ずっと恐れていたことが起こった。走っていたと思ったら、次の瞬間おれは前のめりに倒れていた。一発がおれの左脚を引き裂いたのだ。

鮮烈な痛みだった——子どもの頃、牧場の電気柵を摑んだときのような白熱の痛みだった。そのときとちがうのは、間抜けなことをしでかしたおれを救ってくれる人間はひとりもいないというところだ。おれは激しく倒れ込んだが、間一髪で顔を横に向けた。鼻は潰れなかったが、それでも土埃だらけの路面に顔をしたたかに打ちつけた。ピックアップトラックの荷台からコンクリート袋を放り落としたような鈍い音がした。フロドは肩から落ち、ぽきんという音を立てた。遠隔操作用のタブレットがあいつの手から離れて宙を舞い、コンクリートの路面を滑り、あばただらけの壁で止まった。安全地帯までの五メートルが五百メートルにも感じられた。

もうおしまいだ。

おれは腕立て伏せの姿勢から横に転がって仰向けになった。それから無事なほうの脚で地面を押してずり上がり、両肩をフロドに押し当てた。そしてやっとの思いで半身を起こして座位を取り、うつ伏せに横たわるあいつに背中をもたせかけ、左脚から襲ってくる激痛の波を必死になって無視した。すぐに圧迫包帯を巻かなければ失血で気を失ってしまう。しかし今やらなきゃならないのはそれじゃない。ミニガンは沈黙し煙幕も晴れてしまい、おまけに左脚がもはや言うことをきかないこの状況で失血死するまで生き長らえたなんて、どう考えても夢物語だ。

フロドは珍しく無言だ。気絶したか、とうとうショックに屈してしまったのかもしれない。でもおれの頭はまだはっきりとしている。つまりおれは伝統を守らなければならないということだ。戦場で死んでいくことについては、レインジャー連隊は確たる哲学を各員に求める——小銃を手にした状態で死に直面したら、弾切れになるまで撃ちまくれ。撃ち尽くしたら拳銃を撃て。それも尽きたらナイフを抜け。おれのM－4カービンはまだ弾倉が一個丸々残っている。つまりまだまだおしまいにはできないということだ。

「マット?」

フロドの問いかけは何かしらの意味がある言葉というよりも臨終間際の喘ぎ声のようにも聞こえたが、何を訊いているのかはわかっている。おれがどこにいるのか知りたいのだ。人間いざというときになると、誰でも来世への旅立ちにひとりも見送りがいないことを嫌がるものだ。

「ここにいるぞ、ブラザー」胸にしっかりと締めていたM－4カービンのスリングを緩めながら、おれはそう言ってやった。そして背中をフロドの体に押しつけ、ふたりでTの字を描いた。M－4の銃床（ストック）を肩に押し当て、ドットサイトを長距離射撃用の〈トリジコン〉の4倍率・32ミリの光学照準器に交換した。おれは照準器越しに木立をさっと見渡し、機関銃弾がおれたちに襲いかかる前に標的を探した。

ジハーディストどもの顔がいろいろと見えたが、最初に見つけた野郎は撃たず、照準器を巡らせる手がひとりでに止まるまで待った。賢そうな眼をして豪勢なあごひげをたくわえ、こめかみのあたりに白いものが交じった男がレンズ越しにおれを見つめ返してきた。その男はモトローラの無線機を口元に当て何ごとか話した。それから携帯電話に持ち替えた。

うってつけのターゲットを見つけた。前線指揮官だ。死ぬならあの野郎を道連れにしてやる。おれは呼吸を整え、照準器に刻まれた目盛りで距離を測った。二百メートル。通常なら光学照準器を使えば楽勝で命中できる距離だが、負傷しているうえに不安定な姿勢で撃たなければならない。

それでも海軍のSEALsが言っているように〝楽ができたのは昨日まで〟だ。

照準器のレティクルの十字のど真ん中に男の頭を捉え、ひとつ息を呑んで吐き出すと、おれは引き鉄を絞った。弾丸（たま）が放たれようとするその刹那、不意に一陣の風がおれの頬を打った。

風とは気まぐれなものだ。

男の頭は後ろに弾かれたが、砕け散って赤い霧の雲にはならなかった。代わりに顎から耳にかけての頬に溝が刻まれた。男は携帯電話を落とし、手を顔に押しつけた。指のあいだから血が流れ出ている。それでもそいつは身をかがめることもなく、まるでこっちが見えるかのようにおれのほうを見つめた。そして最高にくそみたいな行動に出た。おれたちを仕留めるよう部下に命じるわけでもなく、みずからライフルを手に取るわけでもなく、ぎくしゃくした手で何ごとかを命じた。服従させることに慣れている人間の手振りだった。その命令に応え、ジハーディストどもはそれぞれ銃を取り、そして木立の暗がりに溶けていった。やつらはフロドとおれが心安らかに旅立てるようにしてくれた。

「ミスター・ドレイク?」

一瞬のうちに、血と土埃のシリアからガルフストリームの空調の効いたキャビンに引き戻される。おれはがばっと身を起こす。額は汗で濡れている。ジハーディストどもが謎の撤退をし、その数分後に二機のMH‐60Lブラックホーク直接行動侵攻機（DAP）が水平線を華やかに彩ったあの日と同じように、息をぜいぜいいわせている。結局のところ、二機の救助ヘリはレンジローヴァーに仕込まれていた緊急ロケータービーコンに召喚されて飛んできたのだ。炸裂したIEDの衝撃波が襲ってきた時点でロケータービーコンが自動的に作動し、おれたちのGPS位置情報と状況をウルフハウンド・メインに送信していたというわけだ。

防衛業者はクズぞろいじゃないのかもしれない。

「大丈夫ですか？」

「ああ」背後の開いたドアの戸口に立っているフライトアテンダントに、おれはそう言う。

「大丈夫だ」

フライトアテンダントはしばらくおれを見つめる。その視線はタコ殴りにされたおれの顔の上を縦横に走る。「わかりました」彼はそう言う。「トルコ到着は六時間後です。ご入用なものはありますか？」

「ギターはあるか？」

「ギター？」

「そうだ。アコースティックがあればありがたいんだが、なければエレキでもかまわない」

「もうしわけございません。本機にギターは積んでおりません。それ以外にはございませんか？」

「あるとも。ボウル一杯のM&Mは？　ただし茶色いやつは抜きで」

「は？」

「ヴァン・ヘイレンのファンじゃないみたいだな。まあいいや。ちょっとばかり寝させてもらうよ。一時間経ったら起こしてくれ（ヴァン・ヘイレンの初代ヴォーカリストのデイヴィッド・リー・ロスは、ステージ契約の付帯条項に『楽屋に茶色以外のM&Mを用意すること』と記載した。相手が契約書の隅々まで読んでいることを確認するためだったと言われている）」

「かしこまりました」心底ほっとした表情を浮かべ、フライトアテンダントはそう言う。頭のいかれた男を機尾に隔離したまま放っておくことができて、よっぽどうれしいんだろう。

「それではよい夢を」

おれは言葉を返さない。ポケットのなかの睡眠導入剤（アンビエン）があれば眠れることまちがいなしだが、ここ最近の出来事からすれば、よい夢などもはや過去の遺物だ。

13

ワシントンD.C.

「繰り返し申し上げますが、この会議での発言はすべて〈Ｚレヴェル〉とさせていただきます」ピーターはそう言う。「何かご質問は？」

ピーターは大統領の側近ひとりひとりと眼を合わせ、視線を顔から顔へとめぐらせる。狙いどおり、〈ズールーレヴェル〉の発動は眼の覚めるような効果を発揮してくれた。統合参謀本部のお歴々はそろいもそろって苦々しげな表情を浮かべ、文官の長官たちは軍人たちを盗み見て不安の色をのぞかせている。

〈ズールーレヴェル〉の機密情報区分はゴンザレス政権の最初の二年間に幾度も災いをもたらしていた情報漏洩を阻止するべく新たに導入されたもので、ピーターの施策のなかでは結構うまくいった部類に入る。アルファベットで程度が示される機密情報区分のなかで最も厳重な〈ズールーレヴェル〉に指定されるということは、いかなる情報であれその開示は国家反逆罪と見なされ、死刑も適用され得ることを意味する。

幸いなことに、この罰則が執行されたことはまだない。しかしこの世界に棲息する海千山千の政治家たちにメッセージは充分に伝わった。たまに記者と連絡を取ることはビジネスの一環としてありでも、機密情報のリークは絶対になしだ。〈ズールーレヴェル〉の設定から一週間も経たないうちに、政権に害をなす情報漏洩はぴたりと止んだ。それはそれとして、ここがズールーの抑止力としての真価の試しどきだ。ピーターはそう確信している。

楕円形の会議テーブルに並ぶ面々の、大統領を除く全員が〈ズールーレヴェル〉の適用について声に出して同意した。返事を聞き終えたところでピーターは話を始める。

「みなさんありがとうございます。物騒な前置きになってしまって申しわけございません。しかし先ほどキャッスル長官が触れたように、これから私たちが協議しなければならないことは、我が国が直面するキューバ危機以来最も深刻な脅威なのです」

ピーターは話を切り、自分の言葉の重みを受け止める時間を与える。彼の左に坐るベヴァリーは取り決めどおりにおごそかに首肯し、大統領首席補佐官の言葉にさらに重みを加える。過去最高に手の込んだ策略の網を、これからピーターは張りめぐらせていく。これからつく嘘を、ここに居並ぶインテリ全員に信じ込ませるためには、ベヴァリーを完全に味方につけなければならない。幸い三十分前に見せた、びっしりと文字が詰まった一枚の書面が功を奏し、ピーターはベヴァリーの心も情も魂も手中に収めた。

もちろん、ベヴァリーに魂があればの話だが。

「先ほど申しあげたとおり」ピーターは話を再開する。「キャッスル長官は大統領のご意向を酌み、極秘作戦を敢行しました。残念ながら、〈イーヴン・フロー〉と名づけられたこの作戦は部分的な成功しか収めることはできませんでした。キャッスル長官、〈イーヴン・フロー〉の総括を引き続きお願いします」

ピーターはうなじが総毛立つ嫌悪感をおぼえつつ、この会議の主の座をベヴァリーに譲り渡す。それでもこのテーブルに集った閣僚たちに聞いてもらう新たな嘘は、直接ベヴァリーの口から発せられなければならない。ベヴァリーの時宜を得ない報告で会議がとんでもないことになってしまったのはつい先ほどのことだ。これからつく嘘を大統領の側近たちに真実としてしっかりと受け入れてもらうためには、その嘘の紡ぎ手はピーターではなくベヴァリーでなければならない。

それればかりか、偽りの言葉をその口から吐くたびに、ベヴァリーは大統領との結びつきをさらに強いものにしていくことになる。最悪の嘘が実を結び、そしてピーターの捨て身の策が閣僚たちそれぞれの面前で炸裂すれば、ここにいる熟練の政治家たちは〈イーヴン・フロー〉の最悪な部分を語ったのはゴンザレス大統領でもピーターでもなくベヴァリーだと記憶するだろう。

「みなさん」歯切れがよく落ち着いた声でベヴァリーが話を引き継ぐ。「ご報告のとおり、シリアで活動するＣＩＡの準軍事作戦チームが化学兵器研究所と疑わしき施設を急襲しました。作戦遂行の過程で人的損耗が生じました。そして死亡したと見られていた一名が存命中で、拘束されたことが判明しています。みなさんにまだお伝えしていなかった点がありますーーその化学兵器研究所と思しき施設はアサド政権の支配地域内にあります」

ここでベヴァリーの背後の壁に掛けられたモニターが息を吹き返す。映し出されたのはシリアの地図で、アサド政権とイスラム国、そして有象無象の抵抗勢力がそれぞれ主張し、絶えず動きつづける支配地域の境界線が記されている。その境界線で色分けされた地図は、理路整然とした軍用地図というよりも抽象画の様相を呈している。

つまるところ、これがシリアの厄介なところなのだ。この国は暴力集団の寄せ集めで、しかもどの集団も破壊しか眼中にない。戦火に引き裂かれたこの地にあって予測可能なことはただひとつ、予測不可能だということだけだ。今日の友は明日の敵となり、アサド支持者たちが支配する町は一夜にしてＩＳ分派の隠れ家と化す。

この混沌の大渦巻の只中に、ベヴァリーは合衆国の息子たちと娘たちを送り込みたいのだ。たしかに米軍による秘密作戦に犠牲はつきものだ。それでも戦死者名簿に見向きもしないベヴァリーの非道ぶりを思うと、ピーターはいまだに愕然とさせられる。ピーターも頭のなかがお花畑の平和主義者ではない。死を賭すに値する大義があることはわかっているが、シリアがそうした大義のひとつではないこともわかっている。

「話の途中ですまないが、長官はそのIS分派はアサド政権の保護下にあると言っているのかね？」

質問の主は統合参謀本部議長のジョニー・エッツェル陸軍大将だ。この男は要注意。ピーターは心のメモにそう書き留めておく。軍部トップが頭脳明晰なのは、それはそれで結構なことだ。しかし才気煥発でカリスマ的となるとそうはいかない。往々にしてボスにあたる政治家たちの眼の上のたんこぶになるからだ。トルーマン大統領とマッカーサー元帥ののっぴきならぬ関係を見ればよくわかることだ。

「恐れながら大将、わたしが申しあげたのはまさしくそのとおりです」ベヴァリーは答える。「かなり以前から、アサドはIS内部のさまざまな派閥に庇護の手を差し伸べているとCIAは見ています。そして遺憾ながら、今回の出来事はふたつの組織の結びつきを示す最初の直接証拠です」

「その事実は、拘束された作戦要員（オペレーター）にどのような意味がある？」エッツェルが問いかける。

ピーターは大将の名前をリーガルパッドに走り書きする。従順ではない将軍をスタッフに迎える余裕はゴンザレス大統領にはない。エッツェルについては早急にしかるべく手を打たなければ。

「奇妙に思われるかもしれませんが」ベヴァリーは答える。「われわれにとって、実際のところ願ってもない展開です」

「何だと？」エッツェルは言う。

「確認した映像から、われわれのオペレーターを拘束しているのが誰なのかは一目瞭然です。われわれとしましては、アサド政権に圧力をかけることでオペレーターの解放と本国への送還を確実なものにできると見ています」

「つまり救出作戦は行わないということなのか？」エッツェル大将が言う。

「それは大きな誤解です、大将」ピーターが言う。

閣僚たちから批判の矛先を向けられているベヴァリーを見て内心ほくそ笑んでいたが、ここは共同戦線を張るタイミングだ。これが大統領の意向だと閣僚たちに信じ込ませなければならない。救助作戦を敢行しないもっともらしい理由を確かなものにするために、ピーターは大統領直々(じきじき)の発言すら最小限にとどめようとしている。

「われわれのオペレーターを連れ戻すためには、いかなる努力も惜しみません」ピーターは苦虫を噛み潰したような顔でそう言う。「キャッスル長官が言及したとおり、目下のところ、オペレーターを拘束しているIS分派に圧力をかけるようアサド政権と交渉している最中です」

「まさか、それがわれわれの計画のすべてというわけじゃないだろうね？　殺人狂の独裁者と交渉することだけが？」

またエッツェルだ。ベヴァリーを抑え込みさえすればこの会議は順調満帆に進むという目論見は甘かったのかもしれない。目先のことばかり考えていたせいで、すべてがおじゃんになるかもしれない。まずは閣僚の誰かを味方に引き入れておくべきだったのかもしれない。ピーターの頭にそんな不安が浮かんでくる。軍人は命令に従うものじゃないか？これは一体どういうことなんだ？

「もちろんそれだけではありません」エッツェルの攻撃を真っ向から受け止め、ピーターはそう答える。「最後まで説明させていただけるのなら、こう申しあげる――」

「ここは私が説明する頃合いだと思うが」

その声は疲れの色を帯びてはいるが、まぎれもない命令口調だった。声の主はホルヘ・ゴンザレス大統領だ。この発言は計画になかったことだが、ここで大統領に言い含めることは自殺行為だ。それでなくともピーターの企ては激しい反発を招くものだ。そしてこの行動指針が大統領の意向に反するものだと閣僚たちが判断すれば、企ては即座に潰えてしまう。

「私はピーターとベヴァリーの努力に感謝している」閣僚たちひとりひとりを見ながら大統領は言う。「しかし最終的に判断を下すのは大統領たる私であり、きみたちも私の口から聞かされるべきだ。当然ながら、拘束された兵士の解放をアサド政権だけに頼るわけにはいかない。が、またぞろ中東の独裁政権と干戈(かんか)を交える心づもりもない。そんなことをすれば、進攻中のアサド軍を今なお航空支援しているロシアと真っ向から対峙する可能性があることは言うまでもない」

「では、どのように対処すればよろしいのでしょうか、大統領?」エッツェルは言う。

「第三国を介しての交渉は継続する。そしてアサド政権に、CIAのオペレーターを拘束したIS分派が彼らの支配地域で活動していることを、われわれは把握していると伝える。オペレーターが死亡すれば、その責任はアサド大統領本人が負うことになるとも通告する」

「僭越ながら申しあげますが大統領、それだけでは不充分なのではないでしょうか」エッツェルはなおも食い下がる。

「むろん、私もそれだけでは足りないと考えている」大統領は答える。その声は重々しい。

「だからこそ救出の試みに向けて各所との調整に着手するよう、キャッスル長官に命じてある」

「恐れながら大統領、であれば統合参謀本部にお任せいただいたほうがよろしいのではないでしょうか？　救出作戦が統合特殊作戦コマンド（JSOC）の第一線部隊ではなくキャッスル長官のパラミリタリーチームによるものだとしても、われわれは相当な戦力のストライク・パッケージを待機させる必要があります。少なくとも、現在は地中海を離れている空母打撃群を呼び戻さなければなりません。加えて私としましては——」

「エッツェル大将、きみは私の話を誤解している」片手を上げて制し、大統領は言う。

「あからさまな戦闘行為に踏み込むわけにはいかない。プーチン大統領は、政治面でも軍事面でもかなりの資本をシリアに投入している。彼としては、アサド政権の主権はロシアが守るとアサドに言ってやりたいところだろう。ここでわれわれが事態をエスカレートさせてしまえば、それがどう認識されようがロシアも同じ手を打ってくるにちがいない。しかしここではっきりさせておく。私は、われわれの兵士をひとりたりとも戦地に置き去りにはしないと心から誓う。だからこそキャッスル長官は経験豊富なシリア人資産（アセット）からなる小規模ながら高機動な戦闘集団を編成し、ＣＩＡのオペレーターが拘束されていると思しき場所に攻撃可能な距離に展開させる準備を進めている。実行可能（アクショナブル）な情報を入手次第、全力を尽くして彼の救出にあたる。それまではアサド政権と誠意をもって交渉にあたり、キャッスル長官および各情報機関に時間を与える」

「つまりキャッスル長官主導で進めているというわけですか？」

ジェレミー・トンプスンが口を開く。今回は国家情報長官(DNI)の権限をあからさまに奪われてもまったく腹を立てていないようにピーターには思える。たぶん会議テーブルを囲んでいる軍人たちとはちがって、ジェレミーは根っからの政治屋だからなのだろう。現政権内での彼の評価は下がりつづけているが、ゴンザレス政権がこのままいつまでも続くわけではない。今回の救出作戦が〈イーグルクロー作戦〉――カーター政権がイランの過激派に人質にされた大使館員たちを救出しようとし、人的損耗をこうむった挙げ句に失敗に終わった一九八〇年の作戦――の再現になればことさらに。そんなことになれば、DNIのトンプスンは慙愧(ざんき)に堪えないとでも言わんばかりの顔で議場に立ち、そもそも自分はこの作戦に最初から反対だったと言い訳することが可能になる。

もっともらしい自己弁護もいいところだ。

ピーターには、この男のことがある意味うらやましく思える。ベヴァリーの立ち位置と同様に、結末がどうなろうとDNIの地位を維持する気満々だ。うまくいけば、少しばかりのうわべだけの謙虚さをあれこれこねくりまわし、手柄を得ることができる。失敗しても、統合参謀本部の将軍たちに自分の言い分を立証してもらえばいい。

政治家は意気地がなければ絶対にやっていけない。

「ええ、ベヴァリーが主導しています」捕捉説明が必要な発言を大統領がしないようにピーターが答える。「追加の資産(アセット)が必要だと判断した場合、彼女が調整にあたります。さしあたりトンプスン長官には、状況の進展に応じた追加的な任務や緊急事態に備えて待機をお願いいたします。ベヴァリー、ほかに何か言っておくべきことはありませんか?」

一瞬ベヴァリーは無表情でピーターを見つめたのちに聴衆に向き直る。「現時点ではこれ以外に何もございません。状況報告は副長官が一日に二回行います。当面のあいだは、とくにJSOCの部隊もしくは戦闘捜索および救助(CSAR)にあたる資産(アセット)に関する質問についてはCIA作戦本部(DO)の担当官に連絡していただくようお願いいたします。ほかに何かございますか、大統領?」

「作戦面については何もない。ありがとうベヴァリー」大統領は一旦言葉を切り、腕組みをして眼を落とす。ややあって顔を上げると、両眼に固い決意の光を宿している。「私は必ず彼を連れ戻す。それは諸君にはっきり言っておく。アクショナブルな情報が入り次第、文字どおり合衆国の全力を投入する。彼も、そして諸君らも裏切るつもりはない」

そのひとつひとつの言葉の意味を取ってみても、大統領の演説は素晴らしいものだった。自分が何も手を打たずに放っておけば、ホルヘ・ゴンザレスはすべてを賭けてしまうだろう。どこからどう見てもすでに死んでいるはずの男を救出できる見込みがほんのわずかでもあれば、これまでの業績と政治的資本、そして選挙すらも投げ出して救出を命じるだろう。ピーターはそう信じている。だからアクショナブルな情報は一切入ってこない。彼はそう信じている。

チャールズ・シンクレア・ロビンスン四世が何とかしてくれる。CIAのオペレーターが犠牲になるのは痛ましいことであり、彼の不必要な死の責任の所在はひとえにCIA長官にある。しかしそれを云々するのはあとでいい。大統領と同じようにピーターも心から誓っていることがあり、それを守るつもりでいる。ことをうまく運べば、ショーの悲劇的な死はほかの誰かの命を守ることになる。往々にして、兵士が望むことはそれしかない。

14

「キャッスル長官？　キャッスル長官、少しお時間よろしいですか」

　より声の大きな二度目の呼びかけで、ベヴァリーは初めてピーターに声をかけられたかのように振り向く。そんなやり口にピーターはだまされない。ベヴァリーは防弾措置が施されたリムジンにまっすぐ向かっていた。先ほどの戦いでは自分が勝ちを収めたが、ベヴァリーはまだ白旗を上げたわけではないとピーターは思っている。

　ベヴァリーのことはいろんな言葉で表現できるが、決して敗北主義者ではない。

「ピーター、悪いけど本当に時間がないのよ。ＣＩＡ本部（ラングレー）に戻ってからにしていただけないかしら？」

　ホワイトハウスの狭い廊下にいるふたりの両脇をそろそろとすり抜ける職員が何人かいるが、ピーターとベヴァリーはおおむねふたりきりだ。ほかの閣僚たちが帰ってから五分以上をかけ、ベヴァリーは会議テーブルの席に残ったまま機密保護が万全なブラックベリーで何本か電話をかけ、画面をスクロールしてメールをチェックし、それから退室した。

さっきまで演じられていたひと幕の一切合財を、ピーターは疑いの眼で見ていた。CIA長官の演技の一挙手一投足を細部に至るまでチェックする必要はなかったが、それでも彼はベヴァリーの間の取り方におかしなものを感じた。おそらくベヴァリーは誰からもないがしろにされたくなかったはずだ。自分の評判を上げることばかり考えている背広組の長官からも、計画段階から先に進むことなどあり得ない救出作戦について手前勝手なアドヴァイスをしてやろうという気まんまんの、神経を昂ぶらせた統合参謀本部の将軍からも。

ピーターが会議室から出てすぐのところに置かれているデスクセットにいた理由はそこにあった。ベヴァリーが出てくるまで待ち、そして行動を起こした。ポトマック川を渡ってCIA本部（ラングレー）の要塞に戻ってしまえばベヴァリーは地の利を得る。しかし彼女が今いる西棟（ウェスト・ウィング）はピーターの縄張りだ。

「申し訳ありません」しかるべく申し訳なさそうにピーターは言う。「でも必ず手短に済ませますから。こちらに来ていただけませんか？」

ピーターは、ずらりと並ぶドアのひとつを指差す。その内側には、長年のうちにミーティングルームに変わってしまったクローゼットほどの空間が並んでいる。ウェスト・ウィングはこの惑星で最も力のある人物のオフィス空間だが、シリコンヴァレーのスタートアップ企業が収まるほどのスペースならまだ残っている。この区画を、多くのスタッフは気に入っている。

ピーターはそうではない。

スペース不足の狭苦しさは不便のひと言に尽きる。

ピーターを見ていたベヴァリーはドアが開かれた部屋を見て、そして彼に眼を戻す。一瞬ピーターは、力ずくで彼女をミーティングルームに連れ込まなければならないかもと考えた。しかしベヴァリーは背後に従えた肩幅のある警備要員をさりげなく一瞥すると、すっとなかに入っていった。

ピーターはそのすぐあとに入り、ドアを閉じる。

ドアがかちゃりと閉まる音がした途端、ベヴァリーは踵を返してピーターと向き合う。その顔からは礼節というものが一切消え失せている。「どうやってあれを手に入れたの？」

電話ボックス程度と言っていい広さのミーティングルームは防音構造になっている。くぐもった話し声やキーボードをたたく音、携帯電話の呼び出し音といった日頃の雑音がないと、ベヴァリーの問いはずっと刺々しく聞こえる。

「あれとは？」

「さっきの書面のこと。どうやったの？」

「あの彼だったりして？」ピーターはそう言い、廊下で待っているベヴァリーの警備要員がいるほうに頭を傾げる。

ベヴァリーは両眼を吊り上げ、一歩まえに踏み出して距離を詰める。ピーターにキスできるほど近い。

「いいこと、このうぬぼれ屋のクソ野郎」かろうじて聞き取れるぐらいの小さな声だが、ベヴァリーの言葉には毒気に満ちた激しさがある。ピーターは実際に後ずさりしたくなったが、何とかこらえる。「あの書面で勝ったつもりでいるんだろうけど、あの中身はまったくのでたらめだから」

ベヴァリーの白磁の顔が怒りにゆがむ。ピーターは、C・S・ルイスの名作〈ナルニア国物語〉の『ライオンと魔女』で、エドマンドが白の魔女の仮面を心ならずも引きはがし、その本性を暴いてしまった場面を思い出す。ベヴァリーの顔には混じりけなしの殺気に満ちた憤怒が広がっている。この瞬間、ピーターは相手を殺したいという思いに駆られているのが自分だけではないことを悟る。

「ベヴァリー」思った以上に虚勢を張った声になってしまった。「あなたのような女性に勝てるわけありませんよ。貸しを作っただけです」

ピーターは虚を突かれた。まさか平手打ちが飛んでくるとは。憎しみを込めた眼で彼女をにらみ返したと思ったら、次の瞬間には左耳がじんじんと鳴り、あごに火がついていた。生身の体同士がぶつかる音は、ライフルの射撃音のように狭い室内に響いた。一瞬何が起こったのかわからなかったが、それでも脳が情報を処理し終えると、ピーターはつい笑みを浮かべてしまった。

ベヴァリーにとってはピーターにびんたを喰らわせただけのことなのかもしれないが、同時に契約の破棄にほかならない。

「これでもう気が済みましたよね」ひりひりするあご先をなでたいという強い思いを抑えつつピーターは言う。「では、これから言うことをよく聞いてください。私に言わせれば、あの書面とその中身は威嚇射撃にすぎません。中身については大統領はご存じありませんし、あなたがたったひとつのことをやりさえすれば知っていただく必要もありません」

ベヴァリーは無言でピーターを見つめる。荒ぶる呼吸を抑えようとして胸を震わせている。ずっと彼女が恐れていた瞬間がやってきたのだ。自分の判断の過ちがどれほど高くつくかわかる瞬間が。

「何をすればいいの？」ベヴァリーは吐き出すように訊く。

「シリアとの調整役はチャールズ・ロビンスンにしてください。彼はアフガン侵攻初期の

〈ジョーブレーカー・チーム〉と同質の仕事をします。作戦判断はすべて彼に移譲してください」

「チャールズ？　彼を再任しろって？　あなた気でもちがったの？　前回のシリアでの大失敗のとき、チャールズが支局長（ステーションチーフ）だったのよ。受け入れられない」

「いえ、あなたは受け入れます」無感情を保ちつつピーターは応じる。「そうすれば、あなたは大統領の感謝の言葉とともに政権から去ることが可能になります。それどころか、お好みのネットワークで大統領と最初の独占退任会見を開くことになります。そのあと大統領はあなたを後継者として全面支援することになります。指名獲得を目指しても身のためにならないとベンを説得することも含まれます」

ベンという名前を聞いた途端、ベヴァリーの顔から怒りの色がいくらか薄れる。ベン・スティーヴンス副大統領は自力で成功を勝ち取った州知事で、党内の人気も高い。すでに今の段階で、副大統領と特権階級の女王が繰り広げる次期大統領選の指名争いを想像して胸躍らせている政治アナリストも多い。しかしホルヘの口からひと言かふた言聞けば、ベンは大望の火を消すだろう。

そして二度と灯すことはない。

「受け入れなかったら？」

「あの書面のコピーがFOXニュースと〈ウォールストリートジャーナル〉と〈ニューヨークタイムズ〉に送られます。司法長官にも。ここは退いてください、ベヴァリー。われわれが成功すればあなたも成功する。信じてください」

ベヴァリーは眼を落とす。そして恐れおののくような息をし、肩も落とす。顔を上げたとき、その眼はぎらついていた。

「血も涙もない最低男ね」

ピーターはうなずく。

「チャールズを派遣する」うわずった声でベヴァリーは言う。「でもこのことは絶対に、死んでも忘れない」

何か言われるのを待たずにベヴァリーはドアを引き開け、さっさと部屋を出ていく。去っていく彼女を見つめながらピーターは思う。ベヴァリーほどの政治感覚の持ち主をもってしても、ぼくのことをいまだに理解していないとはね。ぼくの心は冷たいわけじゃない。

壊れているんだ。

15

シリアの名も知れぬ滑走路

薄れゆく午後の陽射しは時差ぼけの体に心地いいが、それでもオークリーのサングラスがありがたく感じられるぐらいにはまぶしい。おれはバックパックを肩に担ぎ、ちゃちなプライヴェートジェットの機体から生えている、これまたちゃちな金属製のタラップを降りた。

晩秋のシリアは晩秋のオースティンによく似ている。日中の気温は摂氏十五度ぐらいで、夜になると五度前後まで冷え込む。が、似ているところはそこまでだ。シリアは、車の排気ガス、無数の銃火と砲火がもたらすよどんだ煙、そして貧困がそれぞれ同量ずつ混ざった独特のにおいがする。そのにおいの本質を言葉にすることは難しいが、とにかくそんなにおいなのはまちがいない。

好むと好まざるとにかかわらず、おれは戻ってきた。

前回この国に来たときは、陸軍第一六〇特殊作戦航空連隊（ナイトストーカーズ）のふたりの飛行士が操縦する、改造したロシア製Mi（ミル）－8輸送ヘリに乗ってきた。とんでもない量の武器弾薬と装備品を積んでいるせいで狭苦しい機内で、おれと陸軍特殊部隊群（グリーンベレー）のアルファ作戦分遣隊（ODA／Aチーム）の八人は陣取り合戦を繰り広げつつ、月のないまったくの闇のなかを、わずか五十フィートという高度を保ちつつかっ飛んでいた。今回は、そこそこ快適なプライヴェートジェットに乗り、白昼堂々、旅の道連れはたったひとりという状態でやってきた。

もし選べるなら、ロシア製のヘリと闇夜のほうが絶対にいい。

「わたし吐きそう」

この数時間の旅の道連れは、思っていたとおりこんな言葉を淡々と口にする。道連れの名前はヴァージニア・ケニヨン。国防情報局（DIA）に派遣されている化学博士だ。ヴァージニアと知り合ってからの短い時間のうちに、無口な性質（たち）の彼女が話す内容は傾聴に値するという結論におれは達した。

タラップを降り切ると、おれはヴァージニアに手を差し伸べた。でも彼女はそれに目もくれず、あたふたと滑走路面（エプロン）に降りる。そして剝き出しのタラップの陰で身を屈め、おれがいることなど一切お構いなしに大きく二度吐いて胃の中身を空にした。

無理もない。この機のパイロットのメフメトは、機体と同様に盛りをずいぶんと過ぎている。

アンドルーズ空軍基地で乗ったDIAのガルフストリームは、どう見てもシリアまで飛べる装備じゃなかった。おれはトルコ南部のインジルリク空軍基地で降り、やはりシリア行きの輸送便を待っていたヴァージニアと合流した。おれたちふたりは、DIAに雇われシリアとトルコをこっそりと行き来しているパイロットとわたりをつけた。

メフメトとそのチームは、おれが目星をつけていた飛行場を知っているようだった。雇用契約はDIAの背広組が仕切っていたから、てっきりおれは笑みを絶やさないトルコ人の操縦の腕は精査済みだとばかり思っていた。

それはまったく根拠のない思い込みだった。この先シリアから脱出するときにどんな移動手段を使うことになっても、それがメフメトの運転だったらおれはウーバーを呼ぶ。

「お嬢さん、大丈夫か？」

メフメトはタラップの最上段に立ち、気遣わしげにヴァージニアを見下ろしてそう言う。背後から聞こえてくる、エプロンを叩きつけるばしゃばしゃという音から察するに、DIAの化学者は全然大丈夫そうじゃない。

「お嬢さんとしては、こんな荒っぽいフライトは予想してなかったんじゃないかな」どう見てもヴァージニアは答えることができなさそうなので、おれが代わりに答えておく。

「お嬢さんとしては」ヴァージニアが言う。「帰りにあなたと一緒に飛行機に乗るぐらいなら、馬車に乗って砂漠を横断するほうがまし」

おれは思わず笑みをこぼしてしまった。ヴァージニアの話しぶりには南部訛りがかすかにあり──あえて言うならテネシー東部だろう──怒ると訛りがきつくなる。今のところはひと言ひと言の母音をしっかりと引き延ばして話しているが、問題はない。このお嬢さんは根性がある。そしておれの経験からすると、根性は数多の欠点に打ち勝つ。

今回がヴァージニアにとって初めての作戦派遣なのはまちがいない。赤毛のショートカットをたくし込んでいるのは色あせたヤンキースのキャップだが、それ以外の服装はさながら官給品の広告塔だ──5・11タクティカルパンツとタクティカルブーツ、REIの半袖シャツ、そしてブラックホークのタクティカルバックパック。胸に星条旗がプリントされたTシャツを着る以上にアメリカ人っぽく見える。

それでもヴァージニアには敬意を表さねばなるまい。テロ組織が開発した致死性の化学兵器の正体を突き止めるために地球の裏側まで飛んでくれというDIAの要請を、彼女は承諾した。その勇気だけでも尊敬に値する。

「悪かったな」メフメトはそう言い、肩をすくめてみせる。「レーダーに機影がいくつも映ったんだ。フライトプランの変更は避けられなかった」

〝フライトプランの変更〟という言葉を翻訳すると、時たま思い出したように現れる送電線をわずかに上回る高度を保って国境を突破する、という意味にどうやらなるらしい。そこまで地表に近いところでは、午後の陽射しに熱せられた空気が眼に見えない渦となって上空に注ぎ込まれ、ハリケーンほどにも威力のある上昇気流を生み出す。そこを突っ切って飛ぶことは、津波の只中でウィンドサーフィンをするに等しい。最初こそ、あまり跳ねない野生馬に乗っている程度だったが、それもわれらがパイロットが機体を大きく傾けて回避行動を開始し、シートベルトに思いきり押しつけられて腸（はらわた）がちぎれそうになるまでのことだった。

おれは飛行士じゃないが、それほど大事に至ることなくここにたどり着くことができたのは、メフメトの航空関連の技量とほとんど関係ないことぐらいはわかる。賭けてもいいぐらいだ。哨戒中のロシアの戦闘機のパイロットたちはおれたちの突飛な飛行経路をひと目見るなり、自分たちが手を出さなくても勝手に墜落するはずだと判断したんだろう。骨までがたがた鳴りそうな着陸からすると、それもあながち的外れじゃなかったと言える。

「あんたがたふたりをお届けしたから、おれたちはもう帰る。いいだろ？」

そう言うメフメトはあからさまな不安顔だ。ロシア戦闘機の動きは、おれが彼に請けあってやった以上に強気だったのかもしれない。それともフライト中に友人のひとりかふたりと連絡を取り、アメリカ人のふたり組と百ドル札がぎっしり詰まったスーツケースを交換しないかと持ちかけていたのかもしれない。

いずれにせよ、それほど心安らかになるような話じゃない。

「飲め」おれはそう言い、ヴァージニアにボトル入りの水を渡す。「胃が落ち着く」

おれはしばらく立ったまま、陽炎（かげろう）がゆらゆらと立ちのぼるアスファルトを見渡し、もう来ているはずの車を探す。しかし眼に入ってくるのは、いつ終わるとも知れない内戦の犠牲になった空港のなれの果てだけだ。

背後の格納庫（ハンガー）は弾痕のあばただらけで、スチール製のスライド扉は少し傾いている。これまたクレーターだらけの滑走路の端には、ロシア製輸送機のひしゃげた機体が鎮座している。おれたちが滑走路代わりにした誘導路には、クモの巣のようなひびが縦横に走っている。それ以外はさらにひどい。管制塔は錆びた鉄筋の生えたコンクリートの塊に変わり果て、滑走路のもう一方の端にある空港入口付近の建物群もやはり打ち捨てられているみたいだ。

つまり、人目を忍ぶ逢引きにうってつけの場所ということだ。もちろん、おれの資産（アセット）だった男が本当に姿を見せればの話だが。

「迎えの車はどこ?」ボトルの水をごくごく飲んだあとでヴァージニアが訊いてくる。

賞金百万ドルの超難問だ。おれは崩れかけた空港の残骸に眼を走らせて車を探したが、見つからなかった。一台たりとも。

「副（コ・）パイロットが、車が近づいてくるって旦那に伝えてくれだとさ」メフメトが言う。

おれは暗号化されたメッセンジャーアプリで交わしたチャットの履歴をスクロールしていたスマートフォンを顔に近づけ、シリア内の資産（アセット）の最後の書き込みをよく見てみた。やはり車で迎えに行くとある。ここからは何も見えないが、操縦席のほうがたしかに見晴らしはいいだろう。

「車の色は？」おれは訊いた。

運命の瞬間。

「グレーだ」

まずい。

「いや、グレーじゃない。白だ。白いボディにオレンジのルーフ」

感謝します、みどり子イエス。

「オッケーだ」おれはそう言い、メフメトに手を振る。「もう帰っていいぞ」

メフメトは何も返すことなく機内に引っ込む。その背後で、みすぼらしい見かけに不釣り合いなスピードでタラップが格納される。おれはバックパックを肩に掛け、足元の二個のバッグを掴み上げると、大声でヴァージニアに呼びかける。

「ついてこい。ここから出る」

白いボディにオレンジのルーフの車は、空港の端の金網フェンスにあいた穴を徐行してすり抜け、放棄された守衛所を通り過ぎて滑走路に入ってくる。そしてかなりの速度でおれたちに近づいてくる。おれたちを乗せてきたプライヴェートジェットは車の反対方向を向き、排気音を響かせながらジェットエンジンを吹かしている。

おれにとっては毎度おなじみの、お定まりの奇妙な状況だ。滅茶滅茶に破壊されたシリアの空港の滑走路におれはいて、脱出用の飛行機は空に飛び立っていく。そして正体不明の車がおれを目指してしゃにむに突進してくる。諜報機関の採用面接で質問してもなかなか答えてもらえない、スパイ活動の一側面だ。

おれは向かってくる車とヴァージニアのあいだに立ち、シャツの裾をめくり、右の腰のウエストバンドの内側にある〈ドン・ヒューム〉のレザーホルスターからグロック23を抜く。銃を握る手は脚の横に垂らし、車からは体の陰になって銃が見えないようにする。

「あの車？」ヴァージニアは尋ねる。

「だと思う」

「だったら何で銃を？」

「〝だと思う〟と〝だとわかる〟は同じ意味じゃない」

「素晴らしいわね。ほんと素晴らしい」

東テネシー訛りが戻ってきた。

そこでおれは気づいたのだが、猛スピードで向かってくる車はたしかに白いボディにオレンジのルーフだが、そのあとに続いて滑走路に入ってきた二台の車はどこからどう見てもそうじゃない。

シリアにようこそ。

16

「お迎えの車は一台なの？　それとも三台？」車列が突進してくるなか、ヴァージニアはそう訊いてくる。

「一台だ」おれは答え、先頭のセダンのスモーク貼りのフロントガラスを見透かして前部座席を確認してみる。「このバッグの中身は何だ？」

「わたしの携帯研究室。計測機器やらフラスコやらビーカーやら試験管やら防護装置やら。化学オタクの一式よ」

「ロケットランチャーは？」

「それがなんと、国防情報局（DIA）が認可したパッキングリストに載ってなかったのよ。必要なの？」

「あっても無駄にはならない」

「へえ。まずいことになってるの？」

「シリアにいることがな」

先頭の白いセダンは韓国車で、ルーフをオレンジにしているところを見ると、『爆発！デューク』の六九年型ダッジ・チャージャー〈リー将軍〉のシリア版でも気取っているんだろうが、いかんせん趣味が悪い。それでも獲物のにおいを嗅ぎつけた猟犬のように、おれたちに向かってまっしぐらに駆けてくる。アクセル全開のエンジンの咆哮が空港中に轟いている。背後の二台はトヨタのSUVだ。互いに抜きつ抜かれつを繰り返しながら左右にハンドルを切り、誘導路を走ったかと思うと、太陽に容赦なく焼かれてコンクリート並みに硬くなった、ひびだらけの大地を走ったりしている。

一瞬おれは、あの三台全部がおれたちの歓迎パーティーの一部だという夢がふくらむ話にうつつを抜かす。後ろの二台は先頭のセダンの護衛なんだろう。しかしそんなのどかな夢は、先行しているほうのトヨタの助手席側の窓が下ろされ、AK-47が姿を見せると消え失せる。

「ほら、赤信号が灯ったぞ」おれはそう言ってヴァージニアを摑んで背後にある扉が開けっ放しのハンガーに押しやる。

「わたしのバッグ！」

「あとでイーベイで買い直せばいい」おれはそう言い返し、コンクリート面に置いていたバックパックを空いているほうの手ですくい上げ、グロックを握っているほうの手を車列に向ける。おれのグロックは開けた場所ではおもちゃのピストルとどっこいどっこいだが、ハンガー内の密閉空間だったら五分五分の勝負に持っていけるだろう。

むろん生きてハンガーまでたどり着けたらの話だが。

ハンガーまでの距離を半分ほどに詰めたところで、その隣のハンガーから閃光が放たれる。明らかに携行式ロケット弾（RPG）のものとわかる煙の尾が一瞬見えたかと思うと弾頭が爆発し、先行するトヨタを炎で包む。

二台目の運転手の名誉のために言っておくが、一台目の惨状を目の当たりにしたあとに取った戦術は見事なまでに正しいものだ。そいつはブレーキを踏み込み、ギアをバックに入れた。

うまくいかなかっただけのことだ。

トヨタのエンジンが吹き上がるのとほぼ同時に、二度目の閃光と一筋の煙が二度目の爆発をもたらす。これで誘導路に散らばって燃え上がる車体はふたつになる。

この事態の展開など、オレンジのルーフのダッジもどきはこれっぽっちも気にかけていないみたいだ。逃げるどころか、気の抜けたクラクションを二度鳴らしたかと思うと、左に急ハンドルを切っておれたちのほうに向かってくる。運転席側の窓が下ろされると手が出てきて、〝よお〟というなれなれしい感じに振ってきた。少なくとも〝よお〟であってほしい。こんなときは撃たれる前にさっさと逃げたほうが断然いいに決まっているし、わざわざ危険な賭けに出ることもない。でもおれはここでは好意的な態度をつとめて取りつづける。

もしくはそんな感じの態度を。

「正義の味方が勝ったの？」ヴァージニアはそんなことを訊いてくる。

「そうだと思い始めているところだ」

ダッジもどきはスピードを緩め、そして停まる。運転手が弾けるように飛び出してくる。その口にはトレードマークの火の点いてない葉巻がくわえられている。

「アッラー（アッラーフ）を称えよ（アクバル）！　アメリカの友が戻ってきた。おまけに本当にかわいいアメリカ娘を連れて」

「よお、ザイン」熱のこもった抱擁に、おれはそう言って応じる。

ザインの背丈は頭がおれの肩に届くかどうかといったところだが、まえをはだけたシャツの下の体は干し肉じゃないかと思うぐらい硬い。体の余分な部分はシリアの太陽に炙られて全部溶け、筋と骨だけが残ったみたいだ。

「無事で何よりだ」おれは言う。「ちょっとばかし厄介なことになってたみたいだな」

「ああ、あれのことか」ザインはそう言い、燃えつづける二台のトヨタの残骸のことなんか大したことはないといったふうにぞんざいに手を振る。「ここはシリアだ。厄介ごとならどこにでも転がってる」

たしかにそのとおりだ。それでももう少し詳しい説明がほしいところなので、おれはまた尋ねる。「あいつらは何者だ？」

ザインはおおげさに肩をすくめてみせ、答える。「イスラム国(IS)？　アサド支持派？　盗賊？　もう一度言うが、ここはシリアだ――知るもんか。あんたが国に戻ってから、ここはだいぶ変わった。それでも変わった以上に変わっていないもののほうがずっと多い。肝心なのは、あんたから教わったことを頭に叩き込んでおくことだ――待ち合わせ場所の安全は必ず事前に確保しておけ。この教訓をおれは習ってた。あいつらは習ってなかった。そしてあいつらは死んで、おれたちは死ななかった。言うことなしだろ？」

言わせてもらえれば、声がデカい。おまけにこの手の話はザインの車のなかでしたほうが安全だろう。

「なるほど」おれはそう言う。「とりあえず、来てくれてありがとう。彼女はヴァージニアだ。おれたちをＣＩＡのセーフハウスまで送ってくれ。場所はわかるか？」

ザインは呆れたように眼をぐるりと回す。「誰でも知ってるよ。よかったら荷物はトランクに入れてくれ。抗弾ヴェストと銃は座席に用意してある。さあ、もう出るぞ。ハンガーの連中はあと一時間しかいられない」

「そのあと彼らはどうするの？」バッグのひとつをトランクのなかに落とし、ヴァージニアが訊く。おれはその上にもう一方のバッグを置き、そして自分のバックパックも置く。

「別の客のところへ行く」ザインはそう答え、運転席に坐る。おれは助手席に乗り込む。

「客？」おれも訊く。

またザインはこれ見よがしに肩をすくめる。「ＩＳ？　アサド支持派？　盗賊？　もう一度言うが、ここはシリアだ――知るもんか」

「どんな感じなんだ？」車窓を流れる、あまりぱっとしない景色を眺めながらおれは訊く。破壊はほとんど思いつきで行われているように見えることがある。まるで戦争が村全体を素通りしたようなところが何キロか続いたかと思うと、もとは何だったのか見分けのつかない瓦礫が散乱する街区になる。損害はランダムに見えるかもしれないが、本当はそうじゃないことはわかっている。

すべての紛争がそうであるように、シリアの内戦も断層線沿いで起こっている。ここで言う断層線は土地ではなく社会に走っている。アサドの支持層はイスラム教シーア派の一派のアラウィー派だが、シリアではスンニ派が多数派だ。この国の安定度は、言うなればガソリンとマッチの関係のそれに近い。

反政府勢力の戦士たちの大半と同様にスンニ派のザインはおれを一瞥し、また視線を道路に戻す。「どんな感じかと言うと、悪い。あんたがいなくなってからもっと悪くなった。おれたちはサウジの支援を受けてアサドと戦っている。アサドはロシアの手を借りて応戦する。スンニ派を攻撃するシーア派の民兵たちとヒズボラにはイランという後ろ盾がいる。クルド人はトルコとアサドの両方と戦っていて、トルコもクルド人とは戦っている」

「ＩＳは？」後ろに坐るヴァージニアが割って入る。

化学者の彼女がそう尋ねるのももっともだ。作戦の主眼はショーの救出に移ったが、それでも謎の化学兵器から眼を離すことはできない。アインシュタインによれば、その化学兵器とショーの身柄を確保しているジハーディストどもは、今はもう消滅してしまったイスラム帝国（カリファーテ）の残党らしい。

ザインはバックミラー越しにヴァージニアを見て肩をすくめ、そして答える。「ＩＳか。やつらは誰彼かまわず殺す」

おれは身の毛のよだつ思いに少しだけ身をまかせ、それから会話を和やかな内容に切り換えてみる。「家族はどうしてる？」

「まああってとこかな。アメリカ人たちがまだいた頃は、みんな希望があった。アメリカが手を引いたら今度はロシアが来た。役者は変わってもおれたちの戦争はあいかわらずだ」

資産(アセット)獲得という観点から見れば、ザインの引き入れはおれにとっては最大の成功例のひとつだ。シリアを呑み込んでいる紛争は、大きなものは少なくとも三つある。そのうちのふたつはヒズボラが絡んでいる。そのヒズボラを、イランは資金供与と特殊部隊〈ゴドス軍〉の軍事顧問の派遣というかたちで支援している。言ってみればイランが仕掛けた代理戦争だ。

これほどの大量殺戮には大量の武器弾薬、そして爆弾が必要不可欠だ。そこにザインと彼のネットワークが絡んでくる。二〇一一年の反アサド派の蜂起以前はかなり羽振りのいいトラック運送会社のオーナー兼経営者だったザインは、現在はイラクとトルコに設置された中継地からシリア全土に武器を輸送して稼いでいる。

おれの運転手と苦労のわりに実入りの少ない仲間たちの表向きの仕事は、反アサドの旗を掲げる有象無象の組織への物資の補給だ。その裏でザインたちは金を払ってくれる武装勢力ならどこにでも武器を売り、その量はトラック一台分ではきかないとおれはにらんでいる。とどまることのない殺戮を六年近く味わわされたシリアの何百万もの非戦闘員たちは、この惨劇を生き延びるということに関しては独自の皮肉なプラグマティズムを身につけている——生きたまま一日を切り抜けたいなら、やらなきゃならないことをやれ。戦争で真っ先に犠牲になるのが真実なのだとしたら、それに後れを取らずに続くのは高い道徳心だ。

まあおれから言わせてもらえれば、シリアの砂漠に越えてはならない線を引いたくせに、その線を堂々と越えたアサドに見て見ぬふりを決め込んだ瞬間に、合衆国からも道徳心は消え失せてしまった。

「しばらくこっちにいるのか？」ザインは訊く。

おれはかぶりを振る。「ISの分派がおれたちのひとりを捕虜にした。そいつを取り戻しに来たんだ」

ザインはゆっくりとうなずき、それから一キロか二キロのあいだは何も言わなかった。沈黙を破ったときに彼が発した言葉は、シリアのプラグマティズムそのものだった。おれ自身もシリアの地に舞い戻った途端にその考えを身につけようかと思ったぐらいだ、

「おれたちなら死ぬ気でやるぜ」ザインはそう言う。そして口にくわえていた葉巻を窓から投げ捨て、胸ポケットから新しい葉巻を取り出した。安物の葉巻の包装を片手ではがすと、火をつけずにまた口にくわえる。「手伝ってほしいんだろ？」

おれはどう答えていいのか考える。ザインはハンドルを切り、燃え尽きた二台の車両の残骸をよける。平時には検問所でもあったんだろう。

ここでおれはオバマの大統領就任演説のような言葉をぶつべきなんだろう。アメリカ合衆国がシリアに戻ってきたからには万事うまくいく。そんなことをアラブの友人に納得させてやるところかもしれない。

でも言えなかった。熟練の作戦要員(オペレーター)であるおれは、真実より先に嘘が口から出てくるようになってかなり久しい。それでも今はちがう。相手はおれの個人的な友人だ。だからおれは普段はやらないことをした。自分の資産(アセット)に真実を話したのだ。

「ザイン」おれはそう言い、手を伸ばして彼の骨ばった肩を力を込めて握る。「この任務にけりがつくまで、猫の手も借りたいぐらいになる」

17

戦術作戦センター（TOC）の正面に立つ退屈顔のレインジャーに、おれは会釈する。十分前、ザインはCIAのセーフハウスに通じるゲートのまえで車を停め、シリア人警備員ととりとめもない世間話を交わしたのちに乗り入れた。そしてにわかづくりのモータープールに駐車すると、ヴァージニアとおれが話をつけてくるまでここで待つと言った。シュールという表現でも言い足りないほどだ。CIAのセーフハウスといえば、その国で最も厳重な警備態勢が敷かれた秘密施設でなければならない。ところがザインは正面ゲートをやすやすと通り抜けた。まるで学生寮にピザを配達するみたいに。

あり得ない。

とはいえ、それほど驚くほどのことじゃないのかもしれない。CIAの新しい支局長（ステーションチーフ）は、おれたちが三カ月前に使っていた建物にオフィスを構えている。その理由は新任のステーションチーフにしかわからない。たぶんCIAはお得な長期リース契約を結んでいるんだろう。

おれはバックパックを背負い、ドアの暗号キーパッドに以前の番号を入力する。電子音が返ってきてロックは解除される。不条理な状況についてはそれ以上考えないことにして、おれはドアを開ける。

強化鋼でできたドアの蝶番(ちょうつがい)があげるうめき声も三カ月前とまったく同じだ。あのときのおれは走ってこのドアに体をぶつけて押し開け、フロドがすぐあとをついてきた。おれたちは、ファジルの救難信号に応じて緊急即応部隊(QRF)のヘリを飛ばそうと必死だった。今日のおれは、妙にこそこそと戸口をくぐり抜けた。いないいないばあをする死んだ赤ん坊が今すぐにでも見えて、指の痙攣が始まるんじゃないかとびくびくしながら。

三カ月でこんなに変わってしまうとは。われながら驚くばかりだ。

「あんたのIDカードは?」

ドアを入ってすぐのところに置かれた折り畳み式のデスクの先に坐るアメリカ人がそう訊く。ひげはきれいに剃られ、着ているものにはしわひとつない。ビールを買える年齢にも達していないように見える小僧だ。

おれがなかに入っていくと、小僧はノートパソコンから顔を上げ、旅疲れた風貌のおれを青みがかった眼で見る。そして人を見下すような表情を浮かべる。おれは軍服を着ていないしCIAの人間でもない。言い換えれば、何者でもないわけだ。

「おれの何だって？」聞きまちがえたのかと思い、おれは訊き返す。

「IDカード。それがなきゃ、ここに入ることはできない」

「彼、マジで言ってるの？」

ヴァージニアにとっては今回が初めての海外派遣だが、彼女のたわごと探知機はちゃんと機能しているみたいだ。私見だが、ヴァージニアは優秀なオペレーターになる資質をすでに身につけている。

小僧のたわごとは不問に付してやることにして、おれは黙ってオチが来るのを待った。が、笑みは返ってこない。初めて作戦配備された二十歳そこそこのガキ特有のうぬぼれがありありとうかがえる眼でおれをじっと見つめている。まったく信じられない。おれはシリアのどことも知れないところにある非公認の秘密施設にいて、眼のまえの案山子野郎はIDカードがどうのこうの言っている。

「実はだな」おれは最初から事を荒立てないことにした。「おれはマット・ドレイク。こちらの女性はヴァージニア・ケニヨン。ふたりともDIAの人間だ。IDカードは持ってないが、それでもここのステーションチーフはおれが来るのを待っているはずだ。到着したって伝えてくれ」

「申し訳ないが」申し訳ないとはこれっぽっちも思っていなさそうな声で小僧は言う。「新着者は全員二号棟で入館手続きをすることになっている。例外は認められない。簡単な説明のあとにIDカードが付与される。その頃にはチーフのミーティングも終わっているはずだ。出直してくれ。またチェックするから」

そう言い終えると、おれの新しい友人はノートパソコンにまた眼を戻す。謁見終了の合図だ。おれはひとつ息をつき、小僧の肩の先を見る。こいつの首を引っこ抜いてやりたい衝動を必死になって抑える。

TOCの内部は三カ月前とまったく変わっていない。壁にプラズマスクリーンが三面並んでいる。そのうちのふたつは付近の上空を周回する無人航空機(UAV)からのライヴ映像を、残りのひとつはCNNを流している。背中合わせに配置された無人のデスクが並び、その上には機密回線につながる電話と無線とノートパソコンが乱雑に置かれている。デスクの奥にはふたつのドアが見える。記憶が正しければ、左側のドアの向こうはステーションチーフのオフィスで、右側は小ぶりな会議室になっているはずだ。木製でひびの入った右側のドアは閉じられ、左側は半開きだ。

ステーションチーフがミーティングをしている場所は誰でも察しがつく。

おれは小僧が坐るデスクの脇をすり抜け、閉じられたほうのドアに向かう。

「おい、行くな！　戻ってこい！」

小僧の取り柄はしつこいところみたいだ。

会議室のドアが開いた。数人のアラブ人がアメリカ人ふたりと一緒に出てくる。自己紹介の準備を整えているおれの肩を、頑張り屋の友人がむんずと掴むとそのまま引き、向き直らせる。その手をおれは振り払ったが、実害を被ってしまった。会議室のドアに背を向けてしまったせいで、最後に出てきたふたりが見えなかった。

それでもとんでもない手遅れになる事態は免れた。

おれは会議室から出てきた連中のほうを向き、口を開く。が、言葉が唇より先に出ることはなかった。チャールズ・シンクレア・ロビンスン四世の姿を見たのは驚きだったが、それでもおれの脳みそはちゃんとわかっていた。実際おれは、あの野郎がここにいることをある程度は予期していた。アインシュタインもそうだが、おれがシリアに戻った理由のひとつはチャールズにもある。

それでも、チャールズの隣にいる男については別の話だ。ＣＩＡのセーフハウスにこの男がいるという事実は、チャールズがまだここにいたことよりちょっとだけおれの心をざわつかせた。前回のおれたちの出会いはあっという間に終わってしまったが、それでもこの男のことは憶えている。あのときはシリアの風のせいで、この男の額のど真ん中に直径五・五六ミリの穴をあけることができなかった。その代わり、あの男の口から耳まで走る、くぼんだ傷跡を残してやった。

やっぱり風とは気まぐれなものだ。あのとき、思いがけないそよ風がこの男の命を救った。

今日はまったくの無風だ。

18

おれを見る男の眼が大きく見開かれる。それは重要な事実のように思えるが、そう思える理由を考えている時間はない。男の手が、脚のホルスターに収められた銃に向かって眼にもとまらぬ速さで伸びている今は。

行動は常に反応を凌駕する——それが近接戦闘の常だ。早撃ちでは勝ち目がないので、おれは銃を抜かずにまえに飛び出し、傷の男（スカーフェイス）との間合いを詰める。その一瞬のあいだに、おれの爬虫類脳のなかの潜在意識が目覚めた。頭のなかはイメージと感覚の乱れ打ち状態になる。

スカーフェイスの体格はいかつい。肩はがっしりとしていて、胸板は分厚く、とにかくおれより大柄だ。

おれは跳びかかって体当たりする。肩を相手の腋の下にぶち当てた。銃を握ろうとする手を摑む。

スカーフェイスはよろめく。

おれは野郎の肋骨にジャブを三発、矢継ぎ早に繰り出す。木の幹を殴っているみたいだ。一発目こそヒットしたが、二発目と三発目は肉厚な前腕二頭筋でブロックされる。なりはでかいくせに動きは敏捷だ。つまり厄介な相手だということだ。

おれはスカーフェイスを壁に押しつけ、脚の神経束めがけて膝をたたき込む。

またもや素早い身のこなしでかわされる。

スカーフェイスはくるりと背を向け、おれの膝先を太腿の表じゃなく裏で受けた。それでも膝蹴りが神経系に与える衝撃は変わらない。一瞬、銃を握る手から力が抜ける。

その一瞬だけで充分だ。

おれはスカーフェイスのシャツの袖を摑むと、芝刈り機のスターターコードを引くように後ろに引きはがす。野郎の腕がおれの胸にぶち当たり、手が開く。拳銃が床を滑っていく。おれは腎臓に一発打ち込み、手刀で咽喉を突く。バランスを崩しての一撃で、気管を潰すまでにはいたらなかったが、それでも野郎の注意を惹くことはできた。

スカーフェイスは両の拳で顔をガードするダッキングの姿勢のまま壁にもたれかかる。

おれは野郎の胸を蹴り、壁に押しつけて体と体のあいだにすき間を作り、そして拳銃を抜く。おれは切り株のような銃口を野郎の額から五センチ離れたところに据える。接射と言えるほど近いが、銃口を圧迫されて無力化されるほど近くはない。

「身じろぎひとつでもしたら、おまえは死んだ腐れ外道になる」

頭に血が上りまくっているおれは、アラビア語で話していたのか英語で話していたのかわからなくなる。まあどっちでもいい。経験からすると、顔に突きつけられた拳銃が意味することは世界共通だ。格闘が終わったことを脳みそが理解すると、スカーフェイスに向けられていた研ぎ澄まされた集中力は薄れ、さまざまな言語の怒号が聞こえるようになる。そのうち、おれの背後を守るフロドはもういないことも思い出さざるを得なくなるだろう。おれがスカーフェイスをぶちのめしているあいだ、TOCにいるほかの連中も大わらわだったみたいだ。ふと見ると、全員が銃を持っているようだ。そしてその銃口の大半はおれに向けられている。

19

「チャールズ」おれは言う。ＣＩＡのステーションチーフにあらためて自己紹介するいい機会だ。「このクソ茶番を何とかしろ」

「きさま、とち狂ったのか？　誰かに殺される前に銃を下ろして、彼を放せ」

「殺されるのはこの腐れ外道だけだ。三カ月前は逃げられたが、今日は逃がさない。それは言っておく」

「何の話をしている？」

「フロドの片腕と片脚をダメにしやがったのはこのクズだ。こいつとはけりをつけなきゃならない」

「マット、いいから話を聞け」チャールズはそう言い、近づいてくる。「彼は、われわれが信頼を置いているシリアの武装勢力の指導者のひとりだ。おれの資産（アセット）で、ショーの救出を支援してくれている。人ちがいだ」

「人ちがいなんかしてない。チャールズ、この傷跡を見てみろ」おれはグロックをスカーフェイスの頬骨に押しつけ、銃口をひねる。「おれがつけてやった傷だ。風向きが変わらなかったら、こいつの顔に弾丸をぶち込んでやれたのに。あのときはアッラーはおまえに微笑んだかもしれないが、今日は無理だったみたいだな」

スカーフェイスは口を開き、アラビア語で何ごとかべらべらとしゃべり出す。アドレナリンまみれのおれの脳みそに翻訳は難しいが、言葉の端々から察するに、おれの腸を引きずり出して施設のゲートにぶら下げろと手下どもに命じていると考えてまちがいない。野郎のおしゃべりの次の部分はチャールズに向けられたが、指図の言葉は途中で止まる。やっぱり、グロックの銃口を歯のあいだに押し込まれていてはちゃんとしゃべれない。

「馬鹿はよせ、マット！」

「チャールズ、おれはだんだん腹が立ってきた。おれが腹を立てればそのぶん腐れ外道の死も近づいてくる。だが、モップがけしたばかりの床にクズ野郎の脳みそをぶちまけるのも何だから、別のことをやろう。外に立ってるレインジャーに命じて応援を呼び寄せて、こいつと手下どもを拘束させろ。それで手を打たないか？」

「銃を下ろして彼を放せ。最後のチャンスだ」

チャールズの口調の何かが、おれがあいつに背を向けていることをひしひしと思い知らせる。最後のチャンスは無駄にしないことにしよう。おれはスカーフェイスのシャツを目一杯摑むとぐいと引き寄せ、野郎の鼻梁にグロックのグリップエンドを叩き込む。鼻が潰れるほど強くはやらなかったが、それでもまちがいなく言いたいことは伝わった。

スカーフェイスは悪態を吐く。野郎が鼻を押さえようとしたところでおれは引っ張ってバランスを崩させ、脚を下から蹴り上げる。スカーフェイスはくずおれる。おれは蹴った勢いそのままに倒れる野郎を跪(ひざまず)かせ、背後にまわって頭のつけ根に銃を押しつける。

これで室内の様子が見えるようになったが、それほど心安らかになるような眺めじゃなかった。スカーフェイスの手下どもは拳銃とAK-47をおれに向けているが、それは想定内だ。想定外なのはベレッタを手にしたチャールズの姿だ。今でこそベレッタの銃口は下に向けられているが、あいつの表情はちょっと前まで銃口が別の方向を向いていたことを物語っている。

面白いじゃないか。

「チャールズ、ちょっとわけがわからないんだが。あんたがショーの救出をまかせたクズ野郎はおれを殺そうとした。ついさっきおれはそう言ったよな。お気に入りの資産(アセット)はそんなに信頼できる人間じゃないんじゃないかと、ちょっとばかし心配にならないか？」

この演説はおれにAKの銃口を向けている三人のアラブ人には響かなかったが、アメリカ人たちとなると話はちがう。数人の工作管理官（ケース・オフィサー）と準軍事作戦要員（パラミリタリー・オペレーター）たちは顔を見合わせている。困惑顔のやつはひとりじゃきかない。

アウェイで一点取ったということだ。

「なあチャールズ、難しい話じゃないはずだ。レインジャーたちを呼んでジハーディストどもを拘束してくれ。それからこのごたごたを整理すれば、誰かが死ぬというまちがいは起こらない」

チャールズが何か言おうとしたところで、あごひげのパラミリタリーが口をはさむ。

「チーフ、この男の話には一理あります。ショーを救えるのはおれたちだけです。そのおれたちがおかしなことになっているんだとしたら、とっとと確かめるべきでしょう」

まだこっちをにらみつけているところからすると、それでもチャールズはおれの言い分を聞かないつもりなんだろう。でもそれは思いちがいだった。彼は自分に意見したパラミリタリーに向かってこう命じた。「ジョシュ、レインジャーを呼べ。彼らを拘束させろ。ドレイク、とっととオフィスに来い」

「喜んで」おれはそう言い、グロックをホルスターに収めた。体格のいいレインジャーがスカーフェイスの身柄を押さえる。「でも、おれはＩＤカードを持ってない。まずいんじゃないか？」

20

「ここで何をしている？」

「こりゃまたおかしな質問だな、チャールズ？」脚を組んでステーションチーフを見つめながらおれは言う。「話し合うべきなのは、あんたの資産（アセット）がどうしておれを殺そうとしたかってことだろ」

チャールズのオフィスにいるおれは既視感（デジャヴュ）に圧（お）し潰されそうになっている。ここでおれの人生はまちがった方向にそれてしまった。おれは生死を決する十分間を無駄に使い、チャールズを説得して緊急即応部隊（QRF）のヘリを急行させようとしていた。フロドはいつものように先見の明を働かせ、先に動いていた。チャールズとおれが怒鳴り合いを繰り広げているあいだに、あいつはモータープールからレンジローヴァーを出していた。

十分なんて大した時間じゃないように思えるかもしれないが、十分あれば大きなちがいが生じたかもしれない。十分早くセーフハウスを出ていれば待ち伏せに遭わなかったかもしれないし、フロドは特殊部隊（コマンドー）の兵士として軍務をまっとうできたかもしれない。ツキがあれば虐殺より先にファジルのアパートメントに駆けつけることができたかもしれない。

　もっともシリアじゃツキは品薄状態みたいだが。

「ふざけるなドレイク、これはおれの作戦（ヤマ）だ。おれが仕切っているんだ。またきさまのせいで全部おじゃんにするわけにはいかない。あの男は、おれが二年かけて築いてきたネットワークをまとめているんだ。二年だぞ二年。きさまに台無しにされた三カ月前の時点で、おれの資産（アセット）はこの内戦を終わらせる一歩手前まで来ていたんだ。それがきさまとフロドの勝手な行動のせいでクソまみれになった。それを今度はおれがどうにか説き伏せてこっちに引き入れたタイミングで、おまえはあの男の顔に銃を突きつけた。気でもちがったのか」

　チャールズの言葉におれははっとわれに返る。CIAのセーフハウスにスカーフェイスがいるという思いもよらない事態に、おれは〝戦うか逃げるか反応〟を起こした。三カ月前、あのシリア野郎はおれを殺そうとした。そして今日はそのやりかけの仕事を片づけたがっているように思えた。さっき命拾いできたのはまちがいなく体が勝手に反応したからであって、そうしようと思ったからじゃない。

　むしろ、言わずもがなの疑問が頭に浮かんでこなかった、と言うべきだ――どうしてスカーフェイスはおれを待ち伏せした？　どうして今日、その待ち伏せ攻撃を仕上げようとした？　一番肝心な疑問は、スカーフェイスはどうやっておれのことを知った？　だろう。最初のふたつの疑問の答えは三つ目を解かなければ出てこない。そしてその答えを知っている人間は一メートルも離れていないところに坐っている。

訊き方を変えてみる必要がありそうだ。

「なあチャールズ、あんたがステーションチーフで、ここを仕切る立場にあることは理解している。事の次第はぜんぶ話す。でもあのシリア人のことだけは訊かせてくれ。あれは誰だ？　どうしてここにいる？」

「だめだ。そうは問屋が卸さない。質問するのはきさまじゃなくおれだ。ここに来た理由を言わないと本当にレインジャーを呼んで檻にぶち込むぞ。最後のチャンスだ」

チャールズは名家の出で、しかもアイヴィーリーグのお墨つきだ。シリアの荒野の只中にあっても上流貴族然としたところを見せつけている——均整の取れた長身で、ウェーブのかかった黒髪に角ばったあご、そして完璧な歯並び。どう見ても官給品じゃない有名ブランドに身を包み、おれの月収よりも高いタグ・ホイヤーのパイロットウォッチで手首を華やかに飾っている。

それでも頭に血が昇ると、チャールズは優雅に取り澄ました仮面を剝ぎ取る。大きな赤い染みだらけになった顔は、ぐずっている赤ん坊を思わせる。おれは子育てについてはそんなに詳しくないが、それでも泣きわめく子どもに何も言っても無駄だということぐらいは知っている。似ているところは顔色だけだと願うばかりだ。

「わかった。あんたの言うこともっともだ。ショーを拘束しているＩＳ分派内に、おれの資産志願者（アセット）がいる」

「資産志願者（アセット）？　どういう意味だ」

チャールズはまだ息を弾ませているが、大きな赤い染みはだんだん薄くなってきた。彼の気を惹いたみたいだ。ささやかな諍いは脇に置いて耳を傾けるぐらいには。

「前回シリアに来る直前にアプローチしたんだが、そいつは食いつかなかった。ところが今になって表に出てきた。そいつはショーとテロリストたちが持っている化学兵器の情報と引き換えにシリアから脱出させてくれと言ってきた。でもおれとしか仕事をしないとも言っている」

「嘘くさい話だな」

「本当の話なんだ、信じてくれ。何もおれはあんたの仕事を台無しにするためにここに来たわけじゃない。とにかくそいつはおれたちに接触してきた。そいつが寄こしてきたショーについての情報も正確だ。忠誠の証しとして、自分が開発した兵器の化学組成を明かすことにも同意した。そいつがこの時点で本当にショーに接触できるなら、おれはどんな要求も呑む」

「もしそうじゃなかったら？」

おれは肩をすくめて答える。「おれたちの仕事に絶対はない。あんただってわかってるだろ。おれはだまされてる？　かもしれない。でもそいつがショーのところに導いてくれるんなら、危険を冒すだけの価値はある」

チャールズは椅子にふんぞり返り、ひげをあたったばかりのあごを長くすらりとした指でこすりながらおれをじっと見ている。一瞬おれは、これは〝始まりの予感〟なのかもしれないと思う。洗いざらい話すことで、もしかしたらチャールズも自分の手札を見せてくれるかもしれない。そこまで思い切ったことをする心の準備はできていないにしても、少なくともおれたちは過去のことを脇に置いて一からやり直せるんじゃないか。そんなことを願っていた。

でもここはシリアだ。ツキと同じで希望も品薄状態にありそうだ。

「名前は？」

「名前って誰の？」おれは聞きまちがいにちがいないと思いつつそう訊き返す。

「その資産志願者(アセット)のだ。おれはシリアのステーションチーフだ。この国での作戦行動は全部おれの承認が必要だ。そのプランにゴーサインを出してもらいたいなら資産（アセット）の名前を教えろ」

　おれは首を振る。「わかってるだろ、それはできない。そいつはクズ野郎かもしれないが、それでもおれのクズ野郎だ。ショーの救出の頼みの綱はそいつしかいない。だから名前は誰にも明かすわけにいかない。この話はそれでおしまいだ。あんただって逆の立場ならそうするだろ」

「いいことを教えてやろう、ドレイク」チャールズはそう言い、にやりと笑う。「おれがきさまの立場になることはない。おれはおれの立場のままだ。その資産（アセット）の名前を教えれば一緒に事に当たろう。それがいやならとっととおれの国から出ていけ。どっちがいいか自分で決めろ」

　おれはチャールズを見据え、どうするか考えてみる。アインシュタインのことをクズ野郎呼ばわりしたとき、おれはチャールズに本当のことを言った。ＩＳ分派の新型化学兵器開発の立役者が本当にあいつなのだとしたら、その手は血にまみれているし、しかもその血はとんでもなく大勢のシリア人が流したものだ。アインシュタインが正義の味方だという筋書きはあり得ない。三カ月前にこっちの申し出を断った時点であいつを始末しなかった結果がこの体たらくだ。

が、ここで本当に気にかけなきゃならないのはアインシュタインじゃない。ショーだ。あのパラミリタリー・オペレーターはすでに拷問され、今は陰惨な死を運命づけられている。それに対して世界最後の超大国は、一兆ドルの予算をつぎ込んだありとあらゆる情報収集手段を講じてショーの行方を摑もうとしている。目下のところ、その努力はまったくの空振りに終わっている。

アインシュタインは別として。

おれの資産(アセット)志願者は大量殺戮者かもしれないが、ショーとおれたちを結ぶ唯一の糸でもある。だからアインシュタインは守ってやらなきゃならない。とくにおれの真向かいに坐っている高慢ちき野郎からは。チャールズはとんでもなく間抜けか、おめでたい野郎だ。じゃなきゃ、自分が信頼しているシリア人指揮官が本当は日和見主義者で、アインシュタインと同じく金で動く男だとわかるはずだ。

それが最良の筋書きだ。最悪の場合、スカーフェイスはおれとヴァージニアがシリアにいる理由を潰そうとせっせと励んでいるかもしれない。その可能性があることをチャールズに納得させる時間はないし、言ったところでこいつが信じるはずもない。つまり、とっくに骨抜きになっているとしか思えない作戦でアインシュタインの身元を明かすことはできないし、ましてやショーの命運をゆだねるわけにもいかないということだ。

おれはチャールズを見て、おれたちふたりの決定的なちがいに思いいたる――おれはアインシュタインが何者なのか知っていて、それを踏まえたうえで動いている。一方チャールズはスカーフェイスをその正体とはちがうものにしたがり、あの野郎への見当ちがいの信頼を正当化するためなら事実から眼をそむけることも辞さない。そんなチャールズを変えることは、クズ野郎のアインシュタインをおれの願いどおりの正義の味方にがらりと変身させるようなもので、無理な相談だ。それでもショーの命を助けるたった一枚の切り札を守ることはできるし、その腹づもりでいる。

「チャールズ」おれは椅子から立ち上がりながらそう言う。「あんたとはそのうちけりをつけなきゃならないが、今日はその日じゃない。だからこれから言うことはおれの本心だと受け取ってくれ――そこでマスでもかいてろ」

チャールズは何か言おうとするが、おれはドアを力まかせに閉じる音でさえぎってやった。おれの脳みその完全に進化した部分は、今はチャールズに借りを返すタイミングじゃないと他の部分に告げている。しかし爬虫類脳は納得していない。

歩幅の狭い怒気を込めた足取りでTOCのデスクセットを抜けながら、おれははっきりと自覚する。チャールズの聖人ぶった薄ら笑いにあと一秒長く耐えなきゃならなかったら、おれはわが内なるワニと手を結んでいた。

21

「マット！　声を聞けて安心したぞ、ブラザー」

こうした状況下にもかかわらず、おれは笑みを浮かべた。これこそ〝フロド薬〟の効能だ。歯を二本か三本へし折ってやれば、チャールズの顔からお高くとまった気障な笑みも消えるんじゃないかと真剣に考えてからまだ五分も経っていない。なのにどういうわけだか、デジタル暗号化された回線特有の割れた音になっていても、フロドのバリトンヴォイスは聞くだけで殺伐とした気分を和らげてくれる。あいつの声は、この狂気が渦巻くセーフハウスと正気の世界をつなぐ生命線だ。フロドがまだ息をしているうちは、おれはひとりじゃない。

「おれもだよ、相棒」おれは眼のまわりの砂埃を拭いながらそう言う。「ここにいてくれたらどんなによかったか、おまえにはわからないだろうな」

そんな言葉が口を突いて出てからコンマ何秒かで気まずさをおぼえたが、それでもやっぱりフロドはフロドだ。あいつは、ここにいない理由をあえて言うような男じゃない。逆にこう言った。「もうひと悶着あったのか？」

「信じられないだろうけど」土を踏み固めた中庭の端から戦術作戦センター（TOC）を見渡しながらおれは言う。

フロドとおれはここをオフィス代わりにしていた。ジミ・ヘンドリックスがあんなに若死にしていなかったらこんな世界になっていなかったかもしれないとか、そんな議論で幾晩も過ごしていた。というか、それはおれの見解だったが。フロドはビートルズ一辺倒だ。まあどっちでもいい。とにかくおれたちはこのトタン屋根のひさしの下を野生の動物が逃げ込む住み心地のいいねぐらのように使っていて、自然とここで次なる行動をあれこれ考えるようになった。

「何があったか話してみろ、グース」

フロドは八〇年代と九〇年代映画マニアだが、『トップガン』は好みにはほど遠い。たとえ舞台が陸軍特殊部隊じゃなく海軍航空隊だったとしてもだ。いい映画製作者がいてこそ名画あり。フロドが気にかけているのはそれだけだ。

「ふたつあったよ、ブラザー」おれは説明する。「まずは、ステーションチーフはチャールズだ」

「冗談だったらよかったんだがな。でももっとびっくりなのはふたつ目だ。待ち伏せを指揮していたシリア人を憶えてるか?」いつの待ち伏せのことかは言うまでもない。フロドにしてみれば待ち伏せは一回だけだ。

「あの野郎のことが何かわかったのか?」

「そうとも言えるかもしれん。TOCにたどり着いたら、そいつがチャールズと一緒に会議室から出てきた」

「もう一度言ってくれ」

「聞きまちがいじゃないぞ。チャールズが言うには、あのシリア野郎はここの部族長なんだそうな。もう二年近くチャールズの使い走りをやっているらしい」

「人ちがいってことはないか?」

「それはないと思う。このまえ対面したとき土産につけてやった傷が、口から耳まで走っていた」

「で、もちろん始末したんだよな?」

おれは一瞬口をつぐみ、さっきの活劇を心のなかで嚙みしめる。スカーフェイスを見つけたとき、おれの意識下にある何かがピーンという音を立てた。フロドに訊かれてはっとするまで、どうしてそんな音が聞こえたのかわからなかった。

「仕留めそこねた。あの野郎はおれを見るなり銃に手を伸ばした。本当に、野郎はおれが誰なのかわかったんだ。この事実をおまえはどう思う？」

「何があったのか、最初から全部フロドおじさんに話してみなさい」

おれはおじさんに言われたとおりにした。例によって例のごとく、少なくともおれが話しているあいだ、あいつは自分の意見を言わなかった。口をはさむのは、もっとはっきりとかもっと詳しくとか言ってくるときだけだ。特殊部隊の兵士（コマンドー）にならなかったら、フロドは優秀なセラピストになっていただろう。そう思ったのは今日が初めてじゃない。

「チャールズとはどんな感じだ？」おれが状況報告を終えると、フロドはそう尋ねた。

「よくない。スカーフェイスと手下どもはレインジャーたちが留置房に放り込んだが、いつまで入れておくのかはわからない。今のところ、あいつらを拘束する根拠はおれの言い分だけだ。チャールズはおれよりも自分のアセットの言うことを信じたがってるみたいだし」

「そりゃそうだろう。チャールズのお気に入りの武装勢力のリーダーが国防情報局（DIA）のふたりのオペレーターを待ち伏せしたってことがわかったら、どんなクソ騒ぎになるか想像できるか？　あいつは定年までＣＩＡの文書保管庫の整理係だぞ。で、これからどうするつもりだ？」

チャールズとの再会が苦いものになってしまってこのかた、おれも同じことをずっと考えている。ショーに残された時間はどんどんなくなっていく。チャールズが彼の居場所の特定をスカーフェイスに頼っていることがわかった今となっては、アインシュタインの重要性はますます高まった。

それでも、たとえアインシュタインが本当にショーの居場所を教えてくれるとしても、おれは単独で救出に向かうつもりはない。そんなことは映画のなかだけの話だ。ショーはおれを必要としている。そしておれには、好むと好まざるとにかかわらずチャールズが必要だ。つまりおれは、チャールズを味方に引き入れてくれる証拠を見つけなきゃならないということだ――スカーフェイスが待ち伏せを指揮したことを示す、さすがにチャールズも手前勝手に無視することのできない動かぬ証拠を。

「なあ、生体データを情報機関のデータベースで検索してくれる人間に伝手はあるか？たとえば今日にでも」

「あのな、おれは腐ってもコマンドーなんだぞ。そりゃ腕は一本しかないかもしれないが、それでもデスクワーク連中のケツに火をつけることぐらいはできる。何か手が浮かんだのか？」

「スカーフェイスの看守役を仰せつかってるレインジャーたちとお友だちになってこようかと考えている。そしてあのシリア野郎の生体情報を取ってデータ化してもらえないか頼もうかなと」

「検索してヒットするかな?」

「ああ。スカーフェイスはどこからどう見ても悪党だ。たぶん自分のDNA情報をまずい場所でまき散らしてるだろう。政府のアナリストたちが殺害された犠牲者や即席爆発装置(IED)から採取した生体データと――そうだ、武器取引未遂の現場から採取したやつでもいい――やつのデータを結びつけることができれば、チャールズだって無視するわけにはいくまい」

「やってみるよ。でもヒットしなかったらどうする?」

「そのときはそのときだ。ところでアインシュタインと連絡はついたか?」

ガルフストリームの機内でデジタル通信越しに立てた作戦計画(OP)では、おれがシリア入りするまでにフロドがこの資産(アセット)志願者と連絡を取っておくことになっていた。その理由は簡単で、最初の申し出を断ったアインシュタインは秘密通信機器(covcom)を持っていないからだ。covcomは、アセットの活動環境に応じて渡す機種はさまざまだがその目的は全部同じで、つまるところアセットとハンドラーのセキュアな通信を図ることにある。まだ志願者の段階のアインシュタインにｃｏｖｃｏｍを渡すわけにはいかない。でもおれは、最初の対面でやつを手ぶらで返したわけじゃない。代わりにおれは一般的なインスタントメッセンジャーアプリを使うよう指示した。ＤＩＡは、そうした普通のメッセージを国家安全保障局の暗号規格〈スイートＢ〉を適用した政府のサーバーに通してやり取りするアプリを開発していた。

　結局のところ、このアプリは普通のメッセンジャーアプリとｃｏｖｃｏｍのいいとこ取りをしたものだとおれは考えている。アインシュタインは誰にも覗き見されずにおれと連絡を取ることができるが、暗号化そのものはデータの送信過程で行われる。つまりこのアプリを使えば、アインシュタインが裏切ろうという気になっても、暗号化ソフトの入ったｃｏｖｃｏｍが他国の諜報機関の手に渡ることはないということだ。

　とはいえ、アインシュタインにもおれにも危険がないわけじゃない。アインシュタインの場合はチャットの履歴を見られるわけにはいかないし、おれにしても誰かにだまされてスマートフォンを奪われたらやばいことになる。そうしたリスクを軽減するために、おれはまだこのメッセンジャーアプリをインストールしていない。その代わりに合衆国にいるフロドが自分のスマートフォンでやつと連絡をつけることにしてある。そして作戦行動が可能になった今、連絡方法の変更が必要だ。

「あのクズ野郎から聞かなきゃならないことは山ほどあるな」

「優先順位を考えろ、マット。アインシュタインに償いをさせるのはショーを奪い返してからのことだ。それまであいつは執行猶予の身だ。おれだって気に入らんが、仕方のないことだ」

「わかったわかった、おまえの言うとおりだよ。直近のメッセージに、あいつは返信してきたのか？」

「してきた」フロドはそう答える。スマートフォンを手に取ったんだろう、がさごそという音がする。「アプリを開いてチャットの履歴を見てるところだ。おまえがスマートフォンのアプリを最新版にアップデートしたら、同じ画面を共有できるようになる。十分前にアインシュタインはネットにアクセスして、おまえと会ってもいいと寄こしてきた。携帯電話ネットワークじゃなくＷｉ‐Ｆｉ経由だが、おれが手なずけてるＮＳＡの分析官があいつのスマートフォンの位置情報を摑もうとしてるところだ」

「その男はうまくやれそうなのか？」

「その男じゃなくて彼女だ、くそセクシスト野郎。目下奮闘中だ。彼女が言うには、アインシュタインの居場所の最有力候補はマンビジュだ――アレッポの北東八十キロくらいのところにある人口十万ぐらいの市（まち）だ。あと一時間か二時間すればもっと細かい位置がわかる」

「ふーん。やけに言い訳がましいじゃないか。まさか、その分析官とねんごろになってるんじゃないだろうな？」

「そういうのを下衆の勘繰りって言うんだぞ、マット。まあどのみち、おまえに真実がわかってたまるか（軍法会議を舞台にした一九九二年の映画『ア・フュー・グッドメン』のなかの台詞）」

おれはふっと笑う。フロドのお気に入りの映画の台詞を本人の口から聞くと、これまでどおりの作戦行動をやっているように思えてくる。アインシュタインの居場所を突き止められるかもしれないという吉報と相まって、おれたちのツキの風向きは変わってきたのかもしれないと思えてきた。あくまで、もしかしたらだが。

「わかった。ほかに何かあるか？」

「ある。アインシュタインはいろいろと要求を突きつけてきた」

「だろうな。何をよこせって？」

「合衆国市民権、新しい名前、そして自分の研究所の設立資金。そうそう、シリコンヴァレーに住みたいんだそうな。ショーの居場所は教えることはできるが、生存確認はかなり難しいって言ってる。それ以上のことは、おまえとサシで会ってからじゃないと何も言わないんだと」

「驚くような要求じゃない。あいつが開発に一枚噛んだ化学兵器は、CIAのオペレーターだけじゃなく何人かもわからないぐらい多くのシリア人を殺した。あいつは、おれたちのいい子リストに載ってるはずがないってことを絶対にわかってる。だからショーの居場所を今教えたら、オオカミかヘルファイア・ミサイルの餌食にされるかもしれないって心配してるんだろう」

「それもありなんじゃないか？」

おれは肩をすくめた。「そうかもな。まあいい、シリコンヴァレーやなんやかんやの御託は呑むと言ってやれ。サシで会うことも、会ったらいの一番でショーの居場所を教えることを条件に了解したと伝えてくれ。でも生存確認が取れなきゃ全部ご破算だ」

「あいつにもしかるべく身を切らせようってことか」

「そのとおり。ショーに近づくことは生易しくはないはずだ。あいつだって危ない橋のひとつやふたつは渡らなきゃならないだろうが、それでいい。やばいことになった場合におれを元の雇い主に売り飛ばさないための歯止めにはなるんじゃないかな」

「まったくおまえときたら、マット。やっぱりおれが背中を見張っていなきゃだめだな」

「無茶はしないよ、ブラザー。でもさしあたり銃は必要ない。必要なのはスカーフェイスの正体とアインシュタインの潜伏場所の情報だ。このふたつが手に入るまでは、切り札は全部アインシュタインに握られたままだ。まずはチャールズの眠たい眼を覚まさせるものをくれ。わがまま兵器科学者探しはそのあとだ」

「任せろ」フロドはそう言い、電話を切った。

スマートフォンをポケットに戻したとき、おれはしばらくぶりに赤ん坊の亡霊も原因不明の震えも気にしていない自分に気づく。今のおれが感じているのは、フロドと一緒に作戦行動をしているときにだけ湧き起こってくる満足感だ。フロドに言ったことはないが、あいつのビートルズの見方はまちがっているとおれは思っていた。おれからすればジョン・レノンは、自分の魔法の力をちゃんとわかっていない自己中野郎だ。でも反対に、まちがっているのはおれのほうなのかもしれない。人間は本当に変われるのかもしれない。チャールズも眼を覚ますかもしれない。

結局のところ、ドン・ヘンリーとグレン・フライがものの見事に証明してくれているとおりじゃないか――絶対にありえない（ヘル・フリーゼズ・オーヴァー）ことは、実際にはちょくちょく起こる（一九八二年に正式に解散したイーグルスは九四年にアルバム『ヘル・フリーゼズ・オーヴァー』をリリースし、絶対にありえないはずだった再結成を果たした）。

22

ワシントンD.C.

ピーターは自分の両脇に坐る面々を不快感もあらわにねめつける。会議中に私物のスマートフォンやタブレットを使う人間ほどピーターをかっかとさせる存在はいない。とくに今のような重要な会議では。ピーターの策略劇の第一幕は終わった。これからスタッフを交えての結果検討会だ。

襲撃作戦の失敗というベヴァリーの大失態は、好ましからざる箇所は大幅にカットしたうえで政権に好意的な少数のジャーナリストに流した。その編集済みのヴァージョンでは作戦の本来の目的は明かされず、死亡した作戦要員（オペレーター）たちの所属先も変更された。死亡したのはCIAの準軍事作戦要員（パラミリタリー・オペレーター）ではなく特殊部隊の軍事顧問だと発表するよう、ピーターは報道官に指示した。さらに、彼らはイランが陰で操るシーア派民兵組織と戦うシリアの抵抗勢力の支援にあたっていたという偽のシナリオも用意しておいた。

合衆国軍人の中東での戦死はいまだに一大事だとされてはいるものの、たまに生じる死亡案件に社会は慣れっこになっている。たとえば特殊部隊のオペレーターたちは、有象無象の民兵たちと戦うイラクの警察当局に帯同している。彼らの任務が危険この上ないものだという現実は、その死亡者数を見ればわかる。直近の死者が出た場所がイラクではなくシリアだという事実に、平均的なアメリカ人なら何の意味も見出さないだろう。ピーターはそこに賭けている。

今のところ、その賭けはうまくいっている。

それでも大統領の対戦相手であるケルシー・プライス上院議員は反撃の絶好のチャンスとばかりにこの悲劇に飛びついた。議会議事堂の階段でのぶら下がり会見で、プライス議員は怒りで増幅された慚愧の念をしかるべく表した。シリアでアメリカ国民の命を奪ったのは、暴徒の銃弾と現政権の一貫性に欠ける中東戦略だ。プライスはそう言い募った。

残念ながら、プライスの攻撃は共感を集めているように思える。ゴンザレス大統領の支持率はこの四時間のあいだに二ポイント下がり、プライス候補は一ポイント上がった。

さらに悪いことに、ピーターはプライスの主張の粗を見つけることができなかった。民主党政権による無責任極まる軍事行動を共和党が糾弾するという皮肉はさておき、このシナリオこそ、ピーターがあらゆる手段を講じてシリアという泥沼にはまらないようにしてきた理由だった。国民の大半が世界地図のどこにあるかもわからない国で同胞たちが命を落とすことに、アメリカ社会は倦んでいる。

政権が負った怪我による出血はただちに止めなければならない。それができなければプライスは棍棒を手にし、投票日までゴンザレスをめった打ちにするだろう。

ゴンザレスの支持率続落を受けて、ピーターは選挙作戦会議を招集した。そして今、ピーターは会議が始まる前に電子機器をミュートにしておかなかった馬鹿なスタッフに不機嫌な気持ちをぶちまけてやる気満々でいる。

むろん、まだ鳴りつづけている携帯電話に出る勇気を持ち主が奮い起こせばの話だが。

「電話に出てくれないか？」呼び出しの電子音が鳴り響くなか、ピーターはそう呼びかける。

テーブルに坐る四人の女性とふたりの男性は戸惑った顔を見合わせる。ようやく世論調査担当者のギャヴィン・ブレッドソーが自分の足元をごそごそ探り、レザー製のメッセンジャーバッグを持ち上げる。

「このなかみたいですよ」

そのバッグにピーターは眼を凝らす。自分の胃がずんと沈み込んだような気分になる。

「みんな、すまない」ピーターは言う。「ぼくのだ」

ピーターは慌てた様子を声には表していないが、心臓はバクバク鳴っている。彼は中座を詫びるとメッセンジャーバッグをひっつかみ、追い立てられるように狭い会議室を出て、ドアを閉めた。

作戦会議のメンバーの詮索するような眼から逃れるなり、ピーターは廊下の床にバッグを置き、いくつもあるポケットを次々と漁った挙げ句にようやく問題の元を見つけた。廊下の両方向にさっと眼を走らせると、ピーターはパスワードを入力して通話ボタンを押し、スマートフォンを耳に当てる。

「もしもし？」

ピーターは名乗らなかった。その必要はない。この番号を知っている人間はひとりしかいない。このスマートフォンは、シリアに発つ直前のチャールズから渡された機密保護が完璧（セキュア）な衛星スマートフォンだ。

「ひとつ問題が生じた」デジタル暗号化プロトコル越しのチャールズの声は歪んでいる。

「しかもでかい」

「ちょっと待ってくれ」ピーターはそう応じ、人目を避けられる場所を探す。中央廊下のすぐ先に小さな簡易キッチンがあった。そこにピーターが入ると、湯気の立つマグカップを手にした女性がいた。突然現れたピーターにその女性は眼を丸くし、カップを手にして席を立った。その拍子にコーヒーをテーブルにぶちまける。

「す、すみません」女性はうろたえた声で言う。「拭きます」そしてテーブルの真ん中に置かれたペーパーナプキン入れに手を伸ばすが今度は塩入れを倒してしまい、さらに事態を悪化させる。

「ジュリー、だよね？」スマートフォンのミュートボタンを押し、ピーターは話しかける。テーブルを拭いていた女性は顔を上げる。その眼には驚きと怯えの色が同量ずつうかがえる。「そうです、サー。ジュリー・カシラスです」

「サーはよしてくれよ、ジュリー。ピーターって呼んでくれないかな」

ジュリーはうなずきだけで答える。どうやらまともに話せる状態ではないみたいだ。そのときピーターは、彼女がかなり若いことに気づく。自分に女性を見る目があるとすれば二十歳そこそこといったところだ。オリーヴ色の顔と黒髪のジュリーはクリステンとはまったく似ていないが、それでもピーターは彼女と自分の妹を重ねる。

「たしか、ビルのところで政策立案を手伝っている研修生（インターン）だよね？」

「そうです、サー。あ、いえ、ピーター。インターンとして受け入れていただいて、本当にありがとうございます」

ピーターはうなずく。ジュリーの謝意は過剰ではない。実際に彼は現在のインターン選抜に一枚嚙み、極めて優秀なうえに自力で学費を払おうとしている学生たちに的を絞って選んでいた。さらに彼はインターンの身分をボランティアから有給のスタッフに変え、各インターンが在学する大学から授業料に相当する奨学金を募った。

眼のまえにいる半分女性で半分少女の彼女はクリステンではない。でもジュリーがクリステンであってもおかしくはない。低賃金の報われない仕事に、ジュリーは土曜日でも精を出している。そもそも自分が政界入りした理由は彼女のような女性にある。それは肝に銘じておかなければ。

「きみに来てもらえて本当によかったよ、ジュリー」ピーターは口角を上げて混じりけなしの笑みを作る。「ビルはきみの仕事ぶりをほめているよ。ここのことは気にしなくていい。ぼくがきれいにしておくよ」

「ありがとうございます」ジュリーはびしょ濡れのペーパーナプキンを拾い上げてごみ箱に捨てると簡易キッチンのドアに向かう。「ご期待は裏切りませんから」

そう言うとジュリーはドアを少し開け、ピーターが返事をするより早くすり抜けるようにして出ていく。別れ際の言葉が彼の心に刺さる。二十歳やそこらのインターンが自分の期待を裏切ることを心配している。むしろ、彼女やここで頑張っているその他大勢の若者たちを失望させてしまうことを自分こそが心配しなければならないのに。

一瞬だけ時間を取って心を静めると、ピーターは洗ってあるマグカップのひとつを手に取り、コーヒーを半分注ぐ。テキサス産のピーカンではなくコロンビアの香りがする。ひと口飲んで味を確かめると、マグカップを大理石のカウンターに置き、スマートフォンのミュートを解除し通話を再開する。

「待たせて悪かった。もう大丈夫だ。問題が生じたって言ってたな。それはきみのシリアのネットワーク絡みのことなのか？」

　待たされていたことに苛立っているのかもしれないが、シリアの新任支局長（ステーションチーフ）はそんな様子を一切見せずにすぐに本題に入る。

「ちがう」チャールズは答える。「おれのネットワークは万全だ。実際のところ、子飼いの武装勢力のリーダーがショーの発見と救出に絞ってそれなりの人員を割いてくれると言ってくれた」

「だったら問題って？」

「そのリーダーと部下たちが、目下のところレインジャー分隊の拘束下にある」

「どういうことだ？」ピーターはそう言う。取り戻したばかりの落ち着きが霧散していく。

「マット・ドレイクだ」

「国防情報局（DIA）の作戦要員（オペレーター）の？」

「ああ。そのマット・ドレイクが十分前にこっちの戦術作戦センター（TOC）にやって来て、おれの資産(アセット)に銃を突きつけたうえに、レインジャーに命じて彼らを拘束させた」

「何でそんなことを？」

「三カ月前にドレイクたちが死にかけた待ち伏せ攻撃は、その資産(アセット)の仕業だと言っている。あの男の被害妄想だ。あのリーダーは二年近くもおれの仕事をしているし、報酬だって気前よく払っている。恩を仇で返すようなやつじゃない」

「嘘だろ」ピーターは狭い簡易キッチンのなかをうろうろと歩き回る。「どうしてドレイクがシリアに？」

「おれも同じことを訊こうとしてたところだ。おまえも知らなかったのか？」

「当たり前じゃないか。どうしてぼくが知ってなきゃならない？」

「大統領の右腕だろ。おまえの仕事は何でも知ってることだと思ってたんだが」

「それはきみの思いちがいだ」ピーターは言い返す。チャールズへの不快感が増していく。「ぼくの仕事はこれから四日のあいだに戦争が起こらないようにして、大統領の再選を確実にすることだ。きみのほうはシリアの状況をコントロールすることが仕事のはずだ。きみはきみのクソ仕事をやれ。ぼくも自分のクソ仕事をやる」

「笑わせるな。自分のクソ仕事ならやってる。おまえが欲しがってたベヴァリーを脅すネタも渡したし、シリアのネットワークも再起動させている。捕まっているパラミリタリー

・オペレーターの情報も摑んでる。それどころか、ドレイクの野郎がおれの資産（アセット）に銃を突きつけてなけりゃ、今頃はもうショーを救出していたかもしれないんだ！」

ピーターは怒鳴り返してやりたいところだったが、ひとまず深呼吸する。ここで怒っても意味はない。それにチャールズの言い分にも一理ある。ドレイクのような招かれざる客があちこちの蟻塚を蹴りまくっていたら、チャールズだってシリアのごたごたを収めることなんかできないだろう。

「わかった。いいか、聞いてくれ」ピーターはそう言い、スプーンで砂糖をすくってマグカップに入れる。「ドレイクはぼくが排除する。そしてシリアに関してはCIAの管轄下にあることを閣僚たちに念を押しておく。きみの承認なしには誰もシリアに入国も出国もできなくする。でも約束は最後まで守ってくれ。大統領はショーの救出作戦を承認する気満々だ。とにかく実行可能（アクショナブル）な情報を待ちつづけている。その情報が絶対に上がってこないようにすることがきみの仕事だ。ぼくらが取り組んでいることは全部やばいことになっている。いいか、全部だぞ。きみがシリアのことを抑えられなかったら、ぼくもベヴァリーへの抑えが効かなくなる。そんなことになったら、ぼくもきみもまな板の上に仲良く雁首を並べることになる」

ピーターはそう言い、マグカップを口に運ぶ。彼の心はすでに次なる障壁に移っていたので、チャールズの返答に完全に虚を突かれてしまった。

「それは脅しか？」

ピーターはマグカップをカウンターに叩きつけるように置く。コーヒーが跳ね、大理石に黒い川が走る。

「何をふざけたこと言っている？　脅してなんかいないじゃないか。何がやばいことになっているのか、あらためて肝に銘じてほしいだけだ。話を持ちかけてきたのはきみだぞ、忘れたのか？　きみをシリアに戻したら、このごたごたを何とかしてやるって言ったじゃないか。だったら何とかしろ。ＣＩＡの次期長官になりたいんだろ？　だったらクソ仕事をやれ。邪魔者のドレイクはぼくが何とかする。でも火曜日の夜、カリフォルニアで投票が締め切られる時刻までは、シリアの資産（アセット）たちに命じて何が何でも状況を抑え込んでおいてくれ。彼らが失敗したら、これからはずっとＣＩＡの窓のない部屋で人事の苦情処理をして過ごすことになるぞ。こういうのを脅しって言うんだ。ちがいがわかったか？」

それからしばらくのあいだ、ピーターには自分の呼吸音しか聞こえない。ようやくチャールズは口を開く。

「ドレイクを何とかしてくれたら約束は果たす」そう言うと、チャールズは電話を切った。

生気を失ったスマートフォンを手に、ピーターはチャールズという友人を失ったことを悟る。まあいい。政治は殺るか殺られるかの真剣勝負だ。お人よしは真っ先に殺られる。今、チャールズは怒っているかもしれないが、彼の傷ついた自尊心もＣＩＡ本部の七階という雲上界で癒せないわけではない。

幸い、大局的に見ればドレイクのことは簡単に解決できる問題だ。ワシントンの面々は野心家ぞろいで、そのうちのかなりの人数が第二期ゴンザレス政権でのポストに望みをかけていた。ピーターはシリア内戦の結果を変えることこそできなくとも、手前勝手なＤＩＡのオペレーターを服従させることなら可能だ。

ピーターはスマートフォンをポケットにねじ込むと、簡易キッチンを出た。そして会議そっちのけで、誰にも邪魔されない自分のオフィスに向かう。

ＤＩＡは閉鎖的な組織かもしれないが、閉鎖的な組織でもホワイトハウスからの電話には出る。

23

シリア、CIAの施設

「インペリアルとペイスティとレッドネックのどこから来た？」スカーフェイスとその手下が拘束されている勾留エリアのドアの外に立っている、二十歳そこそこの歩哨の兵士におれは話しかける。

「サー」歩哨はそう言い、スリングで胸に結わえたM４カービンの位置を直す。

「おいおい、おれはレインジャーを離れてからそんなに経っていないんだ。どの大隊か訊いてるんだよ」

歩哨は一瞬無表情でおれを見つめたかと思うと破顔一笑する。

「おれは肌が黒すぎるからペイスティじゃありませんし、それにもちろんレッドネックでもありません」

「おお、兄弟」おれはそう言い手を差し出す。「おれも第一大隊出身だ」

合衆国陸軍第七五レインジャー連隊は三個大隊しかない小所帯だ。同じ記章をつけていない相手からの侮辱を甘受しない。その一方で連隊内の競争意識はとんでもなく高く、その点ではよその特殊部隊と変わらない。三つの大隊はそれぞれ独自の伝統を時間をかけて育んだ。連隊内のみで通じる俗称もその伝統のなかにある。年がら年中曇っているシアトルに近いワシントン州フォート・ルイスに駐屯する第二大隊の隊員たちは、なまっちろい肌の連中ばかりだという悪評から〈うらなり瓢箪（ペィスティ）〉のふたつ名を戴いている。のどかなジョージア州フォート・ベニングにいる第三大隊は〈田舎者（レッドネック）〉だ。同じジョージアでも、第一大隊が陣取るのは海辺の太陽がさんさんと降り注ぐサヴァナだ。隊員たちは第一帝国（インペリアル）レインジャー大隊を自称し、ほかの大隊からは羨望を込めて〈ビーチボーイズ〉と呼ばれている。そしておれはそこをわが家として目くるめく三年間を過ごした。

つまりこの歩哨のレインジャーとおれは同じ伝統を分かち合っているということだ。

「ヘイガン上級曹長（SGM）はあいかわらず怒鳴り散らしてばかりか？」同じ大隊の仲間に会ったときに昔も今もやっている、〝これを知らなきゃもぐりだぜ？〟的な質問だ。

歩哨の顔から笑顔がすべり落ち、そして首がゆっくりと振られる。「いいえ、サー。SGMは九カ月前に亡くなりました。降下訓練中の事故で。まだまだガキの二等兵のパラシュートとSGMのが絡まったんです。ヘイガンSGMはガキのパラシュートはほどいてやったんですが、そのせいで自分のがだめになってしまったんです」

「そんな。おれがアルファ・チームを指揮してたとき、ヘイガンは先任曹長（1SG）だった。なのにあいつの訃報がおれの耳に入ってこなかったなんて信じられない」

「連隊を離れられてからどれぐらいになりますか、サー？」

「きみがサーと呼ぶ必要もなくなるぐらいかな。マット・ドレイクだ。きみは？」

「レイ・アンルー二等軍曹（SSG）であります」

「最近はＳＳＧが歩哨を仰せつかるのか？」

「今のところは何も起こっていませんからね。おれが代わって、部下たちを休ませてやろうと思いまして、サー」

「マットだ」

　レイは一瞬間を置き、そしてうなずく。「マット」

「ここに勾留されている連中のことを知ってるか？　レイ」

「それほどは。でも顔に傷のあるアラブ野郎（ハジ）なら見たことがあります。とにかくしっちゃかめっちゃかになってここが閉鎖された三カ月前まで、週に二、三回は来てました。いつもご大層な車列を引き連れてね。手下たちはゲートの外にいましたが、ハジと腹心っぽいのが三人、フェンスのなかに入ってきて会議をしていました」

「誰と話してた？」

「ここに来るたびに？」

「支局長（ステーションチーフ）です」

レイはうなずく。「CIAの連中がここに戻ってきたのはほんの二時間ほどまえのことですが、最初にやってきたのはあのハジたちです。たぶんチーフは、捕虜になった準軍事作戦要員（パラミリタリー・オペレーター）の救出作戦を立てているところなんじゃないですかね」

「なんだかあやふやなものの言い方だな」

レイはごつい肩をすくめてみせる。「わかるわけないですよ。CIA（エージェンシー）の工作管理官（ケース・オフィサー）たちはおれたちにひとっ言も教えてくれませんから」

おれにとっては驚くような話じゃない。「きみらは作戦行動中じゃないのか？」

レイはかぶりを振る。「ええ。ここはエージェンシーの連中が全部仕切っています。たぶん。おれも部下たちも救出作戦に加わることになるって思ってましたよ。ジョンソンから出てエージェンシーの分遣隊が来るまでここを確保しろって命じられたときは」

「ジョンソン？」

「シリア内の仮設の戦闘指揮所（COP）のことです。統合特殊作戦コマンド（JSOC）とレインジャーの残りの連中はそこにいます。ここから五十キロぐらいのところにある隠れ家ですよ」

「だったらどうしてきみらはここに？」

またレイは憤懣やるかたないといった感じに肩をすくめる。「知りませんよ。エージェンシーの連中が武勲をたてているあいだの留守番が必要だからじゃないんですかね、たぶん。やることと言えば看守役だけで、ほかには何もありませんよ。連中はずっとハジたちと話し込んでましたが、誰も作戦計画の策定も予行演習もやってません」

「レイ、きみに話がある。レインジャー同士として」

「何でも言ってください、サー」

「マットだ」

「マット」

「おれはぐだぐだ話し合うためにここに来たわけじゃない。ショーを捕まえているＩＳ分派内におれの資産がいる。シリアから脱出させてやれば、そいつはショーの居場所を教えると言っている」

「やるつもりですか？」

「当然やるとも」

「援軍は必要ですか？」

「猫の手も借りたいぐらいに。でも先に頼みがある」

「言ってください」

「きみが見張っているジハーディストどもに、おれと相棒は待ち伏せ攻撃を受けた」

「損害は？」

「相棒は片腕を失った」

「それってフロドのことですか？」

「知ってるのか？」

「連隊に入ったばかりの頃の分隊長でした。おれが会ったなかで最上の兵士ですよ。あんなことになって悔しくてたまりませんよ。頼みごとってジハーディストを撃ち殺すことですか？」

「今はまだいい。ステーションチーフはおれの人ちがいだって思っている。あのシリア野郎は自分が信頼している武装勢力のリーダーなんだそうだ。それがどういうことなのかクソほどもわからんが。いずれにせよ、人ちがいなんかじゃないってことを証明しなきゃならない。チーフも無視できない動かぬ証拠をだ。手始めとして、なかにいるやつらの生体サンプルを採って解析すればいいと思う。データベースを検索してヒットすれば、さしものチーフもおれの言い分に異を唱えることはとんでもなく難しい。きみはどう思う？」

「おれとしては、アンルーSSGはチーフの命令に従うことになると思う。そしてあんたは一緒に来るんだ」

新たな声が肩越しに聞こえてきた。振り返ると、IDカードの提示を求めてきたあの小僧が後ろに立っている。

「あのな」高慢ちきなCIAの下っ端に向かっておれは言う。「普段のおれはいたって暢気な性格なんだが、どうやらおまえはどうしてもおれの忍耐力を試したいみたいだな」

「おかしな真似をしやがって。手錠をかけられないだけでもラッキーだと思え。とっととTOCに来い。チーフがお待ちかねだ」

「レインジャー流の可愛いがりが要りますかね？」レイがそう言い、ハムみたいにばかでかい拳の関節をぽきぽきと鳴らす。

「今はまだいい、軍曹」おれはそう答えた。またしてもレインジャー仲間がついていてくれてありがたいと思った。「とりあえずおとなしくしていてくれ。また戻ってくる」

「さあ来い、ドレイク」CIAの小僧は言う。

「おい、おまえの名前は？」おれは尋ねる。

「そんなこと訊いてどうなる？」

「いいから言え」

「ジェイソン」

「下は？」

「よく聞け、ジェイソン・トーミ。おまえとは反省会をしなきゃならないが、それはこのごたごたにけりをつけてからだ。それじゃあぼちぼちTOCに戻ろう。口も利かずにな。おれが思い直して、あとじゃなく今すぐ反省会をやる気にならないうちに」

「トーミ」

ジェイソンはおれを見てからレイを見て、またおれに眼を戻す。こいつが何を確認したのかは知らないが、よからぬものを感じ取ったにちがいない。ジェイソンは口元をきっと結び、踵を返した。そして意気揚々とではなくすたすたとTOCに戻っていく。

おれは黙ってそのあとを追う。おれは自分の言ったことは必ず守る男だ。

24

TOCのドアまであと十歩というところでおれの衛星スマートフォンが鳴る。スマートフォンをポケットから出して土埃まみれのスクリーンを見た。知らない番号だ。このまま出ずにポケットに戻そうと思ったが、そうはしなかった。番号全体に憶えはないが、市外局番は知っている番号だ。202——ワシントンD.C.。たぶん出なきゃならない電話だ。

「ドレイクだ」ジェイソンの小僧に続いてTOCのドアを通り抜けながら、おれはスマートフォンを耳に当てて言う。

「チャリオット。チャリオット。チャリオット」

おれが返事をするまえに通話は切れたが、別に問題はない。あの声は聞きまちがえようがない——フロドだ。おれはTOCの戸口で足を止め、たった今繰り返された言葉の意味を頭のなかで整理に努める。フロドが伝えてきたのは〝作戦中止〟の暗号だ。

何があった？

このまま気づかれずに抜け出せるかもしれないと考えたが、ＴＯＣの内部をひと目見るなりそれはできないとわかる。さっきは無人航空機（UAV）と人工衛星からのライヴ映像が流されていたモニターに、今は別のものが映し出されている。左側のモニターには、会議テーブルを囲む軍服姿の男女の一団が見える。右側はそれとは対照的に、たったひとりの男がおれをねめつけている。

「マット・ドレイクか？」

「そうであります」おれはそう答える。ＴＯＣ内に足を踏み入れると、背後でドアが軋り音を立てながら閉まる。

「私が誰だかわかるな？」

「もちろんであります」おれはまた答える。

実際に会ったことはないが、ＤＩＡ本部の廊下の特定の部分を通るたびにこの男の顔ににらみつけられていた。その部分の壁にはＤＩＡの歴代長官の肖像画が掛けられている。そして今、第八二空挺師団の元師団長で国防情報局の現長官ジョナサン・ハートライト陸軍中将がリモート会議システムを通じておれと話をしたがっている。

このおれと。

なんと不吉な。

「お互いに誰だかわかってよかった」ハートライト長官は老眼鏡越しに、おれを不快な虫のようにうかがい見る。「では、よければひとつ質問させてもらいたいのだが」

「もちろんであります」

「一体きさまは何をしている？」

「長官？」

「きさまは、よりによってＴＯＣのど真ん中でわれわれのシリアの協力者に銃を突きつけたそうだな？」

「長官、よろしければ説明を——」

「ドレイク、ついさっきまで電話をしていたんだが、相手が誰だったかわかるか？」

「いいえ」

「ホワイトハウスだよ、ドレイク。あのクソいまいましいホワイトハウスと話していた。それが和やかなやり取りだったと思うか？」

「長官、おれは——」

「和やかどころじゃなかったよ、ドレイク。まったくな。思い出したくもない内容だが、おまえにもわかるようにかいつまんで説明してやろう。シリアにいる野郎どもは全員ＣＩＡの指揮下にある。そのＣＩＡのシリアの支局長（ステーションチーフ）はミスター・ロビンスンだ。つまりシリアでは彼の言葉が法律だ。その理屈が理解できないようだから、きさまは帰国させる」

「長官、おれの資産がショーの居場所を教えてくれるんです」

「あの男のことか？　馬鹿ぬかすな。あいつは最高値をつけた相手に大量殺戮兵器を売りまくっている金玉野郎のひとりに過ぎない。にっちもさっちもいかなくなって、われわれを使ってシリアから抜け出そうとしているだけだ。今回の作戦はミスター・ロビンスンが仕切っている。おまえの資産が情報を握っていると本当に思うなら、ステーションチーフに渡せ」

「いやです」

「今なんて言った？」

「申し訳ありませんが長官、そうするつもりはありません。あの男はおれの資産です。あいつのタマを握っているのはこのおれで、ほかの誰でもありません」

「いいか小僧、私は頼んでいるわけじゃない。おまえの資産の情報をロビンスンに渡せ。今すぐに」

「それはできません」

「なるほど。ではきさまができることを教えてやろう。おまえのクソ残念な尻をトルコに戻したら、そのまま西に飛べ。D.C.に戻ったらその足で私のオフィスに来て、この不服従についてサシで片をつけようじゃないか。でもその前に携帯電話と銃器、それとおまえが合衆国政府の職員だということを示すものを一切合財全部差し出せ。この時点をもっておまえは、シリアにとっての好ましからざる人物（ペルソナ・ノン・グラータ）となった。一般市民の世界にようこそ、ミスター・ドレイク」

「おれがゲートまで送るよ」おれのつき添いの肩をポンと叩き——つき添いという言葉はちょっと控えめな表現かもしれないが——レイ・アンルー二等軍曹（SSG）はそう言う。おれを放り出すだけでは飽き足らなかったチャールズは、最後に少しだけ屈辱を味わわせることにした。CIAのパラミリタリーのひとりに命じて、おれを施設の外まで護送させたのだ。おれはTOCにいた政府公認の殺し屋（ミート・イーター）どもに自分の言い分をぶちまけてやろうかとも思ったが、結局やめた。おれたちは同じ業界に身を置いてはいるが、連中はおれのことを知らないし、逆にチャールズのことはよく知っている。

おまけにハートライト長官の命令の意図は明快至極だった。血気盛んな現場の連中なら、おれのやらかしにかこつけて、またぞろライヴァル情報機関との縄張り争いに持ち込むこともできるだろうが、DIA長官は自分のオペレーターに国外退去を命じた。定番中の定番のやり口だ。おれと一緒に謀反を起こしてやろうという人間はひとりもいないし、それをどうこう言うつもりはない。まあ、いるとすればヴァージニアだけだが。ＴＯＣの反対側に坐っていた彼女はおれの眼を捉えていたが、おれは首を振ってみせた。勢力争いという点に関して言えば、おれとは無関係という意味でヴァージニアはまだ中立の立場にある。おれとしては、できうるかぎりそのままでいてほしい。この作戦の行方はわからないが、けりがつくまでのあいだに化学者の手が必要になるような気がする。信頼できる化学者の力が。

そんなことを考えつつ、おれはプライドの残りかすをかき集めてＴＯＣを出ていった。後ろからＣＩＡのパラミリタリーにつき添われて。

「いいのか？」パラミリタリーはそう言い、おれとレイ・アンルーＳＳＧの両方にいぶかしげな眼を走らせる。

「ああ」レイは言う。「あとはおれがやる」

一瞬パラミリタリーはレイの申し出を断りそうな空気を見せるが、結局かぶりを振る。「何かあったらあんたの責任だからな」パラミリタリーはそう言い、ＴＯＣに戻っていく。

レイとおれは施設のゲートまで無言で歩いていく。パラミリタリーに聞こえないところまで来たところでレイは口を開く。

「本当に資産（アセット）が敵の内部にいるんですか？」

「ああ」

「そしてその資産（アセット）がショーの居場所を教えてくれるんですか？」

「ショーと、ショーのチームが探していた化学兵器の在りかを」

「どうやって？」

おれは一瞬間を置き、レイの問いかけへの答えとその先のことを考える。アインシュタインのことをあれこれ教えてしまうと、あいつの正体は馬鹿でも察しがついてしまう。安全策を取るなら、ここは答えないか嘘を教えておくかだ。作戦要員（オペレーター）の最優先任務は実行可能（アクショナブル）な情報の収集だが、二番目は自分の資産（アセット）の保護だ。アインシュタインのことを少しでもレイに話せばあいつを、ひいてはショーまで危険にさらしてしまう。それでも、フロドに言ったこととは裏腹に、おれにはシリア国内にいる協力者が必要だ。その協力者は誰かを信頼しなければ得ることはできない。

おれの知り得るかぎり、協力者の最有力候補はアンルーSSGだ。

「テロリストどもの化学兵器を開発したのは、その資産（アセット）だ」

レイは自分の耳が信じられないという顔でおれを見る。

「そのアセットは兵器科学者？」

おれはうなずく。「正真正銘のクソ野郎でもある。でも、諜報の世界で叩き込まれた教訓がある——おれたちが求めている情報は善人には入手できない。でも誤解しないでくれ。まともな世界なら、おれだってそのアセットの兵器科学者を救出することじゃなくて殺す算段をつけるところだが、おれが生きている世界はまともじゃない。ぶっちゃけ、自分のアセットが善人だろうがクソ野郎だろうが知ったことじゃない。ショーの救出に手を貸してくれるなら、おれはヒトラーとだって手を結ぶよ。おれがここに来た目的はショーを生還させること、それに尽きる。ほかは全部雑音だ」

「倒れた戦友を敵の手に渡してはならない」

レイの口からよどみなく出てきた言葉におれはうなずく。第七五レインジャー連隊隊是第五条。おれたちのような人間にとっては、聞こえがいいだけの決まり文句以上の重みがある言葉。祖国のためなら危険を顧みずに飛び込んでいく男たちの心をひとつにする血誓約の言葉。そして何よりもおれにとっては、シリアに戻る決意を固めさせた掟の言葉だ。前回この国に来たときは、ひとりの男とその家族の信頼を裏切ってしまった。今回はショーの頼りにならなきゃならない。ショーとは面識がないが、それでも彼はＣＩＡのパラミリタリー・オペレーターだ。狭い業界の同業者にもレインジャーの掟は適用される。

三カ月前、おれは約束を守ることができなかった。そしてひとりの男とその妻と娘が惨たらしく殺されてしまった。それからは煉獄暮らしにあったおれに、ショーの救出は贖罪のチャンスを与えてくれたのかもしれない。

贖罪なのかどうかは別にして、ここでショーを見捨てることは燃えさかるレンジローヴァーのなかにフロドを置き去りにすることと同じだ。ハートライト中将はおれの上官だが、ショーはおれにとって倒れた戦友だ。シリアという悪の巣窟から一緒に脱出するか、それともここで一緒にくたばるかだ。この点において、レインジャー連隊隊是以上に明確な指針はない。

「これからどうするつもりですか？」レイは訊く。

「資産（アセット）と合流する。それからショーの居場所を聞き出して、彼を連れ戻す」

「あなたひとりで？」

「それがやむを得ないのなら。でもきみに、おれがやるつもりがないことを先に言っておく。おれはうすのろ将軍に言われたからと言って帰国便に乗るつもりはない。ここにのんべんだらりと居坐って、ジハーディストどもがショーの処刑のライヴ中継を流すまえにチャールズ・シンクレア・ロビンスン四世がその重いケツを上げるのを待ちぼうけるつもりもない」

「過去にステーションチーフと何かあったんですか？」

「話せば長くなるが」おれはそう言い、これから言うことの重みをしっかりとわかってもらうべくレイとじっと視線を合わせる。「前回ここに派遣されたときのことだ。おれの資産(アセット)が救難信号を送ってきたのに、チャールズは緊急即応部隊(QRF)を出そうとはしなかった。結局資産(アセット)は家族もろとも皆殺しにされた」

「どうしてチーフはQRFを送り込まなかったんですか？」

柔らかな風が吹き寄せ、おれたちの足元の砂が舞い上がる。おれはどう答えたものかと考える。敷地の壁のすぐ上に、砂塵の舞う空が少し見える。あの日と同じ砂にまみれた空とそよ風。

風とは気まぐれなものだ。

「さあな。あのときチャールズは、アサドの化学兵器攻撃直後の救出は危険だと言ってたが、それが本当の理由じゃないと思う。きみらが拘束しているシリア人は、資産(アセット)との救出に向かっていたフロドとおれに待ち伏せ攻撃を仕掛けてきた。それが資産(アセット)が助けを求めてきたことと関わりがあるのか、それともいわゆる〝戦場の綾(フォッグ・オブ・ウォー)〟なのか、おれにはわからない。結局のところ、どっちであっても大した問題じゃない。問題なのは、おれが自分の資産(アセット)を守るという誓いを破ったことだ。同じ過ちを繰り返すことはできない」

「資産(アセット)とその家族はどうなりました？」

いた」

「二日後に回収チームが発見した。三人とも死んでいた。赤ん坊もだ。妻はレイプされていた」

おれの話をレイは咀嚼しているみたいだ。おれは何も言わずに少し歩を進め、鑑識チームが撮ったファジルのアパートメントの状況を頭のなかから消し去ろうとしてみた。鑑識チームの報告書の機密版を、おれはまだ病院のベッドに寝かされている段階で読ませろと求めた。アビールが現れるようになったのは読んでからすぐのことだ。現れるようになった理由は精神分析医(シュリンク)に訊くまでもなくわかった。

ファジルの最後の瞬間のことを考えると、今でも吐き気に襲われる。百歩譲って、おれの資産(アセット)を殺すことはわからないでもない。しかし彼の妻と赤ん坊まで殺すなんて、極めつきのサイコ野郎のやることだ。そんな化け物どもの対処法は、おれの経験からすればひとつしかない──皆殺しにするだけだ。

「それからどうなったんです?」レイはなおも訊く。

「フロドとおれは負傷兵後送便で合衆国に戻された。チャールズたちCIAには撤退命令が出された。化学兵器攻撃のあと、政府はシリアでの活動は危険すぎると判断した。いいことを教えてやろう──チャールズが戻ってきた真意はわからないが、眼に見えない何かがあるのはまちがいない。あいつのシリア人資産(アセット)は、QRFのヘリがフロドとおれを救出する直前に姿を消した。そこにチャールズがどう関わっているのかはわからないが、それでもあいつのことをおれは信用していない。きみも信用すべきじゃない」

おれの向ける眼差しを、レイはしばらく受け止める。彼が口を開こうとしたそのとき、耳なじみのある声がさえぎる。

「空港まで送ってやろうか？」

ジェイソン・トーミとさっきのパラミリタリー・オペレーターがおれたちのすぐ後ろにいる。

「ＩＤカードをもらってきてくれたのか？」

「あんたがここから出るところを見届けろってチーフに言われたもんでね。そのまま出ていってもいいし、こいつに放り出させてもいい。好きなほうを選べ」

送ってもらおうかと思ったが、やめた。こいつの高慢ちきな鼻を一本か二本ばかりへし折ってやりたいところだが、そこまでする価値のあるやつでもない。ショーに残された時間は少ない。気にかけるべきなのはそれだけだ。おれはレイに手を差し出す。「もっとましな状況で会えたらよかったんだがな、軍曹。それでもおれの頼みごとをきいてくれたらありがたいんだが。おれと一緒にここに来た化学者がいる。ヴァージニアっていう女性だ。頼む、彼女に眼を配ってほしい。そしてまた連絡するって伝えてくれ」

「喜んで」レイはそう言い、おれの手を取る。そして驚いたことに、そのまま引き寄せておれを抱きしめる。「レインジャーが道を拓く」

「どこまでも」

レイは何も返さず、ジェイソンとその仲間の筋肉野郎のあいだを突っ切るようにTOCに戻っていく。やつらが戸惑っている隙におれはゲートを抜ける。ぐずぐずしていてもジェイソンとの関係がさらにこじれるだけだ。そして待たせてあったザインの車に滑り込む。ザインはギアを入れ、施設から車を出す。最初の角を曲がって大通りに入ったところで、ようやくザインはおれを見て言う。

「どこに行く、相棒?」

「どこだろうな」おれはそう言うと、抱きしめられたときにレイがおれの手に押し込んだ紙切れを広げる。「でも、とりあえずここからかな」手書きで記された住所を読み上げると、ザインはスマートフォンのナビゲーションアプリに入力した。

「一時間で着く」ザインは言う。「そこに何がある?」

「IS?　アサド支持派?　盗賊?　くどいようだが、ここはシリアだ――知るもんか」

25

「何かまずいことでもあったのか？」

ずっと設定をしていたスマートフォンから顔を上げると、ザインが眼のまえの道路そっちのけでおれを見ている。黄ばんだ歯にまた葉巻がくわえられている。それが半分の長さになっているから、彼がおんぼろ車を路肩に寄せてトランクを開け、新しい道具を渡してくれてからたっぷり三十分は経っているということだ。

咽喉から手が出るほど欲しかった道具だ。

さっきまで持っていたスマートフォンは、何者かに脅迫されている場合に警報を発信するパスワードを入力してからチャールズに差し出した。でも、今でも自分がからかわれているような気がする。武器もフロドとの連絡手段も取り上げられた状態では、ハートライト長官へのおれのささやかな謀反も長続きしそうになかった。

でもそれはザインの車のトランクの中身を見るまでのことだった。

ザインのセダンは見かけこそシリア中をうろつきまわっている何千台もの中古車とまったく同じだが、トランクだけはマイケル・ベイの映画から持ってきた代物だった——抗弾ヴェストと数台のスマートフォン、そしてさまざまな拳銃と小火器が、それぞれの形状に切り抜かれたウレタンフォームに収められていた。おれはさっさと低視認性抗弾ヴェスト（LVBAV）と予備弾倉付きのＡＫ－47、そしてグロックを収めたホルスターを身につけた。衛星スマートフォンで着装は完了した。新しい道具はレインジャーの基本支給装備にこそ及ばないが、バットマンなら鼻高々だろう。

それからおれはフロドの指示どおりにスマートフォンの基本ソフト（OS）を更新し、あいつから教わったパスワードを入力して再起動するまで待った。十五分もかからずに、おれはチャールズに渡したやつとまったく同じ機能をコピーしたスマートフォンを手に入れることができた。フロドがアインシュタインとのやり取りに使っていたメッセンジャーアプリも、ふたりのチャットの履歴も入っている。おまけに、おれたちの友人を探せというメッセージと一緒に座標情報まで送られてきていた。フロドのお気に入りの国家安全保障局（NSA）の分析官が頑張りを見せて、アインシュタインの携帯電話の位置を特定したのだ。状況は上向きつつある。

そんなことを思ったとき、おれは最初の厄介ごとにぶち当たった。

電話帳にあるフロドの番号にかけてみたのだが、留守電になった。あいつが作戦中止の暗号を送ってきた番号にも着信履歴からかけてみたが、結果は同じだった。おかしい。フロドと組むようになってから五年近くになるが、作戦行動中は必ず連絡が取れていた。

まあ、それだけのことだが。

さっきのザインの問いかけは、おれが苛立ちまぎれについたため息が呼んだものだ。「まずいことになった」おれはザインを見て答える。「おれが考えていた展開じゃない。『手伝ってほしいんだろ？』って言ったよな？　あれは忘れてくれって言われても、おれは根に持ったりはしない」

ザインが急ブレーキを踏み、セダンは横滑りして停まる。「そりゃジョークなのか？」怒りに圧し潰された英語で彼は言う。「まずいことになったらおれが逃げるとでも？　そんな人間だと思ってるのか？」

「もちろんそんなこと思っちゃいない」おれは言う。「でも今のおれはただのお荷物だ。合衆国政府の力がなきゃ孤立無援だ」

「あんたは孤立無援なんかじゃない。おれがいる。どうしてほしいのか言ってみろ。今すぐ」

「わかった。おれたちはアンルー軍曹がくれた住所に行かなきゃならないが、何もわからないまま闇雲に行くわけにはいかない。もっと詳しいことはわからないかな？」

「もちろんわかるとも。いくつか連絡を取れば答えは見えてくる」

ザインはそう言うと車を出し、片手でハンドルを握り、もう片方の手でスマートフォンで電話を操る。彼はあちこちに電話をかけ、相手が出るたびにアラビア語の速射砲を撃ちまくる。ザインが自分のネットワークをフル稼働させているあいだに、おれはささやかながらも自分で調査を開始した。手始めはアインシュタインがいると思しき場所についてだ。

通常の作戦行動中であれば、暗号化されたスマートフォンを使ってパスワード制御のファイル転送プロトコル（FTP）サイトにアクセスすることができる。そのサイトに、DIAの分析班が情報収集・警戒監視・偵察活動（ISR）の最新データを分単位でアップロードしている。ドロップボックスによく似た仕組みだ。特定の地理座標を入力すれば、その位置に関してDIAが保有するあらゆる情報が一括表示され、そこに最新データも重ねて示される。表示される情報はその場所の上空を飛びまわる無人航空機（UAV）や監視衛星といった多種多様な手段で得たもので、U2偵察機による高高度映像と諜報活動（HUMINT）で得た情報が適用されることもある。

つまるところ最高のシステムなんだが、たぶん今回の任務ではまったく使うことはできない。少なくともおれはそう思っている。ハートライト長官が発した勅令に解釈の余地はない。もし本国にいるフロドが、ついでに言えばジェイムズ本部長までがあからさまにおれを支援していたら、彼らのDIA内の立場どころか身の自由すら危うくしてしまう。現時点のおれは、合衆国政府の支援をまったく受けないまま国外で作戦行動をしている一介の民間人だ。この状況は何が何でも変えなきゃならないが、今この場所ですべきじゃないことはわかっている。なのでおれは、世界に唯一残された超大国だけが収集し得る、ありとあらゆる最上の情報に導いてくれるアイコンをクリックするという誘惑に負けることなく、次善の策を取った。

おれはグーグルマップを開いた。

アプリが返してきた画像は、何も状況がわからないなかではないよりもましという代物だ。フロドが送ってくれた、アインシュタインが最後にネット接続した地点の座標位置には、金網フェンスで囲まれた大きな建物が数棟と、それらをつなぐコンクリート舗装の広い道しか見えない。かなり以前に撮影された衛星映像には車も人影も見えないが、当然と言えば当然だ。シリアのこのあたりは、アサド政権やらISの残党やら有象無象の抵抗勢力やらが自分たちのものだと言い張る縄張りが重なり合いまくっている、ある意味無人地帯だ。逃げることができる人間はとっくの昔に全員市から逃げた。取り残された人たちも、市の中心部から離れたところに避難場所を求めようとはしなかったみたいだ。

「バッドニュースだ、相棒」スマートフォンでのやり取りを何度も繰り返していたザインはようやくそう言う。「あんたは自分の資産（アセット）に会いに行かなきゃならないんだよな？」

おれはネット検索しているスマートフォンから顔を上げる。ザインをおれの信頼の輪に加えるのも一手だが、彼にアインシュタインの情報を教えることはまったくの別問題だ。ザインのことは信用しているが、囚われたCIAのパラミリタリーの身の毛もよだつ死を防ぐことができるのはおれだけでもある。たしかにザインはおれの資産（アセット）だが、それでも作戦保全（PSEC）は図らなきゃならない。

「どうしてそれを訊く？」

「アクラムからの情報だ。あいつはアサドの支配地域を行ったり来たりしておれたちの商売を支えてる。今朝のことなんだが、道路が全部封鎖されたらしい」

「どうしてだ？」

「アサドがまたぞろロシアの支援付きの攻撃を仕掛けている。やつらは、交通の要所にある交差路のいくつかを押さえようとしているみたいだ。とにかく、そうした交差路の近くを走ってる車両に、ロシアの飛行機が片っ端から攻撃してるとアクラムは言ってる。これでもう動きが取れなくなった」

おれは悪態をついてからネット検索の結果を確認する。アインシュタインが潜んでいると思しき場所は、何年か前までは産業活動——おれの訳が正しければボールベアリング工場——が行われていたとかなんとか書いてある。しかし今のところは関連性はひとつもなさそうだ。慌てて立てた作戦計画(OP)に道路封鎖が与える影響をつらつらと考えていたら、メッセンジャーアプリに〈着信あり〉の表示が出た。アインシュタインからだ。一行だけのメッセージが現れる。

〈望みのものは手に入れた。時間がない〉

おれは画面上のキーボードの上に両手の親指をかざしたまま、ちょっと考える。それから入力を開始する。

〈準備はできている。場所を教えろ〉

〈あんたひとりで来るのか？〉

〈おれだけだ〉

カーソルが点滅し、アインシュタインの返信が表示されていく。

あいつが送ってきた座標をグーグルマップに入力してみる。元ボールベアリング工場から二キロほど離れたところにある公園だ。フロドのNSAのガールフレンド及びアインシュタインの誠意が一点先取。今のところは上出来だ。

〈確認した。指示を待て〉

〈何か変わったのか？〉

〈何も変わってない。追って指示する〉

おれは送信ボタンを押すと、すぐにアプリを閉じた。アインシュタインとだらだら長話をしている場合じゃない。

何も変わってないだと？　おれも作戦要員（オペレーター）としてそれ相応の数の嘘をついてきたが、そのなかでもこの大嘘が一等賞かもしれない。嘘のない返信ならこんなもんだろう——何もかもが変わった。おまえとの合流地点にどうやって行けばいいのかわからないし、ましてやおまえの仲間のテロリストどもに囚われている半分死にかけのオペレーターをどうやって救出すればいいのかもわからない。せいぜい幸運を祈ってくれ。

「相棒、あんたに見てもらいたいものがある」

「何だ？」グーグルマップの衛星画像をスクロールしていると、車は速度を落として停まる。

「あいつらだ」

おれはスマートフォンから顔を上げて前方を見てみた。波形鋼板でできた掩蔽壕（バンカー）から男たちが四人出てくる。バンカーの背後には錆びついたバリケードがあり、さらにその後ろには車一台が通れるぐらいの隙間がある、高さが人の背丈ほどの崩れかけた石塀がある。

四人はシリア人らしい服装で、扱い方を知っている人間の慣れた手つきでAK－47を携えている。

「お次は何だ？」ザインが言う。

男たちを見るなりおれは即断する。レイがここの住所を書いた紙切れをおれに渡した理由はこれだ。彼を信用すべきか否か。さあサイコロを振れ。

「このまま進んで声をかけるぞ」ありもしない自信を吹き込んだ声でおれは言う。

ザインはおれを一瞥するとギアを入れ、車を出す。男たちに近づいていくと、ザインが何かぼそぼそとつぶやいている。

「何やってんだ？」

「祈ってる」

洒落の利いた言葉を返してやりたかったが、おれも口のなかが妙に渇いている。男たちはおれたちが近づいてくることに気づいた。AKの銃口こそおれたちに向けていないが、撃つ構えは取っている。ザインは男たちの横で車を停める。ふたりがAKの射界を交差できるようにボンネットの両脇に立つ。三人目がふらふらと助手席側に寄ってくる。

男は窓まで身を屈め、訛りの強い英語でひと言だけ発する。

「レインジャーが道を拓く」

「どこまでも」

おれの返答に、笑顔が男の陰気な顔に取って代わる。「ジョンソン戦闘指揮所(COP)へようこそ、ミスター・マット。お待ちしてました」

こっちがそう言える立場ならよかったんだが。

26

向けてくるものを疑わしげな視線ではなく笑みに変えた四人の歩哨たちは、錆びた金属がこすれる音を立ててバリケードを上げ、石塀の内側に車を入れるよううながす。

一見したところ、ジョンソンCOPの防御態勢は立派なものじゃない。錆びたバリケードと四人の歩哨でも子どもたちの侵入なら防げるかもしれないし、時には野良犬相手でも大丈夫かもしれない。でもそれぐらいが関の山だ。もっと重大な脅威、たとえば車爆弾（VBIED）が突っ込んできたら、バリケードもそれが守っているものも何であれあっという間に吹き飛ばされてしまうだろう。

おれの防御態勢評価はかっきり十秒で終わった。その十秒のあいだにザインは車を進め、土嚢とコンクリートでできた別の歩哨詰所のところでゆっくりと曲がる。

詰所の反対側には軽量コンクリートブロックでできた狭い通路があり、突き当たりにスライド式の防爆扉がある。扉の上には歩兵用付属火器（CSW）の銃座がふたつ据えられている。左側の銃座には五〇口径の連装機関銃が、右側にはＭｋ‐19自動擲弾銃（グレネード・ランチャー）が装備されている。どちらも射撃手はおらず、代わりに通常のＴＶカメラと熱線暗視装置（サーマルヴィジョン）を組み合わせた光学装置が上部に取り付けられている。おれたちの車が通路に入ると、ふたつの銃座がおれたちのほうを向き、追ってくる。突き当たりまで来ると、防爆扉がグリースをたっぷり塗られたと思しき溝を滑って音もなく開く。

最新式の防爆扉と遠隔操作の銃座の組み合わせは完璧なキル・ゾーンを作り上げている。これを構築した連中は、〝ありふれた光景のなかに隠れる〟という考え方を一段高いレヴェルに引き上げた。

防爆扉の向こう側にはいかつい感じの男たちの一団がいた。男たちは、それぞれが通路でつながった工業用建物群に車を進めるようザインに指示する。男たちは髪はぼさぼさであごひげは伸び放題、着ているものも平服でシリア人のように見えるが、実際にはそうじゃない。スリングで胸に吊るしているヘッケラー＆コッホＨＫ４１６を見てもわかる。おれの勘が正しければ、われらが駐車係たちはレイの仲間のレインジャーだ。

ザインは彼らの手信号に従い、ぼろぼろのセダンをやはりぼろぼろの数台の車両の横に停める。ただし助手席側に隣り合わせたランドクルーザーの車高が低くなっているところから見て、どの車もかなり改造されているように思われる。

「おれもこんなやつが買えるかな？」追加装甲が施されているランドクルーザーをしげしげと見つめ、ザインはそう言う。

「ここはシリアだぞ、相棒。不可能なことなんかない」

「ミスター・ドレイクですか？」

おれたちのあとをついてきた駐車係のひとりが助手席側の窓の外に立っている。

「そうだ」

「よかった。お待ちしていました」

「ここに来たとき、きみらのシリア人歩哨たちにもまさしく同じことを言われたよ。でも名乗るのを忘れたみたいだが」

「そうですか。ではついてきてください」

おれの観察眼は飛び抜けて優れているわけじゃないが、それでも拒絶的な反応くらいは見ればわかる。それにおれはどこでも拒まれているわけじゃない。おれは車を降り、ザインについてくるよう手招きする。

「申し訳ありませんが、サー」おれのつき添いが言う。「運転手には車で待ってもらってください」

「彼を運転手と呼ぶな」むっとしているザインを横目におれは言う。「彼にはザインという名前がある。おれが行くところならどこへでも行く」

シリア最大級の情報ネットワークを操っている男だ。それに何より、おれの友人だ。

アラブ人はプライドという魔物に憑りつかれている。古代ギリシアでは絶世の美女をめぐる戦争で一国が滅びたが、そんなものはこの土地ではささいな争いだ。アラブの地では、いつのことだったか忘れられてしまうほど遠い昔の侮辱行為が、何世代にもわたる血で血を争う部族抗争の火種になることがある。とにかく、ザインと彼の高価値ネットワークを不用意に遠ざけてしまうことだけは絶対にしたくない。

さらに言えば、おれは一度だけ自分の国の政府に嘘をつかれたことがある。ザインと仲間たちは抜き差しならない状況になっても誠実でいてくれるはずだ。その一方で、ここの主が誰であれ怒らせたくはない。「連絡して許可を取ってくれ、レインジャー」おれはそう言う。「それまで待つ」

おれたちのつき添いは一瞬ためらいを見せるが、すぐに短くうなずく。彼はポケットから無線機を取り出すと、少し離れて交信した。潜めた声で短く話すと、レインジャーはおれたちふたりに進むよう身振りで示す。「こちらです、おふた方」

つき添いはしっかりとした歩調でおれたちを導く。おしゃべりをする気はないみたいだ。たしかにガイドツアーに参加しているわけじゃないが、それでもザインとおれはなかなか興味をそそる光景を見せてもらった。ちょっとした台数の車両に加えて、三機以上の輸送ヘリコプターと一機のハインド攻撃ヘリ、そして小型の短距離離発着輸送機(STOL)も一機ある。どの機もロシア製で、シリアかロシアの国籍マークがあり、年式のわりには整備が驚くほど行き届いているように見える。

状況は秒刻みで面白くなっていく。

兵舎にぎっしりと置かれた簡易ベッドと椅子、そしてポータブルジム機器のあいだを縫うようにして進むと、物言わぬツアーガイドはブロック体でＴＯＣと大書されたドアにおれたちを導く。彼が二回ノックすると、ドアは内側から開かれる。

「おれはここまでです」つき添いはそう言い、なかに入るよう手振りでうながす。「ごゆっくりお愉しみください」

おれはうなずいて感謝の意を表し、戸口をまたいで新たな世界に入る。

それまでの光景はすべて廃工場然としていたが、この部屋はまさしく別世界だ。ノートパソコンが置かれたデスクと無線機がそこかしこにある。壁の二面は昔ながらのラミネート加工された地図で覆われ、敵の位置が赤い油性鉛筆で示されている。残りの二面の壁には巨大なモニターが掛けられ、そのひとつはＦＯＸニュース、もうひとつは無人航空機(UAV)からの空撮映像が流されている。

懐かしのわが家だ。

「きみがドレイクか？」

問いかけの主は部屋の真ん中に立っている男だ。軍艦の艦橋（ブリッジ）で指揮を執る艦長のように両手を腰に当てている。

「マット・ドレイクであります、サー」おれはそう言い、手を差し出す。「こちらはザインです」

「会えてうれしいよ」男はそう言い、万力のような握力でおれの手を握る。「私はこのタスクフォースの部隊長、ノーラン・フィッツパトリック大佐だ。われわれは戦域緊急即応（QR）部隊（F）なんだが、目下のところまったくの手持ち無沙汰だ。レイ・アンルー二等軍曹（SSG）からの連絡では、きみは捕虜になっているＣＩＡ作戦要員（オペレーター）の居場所の手がかりを掴んでいるとのことだが。それは本当か？」

「イエッサー」おれはそう答える。口角がじわじわと上がっていく。

「それはすごい。この三日で一番のグッドニュースだ。フォートブラッグから飛んで駆けつけたはいいものの、気位だけは高いＣＩＡの連中が態勢を整えるまではだらだらと過ごすしかなかったからな。これできみの情報と私の戦力が合体した。仕事に取りかかろう」

「イエッサー」おれはまたそう答える。今は爪先まで笑みが広がっている気分だ。出だしからしくじって危うく手遅れになるところだったが、これでようやく事を進めることができる。ＤＩＡの分析班は、ジハーディストどもは大統領選投票日の前にショーを処刑するつもりだと考えている。その読みが正しいとすれば、時間はおれたちの味方じゃない。

「以上が、おれたちの置かれている状況です」おれはそう言って説明を終えた。

フィッツパトリック大佐に全体像を把握してもらうために、おれはこれまでの経緯の一切合財を話した。話の出だしは、もう何年も前の出来事のようにも思えるオースティン国際空港での中断された靴磨きだった。おれの思い出語りは二十分を要したが、その時間は無駄じゃなかった。

説明の途中でフィッツパトリック大佐は――フィッツと呼んでくれと何度も言われた――情報将校と作戦将校たちを招き寄せ、その将校たちは部下たちに言葉静かに何度も指示を出した。大きいほうのスクリーンには、アインシュタインが合流地点に指定してきた公園の衛星映像が映し出されている。もう一方のスクリーンには衛星映像と同じ座標の地勢図が表示され、テロリストどもの化学兵器研究所と思しき施設が強調されている。

フィッツの参謀を務めるふたりの少佐が、公園の近くに適切なヘリの降着地域（LZ）を探し始めていた。そして今はそれぞれのノートパソコンで空からの侵入経路と離脱経路を練っている。戦闘大尉はさっそく当直の襲撃チームに出動準備命令(WARNO)を出し、人をやって彼らの指揮官を叩き起こしているところだ。

チャールズのTOCで行われていなかったことが、ここではまさしく行われている。それは火を見るよりも明らかだ。誰もレイ・アンルーSSGのことは言わない。その埋め合わせは、この作戦が終了したら、おれがビールの六本パックのひとつやふたつを手土産にしてやっておこう。

「きみに銃を向けようとしたシリア人のことはどうなんだ?」椅子から身を乗り出してフィッツが訊いてくる。

おれは肩をすくめ、話をしているあいだにまるで手品のように現れたコーヒーをひと口飲み、答える。「あいつの生体データを採ろうとしたんですが、CIAのステーションチーフに邪魔されました。本土にいる仲間からも連絡はありません。何者なのかまったくわかりません」

「おれ知ってるよ」

あまりにもあっけない、大したことじゃないとでも言いたげなザインの口ぶりに、おれはふた口目のコーヒーを危うく噴きそうになった。何でそんな大事な情報をさっさと言わないんだ。こいつの首根っこを引き抜いてやりたかったが、何も言わずにおいた。CIA

のセーフハウスからは大慌てで出てきたから、ザインにスカーフェイスのことを話す暇なんかなかった。と言うより、ザインがおれの話を全体を通して聞いたのは、たぶん今が初めてだと思う。なのでおれは不満の言葉を吐く代わりにひとつ息を吸い、訊かずもがなの質問をする。

「あいつは何者だ？」

「サイードっていう野郎だ。ここ二年ばかりはアメリカさんから金をもらって働いている」

「何の仕事をしてる？」

「ＣＩＡはあいつの兵隊たちを訓練して秘密任務をやらせようとしていた。そうした仕事専用の、いろんなアメリカ製の武器を連中に渡していた。スパイの道具もな」

「どんな任務だ？」

ザインは肩をすくめる。「そこまでは知らない」

そのとき、いくつかの異なる情報がいきなりつながった。「あのクソ野郎」

「どうした？」フィッツが訊いた。「幽霊でも見たような顔をしているぞ」

「おれがＣＩＡ（エージェンシー）のＴＯＣに乗り込んだとき、サイードとチャールズが一緒にいました。サイードにはおれが誰だかわかりました。まちがいありません」

「どうしてそう思う？」

「それはただの——よくわかりません。でもサイードがずっとチャールズの子飼いだったという事実はあまりいい話じゃありません。秘密任務についているDIAのオペレーターのことをあいつが知っているとすれば、ほかにもいろいろと知っているんじゃないですかね？」

「つまりチャールズが情報を漏らしていると？」フィッツは言う。

おれは肩をすくめる。「それはわかりません。わかっているのは、おれへの待ち伏せ攻撃の指揮を執っていたのがサイードだということです。それよりも、アインシュタインとの合流はもう一刻の猶予もならなくなってきました。エージェンシーによる救出作戦は、この裏切り者が最初から最後まで仕切るみたいです。何となくですが、サイードが本気でショーを救出しようとしているとは思えません」

フィッツはうなずく。「チャールズと準軍事作戦要員（パラミリタリー・オペレーター）たちがシリアに戻ってきてから、レイはずっとあのエージェンシーの連中に貸し出してある。きみがここに来ると連絡してきたとき、レイは細かいところまでは話さなかった。でも救出作戦の準備の進み具合が芳しくないみたいなことは言っていた」

「フィッツ、変なふうにとらないでいただきたいんですが、どうしてエージェンシーの連中と行動を共にしないんですか？」

「きみのほうから訊いてくるとはな。救出作戦の指揮権がエージェンシーに渡ったことを、統合特殊作戦コマンド（JSOC）本部のボスたちが納得していないからだ。われわれの表向きの任務は、この国に出入りするエージェンシーのスパイたちを運ぶ航空機の警備強化だ」

「で、裏の任務は？」

「連中がドジを踏んだ場合の待機要員だ。言ったように、これできみの情報と私の戦力が合体した。でもわれわれに与えられたチャンスは一度だけだ。アサド側の戦闘地域に入った途端、地獄の口が開く。だからきみにありていに訊く——きみの資産（アセット）は本当に情報を持っているんだな？」

「それを確かめる方法はひとつしかありませんよ」おれはにやりと笑ってそう答える。

27

一時間後、おれはクローゼット大の透明な低酸素環境室にひとり坐り、酸素制御装置を使って予備呼吸をしている。外では空軍の航空生理学衛生兵が金属製の椅子に坐って生体情報モニターをチェックしている。ここまでの衛生兵の仕事はいたって単純だが、三十分後には彼の存在がおれの生死を分けることになるかもしれない。

眼のまえの金属製折り畳みテーブルの上には地図が何枚か広げられているが、現時点では必要だから置かれているわけじゃなく飾りだ。高層風は地表から高度二万五千フィートまで千フィートごとに、現在のものも予測分も確認済みだ。策定した降下ルートも再度確認し、フィッツの空挺降下長にお墨つきをもらった。全部が全部チェック済み。目印も方向も高度も頭に叩き込み、方位角とGPS座標は携行するタブレット端末に入力しておいた。パラシュートもデルタフォース(ザ・ユニット)の整備兵に手伝ってもらって畳んでおいた。セルをひとつずつきちんと重ね、折り目がついたり傘体(さんたい)の先端や尾部に巻き込まれたりしないようにした。かいつまんで言えば、是が非でもパラシュートがすぐ開くようにしたい場合の畳み方にしたということだ。

やれることは全部やった。あとは陽が落ちるのを待ち、シリアの気まぐれな風が予測からあまり外れないことを祈るばかりだ。この作戦で大きな誤差が生じませんようにと願うのは、ナイアガラの滝壷にいながらあまり濡れませんようにと願うことと同じだ。

アサド側の想定外の攻撃で、状況は一見、とんでもなく厄介になった。ロシア機が地上を移動している物体を見境なく攻撃しているから、もう陸路でアインシュタインのところには行けない。ヘリを使った侵入もやはり不可能だ。フィッツ大佐がロシアの管制空域を通過するという危険を冒すことができるのはショーの救出に向かうときだけだ。が、救出が可能になるのはおれがアインシュタインと会い、あいつの誠意を確認し、ショーの居場所の情報を入手してからのことだ。

こうした障害はおれを振り出しに戻してしまった。

まあ、完全に振り出しに戻ったわけでもない。実際には、空軍気象局の予報官という希望が残されていた。そいつはどう見てもハイスクールを一週間まえに卒業したばかりという感じの小僧だが、あごひげを生やすよりは高層風を読む術に長けていた。アインシュタインが指定してきた場所はアサドの支配地域にあるが、上空はロシア空軍がパトロールしている。そんな空をおれはこっそりと抜けなければならない。

だから陸軍の飛行士たちに運んでもらうわけにはいかない。おれ自身が飛ばなきゃならない。

〈HAHO〉という略語をグーグル検索するとクールな画像がいくつも見つかるだろう。ぱんぱんに膨らんだパラシュートにぶら下がって滑空する、酸素マスクと仰々しい装備を身につけた特殊部隊の作戦要員（オペレーター）の姿を捉えたものばかりにちがいない。レインジャーやSEALsやグリーベレーの募集パンフレットにうってつけだ。かく言うおれがそうであったように、聡明なはずの若者たちがこうした写真に惹かれて特殊部隊の門を叩く。それどころか、募集パンフレットに登場する男たちは人生を謳歌していると早合点する向きもあるかもしれない。

そんな暢気な印象は思いちがいもいいところだ。

高高度降下・高高度開傘（HAHO）とは、特殊部隊のオペレーターが敵に察知されることなく味方の空域から紛争空域に入るために用いられる空挺降下方法だ。別の言い方をすれば、オペレーターは味方の空域を飛行する航空機から飛び下りてパラシュートを膨らませ、降下しながら敵地に設定した降着地域（LZ）まで、最長で三十キロほど滑空するということだ。何も問題が起こらなければ、オペレーターは敵に気づかれることなく、しかも無傷でLZに降り立つ。

しかし実際の現場では、HAHO降下で何も問題が起こらないことなんかめったにない。HAHOは飛び抜けて危険だ。オペレーターは、こうした降下に先立って酸素の予備呼吸をして低酸素症にならないようにしなければならない。降下中に血中酸素濃度が低下して脳が機能を停止したら命取りになりかねない。予備呼吸をしておいても、高所障害によって生じるさまざまな苦痛がオペレーターを襲う。

環境条件も考慮しなければならない。高高度の気温は三万フィートで極寒のマイナス四十四度だ。二万フィートまで降りると少しはましになるが、それでもマイナス二十四度だ。装備がちゃんと機能していなかったら降着地域（LZ）にたどり着くまでに本当に凍死してしまう。そして高高度の環境や気温をどうにかクリアしても、地上から二万五千フィートも高いところでパラシュートにぶら下がっているからこその危険もある——敵はあらゆる手を使って発見し、殺そうとしてくる。とどのつまり、HAHOとは通常の手段が使えない場合にのみ用いられる危険極まりない侵入方法だ。

そしておれにとっては、ジハーディストどもがショーの首を斬り落とすまえにアインシュタインのいるところにたどり着くための、たったひとつの希望でもある。

スマートフォンが震えている。ポケットから取り出してスクリーンを見ると、また知らない番号からだ。スパイの連絡先リストが流出しているのかもしれない。こんなことが続くようなら、こっちも着信拒否リストにどんどん追加しなきゃならない。おれは通話装置（インターコム）のドングルを酸素マスクから外してスマートフォンに差し込み、電話に出る。

「ドレイクだ」

「マットか？」

「フロド！　どうしてたんだ？」

「クソとんでもないことになってるよ、ブラザー。見たこともないぐらいにな。ハートライト長官が直々にジェイムズに電話をかけてきた。長官はおまえをシリアから引っこ抜きたがっている」

「名指しでか？」

「ああ。そのときおれはジェイムズのオフィスにいた。部長はスピーカーフォンにしてたから全部聞こえた」

「それでジェイムズはあっさり尻尾を振ったのか？」

「おいおいマット、ボスのことはわかってるだろ。あれが尻尾を振るタイプだと思うか？本部長は長官に、おまえをシリアから追い出したいんだったら自分で伝えろって言った」

「自分で伝えてきたよ」

「そうじゃないかと思ってた。だからおれたちが通話できなくなるまえに作戦中止の暗号を送ったんだ」

「何だって？　もう一度言ってくれ」

「聞こえただろ。ジェイムズが電話を切った途端に破門状（バーン・ノーティス）が出された。本部長が技術部を抑えといてくれたおかげで、一回だけおまえに電話をかけることができた」

「バーン・ノーティスのほうはおまえをそんなに長く抑えられなかったみたいだな」

「何をか言わんやだよ。おれはやり手なんだぜ。ところで今はどこにいる？　イスタンブールか？」

「ちょっとちがう。おれはまだシリアにいる。おまえの昔なじみたちと合流した」

「どんな作戦計画（OP）になった？」

「OPの変更は一切ない」おれはそう言う。「アインシュタインに会い、あいつが知っていることを確かめる」

「おまえ、ふざけてんのか？　一切合財が変わっちまったんだ。おまえはペルソナ・ノン・グラータ（PNG）にされちまったんだぞ、ブラザー。つまり政府職員じゃなくなったってことだ。そのことを新たなお仲間たちは知ってるのか？」

「ちょっとちがう」

「どういうことだ？」

「おれがPNGだってことを部隊長に言うのをすっかり忘れたかもしれないってことだ」

フロドはため息をつく。「つまりその部隊の連中は、おまえを空路でアインシュタインのところまで運んでくれるっていうのか？」

「そんなところかな」

「マット……」

「なあ、救出のチャンスは一度しかないんだ。アインシュタインはアサド支配地域のど真ん中にいる。戦闘が始まって道路は封鎖されてしまった。つまりアインシュタインからショーの居場所を聞き出してからじゃないと、おれの新たな仲間たちはアサドの制空権下を突っ切ることはできないということだ。だからおれは単独で侵入する」

おれの言ったことを処理しようとフロドの頭のなかで回転する歯車の音が今にも聞こえてきそうだ。あいつはそれほど時間をかけずにおれの言葉の裏にある意味を理解した。

「マット、聞けば聞くほど自殺行為に思えてくる。そもそもアインシュタインが信用できるかどうかもわからないじゃないか。信用できたとしても、おまえがやろうとしていることは承認（サンクション）を得てない。何かあってもDIAは関与を否定する。ふと気づいたらアサドの戦闘空間で孤立無援になって、帰還もできないって羽目になるかもしれんぞ。やめておけ

——別の手を考えよう」

「そんな時間はない」

「ふざけるな。おまえ、誰と話してると思ってるんだ。おまえが単独で侵入してにっちもさっちもいかなくなったら、ショーはどうする？　あいつも孤立無援になる。こいつは無謀な作戦ってだけじゃない——愚か者の作戦でもある。おれの言ってることが正しいって、おまえだってわかってるはずだ」

そうなのかもしれない。が、どうでもいいことだ。もうそんなことを言っている場合じゃない。おれはようやく気づいた。今度はフロドが気づくのを手伝ってやらなきゃならない。

「あの娘を見るんだ」おれはかすれ声を絞り出してそう言う。同じことを、いろんな相手に何回でも言いたかった。でもおれにはそれができなかった。面と向かっては言えなかった。あるいは、ファジルとその家族の亡骸が無慈悲なシリアの砂に還っていくのに、自分は安全な合衆国でのうのうと暮らしているあいだは。しかし今は状況が変わった。

あるいは、変わったのはおれのほうなのかもしれない。

「あの娘って？」

「アビールだ。母親の肩越しにおれに手を振るあの娘を見るんだ。アビールがひょいっと顔を見せてにっこり笑うところを、おまえだって憶えてるだろ？　そんなあの娘が四六時中見えるんだ」

「フラッシュバックみたいなものか？」

「ちがう。部屋に一緒にいるって感じだ。アビールは笑って、いないいないばあをする。手を伸ばせばぽっちゃりした頬っぺたをつねることもできるんじゃないかってぐらいリアルなんだ。でもできない。アビールは殺されたんだ。両親と一緒に。おれはファジルに約束したんだ、フロド。彼の眼を見て約束した」

「マット、おまえは――」

「聞いてくれ、フロド。おれは頭がいかれちまった。それは自分でもわかってる。本当だ。よくなってきているわけじゃないこともわかっている。むしろ逆に悪化してるんじゃないかと思ってる。体は震えるし眠れないし、それにライラがアビールの母親に見えちまう。何とかして元どおりにしようとしてきた。でもそんなことできるはずがないんだ。何をしようとアビールは生き返らないし、おまえの体だって不自由なままだ。そのことは今は理解できるが、ショーの命がかかっていることも理解してる。彼を助け出せるかもしれないし、できないかもしれない。どっちに転ぶにせよ、おれはやってみなきゃならない。わかったか？」

最後の問いかけへの気持ちのこもり具合にわれながら驚く。とにかく親友に〝わかった〟と言ってほしい。言ってくれなかったら、おれは本当に気が狂うかもしれない。おれは狭苦しい低酸素環境室で椅子から立ち上がり、フロドの赦しの言葉を待つ。

しかしフロドが寄こしてきた言葉はそうじゃなかった。

「おまえのことはよくわかってる。おれたちはどんなカップルよりも多くのクソみたいな苦難を一緒に味わってきたのに、結婚すらしてない。おまえのことはよくわかってるし、おれが何を言おうがやりたいことをやる男だってこともわかってる。だから無知な田舎者のおまえに道理を言ってきかせることはあきらめた。その代わりにこう言わせてくれ――困ってることはないか？」

フロドは赦しの言葉じゃなく、もっとすごいものを与えてくれた。友情だ。

「ある」おれは涙で声がかすれないようなんとか抑えて言う。「これからノアの大洪水レヴェルのクソ大騒ぎになる。そんななかで、おれはアインシュタインだけに集中する必要があるし、手遅れになるまえにショーの居場所を摑まなきゃならない。チャールズにもスカーフェイスにも、おれをPNGにしたDIA長官にも構っていられない。正直に言う――いつものように、おれの背中を守っていてほしい。わかったか？」

「あたりまえだろ。了解した、マット。さしあたり何かしてほしいことはあるか？」

「ある」東テネシーから来た新たな友人のことを忘れていた。「ＤＩＡの化学者がＣＩＡのセーフハウスにいる。ヴァージニア・ケニヨンっていう名前だ。彼女と連絡を取って状況を説明してくれ。そして彼女との連絡手段をおれに教えてくれ。アインシュタインが化学兵器の情報を渡してきたら、ヴァージニアに検証してもらう必要がある」

「わかった。ほかには？」

「あとひとつだけ。すまなかった」

「呑み込みの悪い牧場のせがれに千回は言ったはずなんだがな。シリアで起こったことはおまえの落ち度じゃない」

「そうかもしれない。でもその逆かもしれない。いずれにせよ、おれは三カ月まえのことを謝ってるわけじゃない。おまえを連れてこられなかったことを詫びてるんだ。おまえはここにいるべきなんだ。今この時に。おまえという用心棒がいないとしっくりこないんだ。そういう意味での〝すまなかった〟だ」

しばらく沈黙が流れ、そしてフロドは言う。「さっさと仕事をしろ。オプラみたいなトークショーの続きはおまえが戻ってきてビールでも飲りながらすればいい」

「ありがとう、ブラザー」

「グッドラック、マット」

通話は切れた。フロドとの決裂は避けることができたが、あいつの言ったことは正しい。どんどん自殺行為のように思えてくる。しかも呆れるほどに。

たぶんそこが肝心なんだろう。

28

「両足を広げろ」

おれはスタンスを広く取り、これまで千回は耐えてきた、毎度おなじみの手順を進める。それでも、これまでの作戦で何回やったか忘れるほどやってきた降下前点検とは全然ちがう。

似ても似つかない。

装備品がぎっしりと詰まった背嚢（はいのう）、無線機、タクティカルハーネス、抗弾ヴェスト、そしてアサルトライフル。毎度おなじみのそうしたものは見事に一切ない。おれはスパイとしてアインシュタインに会いに行くのであって、兵士としてじゃない。必然的にレインジャーではなくシリアの民間人っぽい見かけにしなければならない。だから無線機は衛星スマートフォンと予備のバッテリーに取り替えた。グロックはズボンのウエストバンドの深いところに隠したホルスターに収めた。グロックの切り株のような銃口に装着する減音器（サプレッサー）

は、予備弾倉二本と一緒にスマートフォンとは別のポケットに入れてある。防寒装備と使い捨てのフライトスーツの下には、民間人のなかに溶け込める服を着込んでいる。まだ手錠の鍵が袖口に縫いつけてある長袖シャツも着ている。

晒し者以外の何物でもないような気分だが、この仕事につきものだから仕方がない。

「右を向け」

耳なじみのない声だが、それでもおれはその言葉に従う。いつもなら、どう聞いたってフロドだとわかるバリトンの大声で降下前点検の指示が飛んでくる。

今日はちがう。

今日はフィッツ大佐の空挺降下長のひとりがピンチヒッターを務めている。その仕事ぶりがまったく申し分ないのはまちがいないが、彼は一緒に降下しない。今回の潜入活動では、おれはあらゆる意味においてローン・レインジャーだ。

「左を向け」

空挺降下長の手さばきは確かで迅速だ。おれの装備をチェックし、さらにチェックを重ねる的確な動作は手際よさの極致と呼べるものだ。

「両腕を頭の上に」

これが最後のチェックだと思いつつ言われたとおりにし、酸素マスクから深く息を吸って神経を落ち着かせようとし、すぐ左にたたずむ女性と赤ん坊を頑張って無視する。ふたりは空挺降下長による降下前点検の最中に姿を現したが、今回だけは眼を背けさせてもらう。その代わりに現実に集中した。おれはシリアのことだけを考えた。

沈んだばかりの太陽が水平線の下でぐずぐず居坐っている。オレンジ色の薄明かりが、ゆっくりと朽ちていくでこぼこと鋭角だらけの金属の建物を柔らかく見せている。近くの丘にはローマの昔の要塞がある。クリーム色の切り出された石で作られた建造物は、二千年間放置されていても要塞とわかる形状を保っている。要塞の隅や割れ目から生えている草木は、茜色の空を背景に信じられないほど青々と茂っている。

黄昏（たそがれ）という魔法のフィルター越しに見る景色は、アイルランドのエメラルド色の丘から切り取ってきたものとしか思えない。

しかしここはアイルランドでもスコットランドでも、ましてや誰かが旅行先に選ぶような土地ですらない。ここはシリアだ。そしてアビールとその母親が証明しているように、シリアの同義語はたったひとつしかない——死だ。おれの資産（アセット）とその家族の死。いつ終わるとも知れない内戦でもたらされた、何万人もの無辜の民の死。フロドとおれが危うく死にかけた待ち伏せ攻撃のあとに残された男たちの死。そんな情け容赦ないシリアとけりをつける準備を整えているあいだに、おれは生について考えていた。われながらかなり驚いた。

かつてのシリアは文化の中心地だった。聖書によれば、使徒パウロはダマスカスに向かう途中で昇天後のイエス・キリストに遭遇した。キリスト教に改宗したパウロが書いた書物は新約聖書のかなりの部分を構成している。彼の文章が歴史を変えたのはまちがいない。果たしてこの国には、内戦で引き裂かれて抜け殻になってもなお、この国なりのダマスカスへの道をたどって悔い改めることができるだけの力が残されているんだろうか？

この難問に知ったかぶりを決め込むつもりはない。頭のなかでうようよと泳ぎまわっている同じような疑問の答えを全部わかっていると言うつもりもない。今のおれにわかるのは、この国そのものを人質に取っている悪魔どもに誰かが立ち向かうまでは、周囲の建物を黄金色に染めて輝かせる夕陽の真の美しさはわからないということだ。おれにはシリアを救うことはできないが、ショーは救えるかもしれない。万事が万事うまくいけばだが。

それだけで充分なはずだ。

「問題なし」おれの装備の最終チェックを終え、空挺降下長は言う。「降下を許可する」

おれはうなずきだけで謝意を示し、グローヴをはめた手で面白くも何ともない見かけのバックルとストラップをなぞってみる。胸骨の横にあるクッション付きの赤い切断装置はとくに念入りにチェックした。降下中に不測の事態が生じた場合、この長さ十センチ幅八センチのハンドルを引けば、主パラシュートを切り離して予備パラシュートを展開することができる。そうなった時点で潜入活動は失敗に終わったことになるが、失敗した潜入活動はいつ何時ローンダーツになってもおかしくない（ローンダーツは芝生に置いた的に大きめのダーツを投げて競う遊び）。

　降下装備がちゃんと機能することを確認したところで、避けては通れないのに先延ばしにしていたことを、おれは思い出す。ふたりの亡霊に向き合ってみると、そこには何もない空間があるばかりだった。アビールとその母親は消えていた。物言わぬ彼らが現れたことが目前に迫った任務の何を暗示しているのかはわからないが、たぶんいいものじゃないだろう。

「準備はできたか？」

　そう訊いてきたのはフィッツ大佐だ。降下前点検はおれと空挺降下長だけで始めたはずだったが、だんだん見物人が集まってきていた。格納庫（ハンガー）代わりの広い空間は、降下長がチェックを進めていくうちにちらほらと姿を見せるようになった男たちで一杯になっていた。特殊部隊（コマンドー）の兵士たちは無言で見物していた。普段の冷やかしも、こうした場につきものの物騒な冗談もすっかり鳴りをひそめていた。その代わりに彼らは、次第に重くなっていく静寂を破る降下長の指示を待ち望み、見守っていた。少し前にフィッツもコマンドーたちの群れに加わったが、やはり何も言わずにただ見ていた。そして降下長のチェック終了の言葉が響くと、ようやく口を開いた。

静寂の時は終わりを告げる。

「整いました」おれはそう答え、文字どおりだと気づいて自分で驚く。次に何が起こるかわからない曖昧模糊とした状況下にあっても、おれの心は整っている。とにかく、一切合財を吹っ切って二度と振り返らない覚悟はできていた。

「上等だ」フィッツはそう言い、硬くごつごつとした手をおれの肩に置く。「私は士気を鼓舞する演説があまり好きじゃない。はっきり言って、この部隊はそんなものを求めてはいない。われわれは物言わぬプロフェッショナルの精鋭を自負している。国家のための任務とあらば、ファンファーレも表彰も必要としない。囚われの身の人々を母国に還すこと。戦場から敵を一掃すること。それがわれわれの任務の成功の目安だ。そんなわれわれには、何よりも大切に守り抜いている信念がある――〝倒れた戦友を敵の手に渡してはならない〟」

自分の言葉にしかるべき重みを与えるかのように、フィッツは間を置く。

「知ってのとおり、これはレインジャー連隊隊是のひとつだが、この組織を体現する言葉でもある。三十年ほど前、モガディシュの街に倒れた戦友たちを守るために、われわれのふたりの兄弟が命を散らした。その犠牲に報いるべく、われわれは墜落現場を確保し、兄弟の亡骸を一片も残さず回収するまでその場を離れなかった。われわれの任務に保証と呼ばれるものは皆無に近い——あらゆる任務において、これが最後の任務になるという覚悟で銃声がする方向に突っ走っていく。それでもわれわれは、自分たちの聖なる言葉にあくまで従う——危険な状況に陥った兄弟を置き去りにしない。血と汗を最後の一滴まで費やし、死力を尽くして兄弟を連れ帰る」

フィッツはまた言葉を切る。圧倒的な沈黙が流れる。

「われわれタスクフォース全員がここに集まっている理由はひとつだ——同じ約束の言葉を、私がきみに告げるところを目の当たりにするためだ。きみが危険を顧みずに飛び込んでいくのは、ひとえにひとりの兄弟が敵の手に落ちたからだ。これ以上に尊い任務はない。この任務から生還させてやると約束することはできないが、それでもこれだけは約束できる——決してきみをひとりにはしない。助けを求めるきみの声に、われわれは応える。それこそが誓いの言葉だ。質問はあるかね？」

おれは首を振る。咽喉まで込み上げてくるものを抑えて言葉が出てくるとは思えなかった。

「よろしい」フィッツはそういうと、十セント硬貨（ダイム）ほどの大きさの電子機器をおれに渡す。

「使い方はわかっているな？」

おれはうなずき、ちっぽけな装置をフライトスーツのジッパー付きポケットにしまう。

「以上だ」フィッツはそう言い、おれの背中を叩いた。「武運を祈る、マット・ドレイク。倒れた戦友を見つけたら、われわれは駆けつける。たとえ地獄の業火に見舞われようとも。グッドラック」

その言葉を最後にフィッツは脇に退き、背後に列を作っていたコマンドーたちに場所を譲る。全員が握手を求めたり肩を揺すったりしてくる。見知らぬ男たちのひとりひとりがおれの眼をじっと見つめる。その理由はたったひとつだ——おれのために銃声がする方向に突っ走っていく男たちの顔を知ってもらうためだ。

最後のコマンドーに背中を叩かれるとおれは振り返り、これから搭乗するアントノフ2輸送機（コルト）にぎくしゃくした足取りで向かう。キャンヴァス張りの扉を掴み、身を引き上げてカーゴスペースに入ると、おれはテープ編みの座席に腰を下ろしてシートベルトを締める。機体を改造して搭載したターボプロップエンジンが咳き込むように始動し、ジェット燃料の排気ガスを吐き出す。そしておれはあっさりと任務に飛び立っていく。

コルトがハンガーから出て、仮設滑走路のあばただらけのコンクリートの上を地上滑走（タキシング）しているあいだに、おれは汚れまみれの窓から外を見た。コマンドーたちは後方のハンガーで気をつけの姿勢で立ち、フィッツ大佐はクマのような手で観閲式にふさわしい敬礼をしている。誰かがこんなことを言っていた——人々が枕を高くして眠ることができるのは、ヤバい連中がその人々になり代わって荒っぽいことをする準備をしているからにすぎない、と。そのヤバい連中の一部と会えて、おれは嬉しい。

ターボプロップエンジンのうなり声が全力の咆哮に変わる。やたらとでかい前輪タイヤがコンクリートの路面でワンバウンドすると、コルトは優雅ではないが無駄のない離陸で宙に浮かぶ。鼻先を四十五度の上昇角まで上げ、木材とキャンヴァスでできたコルトが高度を相手に奮闘しているうちに、おれは何とも言いがたい心の安らぎをおぼえる。今回の任務は依然として自殺行為で、状況もヤバいし見通しも立ってない。それでも数カ月ぶりに正しい世界に戻ってきたような気がする。

まさしくおれがいるべき世界に。

「離陸完了」機内通信(インターコム)越しの割れた声で飛行士が言う。「降下空域(DZ)に向かう。到着予定時間(ETA)は二十分後」

二十分。最後の電話連絡には充分な時間だ。

29

馬力のあるターボプロップエンジンはアントノフ2輸送機のやわな機体と反りが合わず、覚醒剤をキメた削岩機みたいな振動をひっきりなしに生み出している。尻の下のテープ編みの座席は音叉のように震え、上昇するにつれて内臓が歪んでくるように感じられる。

もともとソ連製のアントノフ2は北朝鮮に輸出されたうえ、大量にコピー生産された。その具体的な使用目的は特殊部隊を韓国にこっそり潜入させることだった。木材とキャンヴァスを多用したシンプルな構造の機体はなかなかレーダーでは探知できない。飛行士が旋回上昇をさせ、この惑星で一番物騒な紛争空域へ向かう道中でおれが頼りにしているのはこの〝ステルス性〟だ。

窓から薄暗いシリアの田園地帯を見下ろしてどこまで進んだのか確かめたくなる気持ちを抑え、おれはポケットからスマートフォンを取り出し、酸素マスクからぶら下がっているインターコムのドングルをまた差し込む。

最初の空挺兵が戦闘服に身を包んで最初に輸送機に乗り込んで以来、ＤＺまでの地獄のフライト時間はもっぱら内省に充てられてきた。それが今では最新テクノロジーのおかげで、おれはロザリオを握りしめて祈ることも座席を共にする仲間たちと陰気な冗談を交わすこともなく、創意溢れるやり方で暇を潰すことができる。何しろ地球の裏側にいる誰かに電話をかけることができるのだから。が、震える指でタッチスクリーンに番号を打ち込んでいるうちに、空挺兵のご先祖さまたちのほうがいい時間の過ごし方をしていたとしか思えなくなる。

心が負けてしまうまえに最後の番号を入力して発信ボタンを押すことができた。コンマ何秒かのうちに回線はつながり、呼び出し音が聞こえてくる。電話なんかするべきじゃない理由がごまんと頭に浮かんでは消えていくなか、おれは相手が出ないことを祈る。しかし呼び出し音を途切れさせたのは録音されたメッセージじゃなかった。本物の、生の声だ。

「もしもし？」

「やあ、おれだよ」

返す言葉は何の考えもなく口を突いて出てきた。彼女の聞き慣れた声に、言い慣れた返事を引き出されてしまった。しかしもうおれたちの関係は、おれの無意識が思い込みたがっているほどには親しいものじゃない。

「マットなの？　どこにいるの？　もう帰ってきたの？」

「まだだよ、ベイビー。でももうすぐだ」

ライラの声の温かみをぐずぐずと味わっているうちに沈黙が広がっていく。ああ、彼女に会いたい。

「大丈夫？」

ライラは優秀なスパイになれるだろう。容姿と語学の才能もさることながら、超能力さながらの人の心を読む力がある。三度目のデートで、おれは自分がＤＩＡの人間だと打ち明けた。すごいと思わせたかったからじゃない。なぜか彼女はおれの身の上話でつじつまの合わない部分にとっくに気づいていたからだ。いや、そうじゃない。妻となる女性に本当のことを話したのは、彼女を失うことが怖かったからだ。結婚して六年経った今でも、おれはライラを失うことを恐れている。彼女が結婚の誓いを裏切ることを心配しているからじゃない。彼女のいない人生が想像できないからだ。

「きつい日が二週間ぐらい続いたからな」ライラがおれの声にもっともらしさを感じ取り、詮索しないことを願う。

「どうしてそんなにやかましいの？」

「ごめん。仕事中なんだ」

「なのに電話してきたの？　本当に大丈夫なの？」

おれはすぐには答えず、窓と呼ばれている傷だらけの汚れたプレキシガラスを通して外を見る。インクをぶちまけたような闇が見つめ返してくるばかりだ。無限に続く内戦は、陽が落ちてから明かりを点ける愚かさをシリアの人々に教えた。明かりは人目を惹き、神に見捨てられたこの地では人目を惹くことは死を意味する。

「今の仕事が終わったら休職しようと思ってる」おれはそう答える。空挺降下長が手を振っておれの注意を惹き、手袋をはめた手で二本の指を立てる。あと二分。「大学院か何かに入るとか。どう思う？」

また沈黙が広がる。今度は通話が途切れたと思うほど長く。しばらくしてライラは言う。

「マット？」

「ん？」

「約束してほしいことがあるの。わたしのところに帰ってくるって約束して。わかった？」

「約束する」おれは答える。

ライラが言葉を返すより早く通話が終わる。

おれはスマートフォンの電源を切ってカーゴパンツのポケットに戻す。もう時間がないと自分に言い聞かせたが、かけ直さなかったのはそんな理由からじゃない。妻は優秀なスパイになれるだろうし、優れたスパイは相手の声から嘘を見抜くことができる。たとえ夫の声であっても。

30

凍える突風が拳となり、おれの胸を打つ。砂漠はおかしなところだ——日中は耐えがたいほどの酷暑なのに陽が落ちるとぐっと冷え込む。でも今感じている寒さはそれとはちがう種類のものだ。高度二万五千フィートの世界では何かの手を借りずに生き抜くことはできない。だが、少なくとも二万五千フィートはあってほしい。パラシュートを開いてから降着地域（LZ）までの滑空距離を考えると、このガタのきた輸送機には行けるところまで上昇してもらう必要がある。

「どんな具合ですか?」酸素マスクに接続してあるインターコム越しにおれは尋ねる。

「あと一分だな」空挺降下長はそう答える。かぶっているヘルメットのヴァイザーは急激な気温低下で霜に覆われている。「降下高度に達していて風も安定している。見てみろ」

おれは落ち着きを失った胃を無視し、二分まえまでは胴体の一部だった部分にぽっかりと開いた口に向かってごそごそと進む。開いたドアはシリアの空をありのままに見せてくれる。同時に、どんな結末になるにせよ、長きにわたるシリアでの苦難の旅路の最終章への入口でもある。前者と後者のどちらがおれをより不安にさせているのかはわからない。

おれは高いところが怖い。しかしおれの場合、高所恐怖症という言葉にはちょっと収まりきらない。ベッドの下に潜んでいる見えざる怪物に小さな子どもが抱く、心が圧し潰されてパニックを引き起こすような恐怖をおぼえる。最初はレインジャー、それからDIAのオペレーターとしてさまざまな作戦に携わってきた年月のうちに、おれは教養と善意に等しく溢れる精神分析医たちから同じ言葉を、それこそ数え切れないほど聞かされてきた――あなたの高所恐怖症はいつのまにか消えてしまうでしょう。

右手を掲げ、国内外の脅威から祖国を守ると宣誓してから十二年が経つ。そのあいだに、人間としての絶対的な規範で黒か白かに分けられていたさまざまなものは一緒くたになり、さまざまな濃度の灰色に変わってしまった。でもおれの高さへの恐怖は変わっていない。六人もの学識豊かな医者がそろいもそろって同じ診断を下したというのに、おれは高いところが一生怖いままなんだとますます思い込むようになった。幸いなことに、この恐怖に向き合わなきゃならない事態はそうそうめぐってこない。それでもごくたまにめぐってくる今日のような日は、どうしてお袋に言われたとおりに大学の歯学部に行かなかったんだろうとマジで思う。日がな一日プラスティックの椅子に坐って臭い息をかぐ人生にはたしかに難もあるが、それでも歯医者は仕事に出かける車内で過呼吸になったりはしない。

とにかく、高いところだけはまっぴらごめんだ。

おれは上下に揺れる床をすり足でじりじりと進み、降下長の先にある隔壁にボルトで固定された手すりを摑むと、プロペラの後流（スリップストリーム）のなかに身を乗り出す。

一見したところ、そんなに怖いとは感じない。この高度まで上がると、黒の上に黒を重ね塗りしたキャンヴァスのような空にひしめいている何百万もの星が見える。ぎりぎりまで欠けた極細の月はコルトの左翼のすぐ上にあり、おれの汚れたブーツに象牙色の光を投げかけている。凍りつくほど寒い風が猛烈に吹きつけてくるが、ここから見える景色は平穏そのものだ。牧歌的とすら言える。

でも天体観測に来ているわけじゃない。これから三十秒足らずのうちに、おれはこの大渦巻きの只中へと片道切符の旅に出る。したがって、飛行士の計算とおれの計算が確実に合うようにしなきゃならない。

つまり下を見なきゃならないということだ。

おれは震える息をひとつ吐き、ヘルメットに着装されている暗視ゴーグル（NVG）を眼まで下げ、視線を天界から地上界へと移してみる。結果はたちまちのうちに出た。胃は猛烈に反発を始め、両の手のひらは汗でぬるぬるし、そして膝から崩れ落ちそうになる。

大雑把に言えば、おれに二万五千フィートの高度にいる飛行機から闇を突っ切って地上に降下しろと言うことは、血を見たら卒倒する医者に緊急救命室(ER)で働けと言っているのと同じだ。そんな世の中はまちがっている。それに正しい世の中だったら、イスラム教徒の仮面をかぶった死のカルト集団が七歳の子どもに爆弾を縛りつけたりすることはない。

そんな陰鬱な思いと恐怖の両方を押しのけ、おれは降下空域(DZ)の目印となる緑に覆われた地域を探す。目的の場所は一秒か二秒で見つかる——マンビジュのほぼ中央を南北に走る二一六号線と、市(まち)の南端を東西に走るM4高速道路の交差点だ。しかしおれの計算とちがって交差点は真下にはない。NVG越しの緑色の世界で、道路はぼんやりと黒く見える。探していた目印は少なくとも八キロ先だ。

おれたちはコースからそれてしまっていた。

「ここじゃない」おれは降下長に言う。「交差点の真上にいなきゃならないはずだ」

降下長はおれの指差す方向を見て、ニーボードにストラップで留めたタブレット端末で確認する。そしてまた開かれたドアのほうに身を乗り出して言う。

「おまえの言うとおりだ。待機しろ」

降下長はインターコムのコードにあるトグルスウィッチを切り換え、おれにつながっているチャンネルから飛行士への直通回線につなぐ。降下長の口の動きは見えるが、何を言っているのかはわからない。しばらくすると回線はまたおれへと切り替わる。

「計画変更だ」降下長は言う。「パルスドップラーレーダー(PDR)のかなり強い照射波を向けられている。ロシアのＳｕ－27(フランカー)、しかも二機からだろうと飛行士は言っている。ロックオンされたらおしまいだ。これ以上はＤＺには近づけない。それでも降下するつもりなら今すぐやれ」

まったくロシア人どもはろくでもない。「降着地域(LZ)までどれぐらいある？」

降下長はタブレットのいくつかのボタンを叩く。「三十キロ」

「風は？」

「風速は二十三メートルのままだ」

おれが背負っているＭＴ－１ラムエアパラシュートは、理屈の上ではこの状況下で三十キロ以上滑空することができるはずだ。

理屈の上では。

しかし実際のパラシュート降下は理屈どおりにはいかないし、それが作戦行動での空中侵入となればなおさらだ。今のおれには歯学部が実に魅力的に思える。

「くそっ、なるようになれだ」おれは言う。「降ります」

レインジャー連隊には〈作戦は敵と遭遇した途端に吹っ飛ぶ〉という格言がある。言い換えれば、どれだけ準備しても敵は必ず先手を取るということだ。計画していた空中侵入ポイントから降下できないおれは、今のところ一点先制されたことになる。腹立たしいかぎりだが、理屈の上ではイーヴンに持ち込むことはできる。敵に得点を許すのはこの回の攻撃だけだと願うばかりだ。

「行けるぞ」降下長はそう言い、おれの肩を叩く。「さあ飛べ！」

おれは十字を切り、機外に比べたらまだ安全な機内から広大な未知なる空間へと身を躍らせる。おれはカトリックじゃないが、最初のパラシュート降下の何年も前からこうやって心を落ち着かせてきた。神学者でもないおれが言うのもなんだが、宗派の教義のちがいなど弾丸（たま）が飛び交えば往々にして消える。陸軍の従軍司祭は「塹壕のなかには無神論者はいない」というジョークを持ちネタにしていた。空挺兵たちは二倍増しでそう信じている。

時速百八十キロのスリップストリームが津波になり、それが砕けておれの体を打ちつける。降下の第一段階は宙返りの連続だ。心臓が一回か二回脈打つあいだに天と地がぐるぐると回る。おれが見る悪夢は毎回こんな感じだ——なすすべもなく真っ逆さまに落ちていき、空へと迫ってくる地球をじっと見ている。やがてコンクリートブロックの繊細な出迎えを受けて地面に叩きつけられる。

ありがたいことに、今夜はそんな悪夢は見なくて済む。

開放装置の金属製の引き手を、おれは右手でがっちり握り、ありったけの力で引っ張る。シャンペンのボトルから飛び出すコルク栓のように傘体が上に向かって放出され、全体を引きずり出す。風にはためくシーツのような派手な音を立ててパラシュートはふくらむ。落下速度は時速百六十キロから三十キロというのんびりとした速さまで一気に落ちる。海軍の戦闘機乗りたちは空母からのカタパルト射出で感じるストレスに文句を垂れる。空中に放り出されるのもそんなに愉しいことじゃない。でも変なふうに取らないでほしいのだが、それは見方の問題だ。どちらかを選べと言われたら、飛行機乗りたちはＨＡＨＯ降下じゃなく人間工学(エルゴノミクス)デザインの座席と空調の効いた操縦席(コックピット)をあっさり取るだろう。ＨＡＨＯのどこが愉しいかと言えば、パラシュートに絞首台の吊り縄もかくやという慈悲深さで全身を引っ張り上げられると、ズボンが思いきり股間に食い込むところだ。そしてそのお愉しみは、氷点下の気温のなかを嵐のように吹きすさぶ風に乗って宙を漂い、二十分から三十分かけて敵の支配地域に着地するまで続く。

おれだって選べるものなら時化(しけ)のさなかでもカタパルト射出をあっさり選ぶ。海軍の戦闘機にだってヒーターぐらいはついている。

おれはストラップを外し、胸に装着していたタブレット端末を手に取り、いろいろとあるディスプレイを確認する。そして吊索(ちょうさく)につながっている二本のブレークコードを使って進路を調整する。

パラシュートを使った滑空はわりと単純だ。右耳のあたりにぶら下がっているブレークコードを引けば右に旋回する。左に旋回したいときは左側のブレークコードを引けばいい。しかしおれが暮らす世界の一切合財と同じように、悪魔は細部に宿っている。動力付きの飛行体とはちがって、パラシュートは風まかせで、しかもどんどん高度を落としていく。風向きと風速の変化は任務に悲惨な結末をもたらしかねないし、ことによっては命も奪う。嵐に出くわした船乗りは帆を下ろせばいいが、強風を乗り切らなきゃならないおれにはそんなことはできない。

いずれにせよ、着地するまではこのまま進むしかない。

おれはタブレット端末のディスプレイをざっとチェックして千フィートごとの風速を確認し、デジタルコンパスを見つつ進行方向を一定にする。最初の十分間ほどは思いどおりの滑空を続けることができたがとにかく寒く、しかも両腕はトレーニングをやり過ぎたみたいにぱんぱんになった。パラシュートの方向を修正するたびにブレークコードを引いているると、懸垂をずっとやっているみたいにきつい。十五分後には前腕がぷるぷる震えてきた。

そのときおれは、まずいことに気づいた。

なんだかおかしいとうすうす察してはいたが、ＧＰＳの表示を見てようやくとんでもないことになっていることがわかった。たしかに方向は合っているが、降下経路が合っていない。わかりやすく言えば、滑空距離が思っていたほどには伸びていないということだ。風速が落ち、対地速度も急激に低下している。

このままだとＬＺまで数キロ足りなくなる。

これが訓練ならＬＺまでせっせと歩いて仲間と合流すればいい。しかし今夜はそうはいかない。アインシュタインとの合流地点に近いということで選んだ人家もまばらな野原じゃなく、そのかなり手前で着地することになりそうだ。

しかも何キロ手前で落ちるのかもまだわからないときている。

高度計が、地上まで一万フィートを切ったことを警告する音を発する。新たなＬＺは三分以内に決めなきゃならない。

おれはタブレットにダウンロードしておいた現地の衛星画像を画面に出し、ＧＰＳから取ってきた対地速度と現在の高度と降下率、そして風向きを打ち込む。一瞬ののちに、タブレットは入力したデータから想定降下経路をはじき出す。降下経路は、衛星画像の中央にある青いアイコンから外側に向かって広がっていく、緑の線で区切られたひと切れのパイみたいに見える。

まずいことに、そのひと切れのパイは新たに定めたLZの三キロ近く手前で途切れている。その一方で、そのパイのなかならどこでも難なく着地できそうだ。

見ているうちにパイの幅はどんどん狭くなっていく。ここが覚悟の決めどころだ。降下経路をなぞっているうちに、ここなら大丈夫だという場所が見つかった——次の次の畑だ。そこは当初予定していた着地地点の四キロほど手前で、アインシュタインとの合流場所からは六キロ離れている。それでも木立に囲まれて人目につかなそうなところがひときわ気を惹く。

誰かがパラシュートで降りてきたら、真夜中であっても目立ちやすい。着地したら、数分のうちにパラシュートとそれ以外の装備を始末して誰かに見つからないようにしなきゃならない。目星をつけた着地地点は目立つ場所じゃないのはもちろんのこと、畑であれば地面は耕されて柔らかいはずだから、処分は簡単だろう。アインシュタインとの合流地点までの距離が延びて発見されるリスクが大きくなったのはたしかだが、リスクならこの任務のいたるところに転がっている。理想的な着地地点じゃないにせよ、デメリットよりはメリットのほうが大きい。

今の時点では、それがおれの持てる精一杯の希望だ。

おれは腕時計に眼をやり、仕上げにもう一度計算する。距離が延びたうえに徒歩で移動しなけりゃならないとしても、アインシュタインとの待ち合わせの時間に間に合うはずだ。おれは覚悟を決め、新たなLZを指定して飛行計画(フライトプラン)を変更し、タブレットの示すとおりに降下経路を修正する。おれは滑空しながらひっきりなしに頭をめぐらせ、送電線や携帯電話の基地局、そしてぽつんと生えている木がないか眼を凝らす。そうした障害物にパラシュートを引っかけてしまったら、次善の策も最低最悪の策になってしまう。大抵の場合、作戦中のミスや障害はカヴァーできる。その大抵のうちに、高さ九十メートルの送電塔に引っかかることは入っていない。

高度千五百フィートを切ると、シリアならではのにおいがしてきた——焚き火のにおい、開放下水のにおい、そして家畜の糞のにおい。パラシュートの操縦に集中して滑空していると、眼下の地面にあるものをついつい忘れがちになる。それでもここまで降りてくると、破壊され尽くして中世の昔に戻ってしまった国のありさまが手に取るようにわかる。

頭を左右にゆっくりと振り、目印を探す。汗が首筋を伝い落ちる。そもそもパラシュート降下は嫌いだが、なかでもこの部分が一番嫌いだ。地面がとんでもないペースでどんどん大きく見えてくる。ここからは、目前に迫ったパラシュート降下につきものの大地との衝突のことを考えないようにしなきゃならない。

頭が恐怖で一杯になるが、それでも最初の侵入点にしておいた一軒家を見つけた。おれは急角度でターンし、その先にある畑を見る。高度は五百フィートを切り、無音の翼にぶら下がるおれは一軒家の上を通過し、左のブレークコードを引いてパラシュートを上手回し（タッキング）する。

二十五分にもなろうかというフライトで、初めておれは顔に風を感じる。前方視野のほぼすべてを占める畑に注意を向け直し、パラシュート降下で地面が迫ってくるたびに起こる胃痙攣と戦う。行く手に障害物がないことを最終確認する。ここから先はデジタル機器じゃなく本能が頼りだ。ＬＺに設定しておいた場所がどんどん迫ってくる。最後の二十フィート。着地の衝撃を抑えるべく、おれは左右のブレークコードを同時に引いてブレーキをかける。

そのとき、畑のなかにちょっと高くなっている部分があることに気づく。高さは十五センチほど、幅は一メートルちょっとという石積みの何かだ。何でそんなものがある？　先祖代々続く墓か、打ち捨てられた石垣の成れの果てか、家畜小屋の跡かもしれない。実際のところ、石積みの正体なんかどうでもいいのだが。

どうでもよくないのは、どこもかしこもぎざぎざしている石積みに、おれがまっしぐらに突っ込んでいるところだ。

31

おれは左右のブレークコードを思いきり引いて揚力を少しだけ上げ、石積みのぎりぎり上を通過しようとしてみる。が、そのとき一陣の爽やかな風がおれの顔を打ち、降下経路の最終区間は終わりを告げる。

シリアでは、風とは気まぐれなものだ。

その次に起こることは航空技師じゃなくても飛行士じゃなくてもわかる。最終進入路に入った飛行機と同じように、向かい風はおれに揚力を与えた。そして向かい風が止むと揚力も一緒に消えた。おれは石積みの上を越える代わりに、市営プールの高飛び込み台からわざと腹打ちしようと飛び込む子どものように突っ込んでいく。おれは左脚を突き出して石積みに突き刺さらないようにする。

そしておれの体は時速十五キロほどで石にぶつかる。

衝突の結果は、嬉しくはないものだろうと察しはつく。足首はぽきんと音を立てて折れた。星が見えたと思ったら見えなくなった。意識が戻ると、おれは畑の上でうつ伏せになっていた。風はすさまじい勢いで息を吹き返し、膨らんだパラシュートがおれを鋤の代用品みたいにして引きずる。

幸か不幸かは見方によるが、おれもしくは空挺兵全体にとって、この筋書きは珍しいことじゃない。最初の男がシルクの布をぎゅうぎゅうに詰めたリュックサックに命を託して以来、空挺兵たちはLZで頭を思いきりぶつけては意識を失いつづけている。普通ならば、この苦境から抜け出す方法は単純明快だ――懸吊帯をしっかり摑んで立ち上がってパラシュートを回収すればいい。ただし単純な問題には単純な解決方法をという数式は、折れた足首という変数が加わった途端に果てしなく難解となる。脚を上ってきた激痛を無視して、おれは立ち上がろうとした。いや、片脚立ちしようとしたと言ったほうがいい。立てなかった。

おれは何とかして半身をいくらか上げ、ぎこちなく左膝をついて右脚に体重をかけた。そして懸吊帯を握ろうとしたそのとき、また強風が吹きつけた。その瞬間、おおむね膨らんでいたパラシュートは跳ね上がる野生馬になった。またおれはうつ伏せになり、鋤と化して石だらけの畑を耕す。

どんな任務でも、作戦行動中のオペレーターはどこかの時点で必ず考える――どうしておれは、よりによって今朝ベッドから出ようっていう気になったんだ？　そのどこかの時点は今まさにやって来た。

おれは歯を食いしばって左右のブレークコードを握り、後ろに体重をかけてパラシュートのほうへ反転しようとする。水上スキーでボートの力を利用するように、前に進もうとするパラシュートを利用して立ち上がろうとしたのだ。

うまくいかなかった。

また風が強く吹きつけ、おれは畑に倒れ込み、折れた足首をひねってしまった。パラシュートは陽気な音を立ててふくらみ、おれは馬鹿でかい凧の不格好な尻尾のように引きずられていく。

状況は急速にコメディ路線から生きるか死ぬかのシリアスドラマに変わってしまった。滑空中に最終確認したときには人影は見えなかったが、同じく見えなかった石積みはおれの足首をへし折った。浜辺に打ち上げられたクジラみたいにのたうち回っている時間的余裕はない。とにかく今は、このあたりを本拠地と呼んでいる四つの武装勢力のどれかの戦闘員がたまたま通りかからないことを祈るばかりだ。

ここからはプランBだ。

おれは右手でクッション付きの赤い切断装置のハンドルを握り、そのまま左側にいる誰かにジャブを繰り出すように引っ張った。パラシュートは切り離され、シーツのようにパタパタと音を立てて飛んでいく。

おれの前進は止まった。

おれは口のなかに入った土を吐き出すと畑に坐り、暗視ゴーグル(NVG)を眼まで押し下げた。視界は穏やかな緑の帳(とばり)に包まれる。しばらく周囲を見渡すと探していたものが見つかり、おれは安堵の息を漏らす。

パラシュートをさっさと切り離さなかったのには理由がある。しっかり押さえておかないと、軽いパラシュートは風に乗って飛んでいってしまう。そして最初にぶつかったものに絡まる。近くにあるものに絡まるのであれば問題はない。でも回収できないほど遠くまで飛ばされてしまうこともあるし、そのうえ電柱や木に絡まりでもしたらなお始末が悪い。そんなことになったら、足首が折れているおれにはどうすることもできない。それどころか、風にたなびく八〇メートル以上もあるシルクでできたものを最初に見つけた誰かは警戒するだろう。おれがここにいることだけなら、いろんな手を使ってごまかしたり言い逃れることができる。

しかし気まぐれなパラシュートの存在についてはそういうわけにはいかない。

ありがたいことに、パラシュートはフライトプランの最初の目印にしていた人工建造物に引っかかっていた。見たところ納屋か物置小屋のような、石造りの平屋だ。さらにありがたいことに人気(ひとけ)はなさそうだ。

うつ伏せのまま畑を横断したおれの旅路は最後の最後に報われた。風を受けたパラシュートに引きずられていくうちに、おれはあの憎っくき石積みから遠ざかって納屋っぽい建物の五十メートルほど手前まで運ばれ、切り離したパラシュートはその建物に引っかかっている。朝飯前という距離じゃないが、どうにもならないほどでもない。ツキは上向きつつある。

そのとき背後のどこかから、スタッカートを刻むように響く鈍い重低音が聞こえてきた。ヘリコプターの回転翼(ローター)が砂漠の薄い空気を切り裂く音は独特で、聞きまちがえようがない。おれにとっては、大抵の場合は吉報の到来を告げる音だ。イラクの暴徒たちのねぐらをロケット弾で掃討するべく突っ込んでくるAH－6キラーエッグ攻撃ヘリの口笛のような甲高い音だったり、おれを連れ戻すべく舞い降りてくるUH－60ブラックホークが放つ円熟味のある低音だったりしたものだ。

いずれにしろ、おれはヘリコプターのローターがたてる爆音を聞くといいことがあると考えるようにプログラムされている。

しかし今夜はちがう。

あいにく今夜は、ここから三十キロあまり手前でロシアの管制空域に入った瞬間に〝いいこと〟はなくなってしまった。急速に接近してくるヘリはチーム・アメリカじゃないという人生初の出来事が起こりつつある。そして今夜のおれの状況は急速に〝ひどい〟から〝死に至る可能性がある〟に変わりつつある。NVG越しに空に眼を走らせながら、おれは今夜二度目の祈りの言葉をつぶやく。

作戦前ブリーフィングでは、この戦域で殺し合いを繰り広げている武装勢力のほぼすべてがヘリを保有していると聞かされていた。たしかにこの場所で聞こえるヘリの轟音はありがたいものじゃないが、その一方でおれへの弔いの鐘の音と決まったわけでもない。

ヘリの圧倒的多数は輸送用だ。シリアの輸送ヘリの武装といえば機関銃程度の防御火器か、攻撃用にしても樽爆弾(バレルボム)と呼ばれる原始的な爆弾ぐらいだ。バレルボムは市街地を恐怖に陥れるにはうってつけだが、畑にいるたったひとりの男のために使うのはもったいなさすぎる。ヘリのドアガンナーが一連射か二連射するかもしれないが、その程度なら大丈夫だ。

残念ながら、空をつんざいて向かってくる鋼鉄の化け物は輸送ヘリじゃなかった。ロシア製の、二重反転ローターの醜悪な攻撃ヘリだ。正式名称はKa(カモフ)-52アリガートルだが、仲間内では〈死の化身〉とあだ名されている。そいつが猟犬のような鼻先をおれに向けている。

距離を詰めてくるヘリを見ておれは凍りつき、熱線暗視装置（サーマルヴィジョン）がどこか別の方向に向けられていることを祈る。こっちじゃなければどこでもいい。結局のところ今のおれは、どうでもいいような畑に突っ立っている男にすぎない。シリアの戦場にはもっと殺し甲斐のある標的がいるはずだ。が、あの殺人マシンを操縦している元共産主義者たちは、どうやら今夜はそんな標的にありつけていないらしい。おれがヘリを見つけて間もなく、ふたつの閃光が闇を切り裂き、そのあとに人工の雷鳴が轟いた。

ロケット弾だ。

おれは頭から飛び込むように伏せる。くそったれなパラシュートはおれの足首を折ったばかりか、遮蔽物になってくれるかもしれないふたつの構造物の——足首の仇となった石積みとパラシュートが引っかかった納屋の——ちょうど中間地点におれを置き去りにした。またしてもおれはうつ伏せになった。牛の堆肥の香ばしいにおいをしっかり嗅いだところで、二発の弾頭が炸裂しておれの世界を真っ二つにした。

おれは爆風に吹き飛ばされ、ぬいぐるみの人形みたいに宙を舞う。左足が大きく左右に揺れ、白熱した稲光のような足首の痛みが脈動しながら左脚を駆けのぼっていく。衝撃波が体を打ちつけ、ジョー・フレージャーのボディブローでも喰らったみたいに肺から空気が抜けていく。気がつくと、耳はがんがんと鳴り、ＮＶＧはどこかに消え、おれは空吐きしていた。

ロのまわりの胆汁を拭い、頭を上げてヘリコプターを探す。上げるんじゃなかった。すべてが二重に見えるなか、おれが頭を上げて喜んでいる攻撃ヘリだけはちゃんと見える。おれはまた顔を横に向ける。向けた途端にまた熱い胆汁を噴射する。足首の骨折から脳震盪を起こすまでにかかった時間は二十分を切っている。ギネスブック級の大記録だ。

ヘリの爆音が戻ってくる。顔を上げると、どうにもかなわない敵の黒々とした輪郭がほぼ真上を通過していく。攻撃ヘリはサメのように旋回し、炸裂した弾頭から生じた煙の雲に出入りを繰り返している。

最初の攻撃は的を外れ、二発とも納屋の壁に当たった。同じミスは繰り返さないだろう。ここで死んだふりを決め込んでもその努力が報われないことは、ガンカメラが捉えた映像をたっぷり見たおかげでわかっている。今日びの攻撃ヘリは熱線暗視装置(サーマルヴィジョン)を装備している。心臓がまだ動きつづけている人間と心臓が止まった途端に体温が急速に落ちていく死体の熱反応など絶対に見まちがえない。

ヘリの飛行士もおれが生きていることをわかっている。なので仕事を片づけに舞い戻ってきた。単純明快な話だ。

そのとき一発逆転の戦術プランが頭に浮かんだとか、迫りつつある死の化身に拳銃を向けて弾倉（マガジン）が空になるまで引き鉄を引きまくったとか、そんなことを言えたらよかったのだが。でもどちらも起きやしない。おれは体じゅう打ち身だらけで左の足首は折れ、おまけに攻撃ヘリにばっちり見られている。逃げることもできないので、試みもしなかった。その代わりにおれはロシアの死刑執行人に向かって両手を掲げ、中指を突き立てる。〝やれるもんならやってみろ、腐れ外道〟と叫んだかもしれない。なぜって、いいじゃないか？

こうしておれは神様にもユーモアのセンスがあることを知る。おれが二回唱えた祈りの言葉は手前勝手に無視したくせに、中指を立てた両手の挨拶はどうやら全能の神の注意を惹いたとみえる。攻撃ヘリはずんぐりとした短い翼を水平にする。つまり飛行士は新たなロケット弾攻撃の最終調整をしているということだ。そのとき、曳光弾（トレーサー）が夜空に黄色い弧を描いた。おれの右側のどこかから飛んできた弾丸（たま）の流れは、触手のように攻撃ヘリへと向かう。

攻撃ヘリは右に傾き機首を上げると、七・七トンの巨体にあるまじき敏捷さでバレリーナの爪先旋回（ピルエット）さながらにくるりと回頭し、脅威と対峙する。そしてすぐにロケット弾を立てつづけに四発か五発発射する。それぞれが耳をつんざく轟音とともに音速の壁を突き破る。二本目のトレーサーの筋が地上から放たれ、一本目に合流するが、攻撃ヘリはひるまない。攻撃ヘリはさらなるロケット弾攻撃を加え、三十ミリ機関砲も撃ち始める。しかしトレーサーの真紅の筋が二基あるエンジンのひとつに命中し、エンジンは火を噴く。攻撃ヘリは体勢を崩すが何とか立て直し、べったりと黒い煙をたなびかせながらよたよたと視界から消えていく。

今のおれには、誰に心からの声援を送るべきなのか全然わからない。ついさっきまでおれを殺そうとしていたロシア軍の飛行士？　それともチャンスがあればまちがいなく同じことをするIS支持派？　いずれにしろ、どちらもとりあえず列に並んで待ってもらう必要がある——またアビールと母親がおれを出迎えてくれているからだ。ふたりは納屋の入り口の横にいて、影すら落としている。アビールはおれの眼を見るとはしゃいで手を振り、母親の腕のなかで身をよじる。ぷくぷくした顔一面に広がる笑みから恨みや悪意は感じられない。でもおれが手を振り返すまえにアビールも母親も消える。

ふたりの幻影が現れる頻度はかなり高くなっているが、それが何を意味しているのかはわからない。おれの潜在意識が何かを訴えているんだろうか？　だとしたら何を？　おれは正しい道を歩んでいると言いたいのだろうか？　それとも現実との完全な訣別に向かってじりじりと近づいているとでも？　とにかくおれにはわからない。それでもわかっていることはある。攻撃ヘリが機関銃の巣に見切りをつけて、もっと仕留めやすい獲物を探しに戻ってくる前に、この畑から逃げなきゃならないということだ。

おれは歯を食いしばり、四つんばいになって折れた足首を引きずりながら、石造りの納屋へ向かっていく。

32

五分間の苦悶ののちに、おれは納屋の入口にたどり着いた。というか、二発の八十ミリロケット榴弾が壁をぶち抜いて作った新たな入口に。入口のまえの地面には石の破片と剃刀の刃のような金属片が散らばっている。

ロケット弾が炸裂すると、弾頭に詰まっていた四・五キロの爆薬はロケット弾のケーシングを超高温の金属片に変え、空を切り裂きながら四方八方にばら撒く。驚いたことに、ロケット弾を二発喰らっても壁はまだ立っている。石と金属の欠片が散らばる地雷原もどきを四つんばいで横切ってもそんなに愉しいとは思わないが、そうするしかなかったんだから仕方がない。それに粉々に砕けていたのは石じゃなくおれの体のほうだったかもしれないのだから。

大抵のことがそうであるように、幸福かどうかも大抵の場合は見方による。四つんばいのまま納屋に入った瞬間、おれの幸福の見方はいいほうに変わった。薄暗い納屋の奥に車が一台あったからだ。くたびれてはいるが現行モデルのキアの魅力におれは屈しそうになり、運転席側のドアに向かって乗り込みそうになった。危ないところだった。まちがいなく豪華なはずの車内に身を滑りこませてひとっ走りしたいのはやまやまだが、気をつけろと足首のほうもずけずけと訴えてくる。

おれはひっくり返したバケツに腰を落ち着けると、両手で左脚をなぞって複雑骨折の痕跡を探す。勘ちがいしないでほしいが、足首の骨折は笑いごとじゃない。それに骨が皮膚から突き出ていることが手触りでわかれば、その時点で全部ご破算だ。この手の負傷は作戦終了を意味する。

ありがたいことに、おれの指は腫れ以上に深刻な状況を探り当てることはなかった。

希望の持てる診断結果だが、だからといって治療が必要ないというわけじゃない。物騒な攻撃ヘリから逃れられたのはよかったが、ショック状態とそれに伴うアドレナリンの効果は薄れてきた。足首がクソ痛い。今すぐ折れた箇所を固定する手段を見つけなければ痛みで気を失う恐れがある。おまけに砕けた骨が元通りにくっつかず、これからずっとぐらぐらとするようになってしまう。

納屋の奥に、壁の端から端まである木製の作業台がある。おれはスコップを松葉杖代わりにして作業台によろよろと向かう。松葉杖を使っても、一歩ごとに砕けた骨がこすれ合って激痛が走る。

作業台には農家の作業場にありがちなものが散らばっている――万力と研磨機とハンマー、そしてレンチとドライバーがそれぞれ何本か。おれはレンチを二本摑んで足首に当ててみたが、結局あきらめた。レンチの金属製の柄は副木にするには細すぎる。何かを使ってズボンの上から固定できたとしても、すべって抜け落ちてしまいそうだ。

引きずる足で右側に何歩か寄って作業台の下を覗き込むと、これが大当たりだった――木の廃材の山があった。切りっぱなしの木端をあたふたとかき分けると、ちょうどいい長さのものが二本見つかった。乾燥してひびが入っているしサイズも不ぞろいだが、それでも副木に使えそうだ。二本の木端を一旦脇に置いて、おれはシャツを脱いでその下のTシャツも脱ぐ。そしてTシャツを細く裂いて、充分な長さの太い紐を作る。二本の木端を左足のブーツの両側に当てて紐で固定し、間に合わせの副木を完成させた。紐の結び目の固さを確認すると、なおもスコップを松葉杖にして、片足を引きずりながら車へと戻った。

副木は効果てきめんだった。骨折の激痛はまだ脚を這い上がってくるが、足首そのものはもう動くたびにぐらぐらと左右に動くことはない。でも折れた部分を固定してあるだけで、骨折そのものはどうすることもできない。骨折した足首の骨を接いだら、そのあとの治療法は単純だ――骨がくっつくまでは絶対安静。

残念ながら、それは無理だ。

おれは身を屈めてブーツに手をやり、靴紐を緩めた。そして副木を固定してある紐の結び目をいじり、血流が止まらない程度に締めつけ具合を調節する。足首はもうぱんぱんに腫れていて、キャンヴァス地のブーツがはちきれんばかりになっている。でも副木の締めつけをこれ以上緩める勇気はない。いずれ衛生兵がブーツを切り裂くことになるだろうが、さしあたっては急ごしらえの副木と同様、これがおれにできる精一杯の手当てだ。

スマートフォンが振動し、無音の警告を発する。アインシュタインとの合流時間まであと四十五分。四十五分で五キロの移動。正常な状況下であれば、この制限時間内でこの距離は平気の平左だ。でも今のおれにとっての五キロは月の裏側までの距離に等しいかもしれない。徒歩で行くとしたら、折れた足首が手に負えない状態になるまえに一キロも進めたら御の字だろう。

おれはくたびれたキアに眼を戻す。攻撃行動中のアサド軍への航空支援にあたるロシア機はまだ飛んでいて、動いているものに片っ端からロケット弾をぶち込んでいる。そんななかを車で合流地点に行くなんて無謀だ。とはいえ、高度二万五千フィートを悠然と飛ぶ非の打ちどころのない輸送機から飛び下りることも無謀と言えば無謀だ。この時点では、任務の重要性がいかなる潜在的なリスクにも優先する。そしておれの任務はショーが時間切れとなるまえにアインシュタインに接触することだ。

おれは足を引きずりながら車に近づき、運転席側のドアを開けた。室内灯が心地よい光を放つ。おれは新たな希望の灯(ともしび)を見た。室内灯が点いたということはバッテリーがまだ生きているということだ。車を始動させる第一段階は完了。おれは車内に乗り込んでドアを閉め、第二段階に入る――キーを探せ。しかしキーはイグニッションに刺さっていないしダッシュボードの下にもない。

おれの心臓は早鐘を打つ。

キーのない車など、役に立たない点ではバッテリーが上がった車といい勝負だ。突如として、工具一式を備え、隠れ家然とした埃まみれの納屋も、趣のある場所じゃなくなった。どこからどう考えても、用心深い農夫がここに車のキーを隠しているとは思えない。おれはステアリングコラムを指でなぞってみるが、何もしないまま手を止めた。特殊部隊の作戦要員(オペレーター)の大多数と同じように、おれも囚われの身からの脱出法とキーを使わずに車を動かす方法の速修講座を受けている。残念ながらホットワイヤ(ホットワイヤ)には特別な道具と時間が必要で、今のおれにはそのどちらも欠けている。

そのまま指を走らせ、いろんな隙間や仕切りのなかを探ってみた。何も見つからない。と、指先がグローヴボックスのラッチに触れた。それを外すと、ジャラジャラという希望の音とともにプラスティックの蓋が開いた。手を突っ込んで探ってみると、冷たい金属の感触がある。

キーの束だ。

おれはイグニッションに合うキーを見つけて差し込み、そしてひねる。

エンジンは咳き込みながら息を吹き返す。おれの任務も息を吹き返した。

ギアをドライヴに入れると、おれはエンジンを吹かして車を出す。が、かっきり六十センチ進んだところで金属と金属がぶつかる聞きまちがえようのない音がして、おれはブレーキを踏む。ギアをパーキングに入れて車から下り、音の主を探した。車に手をついてバランスを取り、右足だけで跳ねて進む。そんなに先まで跳ねなくて済んだ。フロントタイヤがふたつともロケット弾の破片でずたずたに裂け、ぺったんこになっている。

車は見つかっても、おれはどこへもさっさと行けずにいる。

33

ふたつのぺったんこのタイヤがおれの臓腑をえぐる。おれだって、百パーセント計画どおりに進む作戦などないことがわかるぐらい長くこの稼業を続けている。そんなおれでも、この任務ばかりは正気の沙汰じゃないと思えてきた。そりゃそうだ、大嫌いなパラシュート降下で予定とはちがう降着地域（LZ）に降りたと思ったら足首を折り、襲いかかってきたロシアの攻撃ヘリのロケット弾攻撃で危うく命を落としかけたんだから。

それ以外のことはとんとん拍子に進んでいる。おれはポケットに手を突っ込んでスマートフォンを取り出した。真っ暗なスクリーンにひと言だけのメッセージが浮かんでいる。

〈状況は？〉

送信者はフィッツ大佐だ。メッセージを眼にした瞬間、おれは自分のうっかりミスに気づいた。おれたちが立てた通信計画では、降着したらすぐに短い暗号で状況を連絡することになっていた。計画どおりに侵入してアインシュタインとの合流地点に向かう場合は〈バックアイ〉、回収が必要な場合は〈ウルヴァリン〉だ。

おれは返信しようとしたが、点滅するカーソルにまごつく。練りに練った作戦計画でも時としてクソまみれになることがある。クソまみれにしないコツがあるとすれば、それは状況が悪化しつつあることがわかった段階で作戦に従事しているオペレーターをさっさと引き上げてしまうことだ。足首が折れた状態では、アインシュタインと約束した時間に間に合うことは身体的に不可能で、さらに言えばまったく非現実的ですらある。それが車を手に入れたことでショーの救出作戦は続行可能になった。簡単なことじゃないし戦術的にも手堅いとは言い難いが、やってやれないことはない。囚われの男の命がかかっているとなればなおさらだ。が、アインシュタインとの合流場所にたどり着く手段が失われてしまえば、おれは身動きが取れなくなってしまう。

おれはもどかしさもあらわにスマートフォンをポケットに突っ込むと、キアにもたれかかって納屋のなかをじっくりと見渡す。

車庫と物置も兼ねる空間にはいろんなものが大量に置かれているが、そのなかに二本のスペアタイヤはなさそうだ。仄暗い室内に眼を走らせると、あると思っていたものがいろいろと見つかった――まだ使われていない角材、ぼろ布の山、ガソリンの携行缶、そして多種多彩な工具が。ガソリンの携行缶は同じところに四つ置いてあるが、ひとつだけはかたちも大きさもちがう。その携行缶を見て、おれの頭にある考えが浮かんだ。またスコップを松葉杖にしてひとつだけちがう携行缶に歩み寄るとキャップをひねって開け、おそるおそる鼻を近づけてみた。

軽油だ。

ここの持ち主の農夫は、軽油をガソリンとはっきり区別できる容器に入れておくことがどれほど重要なのかをちゃんとわかっている。おれの親父も同じことをしていた。これは、おれのような農場の間抜けなせがれが普通のガソリンエンジンにまちがって軽油を給油しないようにするための予防措置だ。キアはガソリン車だ。ということは……

おれはもっと眼を凝らして納屋のなかを探る。期待に胸が高鳴る。石の破片が散らばる室内をぐるりと見渡すと、探していたものが見つかった。奥の角に、木の廃材の山とロケット弾攻撃で部分的に崩れ落ちた屋根の残骸に半ば埋まるかたちで、キャンヴァス地の大判の防水シートに覆われたものが置かれている。おれは固唾（かたず）を呑み、防水シートをめくってみた。トラクターの細いフロントタイヤが見えた。

やった。

まだ目的が達成されたわけじゃない。おれははやる心を抑え、トラクターから汚れた防水シートを徐々にはがしていく。埃と砂が舞い、くしゃみを誘う。数分後、おれには見慣れた古いフォードのトラクターが姿を現す。おれは農機具には詳しくはないが、子ども時代の大半はいろいろなトラクターの上で過ごした。実家の農場はかつかつでやりくりしていたから、空調の効いたキャビンのあるジョンディアの新しめのトラクターを買う余裕なんかなかった。なので、祖父さんが親父を眼に入れても痛くなかった頃よりずっと昔に工場から出荷されたトラクターばかりを乗り継いでいた。

子どもの頃のおれは馬力のない古いトラクターが大嫌いだった。それが今は錆だらけのボディと、直径が肩に届くほどもあるごつごつとしたタイヤのおんぼろが懐かしく感じられる。ふとわけもなく、おれはこんなことを考えた。大昔は文明のゆりかごとされていながら、今はむしろスティーヴン・キングの『ザ・スタンド』の舞台にも似た殺伐としたこの国で、おれは人間としての価値を試されているんじゃないだろうか。おれをおれたらしめている何かが、自分の世界が崩れ去る前のおれを思い出させているのかもしれない。そんな霊感も、この年代物のトラクターが与えてくれているとは思えない。使徒パウロのダマスカスへの改心の旅路や、ましてやモーセの燃える柴じゃあるまいし。

それでも藁にもすがりたい今のおれにとって、このトラクターが砂漠に現れた〝みしるし〟であることはまちがいない。

おれはパンチングメタルでできたステップに折れていないほうの足をかけ、細いハンドルを摑んで擦り切れた座席に身を引き上げた。トラクターのシンプルな運転席にあるものといえば、シフトレヴァーとスロットルレヴァー、そしてガラスが割れたふたつのメーターだけだ。

言うなればここはパラダイスだ。

座席からトラクターの細長いボンネットに身を乗り出し、燃料タンクのキャップをひねって開けてなかを覗いてみた。軽油は思ったより多く、四分の三ほど入っている。座席にそっと腰を戻すと、今度はメーターの下に手を伸ばしてイグニッションキーに触れ、まずは電源を入れた。赤いランプが灯り、予熱プラグ（グロー）が冷えたディーゼルエンジンを暖め終えると消えた。それからいいほうの足でクラッチペダルを踏み込んでギアをニュートラルに入れ、ずんぐりとしたスターターボタンを押す。クランクが回り、ぐっすり眠っていたところをいきなり叩き起こされた気難しい爺さんのような声を上げる。おれはスロットルレヴァーをまえに倒し、エンジンが始動するまで燃料を送り込む。トラクターは身震いし、ディーゼル臭のきつい煙を吐き出す。

行動開始だ。

ギアを入れてクラッチを離すと、でかいリアタイヤが動き出して石や金属の破片を乗り越えていく。座席が揺れる。おれはなかなか言うことを聞かないハンドルを両手でなんとか回し、ロケット弾が爆発して壁にぽっかりとあいた穴にトラクターを向ける。

そしておれは畑でトラクターを転がしていく。

ポケットからスマートフォンを取り出して地図を呼び出し、このあたりの衛星画像と照らし合わせてみた。進むべき方向が見つかり、おれはトラクターの鼻先を畑の向こう側の道路に向け、スロットルレヴァーをまえに押し込む。

エンジンがスロットルに応え、トラクターは驀進する。

こんなかたちで合流地点に行く予定じゃなかったが、まあいい。おれは片手でハンドルを操り、もう片方の手でスマートフォンを操る。フィッツ大佐のメッセージを呼び出すと、親指でひと言だけの返信を送る。

〈バックアイ〉

34

スパイの世界にはそんなことはあり得ないと思える、にわかには信じられないような伝説がいくつも転がっている。古いものなら木馬に隠れて敵地に潜入したギリシアの作戦要員から、新しいものならニューヨークの間抜けなFBIの鼻先で平然と活動していたロシアの美人エージェントまで何でもござれだ。そうした伝説のスパイたちの多くは映画のスクリーンにすら登場している。ひょっとしたら、このしっちゃかめっちゃかな作戦もいつか映画化されるかもしれない。それでも、煙をもうもうと吐く一九四〇年代のトラクターに乗って資産に会いに行くくだりは、さすがに脚本家もカットするんじゃないだろうか。

このポンコツをクールに見せるのはマーク・ウォールバーグだって難しいだろう。クールかどうかは別にして、このトラクターはそんなに悪い手じゃない。ある意味、日常のなかに溶け込む手段のひとつだ。さすがに、誰にも気づかれずにマンビジュに潜入しようというのに、わざわざ轟音を立てる農機具にまたがって存在を盛大にアピールしながら乗り込むスパイなんかいるはずがない。いたとしたら、そいつは頭がいかれている。馬鹿馬鹿しいにもほどがある手だが、意外とうまくいくかもしれない。アインシュタインとの合流時間まで二十分を切ってプランBはもうないのだから、いやでもこの手にすがるしかない。

スマートフォンが震える。フィッツだ。

〈了解　待機中〉

たったふたつの言葉から、タスクフォースの襲撃部隊が総力を挙げて銃声がする方向に突っ走るべく待ち構えていることがわかる。月明かりを頼りにトラクターを操りながら、おれはプランをもう一度おさらいした。暗視ゴーグル（NVG）とパラシュートその他の装備は飛行士用バッグに詰め込んでキアのトランクに入れてロックしておいた。トラクターのおかげで日常のなかに溶け込むことはできたが、それでもまだ地元の人間っぽく見せかけなきゃならない。場ちがいに見られそうなものは排除する必要があった。

膝の上に置いた拳銃と、右のポケットに入れた減音器（サプレッサー）と二本の弾倉（マガジン）。このプランに許される装備はこれだけだ。ずんぐりとしたグロックには、マガジンの十五発に加えて薬室に弾丸（たま）が一発装塡されている。戦闘用のフル装備とは言い難いが、十六発で足りないようなことになったら、マガジンがもう一本あったところで状況は変わらないだろう。

それに理屈の上では、おれは一発も撃ってはならない。おれがフィッツ大佐と頭を突き合わせて立てた作戦計画（OP）はわりと簡単だ——アインシュタインと接触して、本人かどうか確かめる。あいつの案内でショーが囚われている場所に行き、フィッツ大佐はおれのスマートフォンのGPSと上空を飛んでいる無人航空機（UAV）でこっちの動きを逐一監視する。アインシュタインが本当のことを言っているとおれが判断したら、最後の短い暗号を送る。すると、今頃はもうフル装備でヘリに乗って待機しているはずの襲撃部隊が出動する。

襲撃地点まであと十分というところで、フィッツは無線封鎖を解除しておれに電話をかけ、おれは襲撃目標とその最新情報を伝える。大佐と殺害部隊は標的を襲撃し、ショーを救出し、化学兵器施設を破壊する。アインシュタインとおれはヘリの一機に乗り、夕陽のなかへ飛び去っていく。

簡単だ。

今のところはまったくOPどおりに進んでいないことを別にすればの話だが。その事実を裏づけるものが、カーヴを曲がった先に見える。交差点を占拠している数台の車両だ。

薄い月明かりの下では正確な人数は判断しづらいが、それでも二両のピックアップトラックの荷台に据えつけられている歩兵用付属火器（CSW）の細いシルエットは昼日中のようにくっきりと見える。二両のピックアップトラックは道路をふさぐようにリアバンパーが触れんばかりに停められ、即席の銃軸に載せられたＤＳｈＫ38重機関銃が交差点のどの方向にも向けられるようになっている。

素晴らしい。

おれはスロットルを引いて速度を落とすが、なおも封鎖地点に向かって進みつづける。今のところはそうするしかない。前方に見える倒壊した建物群のあたりからマンビジュの街になるみたいだが、それでも市街地まではまだ優に二キロはある。今走っている道の両側にはおおむね何もない畑が広がっていて、身を隠す場所はない。

右側のピックアップトラックの運転席側のドアが開き、戦闘員が降りておれのほうに向かってくる。十歩ほど歩いたところで赤色携行電灯が灯された。戦闘員は赤い光をまずおれに、それからトラクターに向ける。どうやら自分が見たものに納得したらしく、戦闘員は短くぶっきらぼうな仕草でトラクターを道路脇に停めるよう指示する。携行電灯の赤いレンズが暗い海に浮かぶ釣り浮きのように上下する。

おれは指示に従ってトラクターを脇に寄せ、停車させる。胸の早鐘のほうは止まらない。これからの数分間に起こることはＣＳＷの背後にいる男たちの正体次第でおおむね決まる。もっと細かく言えば、彼らが忠誠を誓っている組織次第ということだ。

たしかにおれの現在地はアサド政権の支配地域の只中ということになっているが、そこに意味はあまりない。この地に引かれている縄張りの境界線なんか、砂漠の足跡のごとくはかない。こんなに狭い地域にこんなに多くの勢力がひしめき合っているんだから、どの勢力に行き当たってもおかしくない。

それでも、交通量の多い道路を封鎖している点に鑑みると、盗賊の可能性は排除される。あえて推測するなら、眼のまえにいるのは三大勢力のどこかのメンバーだろう——アサド軍かISの残党か、〈自由シリア軍〉を名乗るさまざまな部族長や解放闘士たちの集合体のどれかだ。さしあたって今は、この検問所に配置されている男たちに敵対勢力の人間だとされてしまうより先に、誰が誰なのかを判断しなきゃならない。

とにかく面白い任務だ。

戦闘員はAK-47を構えたまま、落ち着いた足取りで素早く近づいてくる。そしてトラクターの一メートル半ほど手前で足を止め、トラクターを指し示してから咽喉を掻き切るポーズをする。

やばい。苦しげな声を上げているエンジンを言い訳にして手短に切り上げたかったのだが、そういうわけにはいかなくなった。

おれはスロットルをさらに緩め、エンジンのだみ声をおとなしい笑い声にまで落とした。しかし音を落としても取調官もどきには通じなかったみたいで、もっと勢いよく咽喉を掻き切る仕草を見せる。

おれは手を下に伸ばして冷たいイグニッションキーを掴むと、反時計回りにひねる。最後にひとつだけ咳き込んでエンジンは止まった。金属のエンジンフレームが冷え、チンチンとメトロームが刻むような音がするばかりだ。戦闘員は歩み寄ってくる。携行電灯の赤い光がおれの顔から体へと走る。光はおれの砕けた足首を押さえている木端と布切れで一旦止まり、それからぼろぼろのフロントタイヤに移る。

「兄弟、怪我してるのか?」戦闘員は尋ねる。

おれはうなずく。

「さっきのヘリコプターの攻撃でか?」

おれはまたうなずく。

戦闘員は唾を吐き、早口すぎておれには意味が聞き取れないアラビア語でまくしたてる。言葉の端々からロシア人たちへの罵詈雑言だとわかった。その気持ちはおれにもよくわかる。悪態の奔流がようやく止まる。すると今度は、何かを待っているような眼で見つめられている。はたと気づいたおれは、座席から身を乗り出して自分の耳を指差し、かぶりを振る。

「病院に行かなきゃならないほどの怪我なのか?」戦闘員はさらに近づいてきて、ひと言ひと言はっきりとわかりやすく言う。

「神の思し召し（インシャ・アッラー）があればそうしたい」声のざらつきをごまかさずにおれはそう答える。崩れかけた納屋に漂っていた土埃と塵、そして砂交じりのシリアの空気のせいで、まるでガラスの破片でうがいをしたように咽喉がひりひりする。しわがれ声で英語訛りが隠せるといいんだが。

戦闘員はうなずく。「おれたちが連れてってやる。イスラム帝国（フィラハト）にようこそ、兄弟」

いいニュースと悪いニュースが同時に来た。いいニュースは、骨董品のトラクターがとうとう息を引き取り、合流地点の何キロも手前で足首が骨折したまま途方に暮れなくてもいいことだ。一方の悪いニュースは、見つけたばかりのお抱え運転手はどうやらＩＳの下っ端らしいということだ。今のおれには、ロシアの攻撃ヘリとのサシの勝負もそんなに大したことじゃないように思える。

35

おんぼろトラクターの吹きさらしの運転席よりも、トヨタ・ハイラックスの助手席に坐っている今のほうがずっと距離を稼げている。それでも、おれの新しい足のほうも問題をそれなりに抱えている——すなわち、おれたちはあらぬ方向に向かっている。一分ごとに、アインシュタインとの合流地点から離れていく。その一方で、下したくない決断にはどんどん近づいてくる。隣の運転席に坐っているティーンエイジャーの少年を殺すかどうかを、おれは判断しなきゃならない。

ISが仕切っている病院におれを連れて行くと決めた途端、検問所の男たちは有能な人間たるものかくあるべしという働きぶりを見せた。おれと話をした戦闘員の命令一下、CSWを搭載したテクニカルトラックの陰から数人の戦闘員が姿を現した。ひとりが水筒の水を飲ませてくれ、トラクターから降りるおれにふたりが手を貸してくれた。

彼らに帯同していた衛生兵はおれの負傷状況をてきぱきと診て、足首が折れているという診断を下し、おれの応急固定処置に感嘆の言葉を述べた。さらなる治療が必要だと判断されると、幹線道路に沿った堀に隠してあった車のエンジンがかかった。

おれは手を借りて助手席に乗り込み、鎮痛剤を何錠か手渡され、折れた足首は医者たちが必ず接いでくれるし、この二日のうちに負った挫傷も切り傷も診てもらえるだろうと言われた。運転手は、おれの耳ですら初歩的とわかるアラビア語で明快この上ない指示を受けていた。指示が終わると運転手は車を出し、おれたちは時速五十キロで病院を目指した。

この国にはこれまで数ヵ月ほど滞在しているが、ISの魅力を本能的なレヴェルで理解したのはたぶんこれが初めてだ。ついさっきまで、おれは文明の果ての荒野で活動していた。骨折した足首は納屋に転がっていた木端で固定し、ガタのきたトラクターで移動していた。ISの支配地域に入った途端、一切合財が変わった。

今のおれは骨折箇所に手当てがなされ、咽喉の渇きは癒やされ、本物の病院に送り届けられようとしている。捕虜にして身代金を要求したりその場で処刑したりするどころか、検問所の戦闘員たちは自信と、この国では五年近くまえから見当たらなくなった秩序をもっておれに接した。

宗教による分断と複雑な部族構成という側面からシリアを理解しようとしていた政策アナリストやシンクタンクの連中はまったくピント外れだということだ。シリアの人々は心の底から安定と安全を切望していて、ＩＳはまちがいなくその両方を提供している。当然ながら、連中のイスラムの教義をねじ曲げた終末観を受け入れればの話だが。

結局のところ、完璧な人間なんかいないということだ。

運転手が沈黙を続けるなか、やけに耳に残る口笛が車内に響く。戦闘員からの指示に返事をしてからは、運転手はずっと口を閉ざしたままだ。最初は無口なだけだと思っていたが、口笛を聞いてそうじゃないとわかった。口笛がＡメロからＢメロ、そしてサビのコーラスパートに移ったところで、おれは何の曲かわかった――イーグルスの『ホテル・カリフォルニア』だ。

聖戦士（ジハーディスト）どものヒットチャートでトップテン入りするような曲じゃない。

おれは助手席で向きを変えて少年をじっと見つめ、考えた。

腰を動かすとウエストバンドに突っ込んだグロックが肌に食い込む。状況打破の一番手っ取り早い手がまた頭に浮かぶ。車があってＩＳの検問所も通過した今、何もわかっていない少年への対処法はわかりきっている。ショーの命は刻々と危うくなっていくし、彼を捕まえている死のカルト教の狂信者どもは化学兵器も押さえている。

その化学兵器を、やつらは欧米の標的に対して使おうともくろんでいる。

おれが一分無駄にするごとに、そのぶんテロリストどもは成功に近づく。それでもどういうわけだか、おれはグロックを抜いて作戦のこの部分をさっさと済ませることができずにいる。あごひげを生やそうと痛々しい努力をしているみたいだが、おれの運転手は殺しを重ねたＩＳの戦士らしいとはとても言えない。頬はにきびの赤い斑点だらけで、モップのようなぼさぼさ髪が額を覆っている。時たま頭を振って眼にかかる太い巻き毛を払わなきゃならないほどだ。テロリストというよりも牧羊犬に似ている。

まともな世界だったら、この子はＸｂｏｘをあと十分やらせてとママにせがんでいるだろう。でもここはまともな世界じゃないし、おれたちの座席のあいだにあるのはＡＫ－47であってＸｂｏｘのコントローラーじゃない。結局のところ、この子はこの道を選択したのだ。そして選択には結果が伴う。

おれは前屈みになり、ウエストバンドの内側のグロックを右手でそっと抜き、左手で大げさに伸びをして銃を抜いたことをごまかした。そんなことをする必要もなかった。少年はおれを一瞥しただけでずっと正面の道路を見つめている。おれが覚悟を決めて事を起こそうとしたそのとき、少年は荒れた唇をきっと結び、さっきの曲を音符ひとつひとつまで完璧にコピーした口笛を吹く。

おれはグロックを座席の脇に置き、少年の横顔を見て腹を決める。

「イーグルスが好きなのか？」おれはついに口を開く。度を越した沈黙のなかで、自分の声がやけに大きく聞こえる。

おれに平手打ちされたかのように少年はびくりとする。「うん」そしてぶつ切れのアラビア語で言う。「ごめんなさい。悪いこと。ハラーム」

ハラーム――イスラム帝国を統べるイスラム聖典（シャリーア）で定められている禁忌（タブー）のことだ。ハラームを犯すと、違反の程度によっては死刑もあり得る。音楽を聴いたという程度なら鞭打ちぐらいで済むが、煙草を吸っているところを見つかったら磔（はりつけ）にされてしまう。ＩＳがもたらす法と秩序には法外な代償が伴う。

「大丈夫だ。おれもイーグルスは好きだ。英語は話せるか？」

少年は眼をぱっと見開いておれを見る。薄明かりのなかで少年とおれの眼差しがぶつかる。どう答えようか決めあぐねている少年の顔をさまざまな感情が横切る。恐怖、戸惑い、そしてたぶん希望すらも現れては消えていく。そして結局、幼い顔には痛々しいほど不似合いな、人生に倦んだ人間のあきらめ顔に落ち着く。

「うん」

少年の話す母語のアクセントは聞きまちがえようがない――この子はおれと同じアメリカ英語を話す。

「名前は？」おれは訊く。

「アリ」

「どこから来たんだ、アリ？」

「シカゴ」

シカゴにはアメリカ最大のパキスタン移民コミュニティがある。一瞬のうちに、少年がこれまでたどった物語がおれの頭のなかで展開されていく。おれは情報報告（IR）のようにその内容を読み取っていく。イスラム教徒の両親は何もかもが不安定なパキスタンから逃れて、よりよい暮らしを求めてアメリカにやって来た。そのときアリはまだ四歳か五歳だろう。故郷（くに）を捨てて逃げてきたことは憶えているが、その理由を理解できるほどの歳じゃない。

「どうしてここに？」

アリの顔からさっきまであった無防備さが一瞬で消え失せ、険しい眼がおれに向けられる。「イスラム帝国のために戦うんだ。ぼくは善きイスラム教徒になりたい」

丸暗記を思わせる歯切れのいい答えが返ってくる。何度も何度も同じことを訊かれつづけ、そのたびに大体同じことを答えてきたんだろう。おれに試されていると思っているのだ。

「で、きみはそうなの？」

「え？」

「きみは善きイスラム教徒なのか？」

またアリはおれを見る。今度は表情から気持ちは読めない。

まずいことを訊いたな。一瞬おれはそう思う。イスラム過激思想は弱者を虜にする。新しい文化に馴染めずにいる少年少女を、若さゆえの情熱で信仰に生きる若者を。そして不信心者（カーフィル）から信仰を守る戦いへの召集令状に、身を投じれば自分より偉大な存在の一員になれるとばかりに喜び勇んで応じる者たちを。

しかしアリは口を開く。

「わかんない」

このひと言に、おれは勝機を見いだす。あるかなきかという程度だが、それでもチャンスはチャンスだ。おれがこの悪夢と蛮行の土地に舞い戻ってきたのは、ひとりの人間の命を救うためだ。

ひょっとしたらふたり救えるかもしれない。

「アリ、母さんは何て名前だ？」

子どもではないが大人でもない運転手はごくりと唾を飲み込む。大きすぎる咽喉仏がほっそりとした首を上下する。「エファト」

「きみがここに来ていることを、母さんは知っているのか？」

アリが首を振ると、もじゃもじゃの巻き毛が額で弾む。

「きみがやってきたことを、母さんは誇りに思うだろうか？　きみがイスラム帝国に馳せ参じたことを？」

またゆっくりと唾を飲み込み、アリは答える。「そうだと思ってた。でも今は……今はわかんない」

おれは冷え冷えとするグロックからとっくに手を放しているが、それでもまだ胸はばくばく鳴っている。ここまでおれたちふたりは会話を交わしているに過ぎない。ハラームのやり取りでもそうだろうが、状況は次におれが言うことでがらりと変わる。まだ口を開いてはいないが、とにかく変わる。今度は悔いを残したままシリアを発つつもりはない。でなきゃ留まるほうがましだ。

「家に帰りたくないか？」

アリはおれを見て、道路に眼を戻す。テロリスト志願者の無感覚な貌が砕け、生き方も考え方もまだ定まっていないティーンエイジャーの顔が戻ってくる。ひと筋の涙が汚れた顔をゆっくりと伝い落ちていく。

その涙をアリは手の甲でぬぐい、照れくさそうに咳払いする。そしておれに顔を向けて口を開く。

言葉が発せられるより早く、フロントウィンドウが爆(は)ぜ、粉々のガラス片が舞い飛ぶ。

36

ピックアップトラックは右へ左へとのたうち、金属にぶつかった金属が上げる悲鳴が車内に満ちる。シートベルトの甲斐もなく、おれは助手席側のサイドウィンドウに頭から突っ込む。星を見るのはこれで今日三度目だ。この神に見放された国から生きて脱出することができたら、ヘルメットをかぶるとしよう。死ぬまでずっと。

「何？」アリは涙声で言う。シートベルトを着けていなかったアリの口からはねばついた血が溢れ出ている。歯が二本欠けている。

おれは頭をぶんぶんと振り、情報をつなぎ合わせて何が起こったのか考える。

何かがぶつかってきた――正確に言うと真横から。衝撃はアリの側から来たが、ヘッドライトは見えなかった。ということは、相手はこっちに見られたくなかったということだ。ということは、この衝突は意図的なものだ。ということは……

「伏せろ！」おれはそう叫び、アリの骨ばった肩に手をのばす。が、つい数秒前に身を守ってくれたシートベルトが今度はおれの動きを阻む。ロック機能が働いてベルトが固定され、おれの指先はアリのシャツの数センチ手前で止まる。

「何？」また同じことを言うアリの茶色の眼は、まだどんよりと濁っている。

「伏せていろ！」おれはそう言い、片手でシートベルトのバックルを外し、もう片方の手でアリの二の腕を摑む。

おれの手はアリの温かい腕を包む。そのままフロアに引っ張ろうとしたそのとき、またガラスが砕ける。今度はぶつかり合う金属同士の金切り声じゃなく自動火器の雄叫(おたけ)びが聞こえる。

おれは汚れたフロアマットにアリを引きずり倒し、か細い体をダッシュボードの下の狭いスペースに押し込み、その上に覆いかぶさる。時すでに遅しだった。おれはアリが痙攣を起こしていることに気づく。生温くぬるぬるとしたものでおれの両手は濡れていく。

「大丈夫だ」おれはそう言う。車内一面に散らばるガラスの欠片が月明かりを受けて砂漠の雪片のように見える。

アリは大丈夫どころじゃない。泣き声を漏らすたびに気道がごろごろと鳴り、胸にいくつもある銃創からは血が溢れ出ている。ここに救急救命キットがあって、負傷兵後送ヘリもスタンバイしているなら、何とか助かるかもしれない。でもキットはないしヘリも来ない。ここにあるのはおれの両手と、母親を求めて泣く瀕死の少年だけだ。

アリは二度身震いし、そして湿った咳と一緒に最後の息を吐く。ついさっきまで生きていた少年がもう死んでしまった。おれはまた死を免れた。おれが守りたかった人間が命をまた落とした。アリの体から命が抜けていくと、おれのなかの何かが死んだ。あらゆる手を尽くしたのに、またシリアに負けてしまった。これは悪魔どもが跋扈する国で善をなそうとした結果なのかもしれない。シリアに残されているのは死と破壊だけなのかもしれない。

それはそれでかまわない。死とは古いつき合いだ。

おれはアリの亡骸から身を離し、これからの数分間を生き抜く手段を見つけることに全力を注ぐ。必死になっているのは自分が助かりたいからじゃない。逆に、たったひとつのことをやり遂げたら死んでもかまわない——アリを殺したやつらを殺すまでは死ねない。ひとり残らずぶっ殺してやる。おれたちが誰に、どうして待ち伏せされたのかはわからないし、わかろうとも思わない。わかっているのは、この少年の命を奪った愚か者どもが過ちの報いを受けるということだけだ。

眼には眼を、血には血を。シリア人でもわかる理屈だ。

ピックアップトラックのフロアマットに体を押しつけたまま、おれは手探りでグロックを探す。金属製の拳銃の冷たさを手に感じるなり胸元に引き寄せ、後部に向かってじりじりと進む。そこに体を押し込んだ拍子に、折れた足首をどこかに思いきりぶつけてしまった。おれは歯を食いしばって悲鳴を押し殺す。弾丸（たま）はガラスを砕きつづけ、鋼板でできた車体にも襲いかかっている。外の様子がわかる場所に移ったのはいいが、わかったのは自分が嵐の只中にいるということだけだ。

　車のなかにいる人間を撃つことは見かけほど簡単なことじゃない。車というものはガラスと金属とありとあらゆる種類のプラスティック、そしてそれらの複合材でできている。そうした障害物に当たると弾丸（たま）の弾道はそれて、どこに飛んでいくのかわからない。つまり直接射線から逃れることができれば一回目の攻撃をかわすことができる可能性はぐんと上がるということだ。外にいる連中が本当にとどめを刺したいのなら、遅かれ早かれ連中は自分たちの仕事ぶりを目視で確認しなきゃならなくなる。まず弾丸（たま）を浴びせるんじゃなくわざわざ自分たちの車をぶつける手を選んだところを見ると、待ち伏せしていた連中はまちがいなくおれたちが死んだかどうか確認するはずだ。

　耳をつんざく音を立てながら、鉛の雨がまた数秒ほど降り注ぐ。おれはその数秒を使って状況を確認する。そして頭を運転席側の後部ドアに、足を助手席側に向けて仰向けになる。右手にグロックを握り、左手をドアに伸ばしてロックされていないことを確認する。それからフロアの上でできるだけ縮こまり、鉛の嵐が止むのを待つ。

そんなに長く待つことはなかった。

複数のAK‐47の連射（フルオート）の射撃音で耳が聞こえなくなったかと思ったら、射撃が止んだだけだった。おれは下になっている折れてないほうの足に体重を預け、左手を伸ばしてドアハンドルを握り、右手のグロックを運転席側ドアの窓に向けつづける。おれは短い等間隔の呼吸で鼓動を鎮め、次の行動を起こすタイミングを待つ。

この場を切り抜けることができる確率は高くないが、チャンスを得るためには我慢の戦法を取るしかない。姿の見えない相手を殺すだけだったらそこまですることもないが、楽な手に走るわけにはいかない。

おれは身じろぎひとつせず呼吸に全集中する。脅威がやって来る方向にグロックを向け、鼻先に生えている照星で運転席側の窓をふたつに分け、待つ。

弾丸（たま）の嵐の第二波がピックアップトラックに襲いかかる。射手の少なくともひとりが射撃位置を変えたらしく、今度はフロントウィンドウが粉々になる。眼のまえの運転席のシートが直撃を喰らって身震いし、ずたずたにされた布地が車内に舞う。次から次へと飛んでくる弾丸（たま）がおれの頭をかすめる。フロアに体を押しつけないといよいよ危ないと思い始めたそのとき、右脚に火のように焼けつく筋が走る。足首が折れていないほうの脚に。

当然の成り行きだ。

おれは悪罵の言葉を呑み込み、右の足首をいろんな方向に動かしてみる。ズボンの湿った染みはどんどん広がっていくが、それでも足首はちゃんと動いている。銃創の状態はひどいのか、ひどくないのか。今は脚を流れ落ちていく血を止めるよりも、汗まみれの手でドアハンドルを握りつづけているほうが重要だ。外の連中が近づいてくる。反撃のチャンスは一度しかない。この生死を決する瞬間におれの気を散らせることがあるとしても、脚のかすり傷などは絶対にそのひとつじゃない。

始まったときと同じように、弾丸(たま)の嵐の第二波はいきなり止む。おれはひとつ息を吸う。

そして吐く。

同じことを繰り返す。

そして待つ。

運転席側の後部ドアの窓が頭の影で暗くなるまで。

おれはグロックの引き鉄を二回、素早く続けざまに引く。頭の影はがくんと揺れるが、おれはもう動き始めている。運転席側の後部ドアを勢いよく開け、半分いいほうの脚でフロアを蹴る。銃創のあるなしはアドレナリンまみれの筋肉には関係ない。おれは車内から体ごと落ちる。さっきまで流血と死の鉄の棺桶のなかにいたと思ったら、今はコンクリート舗装の道路の真ん中で仰向けに寝転がっている。

行動開始だ。

横向きになると、崩れ落ちた人体が見える。そいつはもう動いていないが、ある一等軍曹が何かにつけて言っていた――一発撃っておくべきものには二発撃っておいたほうがいい。その教えに従って引き鉄を引くと、そいつの頭は粉々になる。グロックの銃声は路面に反響し、それでなくとも痛めつけられている鼓膜をさらに苦しめる。それでもAK-47の応射の銃声は聞こえる。

新たなターゲットがおれの左側、無残な姿をさらすボンネットのまえに立っている。立った状態で車内から逃げていたら、そいつの放った七・六二ミリ弾に胸と腹を引き裂かれて即死していただろう。でもおれはそうしなかった。立つ代わりに死にかけの魚よろしく腹を見せて路面に転がっている。そいつのAKの弾丸（たま）はおれの上を通り過ぎ、開きっぱなしの後部ドアを連打し、ドアガラスを粉砕する。

そいつはしくじった。

おれはしくじらない。

おれはそいつの腹に二発ぶち込み、倒れたら頭にもまた一発撃っておく。

これでふたり目。

あと何人いる？

おれの頭から十センチ程度のところに弾丸（たま）が何発か打ち込まれ、コンクリートの欠片が頬に飛び散る。おれは路面を蹴り、さっき突っ込んできた車の下に向かってずるずると進んでいく。

三人目の射手は、おれが姿勢を低くしているところを突いてきた。車にＡＫ－47を押しつけて撃つ銃口の閃光は見えても、射手の姿は見えない。弾丸（たま）が当たらなかったところを見ると、そいつにもおれの姿は見えていないみたいだ。それでも状況は向こうが有利だ。銃口を前後左右に振って撃ちまくっていれば遅かれ早かれ一発はおれに当たって、この膠着状態は終わる。だから撃たれた脚がまだ動くうちに、おれは車の下に滑り込むことにする。

コンクリートの欠片が肌に食い込み、首と背中に筋を作る。仰向けのまま路面を進みつづけていると、向こう脛が二本見える。おれは右脚で路面を蹴りつづける。ＡＫ－47のセレクターレヴァーが切り換わる音がする。フルオートにしたのだ。相手の脛を撃って路面に倒したとしても、指はまだ引き鉄にかかったままでいるだろう。それはまずい。

おれはまだ撃たずにそのままじりじりと進み、あらん限りの力で車の反対側を目指す。

息をひとつ吸い、胸のまえでグロックを両手で握り、右脚で路面を蹴って車の下から出る。

やばいことになっているほうの足首が路面に打ちつけられ、悲鳴を上げる。

痛みなんか気にするな。

痛覚の低下を起こしていたショック状態から抜け出したせいで、右脚の銃創も焼けるように痛い。

こっちの痛みもどうでもいい。

どうでもよくないのは、おれの真上で両脚を広げて立っている男だ。

車の下から身を押し出した拍子におれの肩が男の足に当たり、男は下を見る。その眼は大きく見開かれている。

最後のひと蹴りは思っていたほど距離を稼がなかった。おまけに、胸に握るグロックが車のアンダーシャーシに引っかかった。男のほうはおれの頭を踏みつければけりをつけることができる。でもそいつはそうしなかった。踏みつける代わりにAKの銃口を向けようとした。そうしたくなるのもわからないではないが、まずい判断に変わりはない。AKのほうは三十センチ以上も振らなきゃおれを撃てない。

おれのグロックは数センチでいける。

おれはグロックをシャーシの縁に当てたまま引き鉄を引き絞る。熱い薬莢が胸に落ちてくる。

最初の二発は外れた。

三発目は外れなかった。九ミリのホローポイント弾は男の股間に命中し、血糊の噴水と一緒に背中から出ていく。男はアラビア語で何ごとか叫び、ＡＫを落とす。その灼けた銃身がおれの頬に当たる。おれは撃ちつづける。男は咽喉をごろごろ鳴らすような悲鳴を上げ、倒れる。おれは男を引き寄せ、その胸にグロックを押し当てて引き鉄を引きつづける。弾丸(たま)が胸腔を引き裂き、臓腑をぐちゃぐちゃにするたびに男の体は震える。それでも引き鉄を引きつづけていると、おれの混沌とした意識はふたつのことを理解する。ひとつ目はグロックがもう空(から)になっていること。ふたつ目は男がもう死んでいること。

おれはグロックを手から落とし、手探りでＡＫ－47の木製の銃床(ストック)を見つける。ＡＫを手にしたまま車の下に戻り、眼のまえに転がっている男の死体を盾にして四人目の射手に備える。くぐもった音が聞こえる。おれは銃撃戦の再開に身構えるが、痛めた耳と混乱した頭でもその音がエンジンの始動音だと判別できた。

死体の肩から頭をそっと出して様子を探ると、もう一台いたピックアップトラックのタイヤが回っている。こっちに突っ込んでくる。おれはＡＫのストックを肩に当てて構える。が、こっちが撃つより早く、ピックアップトラックは小さく急旋回し、道路を走り去っていく。逃げる車に弾丸（たま）を浴びせてやろうかと思ったが、撃たなかった。代わりにくぼみだらけのひんやりしたコンクリートの上にＡＫを置いてグロックに持ち替えると、ポケットから予備の弾倉（マガジン）を出して装塡する。

おれは少年のことを頭から振り払おうとする。ピックアップトラックの運転席で母親を求めて泣きながら死んでいった少年のことを、ライラとおれが決して持つことはない息子のように思えた少年のことを考えないようにする。

考えないようにしても、まだ考えている。

少年ではなく、アリという名前がある。おれの胸に刻みつけるべきアリという名前が。

37

突っ込んできて鼻先がひしゃげていても、ピックアップトラックはまだ動いた。待ち伏せ地点を離れてから十五分、おれは合流地点まであとほんの少しというところまで来た。道の左側には公園があり、右側には人家があることを示すこの国独特の石垣が続く。シリアというパッチワークの縫い目がほころびつつあるなか、このちっぽけな地域は内戦の嵐も完全に避けて通ったみたいだ。

きちんと整備された道がさらに五百メートルほど続き、見目麗しいモスクとオレンジ色の温かい明かりに照らし出された二本の尖塔（ミナレット）のある荘厳な場所を通り過ぎていく。郊外を絵に描いたような場所だ。ここから十五キロも離れていないところに、弾丸（たま）で蜂の巣にされたピックアップトラックのなれの果てが転がっているとは到底思えない。しかもその車内にはアリという名前の少年がいる。家に帰りたがっていただけなのに、今やそれも叶わぬ夢となってしまった少年の亡骸が。

道理にかなった戦争なんか皆無に近いが、そのなかでもシリアの内戦は群を抜いて意味がわからない。ここで繰り広げられている戦いはアフガニスタンの部族同士の争いよりも、イラクを呑み込んでいた反抗勢力の暴力よりもひどい。シリアでは、自国民に化学兵器を使う頭のいかれた暴君の注意を惹こうと死のカルト集団が戦い、半ダースもの国がその暴君の敵と味方に分かれて代理戦争を繰り広げている。そうしたシリアの各勢力の縄張りの境界線は入り乱れているわけじゃない。そもそも存在しない。おれがこの国に対して抱いていた夢想がどんなものであれ、今ではもう血と涙できれいさっぱり洗い流されてしまった。今のおれはショーを救い出し、新型の化学兵器をテロリストどもの手から奪うことしか考えていない。

おれが抱いていた志はアリと一緒に全部死んだ。

モスクの先の右側には工業区域が続く。次の交差点を左折し、金属製のアコーディオンシャッターが引かれた店が立ち並ぶ脇道に入る。おれは片手でハンドルを握り、もう一方の手で助手席に置いていたスマートフォンを取り上げ、スクリーンで動きつづける地図を確認する。

ジョンソン戦闘指揮所(COP)を発つまえにダウンロードしておいた衛星画像によれば、この脇道は別の工業区域で行き止まりになっている。元々の計画では行き止まりの近くの駐車場に車を停めて、合流地点まで徒歩で行くことにしていた。もちろんそれは、左の足首が折れ、右の大腿四頭筋を弾丸（たま）にえぐられる以前の話だ。今は土壇場で予定を変更して、アインシュタインがすぐさま対応してくれることを願うしかない。

サッカー場を通り過ぎたところで、おれは速度を落としてヘッドライトを消す。そしてサッカー場の奥の角にあるはずの木立を探す。この任務で初めて、あるはずのものがあるべきところにあった。おれはサッカー場に車を乗り入れて木立まで走らせ、一番大きな二本のトルコマツのあいだにひしゃげた鼻先を突っ込み、エンジンを切る。トヨタのエンジンの喘ぎ声が消えると、下ろした窓から夜の静寂が腐った生ごみのにおいを連れて入ってくる。

諜報の世界の常識では、ハンドラーと資産（アセット）の合流は四分以内に行わなければならないことになっている。その時間内にどちらかが姿を見せない場合は何かまずいことが起こったと考えて、合流は中止にしなければならない。でも今夜の合流は常識の埒外のものだし、しょせん諜報技術（トレードクラフト）はトレードクラフトにすぎない。ピックアップトラックのダッシュボードのデジタル時計は、アインシュタインとの合流時間までちょうど五分あることを示している。

土壇場で予定変更するなら今しかない。

　おれは国防情報局（DIA）の暗号化されたメッセンジャーアプリを起動し、アインシュタインとのチャット画面を開いてテキスト入力を始める。

〈予定変更　サイト　B（ブラヴォー）　で白のトヨタ・ハイラックスを見つけて乗れ〉

　トレードクラフトはここまでだ。送信した秘密のテキストメッセージにはメガホン程度の繊細さしかないが、ほかに伝えようがない。通常、ハンドラーは資産（アセット）との関係が深まるにつれて、さまざまな技術を教え込んでいく。合流する場所と手段を意味する暗号と識別信号を教えて頭に叩き込ませる。このやり方を使えば、一見何ということもないフレーズを使ってアインシュタインに注意をうながし、合流場所を急遽変更してピックアップトラックの車内にすると伝えることもできた。

　でも今回は通常のやり方は使えない。そもそもアインシュタインは最初に接触したときにおれの誘いをにべもなく断った。兵器科学者はどこでも引く手あまたの大人気だ。そんな儲かる仕事を台無しにしてまでおれの資産（アセット）にならなきゃならない理由なんかあいつにはない。あいつが席を立ってどこかに消えるまえにDIAの秘密のメッセンジャーアプリの名前を復唱させたが、あいつとの関係を深めるまでにはいたらなかった。おれに残されたのは新しい資産（アセット）じゃなく、ふたつの大陸を股にかけたとんでもない額の経費報告書だけだった。

しかしそれはアインシュタインがサウジアラビアの小規模な副次的プロジェクトの仕事を得る以前の話だ。合衆国はそのプログラムを許容しなかったが、積極的に止めようともしなかった。その副次的プロジェクトは、あるテロ組織の大量破壊兵器（WMD）開発計画の主任科学者という地位をあいつにもたらした。

実際のところ、ここまで生き延びることができたアインシュタインはとんでもない強運の持ち主だ。おれはゴンザレス大統領の大半の政策には反対だが、それでも大統領はボーイングの株主よろしくヘルファイア・ミサイルを雨と降らせている（ボーイング社はヘルファイア・ミサイルを製造している）。そんな状況で合衆国の納税者が旅費を出してくれる極楽への旅にアインシュタインがまだ発っていないという事実は、中東における殺害対象がどれほど多いのかを物語っている。

それはそれとして、アインシュタインと最後に会ってから今までに何かが変わったことはたしかだ。あいつがここに来て唐突に天使の側につきたいと言い出したのは、新たに見つけた倫理観と何かしらの関係があるとも思えない。おおかた今のパトロンとの契約がおじゃんになり、逃げ道を探しているというところだろう。これもあくまで贔屓目の解釈だ。冷淡な眼で見れば、アインシュタインのほうから進んで協力を申し出てきて、しかもまさしくおれが必要としている情報を渡してくれるというのはあまりにも都合がよすぎる。

いずれにせよ、アインシュタインはまだおれの資産（アセット）じゃないから諜報技術（トレードクラフト）の授業はまったく受けていない。つまり、あいつへの指示はベティ・クロッカー（ミックス粉などの簡易食材シリーズ）のレシピ並みに簡潔じゃなきゃならないということだ。おれがこの任務を成功させる見込みはほんのわずかしかない。そのわずかしかない希望を支えているのは、ここからヘリで三十分のところでフィッツ大佐と統合特殊作戦コマンド（JSOC）のオペレーターたちが待機しているという事実だけだ。

ただし、アインシュタインがおれをはめようとしているのなら、その三十分は二十九分長いと思う。

スマートフォンが震える。アインシュタインが返信を寄こしてきた。

〈わかった　二分で着く〉

首筋と額に噴き出す玉の汗を拭うと手のひらがひりつく。合流場所の土壇場での変更は何度やっても神経過敏になる。普段ならフロドが背中を守ってくれるところだが、今夜のおれの相棒は高高度の上空の闇を切り裂いて飛ぶ無人航空機（UAV）だけだ。

今夜のおれはワンマンアーミーだ。

ルームミラーとサイドミラーに眼をやる。外の世界が眠りについている一方で、なかの世界の空気には緊張感が充満している。

アインシュタインとの合流を強行するために破った作戦規則はごまんとある。あいつとの規則外の通信手段は別にしても、まずもっておれは合流地点を事前に偵察することができなかった。使っている車両も適切じゃないし、現場の監視を受け持ってくれる準軍事作戦（パラミリタリー）チームもいない。ここが陸の孤島だと考えて監視・探知・回避（SDR）手順もほとんど踏んでいない。敵の監視チームが配備されていたら、多分おれは見つかっているだろう。もとより悪条件下での任務なうえに、状況を好転させることはほぼ不可能だ。安全策を取れば死ぬことはないのかもしれない。でもショーはまちがいなく死ぬ。この議論の余地のない事実のまえにはすべてが色あせる。

スマートフォンがまた震える。

〈公園に入った〉

おれはスマートフォンを膝に置き、眼のまえの開けた土地に眼を走らせる。暗視ゴーグル（NVG）があればいいんだが、あいにくパラシュートや降下装備と一緒に納屋に置いてきた。多少の起伏がある空き地は百メートルほど先まで広がっていて、その奥に木立がぽつんとある。アインシュタインはそこから現れるはずだ。おれは闇に向かって眼を凝らし、周辺視野のなかに動くものを探す。

何も見えない。

おれはスマートフォンのスクリーンを親指でなぞり、フィッツを出撃させる一語だけの暗号を打とうと考える。でも打たなかった。フィッツとコマンドーたちを乗せたヘリが離陸すると、ただちに携帯回線を通じて連絡が入ってくることになっているが、そこから先の交信は途切れがちになる。衛星無線機があれば、アインシュタインから確認のメッセージが送られてきた時点でフィッツに暗号を送っていただろう。交信が途切れることはないし、状況がまずいことになったら引き返させることもできる。でもスマートフォンしかない状態では十人もの男たちの命を危険にさらすことになる。そんなことはできない。アインシュタインが現れなければフィッツたちを呼ぶこともできない。この部分の数式は簡単だ。

空地の奥に足を引きずるひょろっとした人影が見える。

アインシュタインだ。

子どもの頃の事故で負った足の怪我が完治しなかったあいつの足取りは、この距離でも見逃すようなことはない。

あいつに続いて木立から出てきたふたりの男も見逃すようなことはない。

38

ふたりの男は物陰のなかを滑るように、アインシュタインと歩調を合わせて歩いている。あいつは尾行されていることに気づいていないようだ。ふたり組はひょろっとしたシルエットのアインシュタインから七〇メートル以内に距離を縮めようとはせず、無人の公園を突っ切ることにしたあいつの真後ろを真っすぐ尾けてくる。ここで教本どおりにやるとすれば合流を中止し、別の合流地点と日時を設定することになる。ところがそんな時間はない。

おれはアインシュタインから情報を得なければならない。

つまり科学者にまとわりつくふたつの影には処刑台に向かって歩いてもらうことになる。ほとんど歩けない状態で手練れの殺し屋をふたりも排除する手を、とにかく考えつかなきゃならない。歩けないならここから何とかするしかない。あれこれ考えてみたが、あきらめた。貴重な数秒を無駄にしてしまった。尾行に気づいていないアインシュタイン。遮蔽物は何もなく射界も広々としている公園。そして足首を折っているおれ。この三つを足して出てくる答えはひとつしかない——取り返しのつかない事態だ。アインシュタインから尾行を引っぺがせる見込みがいくらかでもあるならば、おれはもっと有利な立ち位置を選ばなきゃならない。

つまり移動しなきゃならないということだ。

おれはエンジンをかけ、ヘッドライトを消したままギアをバックに入れて公園まで来た道を後戻りしていく。ここに来るまえにテールランプは壊しておいたが、それでも危険を冒してまでUターンしたくない。人間の眼は動くものに自然に反応するようにできているから、車の挙動は極力抑えなきゃならない。暗闇のなかでバックするのは大変だが、気づかれないまま移動できる見込みは極めて高い。

丁字路まで戻ると、おれはハンドルを切ってピックアップトラックの鼻先を左側の路地に向ける。

その狭い路地はアインシュタインが横切っている公園に真っすぐ行き当たり、行き止まりになっている。シャッターが引かれた店が並ぶ路地にいるおれの一〇メートルほど先に、売店(キオスク)がぽつんと建っている。ぱっと見は何てことのない、廃材を寄せ集めて作ったような簡単な造りの小屋だ。でも建っている位置は公園につながる緑道のど真ん中で、まさしくおれにとってはうってつけだ。

おれはスマートフォンを手に取ってアインシュタインにメッセージを送る。

〈公園の奥まで行ったら左に曲がれ　おれのピックアップトラックはその先の路地の端に停めてある〉

永遠と思えるほどのあいだ、スマートフォンの液晶画面には何も表示されない。が、ようやくアインシュタインは返信を寄こしてくる。

〈どうして変更する？〉

本当のことを教えるべきかどうかあれこれ考えたが、結局教えないことにする。監視されていることを知ったら、あいつがどんな行動に出るか予測がつかない。それにあいつの意表を突いたほうが事は有利に運ぶかもしれない。

〈あとで説明する　おまえが公園の奥まで来たらまた連絡する〉

〈わかった〉

おれはスマートフォンをポケットに仕舞い、グロックを手に取る。AK‐47は助手席に置いたままにしておく。追加の火力を手に入れたことはありがたいが、次の殺しは静かにやらなきゃならない。使うなら減音器（サプレッサー）つきの拳銃だ。

おれはコンソールに手を伸ばしてハザードランプのスウィッチを押す。そしてピックアップトラックからそっと出る。右脚だけでバランスを取り、歩くたびに襲ってくる痛みに耐えながら呼吸を保つ。検問所にいたＩＳの戦闘員たちがくれた八百ミリグラムのイブプロフェンは痛みこそ和らげてくれたが、モルヒネじゃないので完全に消してはくれない。おれは眼のまえの仕事に集中し、運転席側のハザードランプをぼろ切れで覆い、その上からグロックのポリマー樹脂製の銃把（グリップ）を素早く二回叩きつけてなかの電球を割る。ぼろ切れのおかげで音はあまりしなかった。オレンジ色の点滅がふたつだと明るすぎるが、ひとつだとちょうどいい塩梅だ。

スマートフォンが振動する。

ショータイムの始まりだ。

この任務が終わったら、ライラに一切合財を話そう。機密事項取扱資格（セキュリティ・クリアランス）なんか知ったことか。それから一週間か二週間、ビーチで寝そべってライラの日焼けラインをじっくり検分する。やる気が出てきたら、デイヴ・マシューズ・バンドの次のツアーにもうひとりギタリストが必要になった場合に備えて『ホワット・ウッド・ユー・セイ』のギターリフをマスターしてもいい。大学の歯学部に入ってお袋を喜ばせてやってもいい。結局、おれのような男がこの世にいるかぎり、前歯を治さなきゃならない人間には事欠かないようだし。

いずれにせよ、このごたごたが終わったらおれのスパイとしての人生も終わる。

ずきずきする脚の痛みを無視し、おれはキオスクまで右脚で跳ねてたどり着くと路面に腰を下ろす。木張りの壁にもたれかかり、大腿四頭筋とふくらはぎに走る筋痙攣と戦う。暑くもないのに額は汗まみれだ。

左の足首は相変わらずクソみたいに痛い。

頼みのサプレッサーをポケットから取り出し、グロックに手探りで装着する。路地の切れ目に停まっているピックアップトラックが片眼だけのウィンクをおれに投げかけ、オレンジ色に染まる影をひび割れた路面に落としている。サプレッサーを最後まで締めつけたそのとき、最初の足音が聞こえてくる。おれはグロックを膝に置き、スマートフォンを見る。

〈路地の端まで来た〉

おれはスマートフォンをポケットに戻し、腰を上げてしゃがんだ姿勢を取る。グロックを両手で握り、サプレッサーを上に向ける。クソみたいな状況下で優位に立つべく、おれは考えられるかぎりを尽くした。あとはこの手がうまくいくかどうかだ。ここから先はひたすら祈って待つしかない。

おかしな話だが、祈るにしても待つにしても、どっちもあまりパッとしない手のように思えてきた。

重い足音と、靴の革底とコンクリートの路面がこすれる耳障りな音が交互に聞こえてくる。アインシュタインだ。

国防情報局(DIA)が作成したアインシュタインの情報ファイルは穴だらけで、あいつの片脚の自由を奪った事故についての情報も抜け落ちている。おれが知っていることと言えば、アインシュタインがパキスタンの大量破壊兵器(WMD)コミュニティの希望の星だったということぐらいだ。なのでパキスタンの悪名高い軍統合情報局(ISI)は子飼いの優等生をまさしくおれのような人間にかぎつけられないように、あいつの個人情報を厳重に保護していた。アインシュタインを障害者にした事故のことはわからなくても、あいつが合流地点まで一キロ近く歩かなきゃならなくなって不機嫌だということはわかる。

あいつが不機嫌だとしても知ったことじゃない。あとを尾(つ)けてくるのがボディーガードだとして、おれがふたりを殺したらあいつにどやしつけられるかもしれない。さっきも言ったが、愉しいかどうかは見方の問題だ。

調子はずれの足音が大きくなり、アインシュタインの暗い姿が右側に現れる。おれから数十センチもないすれすれのところを通り過ぎていくが案の定ピックアップトラックの点滅するハザードランプに気を取られておれに気づかない。キオスクを通り過ぎるとあいつはおれに背を向けて足を止めてスマートフォンにメッセージを入力する。かなり近いところにいて、あいつが普段食べているインドだかパキスタンだかのスパイスをふんだんに使った料理のにおいが漂ってくるほどだ。それでもおれは、これからあいつの背後で起こることにさらに集中する。すなわち、ふたりの監視役を殺すことに。

アインシュタインがメッセージを入力し終えると、おれのスマートフォンが振動する。最初一瞬おれは、返信するまであいつはそこから動かないんじゃないかと不安になった。最初から望み薄だったプランを見直さなきゃならないと思ったそのとき、アインシュタインは痩せた両肩をすくめてまた歩き始める。安堵の歓声を上げたいところだが、ここは震える吐息で我慢しておこう。

今のところは上出来だ。

アインシュタインは足を引きずりながら点滅するオレンジ色の明かりに向かっていく。おれはふたりの監視役を待ち受けている。

そんなに待たずに済んだ。

ありがたいことに、路地が曲がりくねっているおかげで尾行者はアインシュタインとの距離を詰めざるを得なくなっている。おれの資産(アセット)志願者がおれの居場所からピックアップトラックまで二十メートル歩いたところで、早くもふた組の足音が聞こえてきた。おれはける。

両肩を回してこわばりをほぐし、グロックを握り直すと、右足の親指の付け根に体重をか

そしてふたりがやって来る。

理想を言えば、ふたりがおれの隠れ場所の同じ側を通ってくれたら、困難続きのおれの任務も少しばかり楽になるんだが。

しかし今夜は理想的にはならなかった。

ふたりの監視役は木造のキオスクの両側を、三メートルから四メートルほど前後に位置をずらして進んでくる。おれの右肩のほうにいる男が先行していて、アインシュタインの背中から眼を離さない。アインシュタインが路地のカーヴの先に消えると、先行する男は足を速めて距離を詰める。点滅するオレンジの明かりに男のひげ面とタクティカルハーネス、そしてAK‐47が一瞬浮かび上がり、そして夜の闇に呑まれていく。

左側から来る男は厄介だ。その身のこなしはヒョウみたいだ。足取りは一定で落ち着きがあり、その眼はアインシュタインもしくは相棒だけに注がれることはなく、一心不乱に闇を探っている。そいつが通り過ぎるとき、おれは呼吸ひとつしなかった。それでも何かがそいつの捕食者の本能を呼び覚ました。シャッターが引かれた店先に眼を凝らしていたかと思うと、おれと眼が合った。オレンジ色の明かりが顔一面に広がるあいだに、そいつ

の表情は一変する。

そのときが来た。

感心なことに、そいつはおれにAKを向けようとすらしなかった。右利きのそいつは銃口をおれのほうじゃなく左側に向けていた。なので撃とうにも先におれに撃たれてしまう。経験が浅い男なら、銃を標的に向けようとしているあいだに死んでしまうところだ。

が、そいつは経験豊かだった。

銃口を向ける代わりに、グロックの引き鉄を引こうとするおれの脇腹に猛烈な蹴りを喰らわせる。そのひと蹴りがグロックの狙いをずらし、一発目の弾丸(たま)はそいつの頭じゃなく肩に当たる。二発目は空しくそいつの背後に飛び、シャッターに当たって火花を散らす。そいつはうめき声こそ上げたが叫びはしなかった。そしておれの銃を持つ手を踏みつけ、さらにはAKの木製の銃床(ストック)をおれの頭に叩きつけようとする。

おれは頭を傾けて命取りの一撃を逃れたが、ストックは左肩の上部に当たる。刺すような衝撃が走り、左腕は役立たずの肉の塊になる。もしそいつがおれに突進して距離を詰め、体重をかけておれを引きずり倒していたら勝負はついていただろう。しかしオレンジ色の光の点滅に浮かび上がったのは、ストックを振り上げておれの鼻にとどめの一撃を喰らわせようとするそいつの姿だった。

おれのほうから距離を詰めてやる。

おれはそいつの膝がしらに頭突きを喰らわす。こっちが気を失ってしまいそうな一撃にそいつの膝は崩れ、銃を持つおれの手を踏みつけていた足も外れる。おれの手首は金切り声を上げているし、引き鉄に掛けている指の動きものろい。それでも必要不可欠な一センチを引くことはできた。サプレッサーは三度火を吐き、そいつの股間と腹と胸に風穴をあける。

そいつは倒れ、AKはコンクリートの路面に転がる。おれはサプレッサーをそいつの額に押し当て、とどめの引き鉄を引く。左腕が息を吹き返すと、おれは間髪を容れずに銃を持ち替えて銃口をもうひとりの男に向ける。背後で何かが起こっていることに気づいたそいつはおれのほうを向き、AKのストックを頰に当てて射撃姿勢を取っている。

しかしそいつは撃たない。

点滅するハザードランプがそいつの夜目を惑わせたか、それとも闇のなかで誰と誰が取っ組み合いをしているのか区別がつかないのかもしれない。それとも手に負えないほどしっちゃかめっちゃかなこの任務で、初めてツキが敵じゃなくおれのほうに巡ってきたのかもしれない。

理由はどうあれ、おれはこの機に乗じる。

射撃練習場で何千回も訓練を重ねてきたとおりに、おれは利き手じゃないほうの手でグロックを撃ち、おれを殺そうとした男がコンクリートの路面に転がる肉と血の詰まった袋になり果てるまで引き鉄を引きつづける。攻撃してきたふたりの男が本当に息絶え、絶対に生き返らないことを確認すると、そこで初めておれは自分が負った傷を調べるという贅沢を自分に許す。腫れと痛みから察するに、踏みつけられた手首はもしかしたら折れているかもしれない。それに加えて頭もクソみたいに痛いし、肩もずきずきとうずく。

それでも生きてはいる。

おれはグロックのリリースラッチを親指で押し、空（から）になった弾倉（マガジン）を落とし、片手で新しいマガジンを装塡する。それから最初に倒したほうの男を大雑把にボディーチェックして情報を探る。財布もパスポートも見つからなかったが、もっと面白いものが見つかった。手錠だ。聖戦主義者（ジハーディスト）どもは手錠を持ち歩いていた。

どうして？

その手錠を自分のポケットに入れたそのとき、おれのスマートフォンが震える。

アインシュタインだ。

おれはスマートフォンを耳に当て、かろうじて聞こえそうなかすれ声で「よお」と言う。

「ピックアップトラックまで来たのに、いないじゃないか」アインシュタインのオックスフォード仕込みの英語はおれの英語よりきちんとしている。「しかるべき理由があってのことだと信じてはいるが」

久しぶりに笑いがこみ上げてきた。

39

「次は何だ？」アインシュタインはそう言い、ピックアップトラックの暗い車内でおれをにらみつける。

その声からは、前回あった横柄な響きがいくらか鳴りをひそめている。でも路面に転がるふたつの死体の横に自分の救世主が大の字になっていたら、そりゃ謙虚にもなろうというものだ。それでもおれからすれば少しばかり偉そうな口のきき方だ。

「次はおまえがエンジンをかけて運転しろ」おれはそう答え、アインシュタインをにらみ返す。

「どこに？」

「ここじゃないどこかだ。おまえの死んだふたりの友だちは、たぶん連絡を入れることになっていたんだろう。あいつらからの連絡がなかったら、誰かが確認しに来る」

殺したふたりのことにおれが触れると、アインシュタインは不快げに顔をしかめる。自慢じゃないが今のおれは足首は砕け、太腿は弾丸(たま)にえぐられ、おまけに今度は骨折こそしてないものの手首にひどい捻挫を負ってしまった。待ち伏せ地点にしていたキオスクのなかにふたつの死体を放り込めるような状態じゃない。それに正直なところ、自分でやりたくはなかった。そろそろアインシュタインにも両手を血で染めてもらわなきゃならない。それがものの喩(たと)えであれそのままの意味であれ。

アインシュタインはエンジンをかけ、ギアを入れてトヨタを出す。最初の交差点で左に曲がる。待ち伏せ地点から遠く離れるために。じきにテロリストどもの援軍が波と押し寄せてくる。

「回収地点までの経路を教えてしかるべきじゃないのか？」アインシュタインはそう言う。

「〝回収地点〟ね……えらいえらい。諜報用語を予習してきたみたいだな。いや、回収地点には向かわない」

「一体なぜ？」

「救出するだけの価値がおまえにあるかどうかまだわからないからだ」

アインシュタインはあからさまに面喰らった顔をおれにさっと向ける。

「どういう意味だ？」

「そこを左折しろ」左折右折を繰り返しながら工業区域から出て大通りに戻る車内で、おれは説明する。「まどっろこしいことは抜きにして教えてやる。おれはおまえに、こっち側につくチャンスをくれてやったが、自分の腕前を一番高い値をつけたやつに売りつけたいおまえは断った。それはまあいい。おれも資本主義者だからな。ところがそんなおまえが心変わりした。疑り深いやつだって思ってくれてもかまわない。でもおれは、おまえの手のひら返しはいきなり信仰に目覚めたからだとは思ってない。むしろ、おまえが無縁墓地に行き着くかどうか決められるのはおれだけだって、なぜか思っている。それもまあどうでもいい。でもその残念なケツを救ってほしいなら、先にペテン師のおまえに救うだけの価値があるってことを示しておれを納得させろ。わかったか？」

「確かにわかった」アインシュタインはひと言ひと言噛みしめるようにそう答える。

「よし。じゃあおまえの知ってることと、それをどうやって知ったのかを話せ。順を追って話せ。でも手短にしろ。脱出口はどんどん狭くなっている」アインシュタインは混じりけなしの悪意を込めた眼でまたおれを見るが、それでも話し始める。どいつも必ず話すことになる。

「もともとはアサドから請けた仕事だった。大統領は画期的な化学兵器を求めていた――従来の方法では探知できないものを。一般的ではない前駆物質を用いた化学兵器をだ」

「その理由は制裁の回避だな」おれはそう言う。

またアインシュタインはおれを見る。今度は怒りというより驚きの眼で。

そうだよ腐れ外道、おれは見かけによらず頭が切れるんだ。科学者じゃないがうどの大木でもない。おれの前回のシリア派遣に先立って、ＤＩＡはまずまずの仕事をしてくれた。そのなかには大量破壊兵器（WMD）の再教育講座もあった。神経ガスの合成手順までは教えてもらわなかったが、現在シリアに科されている制裁措置で化学兵器生産用の既存の前駆物質が全部規制対象になっていることはしっかり教わった。わからないのは、アインシュタインがどうやって制裁の回避策を見つけたのかというところだ。

「その化学兵器はどうしておれたちの探知機に引っかからないんだ？」

「その理由は、化学兵器ではないからだ」アインシュタインはそう言い、にやりと笑う。

「少なくとも従来の考え方では」

「ご教授願えるかな、ドクター・ドゥーム（マーヴェルコミック『ファンタスティック・フォー』に出てくるマッドサイエンティスト）」

「私はジメチル水銀の兵器化に成功した」

「何だって？」

「ジメチル水銀は即効性はないが、それでも毒性は極めて高い。この神経毒に曝露されると、水銀が脳に蓄積され狂牛病に非常によく似た症状が出る。水銀化合物が血流に入ると、その作用は不可逆なものとなる」

「どうやって兵器化したんだ？」

アインシュタインは実際に笑みすらたたえてみせた。「実験を重ねた結果、ジメチル水銀をエアロゾル化する方法を見つけた」

実験。

アインシュタインが口にしたこの言葉に、ＣＩＡの準軍事作戦要員(パラミリタリー・オペレーター)たちのボディカメラが捉えた映像が頭のなかで再生される。処刑室の様子が。トルコまでのガルフストリームの機内で、おれはフロドが転送してくれた映像をつぶさに見たが、最後まで観ることができなかった。男たちと女たち、そして子どもたちの死体が床に広がっている光景が今でも眼に浮かぶ。

子どもたち。

「選択の余地はなかった」アインシュタインは話を続ける。「そのときはもうアサドから売り飛ばされてしまっていたから」

「誰にだ？」

「テロリストたちに」

「ちょっと待て。アサドは相手がＩＳの分派だとわかったうえで、おまえの化学兵器を渡したのか？」

「そうだ」

「どうして？」

アインシュタインは肩をすくめる。「確かなことはわからないが、推測はできる。内戦はアサドにとって好都合だ。戦いが長引けば長引くほど、テロリズムとの戦いという大義名分の下に反政権派と抵抗勢力を根こそぎにできる時間も長く取れる。化学兵器を渡せば使うとわかっていたから、ＩＳ分派に渡したかったのだと思う」

「そして国際世論はアサドに味方する。テロリストどもが大量破壊兵器を合衆国かヨーロッパで使ったら、欧米諸国はテロリストどもの殺害というかたちで報復を求めるだろう」

アインシュタインはうなずく。「そのとおりだ。そしてそのテロリストのなかにたまたま反政権派や抵抗勢力がいたとしても、きみの国の人々は気にかけるかね？　しょせんアラブ人が死ぬだけのことだ」

「そこを入れ」おれはそう命じ、闇に包まれた脇道を示す。

おれたちアメリカ人を見下す考え方には共感できないが、それでもアインシュタインの言ったことは妙に納得できる。一時期、情報（インテリジェンス）コミュニティの連中はアサド政権とＩＳの残党たちは持ちつ持たれつになっているという、まさしくたった今アインシュタインが語った理屈を展開していた。

それでも現時点では、アインシュタインが真実をありのままに語っているかどうかはどうでもいい。胸糞が悪くなる真相なら作戦終了後にじっくり訊き出せばいい。今のおれに必要なのは、こいつが約束どおりのものを持ってきているという確証だ。つまりショーがまだ生きているという証拠と居場所、そして化学兵器の化学組成だ。

それ以外は全部おまけにすぎない。

「その兵器の化学組成は持ってきたのか？」おれは訊く。

アインシュタインはうなずく。「詳細は私のスマートフォンに入っている」

「そのファイルをここに送れ」おれはそう言い、ヴァージニアのメールアドレスを教える。

「こっち側の化学者がチェックする。その化学者のお眼鏡にかなった時点で、この点でのおまえの約束は果たされたことになる。捕まってるアメリカ人が生きてる証拠はどうなんだ？」

アインシュタインは眼をそらす。「わからなかった」

「これも取引の条件だったはずだぞ」

「あんたとの取引なんかくそくらえだ。私はずっとジハーディストたちに監視されていた。少し前からそうではないかと思っていたが、あんたがあのふたりを殺したことで、思ったとおりだとわかった。私は科学者であって兵士ではない。あんたの仲間に接触することはできなかったが、彼が私の研究室がある施設で監禁されていて、それがどの部屋なのかもわかっている。しかし私はその部屋に行くことはできない。私の言うことを信じてもらうしかない」

ここだけ聞けば、アインシュタインの言い訳はたしかにもっともらしい。なぜだか、アインシュタインはパトロンからの寵愛を失ってしまったらしい。それでも、こいつはおれにそう信じ込ませようとしているだけで、本当のところはそんなに都合のいい話じゃないような気もする。アインシュタインは残忍な冷血漢で、罪もない市民を殺す新手の手段を考えつくことを生業(なりわい)にしている。おれからの資産(アセット)勧誘は贖罪の機会だったのに、それも捨てた。疑わしいところがあっても推定無罪にしてやることなんかもうできない。

「わかった。じゃあ待つとしよう」

「待つって何を？　今頃はもうジハーディストたちは私が姿を消したことに気づいている。あんた自身がそう言ったじゃないか。なのにどうして待つ？」

「おまえのことを信用してないからだ。おまえがさっき寄こした情報を、こっちの化学者が調べているところだ」おれはスマートフォンを掲げてみせる。「調べ終えたら結果を知らせてくれることになっている。おまえが送った情報を科学者が気に入れば、おれは回収作戦を始動させる。気に入らなければ、おれとおまえは厄介なことになる」

アインシュタインは眼を剝くが、今度は何も言わない。おれたちが沈黙と闇のなかで待っているあいだにも、ショーに残された時間は刻々となくなっていく。

と、おれのスマートフォンが震える。

パスワードを入力すると、ヴァージニアからのたったひと言のメッセージが表示される。

〈アヴァロン〉

ヴァージニアはファイルをチェックし、化学組成は信用に足ると判断した。行動開始だ。

「エンジンをかけろ」おれはそう命じ、アプリのチャット画面をフィッツに切り換え、出動を要請する一語だけの暗号を打ち込む。

「とっととここから出るぞ」

40

「ここで停めろ」おれはそう告げ、車窓越しに目標地点を見つめる。百メートル先にあるのは、化学兵器研究所兼処刑場にしてはびっくりするほどありきたりな建物だ。二階建てで、金網フェンスで四方を囲まれている。建物の正面は日焼けし、塗装は長年にわたって風塵にさらされたせいで剝げ落ちている。外見こそ少々くたびれてはいるが、ありふれた建物だ。

おれが殺人狂の独裁者の保護下にあるテロ組織の分派の一員で、欧米の詮索の眼とシリアのどこにいようが襲ってくるヘルファイア・ミサイルから逃れたいのなら、まさしくこんな見た目の建物を隠れ家にするだろう。この国の大抵の建物と同様に、ここも何の変哲もない外観の内側に秘密が隠されている。もちろん運転手が本当のことを話していたらの話だが。

「次は何だ?」アインシュタインは詰問するような、棘のある口調でそう言う。

アインシュタインは研究所に戻ることを渋っていたし、どう見てもいらいらしている。面が割れているから、運転席で必死に身を屈めて外から見えないようにし、ハンドルを指で叩いて神経質なビートを刻んでいる。

本当のことを話しているからこその素振りだと思うが、その一方でフィッツ大佐と部下たちをむやみに送り込むわけにはいかない。アインシュタインとおれはレインジャー連隊の一員じゃないが、フィッツの狙撃チームが守るべき対象とほぼ見なされている。おれたちふたりはどこにも行かない。

少なくともそういう作戦になっている。

「これからおれとおまえは、おれたち不心信者(カーフィル)が愛情を込めて呼ぶ〝腹を割った話し合い(カム・トゥ・ジーザス・モメント)〟をする」おれはそう言い、研究所からアインシュタインに眼を向ける。「おまえの情報に基づいて、これから殺し屋部隊がこっちにやって来る。おれの勝手な思い込みかもしれないが、殺し屋たちは研究所に降下して、モーセの死の天使が大昔のエジプト人たちにやったことも学校の喧嘩に思えるようなことをやる（出エジプト記7－17章、モーセに逆らったエジプトは災害にあい、長子が神の力で全員死んだ）。でもそのまえに、おれはおまえが本当のことを話しているかどうか確かめなきゃならない」

アインシュタインは口を開くが、おれは黙っていろと手振りで示す。「何か言うまえに、これから自分が話すことに何がかかっているのか理解しておいてほしい。わかったか？」

アインシュタインはうなずく。

「いや、おまえはわかっちゃいない」おれはそう言い、自分のスマートフォンを手に取る。

「でもそのうちわかるだろう」

おれはカメラロールを開き、目当てのものが見つかるまでスクロールする。欲しいのはガルフストリームでのテレビ会議でおれのプランを説明したときに、フロドに頼んでおいた画像だ。その複数の画像は、ふたつの国にいるチームに半ダースの標的を監視させなければ入手できない代物だ。それでもフロドはいつものごとく手に入れる手段を見つけた。こんなに複雑な任務を火急もいいところの要請で承認を得て、ましてや実行させることなんかＤＩＡ長官でもないかぎり不可能なはずだ。

それでもフロドにとってはありきたりな仕事のひとつでしかない。

一連の画像の最初の一枚をおれはタップし、スマートフォンを掲げてアインシュタインに見せる。

「もし嘘をついていたら、おまえは死ぬ。あたりまえだ」おれはそう言い、親指で画像を一枚一枚スクロールしていく。「でも死ぬのはおまえだけじゃない。おまえの母親も、父親も、三人の兄弟も、そしてこの時間もオックスフォードの経済学の講義でノートを取っている妹も。それはそうとかわいい娘じゃないか」

「あんたは家族をだしにして私を脅しているのか？」怒りで顔を歪ませ、アインシュタインは言う。

「脅しちゃいないさ。伝えているだけだ。たとえば、おまえの言葉の信憑性が家族の幸せな暮らしにかなりの影響を及ぼすということを、おれはたった今伝えた。でもこうしておいたほうが公平だとは思わないか？　何だかんだ言っても、もしおまえが嘘をついていたら、これは罠だってことになる。こっちに向かってる連中はたぶん死ぬだろうし、おれも一緒に死ぬ。その一方で、不幸にもおまえと同じDNAを持っている人間も全員死ぬことになる。言わなくてもわかるよな？」

「私にわかっているのは、あんたが残虐な野蛮人だということだ」

おれはアインシュタインのシャツの胸を摑んで引き寄せる。

「野蛮人ってのはな、何の罪もない女性や子どもにこんなことをする野郎のことだ」画像をアインシュタインの妹からCIAのパラミリタリーチームのボディカメラが捉えた映像に切り換える。アインシュタインは顔色を変え、眼をそらそうとするが、おれはそれを許さない。摑むものをシャツから濃い黒髪に替え、顔をスマートフォンへと押し戻す。

「これを見ろ、腐れ外道。女たちと子どもたちを。赤ん坊たちを。おまえがやったんだ。

おまえがな。おれが野蛮人なら、おまえの母親の首を入れた箱と、かわいい妹が輪姦(まわ)される映像を送りつけてやる。おれが野蛮人だったら、必要な情報を聞き出したら速攻でおまえのど頭(たま)に弾丸(たま)をぶちこんでる。でもあいにくおれは野蛮人じゃない。約束を守る人間だ。そしておれが守るべき約束は、おまえをこのクソみたいな状況から生きたまま救い出すこと、そしておまえの家族に手出しさせないことだ。おまえが嘘をついていなければの話だが。本当に〝もしも〟の話だがな。おまえの話にひとつでも嘘が混ざっていたら、聖書顔負けの復讐を覚悟しておけ。さあ、もうしっかり伝わったはずだから、もう一度訊く——おまえは本当のことを話しているか？」

「ああ」アインシュタインは上ずった声で答える。

「ならいい」おれはそう言い、摑んでいた髪を放す。「話せてよかったよ」

41

ワシントンD.C.

ホワイトハウス危機管理室(シチュエーション・ルーム)へと続く色あせた濃紺のカーペットの上を、ピーターは足取りも軽く歩いている。今のところ、彼の情報リークによる偽装工作はうまくいっている。アメリカ人の命が失われた事態を、MSNBCやCNNなどのテレビ局のキャスターたちも嘆き悲しんでいる。同時にその死を論拠として、アメリカにはこれ以上シリアの混乱に関わる余裕などないとも主張している。

結果として、プライス上院議員はふたたび守勢にまわった。相当量の地上軍をシリアに派遣するというプライス候補の公約は徐々に人気を失いつつあり、候補の代理人たちはその点をめぐってテレビコメンテーターたちとやり合っている。火曜日までのあいだに、方向性を見誤った共和党の戦略が論争の的になる時間が長くなれば、そのぶん大統領側の弱みである経済成長の低迷が論じられる時間は短くなる。ピーターはそう考えている。

作戦面では、DIA長官のハートライト中将がマット・ドレイクをシリアから排除し、チャールズが現地の指揮権を握っている。いいニュースはもうひとつある。ショーが捕虜になっているという事実は依然として極秘事項のままだ。この準軍事作戦要員(パラミリタリー・オペレーター)の近親者すらこのことを知らない。

ここまでの話をまとめると、細心の注意を払って練り上げたピーターの策略は功を奏しているということになる。最新の世論調査によれば、大統領の支持率は徐々に安全圏に戻りつつある。ピーターはスマートフォンを自分に割り当てられた保管棚に置き、暗号パッドに自分専用のセキュリティ・コードを入力し、シチュエーション・ルームに入る。そのあいだじゅう、喜びに満ちたピーターは口笛を吹きたくなる衝動をやっとの思いでこらえていた。

残念ながら、ピーターが得たばかりの歓喜は短命に終わる。誰もいないと思っていた長いテーブルには、大統領と四人が坐っている。

予定より三人多い。

今ここで開かれるのは、CIAのショー救出作戦の〝名目上の〟進捗状況についてのミーティングのはずだ。名目上なのは、ベヴァリーが大統領に提出した進捗状況の報告書はチャールズが作成し、ピーターが承認したものだからだ。

次期CIA長官の最新の報告書によれば、かつてアサド暗殺作戦に従事していたシリアの抵抗勢力ネットワークはショーの居場所に近づきつつある。有力な情報をいくつも見つけ出した自称暗殺者たちは、一時間か二時間のうちにショーを救出する。チャールズはそう断言している。

本音を言えば、ピーターにはどうでもいいことだ。CIAのパラミリタリー・オペレーターはもう死んだと彼は見ている。ベヴァリーがお粗末な襲撃作戦の実行を承認した時点で、ショーの運命は決まってしまった。ショーがまだ生きているというのは言い方の問題でしかない。

そう、今重要なのは、アメリカ国民がホルヘ・ゴンザレスを大統領執務室(オーヴァル・オフィス)に呼び戻すまで現状を隠しておくことだ。そのためには、これから四十八時間は波風を立てない必要がある。それはつまりピーターは、これからの二日間はショーの正確な居場所を示す実行可能(アクショナブル)な情報が大統領のデスクに届かないようにしなければならないということだ。

大統領は善人で、たぶん偉人ですらある。ピーターはそう考えている。しかしそれ以上に、ホルヘ・ゴンザレスはオーク材の古びた大統領執務机(レゾリュート・デスク)の向こうに座るべき人物だと、心の底から信じている。それでもピーターは、友人の欠点がわからないようなおめでたい人間ではない。たしかにホルヘ・ゴンザレスはさまざまな面で尊敬に値する。そんな大統領に欠けているのは、何千もの人々を生かすためにたったひとりの人間の死を見過ごすことができる鋼の心だ。

逆にピーターはその心を持ち合わせている。クリステンの死が否応なしにそうさせてしまった。自分自身が経験した心の痛みを、大切な友人に味わわせてはならない。そのためならピーターはやらなければならないことをやる。たとえゴンザレス大統領がやれなくても、自分が身代わりになってやればいい。犠牲という重荷を、ピーターは進んで担おうとしている。が、大統領が何らかのかたちで説得され、時期尚早の作戦を承認してしまったら、すべては水泡に帰してしまう。

そして大統領を取り巻くように坐っている想定外の三人の表情から察するに、彼らはまさしく時期尚早の作戦を心に抱いている。

「申し訳ございません、大統領」ピーターはそう言い、テーブルの中央に置かれたカラフェから自分のカップにコーヒーを注ぐ。「進捗状況の報告まであと十五分あるものとばかり思っていました」

そんなことを言いながら、ピーターは視線を大統領からベヴァリーに移す。氷の女王が陰でちょっかいを出したのならしっぺ返しを喰らわせてやると心に誓いながら。ところがベヴァリーにしては珍しく、ピーターの無言の脅しにおなじみの傲慢な表情を返さない。それどころかテーブルに置いたリーガルパッドに眼を落とし、ブロンドの髪のカーテンで顔を隠している。

なるほどね。

ということは、たぶんベヴァリーは犯人ではない。

「謝るようなことじゃない、ピーター」大統領の声には過去四十八時間分の重圧が明らかに見て取れる。「エッツェル大将とベイリー中将はもちろん知っているな。こちらはミスター・ジェイムズ・グラス、国防情報局（DIA）の作戦本部長だ。ショーの捜索に進展があった。そこでこの三人に、ベヴァリーの正式な進捗状況の報告に先立って説明するよう頼んだ。きみも一緒に聞いてくれるとありがたい。掛けたまえ」

ピーターは三人の男を真っ向から見据えながら、大統領が示す椅子に腰を下ろす。

ジェフ・ベイリー陸軍中将は統合特殊作戦コマンド（JSOC）の司令官で、エッツェル大将とは陸軍士官学校（ウェスト・ポイント）の同期という間柄だ。ふたりの将軍の体格は天と地ほどもちがう。ベイリーは赤毛を短く刈り込み、特殊部隊（コマンドー）の兵士らしく小柄ながらも筋肉質だ。それに対してエッツェルは細身で、バディ・ホリー風の黒縁の老眼鏡と相まって学者然とした雰囲気を醸し出している。

外見こそちがえどふたりは似た者同士だ。ある提議でエッツェルとベイリーの意見が一致するとしたら、それはまちがいなくピーターの気に入らない提議だ。彼はありもしない余裕を見せつつ、スーツの上着の内ポケットから小さなノートを取り出し、何も書き込まれてないページを開き、付属のボールペンのキャップを取る。

「ご配慮ありがとうございます、大統領」完璧に整えた声で次第にふくらんでいく不安を隠す。「みなさん、どうぞ続けてください」

エッツェル大将とベイリー中将は互いに目配せする。DIAの連絡担当者は黒い眼帯(アイパッチ)を着けた山のような大男で、砕石用の大ハンマーでも振るうほうが絶対に似合う馬鹿でかい手でボールペンを握り、ピーターをにらみ返している。

こいつらはぼくの影響力を殺(そ)ぐためのクーデターを起こそうとしていたんだ。ピーターはそんなことを考える。疑う余地はない。三人に信頼を寄せるあまり、大統領は何が起こっているのか察することができずにいる。でもベヴァリーはまちがいなく察している。このミーティングが終わったら、じきにいなくなるCIA長官と話をつけよう。でもまずは、大統領が丸め込まれてしまうまえにこの陰謀を何とかしなければ。

「大統領、これまで申し上げてきたとおり」このミーティングを実際に仕切っているのは誰なのかをピーターにはっきりわからせるかのようにエッツェルは言う。「JSOCのシリア分遣隊指揮官のフィッツパトリック大佐は、ショーの所在地を詳(つまび)らかにするアクショナブルな情報を入手しております。大佐はショーの救出に向かう急襲部隊の出動許可を求めています。承認されてしかるべきと私は考えております」

「ほう」ピーターは大統領が答えるより早くさえぎる。「私には話の流れが少々見えておりません。エッツェル大将、申し訳ありませんがここまでの話をもう一度していただけませんか。ところでそのアクショナブルな情報とやらの出処はどこですか？」

「われわれはアサド側の支配地域に作戦要員（オペレーター）を潜入させている。そのオペレーターは、ショーを拘束しているIS分派に属する資産（アセット）と合流した。過去の報告からその資産（アセット）の誠実さは検証済みで、しかも彼はショーの所在地情報を提供してくれた」

「おかしいですね」ピーターはそう言い、大将の向こうに坐る宿敵に眼を向ける。「ベヴァリー、シリアでこれほどのレヴェルの情報にアクセスできるオペレーターがCIAにいたんですね。私の理解では、いないという話だったからこそシリア人資産（アセット）のネットワークを使おうということになったはずですが。その謎のオペレーターと素晴らしい資産（アセット）のことをわれわれが聞いていなかったのはどうしてでしょうか？」

ベイリー中将がテーブルに乗り出し、ピーターとCIA長官のあいだに身を割り込ませて言う。「そのオペレーターはJSOCの所属です。CIAの人間ではありません。キャッスル長官も、その存在をあなたが来られる直前に知らされたところです」

「なるほど」ピーターはそう言い、最高にわざとらしい困惑顔を浮かべつつベヴァリーからベイリー中将へと眼を移す。「複雑怪奇な話ですね。大統領がシリアでの作戦統制(OPCON)の権限をお与えになったのはCIAのみです。つまりベヴァリーがJSOCのオペレーターのことを知らないのであれば、そのオペレーターのアサド支配地域の戦闘空間への投入を許可できるはずがない、ということになります。正直言って、私はまだ頭が少し混乱しているんですが。そのオペレーターの投入を許可したのはどなたなんですか？」

「大統領、話の途中で申し訳ございませんが」エッツェル大将は大統領へと体を向ける。

「それとこれとは関係のない話です。私は——」

「いえ、関係はあります」ピーターは元陸軍飛行士を論破しにかかる。「なぜなら昨日の時点で、キャッスル長官の指揮下にないオペレーターはシリア全体でたったひとりしかいなかったからです——マット・ドレイクという名のDIAのオペレーターです。その男は現地の戦術作戦センター(TOC)にやって来てCIAの支局長(ステーションチーフ)に自分の所在を告げ、そしてあろうことかステーションチーフが信頼を寄せる抵抗勢力の指揮官に銃を突きつけました。その指揮官と彼の部下たちは、今まさに命を賭してショーの所在地を突き止めようとしているんですよ。救出作戦全体を台無しにしかねないこの蛮行に、DIA長官は——この場にいらっしゃらないことは奇妙だと申し上げておきますが——ドレイクにシリアからの即時退去を命じました。なので申し訳ありませんが、どうか私の不安を払拭してください。

それがわれわれ全員のためでもあります。問題のオペレーターがマット・ドレイクではないと言ってください」

「大統領」ベイリー中将が言う。「ご理解いただきたいのですが――」

「簡単な質問ですよ、中将」ピーターは言う。「ドレイクなんですか、それとも別の誰かですか？」

「私は――」

「ドレイクです」

ピーターは驚いて声の主に顔を向ける。答えたのはベイリー中将でもエッツェル大将でもなく、ＤＩＡの作戦本部長のジェイムズ・グラスだった。

「大統領」グラスは岩盤が崩れ落ちるときの地響きのような声で言う。「問題のオペレーターはまちがいなくマット・ドレイクです。ミスター・レッドマンがおっしゃったことは全部事実です。ドレイクがステーションチーフの資産（アセット）ネットワークのリーダーの身柄を押さえたのは事実です。その行為に対してＤＩＡ長官がシリアからの退去をドレイクに命じたのも事実ですし、その命令にドレイクが背いたのも事実です。退去する代わりにドレイクは、自分の命を危険にさらしてまでアサドの支配地域の深部に潜入し、自分の資産（アセット）と合流する道を選びました。全部本当の話です。私がマット・ドレイクを五年近く前から知っているともまた事実です。ＤＩＡの作戦部に移ってくる以前の彼は、勲章を授与されたレインジャーでした。移籍後の五年間のうちに、彼はＤＩＡの誰よりも多くの資産（アセット）を獲得してきました。私はドレイクのことをよく知っています。ですから大統領、アクショナブルな情報を入手したとドレイクが言っているのであれば、われわれは彼の言うことを信じる必要があります」

「大統領」ピーターは反論しようとするが、大統領の挙げた手がそれを制する。

「きみが何を言おうとしているかはわかっている、ピーター。しかし私はショーの救出が自分に課せられた義務だということもわかっているし、その義務を軽く見てもいない。ベイリー中将、きみの推奨するプランは何だ？」

「大統領、ＪＳＯＣの緊急即応部隊（ＱＲＦ）はいつでも出撃可能です。彼らにゴーサインを出してください。この男を連れ戻しましょう」

「ロシアにはどう対処するんですか？」ピーターは言う。「どうやって探知されずにロシアの戦闘空間で作戦を実行するおつもりなんですか？　少なくとも向こうと協調して作戦にあたる必要があります」

「大統領、補佐官のご意見は悪手だと思います」今度はエッツェル大将が言う。「今回の混乱の国際的影響を検討している時間はありません。ショーに残された時間はあまりないのです。ロシアには作戦実行中に告知すればよろしいかと」

「ロシアの管制空域を通過している最中に向こうの承認を得るということですか？」ピーターは訊く。

「私の推奨プランはまさしくきみの言ったとおりだ。大統領、ロシアがわれわれのヘリコプターを探知すらできない見込みはかなり高いです。JSOCに派遣されているデルタフォースの襲撃チームを標的まで運ぶヘリは、ビン・ラディン襲撃にも使用した次世代型のMH－60ブラックホークです。ステルス性が極めて高い機体です。そもそも何を探せばいいのかわからないのであれば、われわれの存在に気づくことすらないでしょう。それはおいておくとしても、こっちの意図は出撃した時点でロシア側に知らせることを推奨します。タイミングこそが重要なのです。今回の場合、許可を求めるより許しを請うほうがいいと思われます」

「私も同意見であります」ベイリー中将は言う。「シリアはロシア領ではありません。われわれは自国民を取り戻さなければなりません。政治的余波ならあとで収拾することが可能です」

「大統領」ピーターの声は焦燥感を隠せない。「十分だけで結構です、承認なさるまえにこの作戦がはらんでいる問題点を検討してください。よろしければ私が――」

「キャッスル長官」大統領はピーターをさえぎる。「きみの考えを聞かせてくれないか」テーブルの向かい側でリーガルパッドにしきりに何かを書いていたベヴァリーは眼を上げる。一瞬、彼女の青い眼は大統領の顔からピーターのそれにするりと向けられ、また大統領を見据える。それだけでピーターはすべてを見通す。ベヴァリーの眼差しのなかに見えたものが何なのかを理解する。

ピーター自身だ。

ベヴァリーは政治的な動物であり、チャールズが手に入れてくれた電子メールのおかげで、ピーターは彼女の政治家としての未来を掌中に収めた。冷や汗ものの策略ではあったが謀反は失敗に終わり、ベヴァリーはピーターは勝利の美酒を味わうことになる。大統領の後継者になりたいのであれば、ベヴァリーはピーターの側につくだろう。彼女にそれ以外の選択肢はない。そうなるようにチャールズが仕向けてくれた。

「大統領」ベヴァリーは咳払いして言う。「わたしもQRFの投入が必要だと思います。ショーを連れ戻しましょう」

この瞬間、ピーターの勝利は灰燼に帰した。

42

持ち場に立っているシークレットサーヴィスたちの好奇の眼をものともせず、ピーターは地下二階からの階段を駆け足で上っていく。胃は激しく揺れ動き、今にも胆汁が食道までせり上がってきそうだが、急いでいる理由はそれではない。大統領は最悪の道を選んでしまった。政治家としての二十余年のキャリアにとどめを刺すかもしれない選択だが、ピーターにはまだカードが一枚残っている。間に合うように自分のデスクにたどり着くことができればの話だが。

ピーターは廊下を駆け抜け、リンカーンとローズヴェルトの肖像画のまえを通り過ぎていく。ホルヘ・ゴンザレスの二期目を確実にする指針を慎重に見定めていた時期に昼夜を問わずここを通っていたピーターは、肖像画の男たちに希望の光を見いだしたことが何度もあった。

四年近く前の大統領就任式当日でさえ、ピーターはひっそりと祝った程度だった。大統領が大きな功績を上げたいのなら二期目まで待て――有能な政治家なら誰でも知っていることだ。最初から飛ばしすぎると、有権者が中間選挙で怒りをあらわにして、議会の多数派から転げ落ちることになる。自分が構想した、国内政策に焦点を当てた包括的な法案を通過させるためには、ピーターは議会の過半数を絶対に確保しなければならない。

ここでもピーターは何ひとつ運まかせにしなかった。政権が代わっても生き長らえる法律を成立させたいのであれば、与党だけでなく野党の関与も必要だ。党の方針に沿って可決された法律は、議会の多数派が変われば党の方針に沿って廃止されることが多い。

その点を念頭に置き、ピーターは四年を費やして上下両院の共和党議員、とくに大統領選でホルヘが勝ち取った州や地区の代表との関係をひっそりと築いてきた。こうした議員たちは、ワシントンではおなじみの政治の泥沼をものともしない超党派として見られなければ生きていけない。立場の弱い彼らに、ピーターは喜んで手を貸した。

その対価を求めて。

サンドフォード・カイム上院議員はその典型だ。この二期目の共和党議員は、ホルヘが得票率で五パーセント上回って獲得したペンシルヴェニア州の選出だ。選挙を来年に控えているカイム議員は、勝利をもたらしてくれる法案を必死になって求めていた。とくに、議会の通路の向こう側と手を握るだけの大義のある法案を。

カイム議員はピーターが立てた退役軍人援護局の改革案に食いついた。ゴンザレス大統領の再選からちょうど一週間後、カイム議員は退役軍人に対する医療態勢の惨状にうんざりしていると語り、VAの業務の大半を民営化する法案の提出を表明することになっている。再選されたばかりの大統領はピーターにまんまと乗せられて法案に賛成し、上下両院にも受け入れるよう求めるだろう。それだけでサンドフォード・カイム上院議員は自身の三選をもたらしてくれる法律を勝ち取り、ピーターは自分の大望である大学無償化法案の共和党側の共同提案者を得ることになる。

が、ピーターの四年にわたる粉骨砕身と堅忍持久の賜物のその戦略は、周到に計画された待ち伏せ攻撃に加えて、予期せぬ裏切りで覆されてしまった。

ベヴァリー、おまえもか？

大統領の決断が最終的なものだとわかるなり、ピーターは慌ててシチュエーション・ルームを出た。都合がいいことに、ミーティングでの首席補佐官の唐突な中座はよくあることだった。

ピーターはワシントンで一番仕事熱心な新人ですら及ばないペースで仕事をこなす。そして自分より十歳も若いスタッフの多くを壊してしまう過酷なスケジュールを維持している。それでも図抜けた仕事能力はそれなりの犠牲を強いる。ピーターにとっての犠牲とは、シアトルでも名うてのコーヒー好きという粋人さえ尻尾を巻くほどのコーヒーを飲むことだ。

そんなわけで、落ち着きをなくした膀胱を安心させてやる旅にしょっちゅう出ている。シチュエーション・ルームでピーターは席から立ち、すぐ戻りますと大統領に告げた。しかし彼が走って向かったのはトイレではなく自分のオフィスだった。目指すは、最後に逆転勝利を収める道具になってくれるかもしれないもの――電話だ。

しかしそれはただの電話ではない。

横滑りしながら最終コーナーをクリアしてオフィスに飛び込むと、ピーターはドアを勢いよく閉じた。その衝撃で壁に危なっかしい状態で掛けてあるハーヴァードの卒業証書ががたがた揺れる。この狭苦しいオフィスでピーター個人を感じさせるものはこの卒業証書と一枚の写真だけだ。愛する国に必ずや変化をもたらす――それ以外のことに気を取られることなど許されない。そう自分に強いるほど、ピーターは自分の仕事を重く見ている。

ハーヴァードの卒業証書は、どこの誰とも知れない自分が勤勉と不屈の努力と苦難をそれぞれ等しく費やした末に、名門大学の飛び級卒業という偉業を成し遂げたことを思い出すために飾ってある。一方の写真は、ピーターが甘受してきた犠牲の数々と自分の苦難の根源を体現している。

ハイスクール最終学年時のクリステンがピーターに笑みを返してくる。妹は少女の域を超える美しさを備えているが、まだ女性にはなり切っていない。ブロンドの髪は穏やかな波を描いて肩に落ち、自分の未来についてあれこれ考えているのか、青い眼は輝きを放っている。

その未来はあまりに短く断ち切られた。

二十年経った今でも、クリステンの写真はピーターの心を真っ二つに切り裂く。それでも今日、屈託のない笑みを浮かべる妹は兄を勇気づけている。これからやろうとしていることをやってしまったら、ピーターはもうあと戻りできない。それでもそれをやることで自分の犠牲が無駄にならずに済むことはわかっている。二十年前、ピーターは星条旗を掛けられた妹の棺のまえに立ち、あることを誓った。

今日、兄はその誓いを守る。その先にどんな結果が待ち構えていようとも。

ピーターは両膝をつき、デスクの下に手を伸ばしてメッセンジャーバッグを摑む。そして内ポケットをあれこれ漁った挙げ句に、ようやくチャールズに渡されたセキュアな衛星スマートフォンを見つける。災厄の時が刻々と迫っている。これからやろうとしていることが招き得る事態を熟考する時間は残されていない。ピーターは革張りの快適な椅子に坐ろうともしない。何事かを祈るかのように床に跪き、電話をかける。

呼び出し音が外耳道に満ちる。ピーターはデスクの上に鎮座する写真に眼をやり、たったひとつのことだけを考える。

クリステンたちの悲劇を繰り返させるな。

43

「もしもし？」

ピーターはずっと止めていた息を慌てて吐き出す。呼び出し音が五、六回繰り返されたのちに相手は電話に出た。それまでに、いくつものシナリオがピーターの脳裏をよぎった。シナリオは浮かんでくるにつれて悪いものになっていった。電話に出てくれるだろうか。その苦悶に満ちた十秒間、ピーターは不安にとらわれていた。果たして回線の向こう側にいる人物は、知らない番号からの予期せぬ連絡に応えてくれるだろうか。

そうこうしているうちに呼び出し音は止んだ。

「もしもし」声の主は少し訛りのある英語で同じ言葉を繰り返す。

「ぼくだ」ピーターは焦ってそう言う。

「ピーター？　これは驚いた。どうしてこの番号に電話を？」

「すまない」ピーターはそう言う。過ぎ去っていく一秒一秒が、繊細な音色を奏でる教会の鐘の音のように彼の頭のなかで鳴り響く。「説明している時間はない。助けてほしい」

一瞬の沈黙ののちに声の主は言う。「わかった。何をすればいい？」

「ぼくたちは過ちを犯そうとしている。ひどい過ちを」

「ぼくたち？」

「ぼくの国がだ。その過ちを防いでくれたら、きみはぼくに無制限の貸しを作ることになる。再選された大統領の首席補佐官への無制限の貸しをだ。わかってくれたか？」

また一瞬の沈黙が下りたのちに、こう返ってくる。「わかった。どうやって助ければいい？」

「ぼくたちを止めてくれ」

44

シリア、ロシア管制空域

ディミトリ・アンドロヴィノッチ中尉はSu-27の操縦席で無線機を見つめ、さきほどの通信を考える。彼はさまざまな計器盤に戦闘機乗りの正確な眼を短く向ける。機首方位角と高度、そして航法指示計器とリューリカ＝サトゥールンAL-31ターボファンエンジンの排気ガス温度を確認する。この二基のジェットエンジンは最大離陸重量三十三トンの機体を最高に敏捷なダンサーに変える。

すべてが設定どおり。地上管制からの一連の最新の指示以外のすべてが。

「こちらバジャー・スリー・フォー、最後の送信をもう一度言ってくれ」ディミトリは操縦桿の無線送信ボタンを押して言う。

一瞬彼は、自分は夢を見ていたんじゃないかと思った。しかし計器を再度チェックするとその考えは消えた。すべてが正常域にあり、それはつまり先ほどの交信が夜更かしのしすぎとウォッカの過剰摂取によるものではないということだ。ディミトリの夢のなかでは愛機に次々とトラブルが発生し、あとひとつどこかが故障すれば死んでしまう状況に必ず陥る。さまざまなデジタル表示がすべてグリーンなら、実際に目が覚めているということになる。

「バジャー・スリー・フォーへ、こちらベース・アウトリガー。作戦は変更された。二機の未識別回転翼機を迎撃せよ。現在方位075、距離三百二十一キロの地点を飛行中。ロシア管制空域への侵入を許してはならない。交信終わり」

こんな無線交信じゃなかったはずだ。ディミトリはそう思ったが、だからといって二回目に聞いた内容が変わるわけではない。

四カ月前にシリアに来て以来、ディミトリは何時間かも忘れてしまうぐらい長いあいだ、存在もしない敵に対する空中戦闘哨戒(CAP)に就いている。ISも反政府勢力も航空戦力は保有していない。なので何ごとも起こらないまま数週間が過ぎたのちに、ディミトリは編隊僚機(ウィングマン)を伴わずに単独で任務にあたるようになった。一機でも多いぐらいなのに、二機分のジェット燃料を無駄にすることはない。

しかし今夜の任務では何かが変わった。

北の国境線に接近してくるトルコの航空機をチェックするよう地上管制から指示されることならたまにあるが、今夜ディミトリが与えられた方角はその反対側、つまりアメリカの管制空域との境界線だ。

「ベース・アウトリガー、こちらバジャー・スリー・フォー。攻撃許可を確認したい。どうぞ」

「バジャー・スリー・フォー、こちらベース・アウトリガー。攻撃を許可する。繰り返す、攻撃を許可する。二機の回転翼機によるわれわれの管制空域への侵入を阻止せよ。後退を拒んだら撃墜せよ」

「ベース・アウトリガー、了解した」ディミトリはそう答え、地上管制から指示された方位にジュークMEマルチモードレーダーを向ける。レーダー波を照射すると、照準スクリーンに二機のヘリコプターを示す輝点（ブリップ）が現れ、点滅を繰り返している。

ディミトリは怪訝な表情を浮かべ、照射する範囲を狭めてレーダーの出力を上げ、アメリカ軍機であるはずのヘリコプターの解像度を上げようと試みる。このヘリには何らかのステルス技術が用いられていて、レーダー反射波を抑えているにちがいない。ディミトリはそんな推測をめぐらせる。

それでも、ディミトリの愛機の照準レーダーの受信情報を処理するアルゴリズムはシリア派遣の直前にアップグレード済みで、その成果は実を結びつつあるように思える。標的を完全に捕捉しているわけではないが、そこまで求める必要はない。ディミトリが照準レーダーを使うのは電子光学照準システムを向けるときだけで、あとはヘリ独特の赤外線サインを見つければいい。

いずれにせよ、接近中のヘリはまだアメリカ側の管制空域を飛行しているが、じきに逸脱してしまうだろう。標的がロシアとアメリカの管制空域を分かつ眼に見えない線を越えた瞬間にやらなければならないことを、ディミトリはしっかりとわかっている。

ディミトリは愛機を急角度にバンクさせて向きを変え、スロットルレヴァーを目一杯前に押す。心臓がひとつ脈動するあいだにアフターバーナーが火を噴き、エンジン音は心地よい唸り声から全力の鬨（とき）の声に変わり、Su-27は単なる戦闘機から弾道ミサイルと化す。地上管制からの指示はわからないことだらけだが、それでもディミトリにはひとつだけ確信できたことがある——退屈な夜はたった今終わった。

ジョエル・グレンデニング三等上級准尉は左手でコレクティヴ操縦桿（スティック）を数センチ押し込み、右手でサイクリック・スティックを前に倒す。MH-60ブラックホークは彼の意図どおりに反応する。ターボシャフトエンジンの温度計はレッドゾーンを越えてもなおじりじりと上がりつづけていくが、それでも複合ローターブレードはさらに多くの大気を切り裂いていく。

MH‐60のすべてデジタル表示の計器盤は、ジョエルが経験を積んできたヘリのシンプルなアナログ表示のそれとは大ちがいだ。しかしその驚異の最新テクノロジーをもってしても物理法則には歯が立たない。砂漠の薄い空気では、四百度を超えるエンジンをしっかりと冷却することができない。下方にあるエンジンディスプレイは、現在の対気速度を維持可能な時間は九分三十三秒だと告げている。それ以上長く飛ばせばエンジンに修復不可能な損傷を与えてしまう。

しかし問題はない。もうひとつの多目的ディスプレイに表示されているムーヴィングマップによれば、現在の猛スピードを維持しなければならない時間は七分と二十三秒だ。そのあとはフェラーリの0‐100km／h加速タイムと同じ時間内に時速二百七十七キロから完全なホヴァリング状態に入ればいい。

本当のお愉しみはそこからだ。

「どんな具合だ、准尉？」

そう問いかけてきた声は雑音交じりのヘリの通話装置(インターコム)越しでは少し歪んで聞こえるが、それでもその独特の口調を、ジョエルはどんな条件下でも聞き分けることができる。

天下の陸軍第一六〇特殊作戦航空連隊(ナイトストーカーズ)の一員であるジョエルは特殊部隊への航空支援を数え切れないほど遂行してきた。ひげ面の影の兵士たちのなかでも、やはりフィッツパトリック大佐は別格だ。フィッツ大佐は戦士の精神を体現する、大胆不敵なデルタフォース（ザ・ユニット）を絵に描いたようなコマンドーだ。いつの間にかジョエルは自分のフライトスケジュールをわざわざ変更し、大佐の任務に帯同するようになっていた。大胆かつ緻密に実行されるフィッツ大佐の作戦に、ジョエルは自分がナイトストーカーズの厳しい選抜試験に志願したそもそもの理由を思い出す——誰にとっても危険すぎると見なされる任務にあたるフィッツ大佐のような男たちをヘリで運ぶためだ。

　今夜の作戦もそんな任務のひとつになりつつある。

「今のところ順調です、大佐」ムーヴィングマップに眼をやりつつジョエルはそう答える。

「あと六分で降下地点に到達します。それからかっきり一分二十秒後に大佐は目標の建物の屋根に立っています」

「さすがだな」フィッツ大佐はそう言い、操縦席と副操縦席のあいだの少し後ろにある補助席（ジャンプシート）から手を伸ばし、ジョエルのフライトヘルメットをはたく。「どうしておれがきみらのような連中と一緒に飛びたがるかわかるか？　きみらがいれば時計なんか必要ないからだよ」

「三十秒は前後することがあるかもしれません。ナイトストーカーズは諦めません（ナイトストーカーズのモットー）」

ところがその瞬間、赤い警告表示が灯り、同時にジョエルのヘッドセットから小鳥のさえずりのような音が聞こえてくる。さまざまな感情がジョエルの心のなかを駆けめぐる——恐怖、疑念、そしてなかんずく怒り。しかしジョエルが最も強く感じるのは失望だ。ナイトストーカーズに入ってからの十余年で初めておぼえる、到達時刻に間に合わないかもしれないという失望だ。

ナイトストーカーズのブラックホーク二機の二万五千フィート上空、約百六十キロ離れた地点を飛行中のディミトリ・アンドロヴィノッチ中尉は、ヘッドアップ・ディスプレイ(HUD)に表示されるアイコンを見て満足感を抑えられずにいる。彼はこれまで一度も実際に敵機を捕捉したことがない。シリアに派遣されてから一週間も経たないうちに、ここの空で初体験を迎える機会はほぼゼロだと思い知らされていた。

しかし今夜の彼は愛機の戦闘機の本性をさらけ出して猛禽類のように空を駆け抜け、ロシアの管制下にあるシリアの空にこっそり接近を試みながら無器用に姿をさらしてしまった二機のヘリにR‐27中距離空対空ミサイルの照準を向けている。

おれの空だぞ。

戦術用コンピューターによれば、二機のヘリはロシアとアメリカの管制空域の境界を示す不可視の線を三十秒以内に越える。指示書どおりに解釈すれば、現在のディミトリはアメリカ軍機と交戦することが充分許されていることになる。なぜなら、重量三十九キロの弾頭がヘリを空から叩き落とす頃には、二機ともロシアの管制空域にしっかり侵入しているはずだからだ。

しかしディミトリはまだ若いが馬鹿ではない。シリアの聖戦主義者(ジハーディスト)たちや反政府勢力に対する掃討作戦とアメリカ軍との武力衝突はまったくの別物だ。ディミトリは砂漠の地表すれすれを飛ぶ二機のヘリを煙の立ちのぼる金属とねじ曲がった死体の山に変えてしまう前に、ベース・アウトリガーからの指示のあるなしにかかわらず、自分の行動をしっかりと記録しておきたかった。彼はグローヴをはめた手をスロットルレヴァーから外し、GUARDと呼ばれる国際緊急周波数を極超短波(UHF)無線機に入力し、送信する。

「アメリカ軍ヘリコプターへ、貴機らは進入禁止空域に立ち入りつつある。方向転換せよ、さもなくば攻撃する。繰り返す、方向転換しなければ攻撃する」

ジョエルは自己防護装備のスクリーン上に表示される、自機を示す青いアイコン上に躍る赤い三角形――ミサイルにロックオンされたという意味だ――を確認し、すぐさま無線機に眼を向ける。自分が見たものと聞いたことの意味を把握しようとする。

「一体どうしたんだ?」ミサイルにロックオンされていることを示す警告灯が灯り、警告音がチーチーとさえずるなか、フィッツ大佐が怒鳴り声で訊いてくる。

「落ち着いてください、大佐」肛門括約筋がきゅっと締まる感覚をおぼえながらも、ジョエルは熟練の飛行士らしい歯切れのいい声でそう応じる。そして無線をUHFに切り換え、両脚のあいだにあるサイクリック・スティックのグリップにある送信ボタンを押す。

「送信者へ」ジョエルは平静を保ちつつそう呼びかけるが、実際には胃がねじれるほどの不安に襲われている。「こちらは合衆国陸軍のヘリコプターだ。本機はセクター・チャーリーの通過を承認された任務を遂行中である。繰り返す、こちらは合衆国陸軍のヘリコプターだ。本機はセクター・チャーリーの通過を承認された任務を遂行中である。警戒態勢を解除せよ。応答せよ」


警戒態勢を解除せよ? アメリカ人どもの傲慢ぶりには驚かされる。この居丈高な飛行士は、ロシアの管制空域を意図的に侵犯しようとしていることを、誰でも傍受できる周波数を使って認めた。さまざまな国がこの送信を聞いているだろう。せっかくこっちが親切この上ない対応をしてやったのに、アメリカ人どもはおれの顔に唾を吐きかけた。憤るディミトリは照準レーダーの情報を確認し、腹を決める。マッハ一少々の速度で迎撃路をかっ飛んできた現在、アメリカ軍のヘリまでの距離はかなり狭まっている。解釈の紛れが生じないやり方でこっちの意図を示す頃合いかもしれない。

ディミトリはマスターアームスウィッチをオンにし、Su‐27の機首をじわじわと下げ、スティックのトリガーガードを跳ね上げ、トリガーを引く。

曳光弾（トレーサー）の赤い筋が稲妻のように夜空を切り裂く。ジョエルは反応し、実際に行使するとは思っていなかった戦闘訓練の成果を否応なしに見せる——航空攻撃からの回避行動を。

「攻撃を受けている！」ジョエルは僚機に向かって無線連絡する。そのあいだもコレクティヴ・スティックを目一杯押し込み、サイクリック・スティックを左に倒してヘリを限界までバンクさせ、攻撃してくる航空機の降下角の内側に何とかして機体を持ち込もうとする。空対空戦闘におけるヘリコプターの唯一の利点は素早く小さく旋回できるところだ。

ジョエルは相手の進路の内側に入り、向こうが通り過ぎて（オーヴァーシュート）しまうことを期待する。期待するというよりも祈るようなものだが、ジョエルにはそれしか手がない。

「一体どうしたというんだ？」驚きと怒りの色に等しく染まった声でフィッツ大佐は言う。

「ロシアの戦闘機がわれわれに向かって発砲してきました」ジョエルはそう言い、コレクティヴ・スティックを引いてMH‐60の急降下を止める。これ以上降下すると降着装置が砂に当たってしまう。

「タービン・シックス・スリー、こちらシックス・フォー。撃ってきたのはロシアなのか？」

「そうだ、シックス・フォー」僚機の飛行士とそっくり同じ唖然とした声でジョエルは答える。「被弾したのか？」

「こっちは大丈夫だ、シックス・スリー。でも機関砲弾がそっちの鼻先をかすめたぞ」

「アメリカ軍ヘリに告ぐ」ジョエルが応答するより早く、GUARDを通してロシア人の声が響き渡る。「威嚇射撃はここまでだ。方向転換せよ、さもなくば攻撃する。応答せよ」

ジョエルは送信ボタンに親指をかけたまま少し間を置く。彼は激怒しているが、それでも自分たちがとんでもない幸運に恵まれていることはわかっている。あのロシア野郎はミサイルをぶち込んでくることもできたはずだ。もしそうなっていれば、シックス・スリーもシックス・フォーも相手の姿を見ることなく空から叩き落とされていただろう。しかし向こうは機関砲で威嚇射撃をしてきた。ジョエルは、たった今起こったことから生じる地政学的影響を理解しているとは言えないが、ロシア機のパイロットが逃げ道を与えてくれたことくらいはわかっている。

それは受け取るつもりだ。

「ロシア機に告ぐ。了解した。これよりアメリカ側の管制空域に戻る」

ひとつひとつの言葉は苦い味がするが、やむを得まい。荒涼としたシリアの砂漠に散らばって燃えさかる残骸というかたちで軍歴に終止符を打つぐらいなら、ちょっとした屈辱に耐えるほうがましだ。

「これは一体どういうことだ、准尉？」

「申し訳ありません、大佐」フィッツ大佐とまったく同じ怒りの色を帯びた声でジョエルは答える。「ロックオンされました。ジェット戦闘機がハゲワシのように巡回している状態では、アサド側の支配地域への侵入は絶対に不可能です」

「侵入を中止するのか？」

「それしかないんですよ。わかってるでしょ、大佐。おれは地獄に飛び込んで、そしてあなたがたのために戻ってきました。同じことは何度でもやりますよ、おれは。でも今夜は別です。また向こうの空域に入ったら、今度こそ撃ち落とされます。すみませんが大佐、あのＤＩＡの作戦要員（オペレーター）にはひとりでどうにかしてもらうしかありません」

45

おれはスマートフォンを膝に置き、フィッツの言葉を咀嚼しようとする。まだ頭がこんがらがっている。

〈作戦中止〉

ショーの救出作戦が中止になったことはわかりすぎるぐらいわかった。しかしそれ以外についてはまだすっきりしていない。何かが起こってロシア側が自分たちの管制空域を封鎖させ、フィッツたちのヘリに威嚇射撃をさせた。最初のシリア派遣で、おれは欧米社会では当たり前だとされていることがここではそうじゃないことを思い知らされた。そのシリアの当たり前をもってしても、ついさっき起こったことは常軌を逸している。ロシアの戦闘機が二機の米軍ヘリに威嚇射撃だと？

危険な領域に足を踏み入れる行為だ。

「何がどうなっている？」アインシュタインが訊いてくる。こいつの元仕事場でありショーの現在の監獄でもある建物が見えるところにいるうちに、こいつの声の刺々しさは分刻みに増している。

おれはショーに会ったことはない。たとえすべてが作戦どおりに進んだとしても、これからも会うことはない。またぞろ敵に先手を打たれてしまった。もはやおれの計画の堅実さなど、シリアの気まぐれな風に舞う砂煙並みだ。

「研究所から眼を離すな」おれはそう言う。

もっと身の安全を図ったほうがいいんじゃないかと気を揉ませるよりも、今はアインシュタインを何かに集中させておいたほうがいい。おれたちの頭上のどこかで、RQ‐170センチネルがまばたきひとつせず飛んでいる。このステルス無人航空機(UAV)はおれの通話を中継し、この任務のすべてを後世に残すべく記録している。しかも疲れを知らず、闇を見通す眼を持ち、敵のレーダー波ももののともしないという、航空宇宙工学の粋を象徴する半自律型UAVだ。

要するに一億ドル級の驚異の科学技術を駆使した完全無欠のUAVだが、それでも体が不自由なフロドがここにいてくれたら、即座にセンチネルに代わっておれの背中を守ってもらう。

そうだ、フロドだ。

「ちょっと電話してくる」おれはピックアップトラックから降り、話を聞かれない場所を探す。記憶を頼りにフロドの番号を押しながら片足跳びでトヨタの後部にまわり、スマートフォンを耳に押し当てる。死刑執行直前の囚人に最後に与えられるのが食事なら、絶望的な任務についているスパイが心から望むのは究極の奇跡だ。

本当にやばいことになっているのはショーのほうだ。おれは〈ジェイソン・ボーン〉シリーズの安物コピー版さながらの単独の救出作戦を遂行中だが、作戦中止が宣告されそうな怪我を四回も負った時点でとっくにアウトだ。足首は折るわ脚は弾丸(たま)にえぐられるわ手首はひどい捻挫になるわで、おまけにシンシナティ・ベンガルズのオフェンス・ラインよりもひどい脳震盪を起こしている状態の今のおれには、聞きわけのない幼稚園児たちからショーを救い出すのもひと苦労だろう。ピックアップトラックをUターンさせてアメリカの縄張りに向かって走らせる。賢明な方法はこれしかない。望外の運に恵まれたら、アインシュタインとおれは夜が明けるまえに友軍の前線に戻れるかもしれない。

そう考えはしたが、切って捨てる。前回この国から去ったとき、おれの親友は医療行為ゆえに昏睡状態にあり、おれの資産(アセット)とその家族は殺された。それからの三ヵ月のおれはてんでだめだった。ライラを締め出し、フロドを捨て、距離を取れば治ると勝手に思い込んでオースティンに逃げた。

しかし思い込みはやはり思い込みでしかなかった。オースティンでずっと一緒にいたのは赤ん坊の幽霊だったし、しっかりした内容の会話を交わしたのは、靴磨きのジェレマイアだけだった。友人でも家族でもない。三ヵ月にわたる自己隔離で、おれの症状は治るどころかむしろ悪化していった。腕の震えはより頻繁に出るようになり、より激しくなった。アビールも日に日に幽霊じゃなく生身の女児に見えるようになっていった。

あの子とアラビア語の練習をするようになってからどれぐらい経つ？

あの子と一緒にいようと決めてからどれぐらい経つ？

サッカー場の先にあるあまりぱっとしない建物を見つめ、フロドにかけた電話の呼び出し音を延々と聞きながら、おれは指を操ってイーグルスの『テキーラ・サンライズ』のコードを押さえる。ブリッジの愁(うれ)いを帯びたEマイナーは今の状況と奇妙に合う。EマイナーとCを繰り返して闇と光の戦いを完璧に表現するこの間奏にも、ドン・ヘンリーとグレン・フライの曲作りの妙が垣間見える。ブリッジは最後のバースでメランコリックなAマイナーから明るいDに変調し、絶望に満ちた夜が明けて希望に満ちた陽が昇る様子を音で再現している。テキーラの夜明け(サンライズ)というものが本当に起こり得るかどうかはわからないが、自分の旅をここで終わらせなければならないことくらいはわかっている——まさしく旅が始まったこの地で。

かの有名な「バンド・オブ・ブラザーズ」（陸軍第一〇一空挺師団第五〇六歩兵連隊第二大隊E中隊）の生き残りのインタヴューを観たことがある。ヨーロッパ大陸を股にかけたナチスとの戦いで正気を保つことができた理由をしつこく訊かれると、その白髪頭の退役軍人は当時の精神状態を驚くほど率直な言葉で要約した。「自分はもう死んだんだと思い込めば、とにかくすべてのことが簡単になった」逃げることは理にかなった選択肢かもしれないが、おれはその道を選ぶことはできない。大先輩の謙虚な言葉を言い換えるなら、おれは思い込みじゃなく実際に死んでいる。そして死んだ人間は逃げない。

「マット？　おまえなのか？」

「おれだよ、ブラザー」フロドの声で耳が満たされ、おれは安堵の波に洗われる。「ちょいとばかし困ったことになってる」

「気を落とすな、相棒。おまえのことはしっかり見てるぞ。UAVはまた三十分間の偵察時間に入った。今も別の機を出してくれるように頼んでるところだ。東に向かえ。道路封鎖を回避するコースを案内する。帰らせてやる」

「緊急即応部隊（QRF）が来る見込みはないのか？」

「残念ながらそれはない。政府のお偉方どもは手のひらを返しやがった。今のところロシアの管制空域を飛んでるのはセンチネルだけで、それ以外に侵入させるプランはない。襲撃チームは行かないんだ」

「ショーはジハーディストどもの手に渡したままでいいって大統領は言ってるのか？」

「大統領はそんな考えじゃないよ。ジェイムズはシチュエーション・ルームに詰めているが、隙を見て抜け出しては状況報告書(SITREP)を渡してくれている。そもそもフィッツ大佐の出動についても意見は割れていた。JSOCの司令官とジェイムズはもちろん諸手を挙げて賛成だった。でもふにゃちん野郎の首席補佐官が反対した。で、キャッスル長官が決定票を投じた」

「あのCIA長官が？」

「ああ、どう考えても彼女のほうが首席補佐官よりタマがあるぞ。まあどのみち作戦は失敗に終わっちまったから、長官は大恥をかいて首席補佐官が会議を仕切ってる」

「それでショーはどうなるんだ？」

「チャールズの話じゃ、あいつのシリア人資産(アセット)ネットワークがショーの居場所を特定して、救出を敢行する直前にあるらしい」

おれはスマートフォンを反対の耳に当て、静かな夜を見渡す。研究所の正面の金網フェンスに水銀灯が落とす青白い影以外に動くものは見当たらない。ひとつもない。

「CIAの資産(アセット)たちがここにいるとしたら、連中はかくれんぼがかなり上手なんだな」おれはそう言う。「アインシュタイン以外にはひとっ子ひとりいない」

「だろうな、ブラザー。でもジェイムズが言うには、ロシアとのあわや武力衝突っていう事態に、大統領は怖気づいちまったらしい。だから騎兵隊は来ない。それでもショーを見捨てたくないなら、少なくとも引っこんでどこかに隠れてろ。CIAのシリア人資産(アセット)たちが来たら合流すればいい」

「あほ抜かせフロド、駄法螺(だぼら)もたいがいにしろ。センチネルが五万フィートの上空を旋回しているんだろ。おまえは特等席から高みの見物をしてるはずだ。おまえの空の眼は、こっちに向かってくるテクニカルトラックの車列を見つけたのか？」

一瞬おれは、自分の戦友が嘘をつこうとするんじゃないかと思った。われながら馬鹿なことを考えたもんだ。戦友とは真実を話す勇気を持ち合わせている人間のことだ。たとえその真実が最悪なものであっても。

「見つけてないんだ、マット」フロドはため息をひとつつき、そう答える。「おまえからの電話だとわかったとき、おれはすぐに代わりのセンチネルを向かわせた。動くものは何も見えない」

「チャールズの資産(アセット)たちがこっちに来ていないからだ。お互いわかってることだ」

フロドの名誉のために言っておくが、あいつは言い返さなかった。返してきたのは訊いて当然の質問だ。おれには返せない質問を。少なくともあいつが気に入りそうな答えは返せない質問を。

「これからどうする？」

おれは眼のまえの建物に眼をやり、何らかの神のお告げが来ることを祈る。そのお告げがどんなかたちで下されるかはわからないが、今は選り好みしている場合じゃない。おれは赤ん坊の幽霊から燃える柴まで何でもかんでも受け入れるが、それでも何ひとつ手に入れることはできなかった。ピックアップトラックのくたびれたサスペンションが軋む。ハンドルにもたれかかるアインシュタインが体勢を変えたからだ。それ以外は何も変わらない。

何ひとつ変わらない。

たぶん全能の神は話をしたい気分じゃないんだろう。ほかのことで忙しいのかもしれない。いずれにせよ、おれは自分だけでやることにする。

「手はあるぞ」おれは作戦がまとまったかのような口ぶりでそう言う。「アインシュタインをだしにして研究所に入る。そしてショーを見つける」

「こっちこそそんな駄法螺は聞きたくない。おまえもおれももうこの世界は長いんだ。どうにもならないことはお互いわかってるはずだろ。つまりこういうことなんだろ——おまえはショーと一緒じゃなきゃ帰れない気分になってる。で、一緒には帰れないってことを確かめに行く。自殺行為だぞ」

「それはちがうよ、ブラザー」おれはそう言う。何カ月かぶりで頭がすっきりしている。「おまえにはわからないだろうが、それはちがう。おれだって怖くて頭がどうかなりそうなんだ。ショーは連れ戻したいし、それ以外のことはどうでもいい。それでも自殺行為じゃない。自殺したいんだったらひとりでやるよ。でもおれはひとりじゃない。おれにはおまえがいる」

「おれは何もできない障害者だ。そんなおれが、ここからどうやっておまえを助けることができる？」

そこでおれは計画を五つの短い言葉でフロドに伝える。計画と呼ぶにはお粗末かつ無鉄砲なもので、よしんばうまくいってもフロドもおれもそれぞれの所属組織から好ましからざる人物（ペルソナ・ノン・グラータ）と見なされるだろう。うまくいかなかったらおれは死んで、フロドは余生の大半を刑務所で過ごすことになる。

言ったとおりお粗末な計画ではあるが、おれはそれにすがるしかない。

説明し終えたおれの頭に、ある考えが浮かぶ。つかの間の思いだったが、それでも自分

しよう。でも恥ずかしくなる考えだ――あれこれ頼み過ぎたんじゃないか。親友に断られたらどう

でもフロドはそんな男じゃない。

「わかったよ、ブラザー」フロドは一瞬のためらいもなくそう言う。「やるよ。でも根回しの時間が必要だな。ジハーディストどものサイトが騒がしくなってる。こっちの読みでは、連中は三十分以内にショーの処刑を執行する。そんなに短時間で、おれは行かなきゃならないところまで行けそうにない。そっちで時間を稼いでくれ」

「やってみるよ」おれはそう答え、影に包まれる研究所を見つめる。「でもそんなに長くは稼げない。急いでくれ」

「もう急いでるよ」フロドはそう言い、電話を切る。

フロドとの付き合いのなかで初めて、おれはあいつがそばにいなくてよかったと思う。たとえあいつがあの待ち伏せ攻撃以前のベストな状態であっても、ふたりだけでショーの救出にあたったら骨折り損に終わるだろう。でも今、九千五百キロも離れたところにいるあいつは、ぶっ壊れた体で最後にもう一度だけおれの命を救ってくれるかもしれない。ただし、そのまえにおれのほうが自分の仕事をしなきゃならない。

スマートフォンをポケットに戻して車内に戻る。

アインシュタインはおれの当初の計画を気に入っていなかった。そんなあいつもおれたちに残された最後の手を聞いたら、ヘルファイア・ミサイルで殺されたほうがましだと思うかもしれない。

46

「まだここにいるって言うんだろ？」

アインシュタインはきっぱりとした口調でそう訊いてくる。答えをわかっているくせにしつこく訊いてくる子どもが言いそうなことだ。

「安心しろ、もう帰るぞ。あの建物のなかにいるアメリカ人を連れて。わかったか？」

アインシュタインはかぶりを振ってそっぽを向く。あごの筋肉がぴくぴくしている。何か言っておれにどやしつけられるか、ぶすっと黙り込んだままでいるかの二者択一の議論を頭で戦わせているんだろう。

その内なる論争はたった二秒でけりがつく。

「なあ」アインシュタインはおれに向き直る。「あんたがしていることに知ったかぶりを決め込むなんてことは、たしかに私にはできない。分析化学者が第一級の神経剤に効く吸着剤を選ぶ手伝いがあんたにできると思うふりをするよりもな。でもあの建物への侵入があんたに不可能だということは軍才なんかなくてもわかる。あんたの友人たちは来ない。もうあんたひとりしかいないんだ」

「それはちがう。おれたちのために動いている誰かはまだいる。その誰かはここにはいない。でもおまえはここにいる」

「私が？　冗談を言わないでくれ、あそこに入るなんてとんでもない。無理だ」

「いいや、入るんだ」

「入らなかったらどうするというんだ？　私の家族を殺すのか？　いい加減にしろ」

「いいや」おれは息をひとつ吐く。「そんなことはしない。おれはおまえのことを見誤っていた。滅多にないことだが、おまえを見くびってしまった」

「それはどういう意味だ？」

「思ってた以上のナルシストで、自己中のクソ野郎だってことだ。まあ、それは言いすぎか。そのしわだらけの塊のなかに魂というものがあるなら、おまえはとっくに家族はどうなったって訊いてるだろう。普通なら家族の命乞いをして、代わりに自分を殺してくれって言うかもしれない。でもおまえは普通じゃない、ちがうか？」

アインシュタインは何も言わない。それでも歪んだ唇がしっかり答えている。

「そうなんだよ、おまえにとっちゃ家族のことなんかどうでもいいんだ。少なくともおまえ自身の命がかかってる場合以外は。だからおれは、おまえが心底大事にしてるただひとつのことをネタに言うことを聞かせる。つまり、おまえの命だ」

「手を貸さなかったら私を殺すというのか？　それだけなのか？」

「殺すのはおれじゃない」おれは頭を振りながらそう言う。「おれが手を下すまでもない。おれたちの頭上高度一万メートルのところを、センチネルっていう無人航空機(UAV)が飛んでいる。そいつはいろんなクールな装備を満載してるんだが、積んでないものもあるんだ。何だかわかるか？　ヘルファイア・ミサイルだよ。なんで積んでないかと言えば時代遅れだからだ。巻き添え被害が大きすぎるからでもある。その代わりに精密誘導装置付きの小直径爆弾(SDB)を腹のなかにごまんと詰め込んでる。ＳＤＢっていう兵器は、窓越しにぶち込んでソファに坐ってる標的を殺すことができるが、そのソファから二メートルと離れていないテーブルで食事をしている人間は傷つけない。まったく最新テクノロジーはすごいもんだよな。でも重要なのはそこじゃない。重要なのは、五秒後におれは車から出て、あの建物に向かって歩いていくというところだ。おれと足並みをそろえて一緒に行かないと、一発のＳＤＢが地上めがけて飛んできて、短くてずんぐりとした安定翼がおまえの頭蓋骨にめり込むことになる。そこまで言えば充分わかるだろ？」

「おまえが憎い」

「よかったじゃないか、わかり合えて。おまえが殺した女性や子どもたちだってそう思ってるよ、腐れ外道。真面目な話、おまえがまだ息をしてるのは、ひとえにおまえの手が必要だからだ。じゃなきゃおまえは今頃はもう砂漠についた脂っぽい染みになってる。さてと、おまえとの会話をまだまだ愉しみたいのはやまやまだが、そろそろ時間がなくなってきた。腹を決めろ。おれの言うとおりにするか、それとも空の眼とその腹に詰まった爆弾がミスるほうに賭けるか。どっちにする？」

アインシュタインは歯を食いしばり、数秒もかけておれを見つめる。こいつの馬鹿でかい脳味噌が何千ものシナリオを光の速さで処理しているんだろう。欲しいシナリオはただひとつ、完全にこっちの裏をかいて無罪放免になるという筋書きなのはまちがいない。でもおれは、あいつが言っていたことなんか心配してない。アインシュタインがドクター・ドゥームだろうと、おれたちふたりは今はこっち側の世界にいる。こいつがすがっている命綱を握っているのはおれだ。ただでさえ頼りない命綱にすがりつづけていたければ、おれと一緒にもっと深いところまで潜らなきゃならない。

「わかった」アインシュタインは言葉を噛み締めるように言う。「何をすればいい？」

「まずはおれの拳銃を持て」おれはそう言ってグロックを渡す。「今度はおれの顔を殴れ。思いっきり」

知り合ってから初めて、アインシュタインはおれに言われたとおりのことをした。

今となってはあとの祭りだが、顔じゃなくてあごや頬といった具体的な位置を示してやるべきだった。おれのそんな不充分な指示にアインシュタインは応え、ちびにしてはあり得ない力を込めて、おれの鼻に見事な一撃を喰らわせた。おれは暗い車内でアインシュタインを見つめ、一瞬だけこいつに必殺の一発をぶち込んでやろうかと身構えたものの、すぐに咽喉に落ちてくる血でむせ返った。

この小柄な化学者についておれが言いたいことがあるとすれば、こいつはマイク・タイソンもかくやという右ストレートを放つ。結構なことだ。今夜けりがつくまでのあいだに、たぶんこのちびっ子ボクサーは耳のひとつやふたつ嚙みちぎらなきゃならないかもしれないんだから。

47

震えが出てきた。思ったより早い。アインシュタインがピックアップトラックを出したタイミングで始まり、すさまじいペースで指先から主要筋群へと伝わっていく。アインシュタインが車を停め、ふたりして降りて砂利道を歩き、今は研究所兼刑務所になっている元ボールベアリング工場を囲む金網フェンスにたどり着く頃には、震えはもはや隠しおおせないほどになる。アインシュタインはそれに気づき、一番の高値をつけた相手に死の兵器を売る科学者にふさわしい思いやりの言葉をかけてくる。

「どうした、具合でも悪いのか？」

「そりゃ骨折してクソ痛い足首を引きずってるからな」おれは小声で答える。「それぐらい見りゃわかるだろ」

思わず知らず棘のある言い方になったが、それでも効いたと見える。アインシュタインはおれの腕を摑み、体重を支えてくれる。

アインシュタインが死ぬほどびびっていることも忘れちゃいけない。びびっていること自体はおおむね問題ない。おれたちのちんけなシナリオで地獄の炎に雪玉で立ち向かうのと同じぐらいの勝ち目を見出すには、こいつに怖がってもらわなきゃならない。その一方で恐怖はミスを招く。おれたちにミスは許されない。ひとつたりとも。余裕がほとんどない任務ならいくらでもこなしてきたが、ゼロということはなかった。

この無駄骨に終わりそうな任務は別格だ。

通りすがりの車のヘッドライトが鋼鉄製のゲートを照らす。おれの震えは激しさを増し、腕に同情したのか歯も一緒になってカタカタと鳴る。ゲートのすぐ先の建物のなかには化学実験室があり、正確に言えばこれから十五分と三十三秒後にジハーディストどもの一派がアメリカ人の首を斬り落とそうとしている。これからおれたちがやろうとしていることは余裕がほとんどないどころの話じゃない。

まるでこのタイミングを狙ったかのように、アビールがフェンスの向こう側に姿を見せる。しかし今夜は死んだ母親の肩越しに笑みを向けているわけではない。砂利敷きの地面に立ち、ひたすらおれを見つめている。その黒い眼がおれを穴だらけにする。アビールの顕現は吉兆なんだろうか、それともとうとう頭がいかれちまったんだろうか？　おれにはわからないし、もうどうでもいい。

バンド・オブ・ブラザーズの生き残りと同じで、おれはもう死んでいる。

「準備はいいか？」おれは尋ね、赤ん坊からアインシュタインに注意を向ける。

これは言葉の綾であって本気でそう訊いたわけじゃない。この時点ですでにことは始まっている。アインシュタインが絶対にあるはずだと言っていた監視カメラは、よたよたと近づいてくるおれたちの姿をとっくに捉えているだろう。実際には搭載していない小直径爆弾（SDB）をセンチネルが五秒以内におれたちの頭にぶち込むようなことが起きなければ、おれたちは建物に入っていくことになる。その一方で、死んだ赤ん坊がフェンスの向こう側からおれを見ている。

今のこの状態では何でも起こり得る。

「準備ならしっかりできているよ、このクソ野郎」

「汚い言葉を吐かないでくれよ、ドクター・ドゥーム。こっちは鼻を潰されてクソ痛いんだぜ、忘れたのか？」

おれの顔は整形手術で鼻の代わりにマスクメロンを移植されたみたいになっている。クソみたいにずきずきしてクソみたいにうずくマスクメロンの前面には燃えるような小針がみっしりと生えているみたいで、それが刺さって顔もクソ痛い。ほかに気をつけなきゃならない負傷箇所がなかったら、鼻を力まかせにぶっ潰された仕返しにこいつを一発か二発ぶん殴っておいて、シナリオの真実味を増しておきたいところだ。でもアインシュタインにとってはラッキーなことに、言うは易く行うは難しだ。死んだジハーディストどもの手錠を後ろ手にかけられているし、鼻は今や顔の半分ぐらいにぱんぱんに腫れあがってるし、足首は折れてるし、腿を覆う絆創膏は血まみれだし、とにかくおれは残念な状態にある。

でもそれこそがポイントだ。

「これからの手順を言ってみろ」おれはそう言い、行きつく先のことを頭から振り払おうとする。

「何をすればいいかはわかっている」

「いいからおれに言ってみせろ」

アインシュタインは苛立ちもあらわに荒い鼻息をつくが、そんなものはおれにはまったく通じない。こっちは少なくとも四週間は口だけで息をしなきゃならないんだ。いずれにせよアインシュタインはシナリオを語り出す。

「あんたは私を誘拐しようとした。監視役は私を守ろうとしてふたりとも殺された。ふたりは車で逃げるあんたを撃ち、あんたは車をぶつけてしまった。私はあんたを捕まえた。そしてあんたを連れて戻るところだ」

「どうして連れて戻る？」

「アメリカ人を殺すならひとりよりもふたりのほうがいいに決まっているから」

「いいぞ。そして衛兵たちが眼のまえまで近づいてきたらどうする？」

「私が撃って、それから銃をあんたに渡す」

「それからおまえはアメリカ人が監禁されている部屋におれを案内する。おれがそこの見張りを殺し、おれたちは部屋に立てこもって騎兵隊の到着を待つ」

「そして私たちは引き揚げる」

「そしておれたちは引き揚げる」

手順を話すアインシュタインの声は自信なさげだ。うまくやり通せるとはまったく信じていないみたいだ。正直な話、おれも信じてない。おれ自身の才覚だけに頼ってやることになれば、生き延びる確率をウキウキ気分で見積もったりはできない。でもおれは自分ひとりでやるわけじゃない。

おれにはフロドがいる。

フロドのことをアインシュタインに話さなかったのにはふたつ理由がある。ひとつ目は、あいつには火事場の馬鹿力を発揮してベストパフォーマンスを見せてほしいからだ。ふたつ目は、おれたちは打ち合わせどおりに錆びついた金網フェンスにあいた穴をくぐり抜け、建物の入口だということを示す強化鋼でできたドアの前にもう立っているからだ。おれはちょっとだけ立ち止まりたかった。せめて最後に呼吸を整えて気合を入れてから、この常軌を逸したシナリオに完全に身を投じたかった。でもそんな余裕はなかった。アインシュタインが手を伸ばすと、ドアは音もなく開く。そして全身黒ずくめのジハーディストどもが姿を見せる。

ショータイムの始まりだ。

48

「そいつは何だ？」ドアを開けたジハーディストが言う。「ハッサンとムハンマドはどうした？」

「死んだ」アインシュタインはそう言うと、必要以上の力を込めておれを屋内(なか)に押し込む。

「ふたりともこいつに殺された」

後ろ手に手錠をかけられているおれは、なす術もなくそのまま衛兵の足元に転がる。泥がこびりついた床に直撃する一歩手前で顔をそむけたから、潰れた鼻をぶつけずに済んだ。それでもうめき声が口から漏れる。おれはむせ返り、鼻水と血が同量ずつ混ざった痰を衛兵の黒いスニーカーの横に吐く。

衛兵は殺人狂のジハーディストに望み得る心からの慈愛を込めて応じてくれる。預言者ムハンマドが赤面しそうな罵声を次々と浴びせかけ、おれの肩と背中にキックの雨を降らせる。おれは両手の自由が奪われた状態で可能なかぎり背中を丸め、体の無傷の部分で蹴りを受け止める。事の成り行きを把握していたいから、ここで気を失うわけにはいかない。

よし、おれを押し込んだ〝演技〟こそリハーサルにはなかったが、それでもアインシュタインのアドリブはうまくいった。おかげで化学兵器研究施設とショーの両方を収める建物内への潜入に成功した。第一段階は完了。ここから先は何が起こるかわからない。

まったく何が起こるかわからない。

「イスマイル、来客があったと兄弟たちに伝えてこい。私は客人をご案内する」

別の声が聞こえてきた。

おれは顔を上げ、衛兵のイスマイルと一緒にいる男を見る。黒のカーゴパンツに黒シャツというジハーディストの普段着に脂ぎった髪と濃くてもじゃもじゃのあごひげというイスマイルとはちがって、男の見た目は上品で洗練されている。ドスエキスビールの〈世界で最も刺激的な男〉シリーズCMの主役のアラブ人版といったところか。着ているものはイタリア製の靴にドレススラックス、そしてボタンダウンシャツ。どれも控えめだが高級品ばかりだ。豊かな黒髪はきっちり整えられ、あごひげは生やしているものの申し訳程度で、肌がしっかり見えるぐらい短く刈り込まれている。そしてイラク訛りのアラビア語を話す。

中途半端な蹴りを喰らわせつづけていたせいで息が上がっているイスマイルは、右側の細い廊下に向かう。おれはアインシュタインと〝ミスター洗練〟と三人きりになる。イスマイルがドアの先に消えていくと、ミスター洗練はアインシュタインに向き直る。

「おまえはまだぴんぴんしているのに、どうしてハッサンとムハンマドは死んだ？」

「説明するよ」そう言うアインシュタインの顔は怒りで歪んでいる。「でもあんたは私の話を聞かなかったじゃないか」

「いつのことを言っているんだ？」ミスター洗練はそう言うと、またおれを見る。「おまえが私たちをミスター・ドレイクに売ろうとしていたときのことかな？　それともミスター・ドレイクを私たちに売ろうと決めたとき？　おまえと話をしていると頭がこんがらがる」

なるほど、やっぱりこいつは腐れ外道だ。これはもうシナリオから完全にはずれている。どうやらわがパキスタン人兵器科学者はふた股をかけていたらしい。予想外の展開だ。

「私は彼を連れてきた」アインシュタインは話を続ける。「あんたに言われたとおりに」

「そう、たしかに」ミスター洗練は言う。「これが彼の武器か？」

アインシュタインはうなずき、おれの拳銃をミスター洗練に渡す。ミスター洗練は拳銃を両手でくるくる回す。「カスタムメイドの減音器（サプレッサー）つきのグロック19か。たしかに素晴らしい銃だが、アメリカの情報機関のスパイなんだから、もうちょっと派手なものを期待してたんだがね。残念だよ」

ミスター洗練が姿を見せたときから鳴り始めた警報ベルは、ここにきてパトカーのけたたましいサイレンに変わる。その正体が何であれ、ミスター洗練の登場は難しいことこの上ない任務をある意味で変えてしまった。おれは横向きになり、シャツの左の袖口の縫い目がほつれた部分を右手の人差し指と親指でつまむ。なかなかつまめなかったが、それでも体を盾にして見えないようにすると、ほつれた糸を引っ張り始める。

「だから」苛立ちもあらわにアインシュタインは言う。「あんたに言われたことはやった。この仕事での私の役目は終わった」

「その点については私も同意見だ」ミスター洗練はそう言い、ひとつ笑みを浮かべる。これから何が起ころうとしているかはわかる。アインシュタインは人を殺し慣れているとはいえ、それは安全な無菌実験室でスウィッチをカチリと押せば済むやり方でだ。だから、自分の顧客たちが家と称する路地裏やスラム街での実際の殺し方にはまったくと言っていいほど無防備だ。ミスター洗練は流れるような動きで腕を伸ばし、アインシュタインの額を撃ち抜く。科学者の頭は、秒速三百メートルで射出される九・七グラムの亜光速弾を喰らったというよりも右クロスでも打ち込まれたようにうしろに弾かれる。真紅の血と灰色の脳みそが混ざったものが湿った音を立てて壁にぶちまけられる。

こんなにもあっさりと、驚異の知性を誇るアインシュタインは有機物質の汚物となり果てた。生きとし生けるものは、その存在が偉大なものであれ卑小なものであれアダムにかけられた呪いからは等しく逃れることができない。その厳然とした事実を、アインシュタインの最後は結構荒っぽいやり方で思い出させてくれた。結局のところおれたち人間は、最後にはおれたちを構成している塵に還元される（創世記で神は塵から人間を作った）。

「最高のサプレッサーだな」床にくずおれたおれの資産（アセット）志願者に眼もくれずにミスター洗練は言う。「もっとも、きみには言うまでもないことなんだろうが」

ミスター洗練はおれに銃口を向けない。向ける必要がないのだ。アインシュタインはおぼつかない手でグロックを握っていたが、どう見てもこのイラク人は扱いに慣れている。

「私はね、この出会いを愉しみにしていたんだよ」ミスター洗練はしゃがんでおれと眼を合わせると、非の打ちどころのない英語に切り換えてそう言う。「きみがアラビア語を解することはわかっている。しかし外国語を細かいニュアンスまでマスターするには一生かかる。きみと私のあいだには誤解もいきちがいも一切生じないようにしたい」

おれに近づいてきたところでミスター洗練はグロックをおれの頭に向ける。それでも、たとえおれの両手の自由が利いたとしても摑めないぐらいの距離は取っている。三十センチ程度だが、おれが詰めるより早く必殺の一発を撃ち込めるほどには近い。

おれの新たな友人は、危険という言葉ではとてもじゃないが表現できない。

「おまえは何者だ？」おれは時間稼ぎと情報収集を兼ねてそう尋ねる。一列目の針目がほぐれた。縫い込んである手錠の鍵が手に触れる。あと五秒、かかってもせいぜい十秒で鍵を取り出すことができる。それでミスター洗練と対等になれるわけじゃないが、状況は今よりもずっとよくなる。

「そう焦るなよ、ミスター・ドレイク。じきにすべてが明らかになる。それともここにいる野蛮人どもの言葉を借りたほうがいいかな――すべてアッラーの思し召し（イン・シャー・アッラー）」

ミスター洗練はおれのぎょっとした顔を見て声をあげて笑う。どうやらからかわれたみたいだ。

「ちがうよ、ミスター・ドレイク。私はジハーディストじゃない。むしろビジネスマンだ。そしてきみは、私のビジネスになくてはならない存在だ。実はね、ミスター・ドレイク、私はきみのことを見くびっていた。きみの友人の科学者は、きみが囚われの身の同胞のためにここにやって来るほうに命を賭けた。なるほど彼は賭けには勝ったが、それでも死んだことに変わりはない。それって皮肉なことだとは思わないかい（イズント・イット・アイロニック、ドント・ユー・シンク）？」

「アラニス・モリセットの歌詞を失敬したわけか？」そんなことを訊いたのは、こいつがこの歌を知っていることに驚いたからでもあり、人差し指がセラミック製の鍵に触れたからでもある。

あと五秒。

「ご名答だよ、ミスター・ドレイク。お察しのとおり、この施設を我が家（アブ・アユーラ）と呼ぶゲスどもがポップカルチャーについて触れることなんかまずない。彼らと仕事を共にすることは、やむを得ないとはいえ困難を極めた。状況がちがえば、きみとはもっといろんなことを語り合いたいところだ。しかし残念ながら、そろそろきみも私も時間切れのようだ」

「どうしてだ?」鍵をもぞもぞと動かし、ほつれた袖口から鍵を一センチ引っ張り出した。「おれはどこにも逃げられないぞ」

ミスター洗練はまた笑う。「たしかにそのとおりだな。でもほら、廊下から足音が聞こえてくる。つまりきみはこれからまずいことになる。知ってのとおり、私はハッサンとムハンマドの死をビジネス上のコストと見なしているが、ジハーディストどもはそこまでものわかりがよくない」

そう言い終えるのを待っていたかのように、黒ずくめのテロリストどもがどっと押し寄せてきた。ミスター洗練がいることなどお構いなしに、おれに大挙して襲いかかる。いくつもの拳がおれの頭を殴り、いくつもの足がおれの折れた足首を踏みつけ、打ち身だらけのおれの体に蹴りを浴びせる。頭がぼーっとするほどの痛みに、今回ばかりはおれもぼんやりとした忘却の彼方に自ら進んで身を投じる。ふいに暗闇に包まれると、冷え冷えとする音が聞こえてくる。

ミスター洗練の笑い声だ。

49

「おい、聞こえるか？」

その言葉は想像を絶する彼方から発せられ、闇の海を越えておれの耳に届く。おれは眼を開ける。しばたたかせる。そして水の抱擁に身をゆだねて溺れていく犠牲者のように暗闇に沈んでいく。

「眼を閉じるんじゃない！」

その声は険しさを増している。命令を下し、従うことを求める声だ。有無を言わさない声。

おれはまた眼を開け、たぶん自分は二日酔いの重症患者なんじゃないかと思う。しかし残念ながら、たった二回の深呼吸でそれが思いちがいだとわかる。おれだって二日酔いの一度や二度は経験しているが、こんなに頭が痛くなったことはない。酒を飲みすぎたぐらいでこんな頭痛を味わわされることなんかない。

「誰だ？」おれは努めて気を落ち着かせてそう言う。あたりは薄暗い。おまけに血まみれの眼ではすべてが影にしか見えない。黒と灰色のグラデーションで構成された抽象絵画のようだ。

おれはまた眼を閉じる。そしてもう一度深呼吸する。吐かないように踏んばる。

ここは圧倒的な悪臭に満ちている密閉空間だ——ずっとシャワーを浴びていない人間のすえたにおい、鼻をつく小便のアンモニア臭、そして血の鉄くさいにおい。そうしたにおいにも勝る、密閉空間特有のかび臭いにおい。

「そっちが先に言え」その声は命令する。「臆病になってるのは許してくれ、ここ二日ばかりは大変だったんだ」

おれは身を押し上げて床に坐ろうとするが、うまくいかずに横倒しになる。手足が額面どおりに働いてくれないことがこんなに大変だとは。後ろ手に手錠をかけられたままだし、おまけに今度は足にも手錠がかけられ、コンクリートの冷たい床に埋め込まれた輪っかと短い鎖でつながれている。

おれは横になったまま鎖が許すかぎり這い進む。すると前腕がくぼみだらけのブロックの壁に当たる。壁にすがって身を起こそうとすると、体が抗議の叫び声を上げる。いくらかでも体を起こしているほうが呼吸は少し楽だ。おれは血をぺっと吐き出すと深呼吸する。

酸素が入ってきたおかげで心の霧もいくらか晴れてきたが、それでも周囲の状況を理解するまでにはいたらない。

「ここはどこだ？」密閉空間の反対側にうずくまる黒い影に向かっておれは訊く。

「あんたが教えてくれるものと思ってたんだがな。シリアのどこかだろうが、よくわからん。二日前に目覚めたらここにいた」

シリアという言葉に、ようやくおれは自分が眼にしているものが何かわかる。おれがいるのはもうひとりのアメリカ人の独房だ。それはつまり……

「あんたがジョン・ショーか？」そう言うとおれはまた血反吐を吐く。今度は歯が一本か二本交じっている。今夜二度目の襲撃をかけてきたガキは多少の心得があるみたいだ。

「そう言うあんたは誰だ？」警戒の色を帯びた口調で声はそう言う。

「マット・ドレイク。あんたを救い出すためにここに来た」

どんな反応を期待していたのか自分でもわからないが、笑いが返ってくるとは思っていなかった。

それでもやっぱり泣き声より笑い声のほうがいいと思う。

50

「いや、すまん」ひとしきり笑うとショーは言う。「でも、こんなかたちで助けが来るとは思っていなかったもんでね。こうじゃなかった」

「気にするな」おれは咳払いをして咽喉のかすれを抑える。「過小評価には慣れている」

独房の向こう側にいる作戦要員（オペレーター）の表情ははっきりとは見えないが、それでも笑顔を浮かべているような気がする。いい兆候だ。前向きな態度が監禁中の人間にもたらす計り知れない効果を、大抵の人間は軽く見ている。今のショーとおれにとってプラス材料はいくらあっても足りないほどだ。

「失礼な訊き方かもしれないが、どんな計画なんだ？」

「いい質問だ」おれはそう答える。そして両手をぎゅっと握りしめてから思いきり開く動作を繰り返し、血流を取り戻そうとする。

いいニュースと悪いニュースがある。いいニュースは、右手の指はまだ動くから、手首は完全に折れているわけじゃなくひびが入っているだけなのかもしれない。悪いニュースは、血流が増したおかげで神経末端が息を吹き返し、不満の声を上げるようになったことだ。「目下のところ、計画はまだ展開中だ」

「展開中？　なんだか〝どつぼにはまっている〟をポリコレっぽく言い換えてるように聞こえるんだが」

「全然そんなことはない」両手の人差し指がシャツの左袖口のほつれた部分に触れる。手錠の鍵を縫い込んである袖口に。しかしただの生地しか感じられない。恐怖の数秒間ののち、指先は袖口にくっついているふくらみに触れる。どうせ固まった血だろう。

鍵だ。

「どつぼにはまっていたら」こみ上げてくる感情を抑えながらおれは言う。「あんたにそう伝えるだけの礼儀はわきまえている。それがプロの気遣いってもんだ」

ショーはまたくっくっと笑うが、まだこのネタを終わらせるつもりはないと見える。

「これがフットボールだったら、これからどうやってゲームを組み立てる？」

おれは固まった血を爪で少しずつ削っていく。ショーを見つけたからには、もはや一刻の猶予もならない。さっさと両手の自由を取り戻そう。手枷足枷をかけられている無力感を何とかしたいのもあるが、それが一番の目的じゃない。おれの下着の股間に隠してある、ここから出る切符を手に入れるためだ。

とにかく頭がいかれているジハーディストどもも、ある一点でお堅い一面を見せる。それは男の下着だ。やつらに捕虜にされたことのある人間の証言によると、ジハーディストどもは捕虜にオレンジ色のジャンプスーツは着せるくせに、下着は自前のものをそのまま穿かせていたという。

そして徹底的にボディーチェックするとき以外は股間には触らない。

そのことを知っていたおれは、任務に飛び立つ直前にフィッツ大佐が渡してくれた十セント硬貨（ダイム）ほどの大きさの電子機器を、畑に着地した時点でフライトスーツのジッパー付きのポケットからボクサーブリーフに移しておいた。

この装置はコイル状の無指向性アンテナつきのマルチバンド高出力送信機、つまりビーコンだ。かなり小さいから信号の送信は一回しかできないが、センチネルが上空を飛んでいればその一回で充分だ。

このビーコンはフロドとおれで話し合って決めた計画の肝だ。おれに頼まれたことをあいつがやり遂げるには、おれがショーの居場所を突き止めたうえでまだ生きているという動かぬ証拠が必要だが、ビーコンはその両方をもたらしてくれる。ショーを見つけた段階でのみ、おれはようやくビーコンを作動させる。

そういう計画になっている。

とにかく今は両手から手錠を外して自分のパンツに手を伸ばし、救いの神をぎゅっと握りしめなきゃならない。

残念ながら、この計画をショーに話すわけにはいかない。少なくとも今のところは。オペレーターとしての年月がおれに教えてくれたものがあるとすれば、ジハーディストどもでも間抜けなやつはとっくに天国送りになっているということだ。たぶん、いやもしかしたら、連中はここに盗聴器を仕掛けているかもしれない。危険を冒してまでショーに話すことはない。

そこでビーコンの代わりにフットボールの話をする。

「第五十一回スーパーボウルのことを憶えているか？」おれはショーに訊く。

「トム・ブレイディが五回目のMVPを取ったやつか？」

「そう、それだよ」

鍵は指先に触れてはいるが、なかなか袖から離れてくれない。

「もちろん憶えてるさ。その点についてちゃんと確認しておきたいんだが、今のおれたちはファルコンズなのかな？　それともペイトリオッツ？」

「ペイトリオッツだ。どう考えても。勝ったのはペイトリオッツだろ？」

布地とセラミックの鍵のあいだに爪をめり込ませると、血の塊の最後の一片が剝がれる。まるで天からの授かりもののように、手錠の鍵はおれの丸めた手のひらの上にぽとりと落ちる。

愛しのイエスさま、感謝します。ここから生きて出ることができたら、この鍵を手術で体に埋め込んでもいい。

「だな。でもあんな際どいゲーム展開はおれの好みじゃない。どちらかといえば一九八六年の第二十回みたいなのがいい。ベアーズが四十六対十でペイトリオッツを圧倒したときのような。おれの希望としては、あんたの救出作戦もハラハラドキドキものにならないほうがいいんだが」

「ご意見は承っておく」眼を閉じて手錠の鍵穴に鍵を差し込む。後ろ手で手錠をかけられているし、しかも右手の指が言うことをきかないからクソ難しい。「でもおれがいたチームのコーチがいつもこんなことを言っていた。やりたいゲームじゃなく眼のまえのゲームをやれって。何かそんな感じのことだ。コーチが言うと、もっと格言っぽく聞こえたけど。それにだな、ベアーズだってヘッドコーチのマイク・ディトカがいなくなってからもう三十年は鳴かず飛ばずじゃないか。鳴かず飛ばずはブルズだったたか？　どっちもシカゴのチームだからこんがらがっちまう」

「実際にフットボールをやってたのか？」

鍵は鍵穴にすぽっと入る。おれはとにかくゆっくりと鍵を小刻みに動かす。でも錠の動きが悪い。何かが詰まっている。今のおれの状態から判断するなら、たぶん血の塊だ。

「やっていた、というよりもベンチに坐っていたと言うべきかな。おれは早々とピークを迎えたんだ。八年生の頃かな。それでもその頃のコーチはヨーダっぽいところがあった。何かというと人生訓ばかり垂れてたよ」

「あんたはたわ言ばかり言ってるのか？」

おれは力を込めて鍵を一回ひねってみる。すると鍵穴に詰まっていた血の塊が屈した感触がする。

「ばかりじゃない。でもたしかにたわ言をほざく癖があるらしい。少なくとも女房はそう言ってる」

「結婚してるのか？」

「大体においては」

「普通はしてるかしてないかで答えるもんだがな」

「込み入った事情があるんだ」

「救出作戦はどうなんだ？　やっぱり込み入った事情があるのか？」

「あいにくな」

手錠のなかの歯車がカチカチと音を立て、錠が外れていく。

「救出作戦のこともでたらめなのか？」ショーはそう言う。

「もちろんちがう。それは捕虜に一番言っちゃいけない嘘だ」

われながらこざかしいことを言ってしまった。両手を掲げて、手首からぶらんとぶら下がる手錠を見せつければごまかせるだろうか。そんな芝居がかったやり口でオチをつけようとしたそのとき、監房のドアがばたんと開き、暗い室内に明かりがどっと流れ込む。おれは光の猛攻に眼を細めつつも、もうちょっとで自由になる両手をそのまま後ろ手にしておく。

ショーもおれも戦えるような状態じゃない。とりあえず今のところは。また性懲りもなく殴りつけたいんなら好きにすればいい。手錠は今すぐにでも外せるし、ちっぽけなセラミックの鍵はおれの手のなかにある。

最高じゃないか。

おれは戸口に立っている黒い人影をじっと見つめる。やるならさっさとやりやがれ、クソ野郎。次に来るときのおれは手錠なしだぞ。格のちがいを見せてやる。

とはいえ次にドアが開いたときには、願わくはフィッツ大佐のコマンドーのひとりが立っていてほしい。フィッツが少しばかり遅刻したとしても、ショーもおれも束縛から解放されて戦える状態になっている。丸腰でも、少しばかりツキに恵まれれば問題はないだろう。

パンツに隠してあるビーコンはさておき、死刑を宣告された人間の凶暴性を決して見くびってはならない。とくに密閉空間では。この教訓を、おれたちはアフガニスタンでの戦争の初期段階でいやと言うほど思い知らされた。

二〇〇一年十一月、カライジャンギ監獄に収容されていた六百人のタリバンの戦闘員たちは北部同盟軍の看守たちを倒して監獄を制圧した。アフガンとイギリスとアメリカの部隊は六日間の戦闘ののちに暴動を鎮圧したが、そのさなかにCIAの準軍事作戦要員（パラミリタリー・オペレーター）のジョニー・マイク・スパンが尊い命を落とした。

それから二十年近くが経った今、ショーとおれはジハーディストどもに同じ戒めを教えてやれるかもしれない。

おれは黒い人影を見つめ、待つ。

それがまちがいだった。それからの展開が前もってわかっていたら、足首の鎖があろうとなかろうと黒い人影に跳びかかっていただろう。でもそんなことはわかるわけがない。また折檻されるものとすっかり思い込んだおれは、両膝を抱え込む姿勢を取った。ここまできたら、殴る蹴るの暴行は冷酷そのものになることが多い。誰がボスなのかを捕虜に思い知らせる心ばかりの戒め以上の意味はなくなる。

戸口に立つジハーディストがなかに足を踏み入れると、その顔が照らし出される。その瞬間、すべてが変わる。そのジハーディストはこの施設に迎え入れてくれたイスマイルでもなければミスター洗練でもない。

そのふたりとは初対面だった。

こいつとはそうじゃない。

こめかみのあたりに白いものが交じる黒髪、広い肩幅、腫れ上がった鼻、そして耳から口元まで走る傷。

おれがつけてやった傷。

サイードだ。再会を喜んでいるようにも見えない。

おれは鍵をひねる。錠が外れると耳慣れた金属同士がこすれ合う音がするが、時すでに遅し。サイードが特大のストライドでおれとの距離を詰め、そのままの勢いでドロップゴールを試みるかのようにおれのあご先を蹴る。

おれの頭はのけぞり、脊椎骨が圧迫されてポキポキというおぞましい音をいくつも立てる。あご全体に痛みが炸裂し、手錠の鍵はおれの手から飛ぶ。

ここ何時間で二度目だが、光が消えた。

51

ワシントンD.C.

ピーターはさも咳を抑えるかのように手で口を覆う。実際に覆い隠しているのは、あらん限りを尽くして作っている暗い顔に浮かぶ笑みだ。三十分しか経っていないが、その三十分で状況はがらりと変わった。

「どうすりゃこんなザマになるんだ?」大統領は面々の顔をひとりずつ見てそう訊く。「誰でもいい、説明できるものはいないのか?」

ふたたびシチュエーション・ルームでミーティングが開かれているが、場の空気は一変してしまった。ベヴァリーとエッツェルとベイリーはいたずらをとがめられた学童のようにテーブルの片側に並んで坐っている。DIAのジェイムズ・グラスの不在が妙に目立つ。それでもピーターは大統領の右隣に坐る。

まさしく自分のいるべき位置に。

ホルヘ・ゴンザレス大統領が悪態をついた。その事実は、発した罵りの言葉がどれほど穏便なものであったとしても心の内を雄弁に物語っている。ある意味ピーターは、自分の友人に心から同情している。大統領からすれば、シリアの大渦は急速に制御不能になりつつある。

しかしそうなってしまった原因は、ピーターが練り上げた芝居の舞台裏を見抜く力が大統領に欠けているからにほかならない。

ロシア人たちは約束どおりに動いてくれた。うかつな救出作戦は阻止され、とっくに死んでいるはずの男のために若者たちの血が無駄に流されることもなく、さらにこの不始末はメディアのレーダーに一切捉えられなかった。

早い話、シナリオの進行状況は完璧ということだ。

取り乱す大統領を目の当たりにしてピーターは図らずも動揺しているが、それでも眼前の好機を逃してはならないことはわかっている。それを掴むタイミングが訪れるまで、彼は非の打ちどころのない演技を続けなければならない。投票日直前で自ら窮地に陥った大統領を救い出すだけならまだしも、そのうえに一点も二点もポイントを稼ぐことなど、熟練の策士でなければ不可能だ。

ここにいる面々への恨みつらみもひとつではきかないが、それもピーターは明日の朝までに晴らすつもりでいる。

「大統領、なんと申し上げてよいのやらわかりません」大統領の詰問を受け止めるエッツェル大将の口調からは自信満々の色が失せている。「ロシア軍がわれわれのヘリを発見できたことは驚くべき事態であります。どこにレーダーを向ければいいか、何者かが教唆したように思えてなりません」

ピーターはエッツェルの発言の意味するところを察し、浮かれ気分どころではなくなる。彼は統合参謀本部議長を一瞥し、今の言葉に何らかの含みがあるかどうか見極めようとする。あいにく元陸軍航空士の眼は大統領にばかり向けられていて、何もうかがえない。

この男はポーカーの達人にちがいない。

ピーターとしては、唐突に危険な方向へと逸れだした話の流れを早いうちに断たなければならない。ピーターがロシア政府側のカウンターパートと裏ルートでの関係を築こうとしていることを、大統領は一般的な意味においては了解している。それでもピーターがロシア領事館の電話番号を頭に叩き込んでいることまではまちがいなく知らない。あるいは、ここ半年のあいだにロシア側のカウンターパートとさかんに情報交換していることを。

そのやり取りは明白な利益を双方にもたらした。それでもピーターは、さっきの電話も両者の関係のバランスを劇的に変えるまでにはいたらないと見るほど考えの甘い人間ではない。大統領が再選を果たしたら、ピーターは即座にすべてを打ち明けるつもりでいる。どうせ、当選が確定する当日には数多(あまた)の罪が水に流されがちだ。

とはいえピーターは、この関係が今明るみに出ても大統領なら不問に付してくれるとは夢にも思っていない。ピーターがロシア側のカウンターパートを使って合衆国の外交政策に影響を及ぼした事実が判明すればなおさらだ。そうした外交上の些事は選挙結果に関係なく秘密にしておかなければならない。それを念頭に置き、ピーターはエッツェル大将の発言への対処法を練る。と、そのとき、誰あろうベヴァリーが彼に助け舟を出す。

「まことに申し訳ございません、大統領」普段はしわひとつない顔に憂慮の線をいくつも作り、ベヴァリーはそう言う。「わたしたちにもわからないのです。ロシア側は何らかの手段を用いてわれわれのヘリコプターを発見し、さらには攻撃を加えました。死傷者こそ出ませんでしたが、ロシア側はアサド支配地域を空域封鎖するとずけずけと宣告しました。この事態は外交チャンネルを通じて収拾可能と確信しておりますが、その一方で緊張緩和がもたらされるまでショーの命がもたないことも確かです。この不面目な事態に、わたしは深い謝罪の念と……辞任をもって応じる所存です」

ピーターはぎくりとする。彼はこのミーティングの軍事演習(シミュレーション)を三回も繰り返して想定し得る結果を六通りも導き出し、それぞれの対策を立てていた。

そのなかにベヴァリーの辞任はない。

表面上、彼女の辞任の申し出はピーターの最終的かつ完全な勝利を意味する。ベヴァリーは救出作戦に大勝負を賭け、その結果ピーターの足をすくった。そして作戦が完膚なきまでに叩き潰されると同時に、大統領に対して自分の名誉を挽回する機会も潰えた。彼女はもう終わりだ——それは単純明快な事実だ。

本当にそうなのか？

ベヴァリーは自分を見くびっていた政治家たちの頭を踏みつけて政界をのし上がってきた。今回もまた彼女の新たな策略なのだろうか？　それが自分に見えていないだけなのだろうか？

ピーターは政治を本質的なレヴェルで理解できる能力を誇りにしている。そんな彼をもってしてもこのシナリオは想定していなかった。おそらく今こそ〈友は近くに置け、敵はもっと近くに置け〉という古い格言に耳を傾けるべき時なのかもしれない——少なくとも火曜日の夜までは。

「大統領」ベヴァリー・キャッスルの政治生命を救う段取りをつけるべくピーターは切り出す。「私は——」

防護ドアの電子錠が解除される不吉な音がピーターの話をさえぎる。彼は首だけ振り返り、自分の肩越しに大きく開くドアを見る。男がふたり立っている――DIAのうどの大木のグラスと何者かだ。アフリカ系アメリカ人で、杖をついている。

額面どおりであれば、ここでふたり増えたところで状況にほとんど影響は及ばない。ショーの救出は時間切れになり、ベヴァリーはロープにもたれかかってダウン寸前だ。そしてピーターはまさしく望む場所に大統領を導きつつある。

それでもこのアフリカ系アメリカ人は――彼の左腕が失われていることにピーターは気づく――ピーターのほうを見ながら足を引きずって入ってくる。ふたりの眼は一瞬合うが、相手の眼に見たものをピーターは好きになれない。

どういうわけか、状況はふたたび一変してしまった。

52

「恐れ入りますが、大統領」ほかの面々には眼もくれずにグラスは言う。「この男の言うことをぜひ聞いていただきたいのです」

「それで、きみの友人は何者だ？」大統領はそう問う。発音にラテンの響きが交じる。それをピーターはいい兆候だと取る。それでなくとも大統領はすでに罵りの言葉を吐いている。そして今度はヒスパニック訛りが頭をもたげてきた。大統領は怒っている。ジョーカー的存在のグラスと体が不自由なその友人は、あっという間にふたりそろって追い出されるかもしれない。そのあとで大統領の二期目を確実なものとするという本題中の本題に立ち戻ればいい。

「私はフレデリック・ケイツと申すものです」黒人の男はそう名乗る。「まわりからはフロドと呼ばれていますが。大統領と握手を交わしたいのですが、ご覧の通り腕が一本足りないもので」彼はそこで話を切り、左腕を上げてみせ、空っぽの袖を示す。

「お話の途中で申し訳ありません、大統領」ベイリー中将が口を開く。「フロドはわれわれ統合特殊作戦コマンド(JSOC)の一員でした。過去五年間はDIAの作戦本部、つまりこのミスター・グラスの下に派遣されておりました。憶えていらっしゃるとは思いますが、われわれは数カ月ほど前にシリアである問題に直面しました。フロドはその問題の只中にいました。そして自らの負傷を顧みずにDIAの作戦要員(オペレーター)の命を救ったのです」

DIAのオペレーターという言葉に、ピーターはふたたび警報ベルの音を聞き取る。そのオペレーターとはマット・ドレイクにちがいない。このタイミングで都合よくまたぞろシリアに姿を見せて、ショーの救出作戦を発動させた実行可能(アクショナブル)な情報をもたらしたとされる、あのマット・ドレイクだ。そもそもからして言語道断だった救出作戦を、ピーターはロシア側の協力を得てようやく粉砕することができた。フロドと名乗る男がこれから何を話すにせよ、その内容はピーターの大義に役立つものではない。そんなことは誰にでもわかることだ。

このミーティングは閉会しなければならない。

今すぐに。

「大統領閣下、お話の腰を折って申し訳ありませんが」申し訳ないなどとは一切思っていないピーターが言う。「そのような武勲をお立てになったミスター・ケイツには敬意を表します。しかし氏の存在はわれわれが議論しようとしていることとは何の関係もありません。私は――」

「それを言うなら、大統領」ピーターをさえぎってフロドは言う。「みなさんがこれから議論なさろうとしている事柄に、私の存在は関わりがあると断言いたしたく思います。差し出がましいことを申し上げるつもりはありませんが、私がここに来た理由はただひとつ、大統領が不幸な過ちを犯さないようにするためです」

「差し出がましいにもほどがある」ピーターは言い返そうとするが、大統領が口をはさむ。

「わかっている、ピーター」大統領はそう言い、ピーターの肩をぎゅっと摑む。「ここまで来ればもう、諸君が何を言うつもりなのかは大体わかっている。ミスター・フロドが言おうとしていること以外はな。ところでミスター・フロドとフロド、どちらで通っている?」

「ただのフロドです、大統領」

「なるほど、ではフロド、まずはきみの国家への献身に感謝する。この部屋では、起こり得る事態について充分な視点を欠いたまま判断が下されるケースがままある。では私が犯そうとしている過ちとは何かを教えてくれたまえ。ただし手短に頼む。歳月人を待たずだよ、フロド。それが大統領であっても」

「かしこまりました、大統領」フロドは言うことをきかない体を無理やり気をつけに近い姿勢にさせ、世界最強の力を持つ人物に向かって話を始める。「ふたりの男が死に瀕しています。大統領の救いの手が必要です」

53

ピーターは口を開くが、またしても大統領に先を越されてしまう。

「ショーのことならわかっている」大統領は眉根を寄せてそう言う。「しかしもうひとりの男は何者だ？」

「マット・ドレイクです、大統領」

「なんてことだ」激しい苛立ちを隠そうともせずにピーターはそう漏らす。「あの鉄砲玉も捕まったのか？」

「そんなことはありません」究極の平静を保ったままフロドは答える。「本部長、よろしいですか？」

ＤＩＡのうどの大木はリモコンを手に取り、がっしりした指でボタンを押して壁に掛けられたモニターのひとつに電源を入れる。

「勝手な振る舞いをして申し訳ございません、大統領」静止画像がモニターを満たすなか、グラスが言う。「大統領もご覧になりたいのではないかと思いまして、技術チームに依頼して、あらかじめ映像をロードしておきました」別のボタンを押すと、凍りついた画像が動き出す。

ピーターは情報機関の人間ではないが、それでもひと目見るなり無人航空機（UAV）が捉えた映像だとわかる。

「これは二十分ほど前にセンチネルによって撮影された映像です」フロドが説明するなか、熱探知（サーマル）カメラが停車中の車両にズームインしてゆく。その車両から白い人影がふたつ出てきて、映像の上端にある二階建ての建物に向かってぎこちない足取りで向かっていく。

「このセンチネルはアサド支配地域の上空を周回しています。ご覧のふたつの人影はマット・ドレイクと、彼の資産（アセット）です」

「あの建物は何だ？」大統領は尋ねる。

ふたつの人影は建物を取り囲む金網フェンスをくぐり抜ける。

「ショーの監禁場所です」フロドが答えているうちに、ふたつの人影は建物のなかに消える。「ここには、テロリストたちが使用する気の化学兵器が開発された研究室もあります」

「ドレイクはそのまま入っていった」ピーターは信じられないといったふうに頭を振る。

「どうしてそんなことを？」

「時間稼ぎのためです。より具体的に言えば、私の時間を稼ぐために。ＪＳＯＣの緊急即応部隊（QRF）をふたたび派遣する必要があることを、大統領に納得していただく時間を稼ぐためです」

「大統領、馬鹿げた話ですよ、これは」ピーターはテーブルをバンと叩く。「この常軌を逸した男が問題の施設内に入ったことは認めますが、それがどうしたというんです？　人質の数をまたひとり増やした以外に、意味のあることは何もしていないじゃないですか。実際にショーを発見したという証拠だって、まだ何もないんですよ」

「実際には、これ以上はないという最高の証拠があります」フロドはそう応じる。その眼はひたすら大統領のみに向けられている。

「どんな？」ゴンザレス大統領は言う。

「テロリストたちはショーの処刑を五分前にライヴ配信することにしていました」フロドはそう言い、ダマスカスの現地時間を示す赤いデジタル表示を指差す。「今のところ、ジハーディスト御用達のＳＮＳのプラットフォームには何の動きも見られません。彼らの沈黙が意味することはたったひとつです――マット・ドレイクがさらなる時間を稼いでくれたのです。その時間を無駄にしてはなりません」

54

「私は同意できません」ピーターは大統領に向き直って言う。「大統領、事実上すでに死に体となっているふたりの男のために、ロシアとの戦争を始めるわけにはいきません。割り切って非情になれと申しているわけでもありません。犠牲というものなら、私だって少しはわかっています。何しろ妹を失ったんですから。初回のロシア管制空域への侵犯行為については、しらを切ることも見解の相違だと主張することも可能です。それも二回目は通用しません。大統領、このふたりにこだわることは戦争行為に直結します。許すわけにはいきません」

「おれは、あんたがふたりを見殺しにすることが許せない」フロドのバリトンヴォイスが室内に響きわたる。

「何だと？」ピーターは言う。

「大統領」フロドはまたピーターに取り合わずに言う。「私は大統領に正しい選択をしていただけたらと願い、熱弁をふるってきました。しかしどうやら私はそんなに話し上手ではないみたいです。実を申せば、私はちょっとした狙撃手でしたが、私のオペレーターとしての人生は終わってしまいました。今後のことはわかりませんが、これだけはわかっています――マット・ドレイクは私の知るかぎりにおいて最も勇敢な男です。彼は私の兄弟です。彼が迷える羊をどうにかして連れ戻せる万にひとつの可能性に賭け、あらゆる危険を承知のうえでライオンの巣穴に進んで入っていくのであれば、私も進んで同じことをしなければなりません」

元特殊部隊（コマンドー）の兵士は眼を伏せる。これからやろうとしていることのために勇気を奮い起こすかのように。一瞬ののちに眼を上げると、残っている手は杖の木製の握りを持ったまま震えているが、声は震えもせずに静寂のなかで響く。

「大統領、私はオフィスを出る前に、時間指定で送信される電子メールを書きました。非常に詳細な内容のメールです。過去四十八時間のあいだに実際に起こったこと、そして国際問題に発展するリスクを回避するためにふたりの男を見殺しにするという政府の決定について詳しく書きました。私が止めなければ、そのメールはＦＯＸニュース、ＣＮＮ、ＭＳＮＢＣ、〈ニューヨークタイムズ〉〈ウォールストリートジャーナル〉に送信されます」

「合衆国大統領を脅迫するのか?」ピーターは言う。

「申し訳ございません、大統領」大統領の眼から視線をそらさずにフロドは言う。「すでに辞表は提出済みですし、逮捕なさるおつもりなら喜んで縛に就きます。自分の所業は恥ずべきものですが、必要とあらばすぐにでも同じことをやります。私とマットのような男たちは誓いを立てています。われわれはどんな犠牲を払ってでも倒れた戦友を置き去りにはしません」

「ロシアのことはどうするんだ?」ピーターはそう言いつつも、幽体離脱をしているような気分になる。「あの国の存在を忘れてないか?」

「ロシアなんざくそくらえだ」フロドは蔑みの眼をピーターに向けて言い放つと、大統領に眼を戻す。「大統領、われわれはアメリカ合衆国です。ロシアが自分たちの管制空域からわれわれを締め出したのは、それをわれわれが許したからです。今こそ押し戻すべきです」

「頭がいかれてる!」ピーターは立ち上がってそう喚く。「第三次世界大戦を始めようって言うのか。ぼくは——」

「やめろ、ピーター。今すぐに」

大統領はそう命じ、シチュエーション・ルームの主導権を奪い返す。かろうじて聞き取れる程度だったが、それでも大統領の声は威厳に満ちた刃となり、ピーターの憤怒を切り裂き、口先まで出かかっていた言葉を沈黙させた。もはやピーターの二十年来の友人でも、温厚な政治家のホルヘ・ゴンザレスでもない。今の彼はほかならぬ合衆国大統領であり、その大統領にピーターは命じられたのだ。

「ミスター・フロド」体が不自由な男を席から見上げ、大統領は話しかける。「はっきりさせておきたいことがある。私に脅しは効かない。今だけでなく、これからも。きみは私を脅せば何とかできると思っていたし、そしてそんな大それた手が必要だと考えてもいた。どちらの考え方も甲乙つけがたいほど忌まわしい。あの男たちが危機に瀕しているのは、私がそうしろと言ったからだ。私が命じたんだ。たしかに私は兵役に服したことがない。それでも大統領職に就いて四年が経とうとする今、私は指揮官の重責を理解している。私はあらゆる手段を講じてでも彼らを連れ戻す。ロシアなんぞくそくらえだ。とはいえ、ピーターの言うことも大いにうなずける。第三次世界大戦という危険を冒すのであれば、少なくともきみの友人とＣＩＡの準軍事作戦要員（パラミリタリー・オペレーター）がまだ生きていることを示す確たる証拠が必要だ」

「確証ならそのうち手に入ります」フロドはそう答える。「マットはビーコンを隠し持っています。ショーの居場所を突き止めたら即座に作動させることになっています。作動された時点で、われわれの準備は整っていなければなりません」

ピーターは口を開こうとするが、大統領は将軍たちに向き直る。

「諸君」大統領はふたりの将軍の顔をそれぞれ見てそう言う。「実行可能だろうか？」

エッツェル大将はおもむろにうなずく。「シリア戦域には通常戦力が展開済みですが、それでもJSOCには厄介な任務をこなしてもらわなければなりません」そしてベイリー中将に向かって言う。「決めるのはきみだ、ジェフ。考えを聞かせてくれ」

小柄で筋肉質の元コマンドーは一瞬たりとも逡巡することなく、上官ではなく大統領に向かってこう答える。「やりましょう、大統領」

ベイリーの言葉に大統領はうなずいて応える。そしてたちまち、全員が笑みを浮かべる。

ピーター以外の全員が。

彼は、じきに十一月の冷たい土のなかでクリステンと合流することになる、国旗で包まれた棺の列のことばかりを考えている。

55

シリア、マンビジュ

眼窩をアイスピックで刺されているみたいに痛い。投光ランプが投げかける、はた迷惑なほど強烈な光に照らされ、おれは眼をしばたたかせる。血がこびりついた両頬を涙が伝い落ちる。とっさに顔の汚れを拭おうとするが、両手が言うことをきいてくれない。両手は縛りつけられているが、手錠はかけられていない。両手に食い込むプラスティックの結束バンドがすべてを変えてしまった。

ショーにはあんなことを言っておいたくせに、今回ばかりは本当にゲームオーヴァーだ。手錠ともダクトテープともちがい、結束バンドはピッキングで外れる錠もないうえに思い切り引っ張れば引きちぎれるものでもない。ナイフがなければ両手は自由にならない。ショーとおれはジハーディストどもの御心のままだ。そしてやたらとでかい照明スタンドがあるところを見ると、これから連中がおれたちに何をするにせよ、愉しいものじゃないだろう。

「準備はできたか？」

「もう少しだ」

見えないところでアラビア語のやり取りが交わされている。声は聞こえるが、偏頭痛を引き起こす光以外は何も見えない。

おれは頭をちょっと下げて額で光の猛攻を受け止め、室内を見まわす。頭の動きを最小限にとどめ、ジハーディストどもの注意を引かないように状況を確認する。

さっき、おれはサイードの蹴りを受けてひっくり返りはしたが、自慢じゃないが気を失っていた時間は長くなかった。その代わりにかすみがかった薄明かりのなかに放り込まれたような状態になった。着ているものを剝ぎ取られたこともしっかりわかっていたし、誰かにコンクリートの床の上を引きずられて別の部屋に移されたときは、肌をサンドペーパーでこすられているようなざらざらとした感触があった。

ようやく頭のかすみが晴れたとき、眼もくらむような白い光に一瞬おれはとうとうあの世に来てしまったと思った。しかし神経系が復活し、おれの負傷箇所のカウントを始めるとその考えは消えた。おれの現世での振る舞いでは、真珠でできた天国の門をくぐるにはちょっとばかし善行が足りないとしても、悪魔だって小便が染み込んだコンクリートの床で新入りを迎え入れるよりはマシなやり方があるというものだろう。たしかにシリアはこの世の地獄かもしれないが、幸か不幸かおれはこの世にいる。

とりあえず今のところは。

低いうめき声と服とコンクリートがこすれる音がして、おれは左側に注意を向ける。意識が朦朧としたショーがそばに転がっている。

眼のまえにある出力を最大にした人工太陽の光がショーの哀れな姿をさらけ出す。

自分が眼にしたものにおれは息を呑む。

暴行を受けたのはおれだけじゃなかった。野蛮人どもに耳を切り取られてすでに台無しにされていたショーの顔はもはや誰だかわからないほどになっている。腫れ上がった瞼で眼は覆われ、顔全体も膨れてスモウレスラーのようにぶくぶくになっている。唇はあちこち切れ、へし折られてぎざぎざになった歯が吸血鬼の牙のように口から突き出ている。

息をしていることは確認できるが、その音は安心できるものとは到底言えない。滅茶滅茶にされた口からどうにか吸い込まれた空気は肺をゴボゴボと鳴らす。気胸を起こしているか、自分の血で溺れそうになっているような音だ。

それとも両方か。

いずれにせよ、ショーは長くはもたないだろう。おれはぐしゃぐしゃにされたＣＩＡのパラミリタリー・オペレーターから眼をそらすが、たぶんショーだって今のおれを見たら同じようにするだろう。

眼の焦点が合うようになった今、これから何が行われようとしているのかはっきりわかる。まばゆいばかりの舞台照明がずらりと並び、奥の壁にはジハーディストどもの黒い旗が垂らされ、おれたちはふたりともオレンジ色のジャンプスーツを着せられ、おまけにコンクリートの床には血染めの薄い敷物が広げられている。見えるもの全部を足すと、出てくる答えはたったひとつしかない――ショーとおれは、じきにジハーディストどもの殺人(スナッフ)映画(フィルム)で主役を演じることになる。

心臓がばくばく鳴る。この状況をおれに有利にしてくれるものを、とにかく何でもいいから探す。

ビーコンを。

手探りはできっこないが、たぶん体重をかければ送信機を起動させることはできるだろう。その手がうまくいかなくても、結束バンドで後ろ手に縛られた男がコンクリート相手にファックのまねごとをしている様子でも見れば、ジハーディストども処刑を考え直してくれるかもしれない。どうせそこまで心が壊れてしまっているんなら、わざわざ殺して楽にしてやることもないんじゃないか？　そんな感じに。

歯を食いしばって痛みをこらえつつ腹ばいになったそのとき、おれは気づいた。もはや万事休すだ。コンクリートの冷たさを股間でじかに感じられる理由はひとつしかない。パンツまで脱がされているんだ。

ISが崩壊してもしぶとく生き残った残党の連中は、たぶんおれが下した知能評価より頭がいいんだろう。それとも下着フェチなのかもしれない。どっちなんだろう。どっちにしろ結果は同じだ。ビーコンで呼ばなければ騎兵隊は駆けつけてこない。そしておれはもうビーコンを持っていない。

フロドは説得の達人だが、それでもおれがまだ生きていてショーを発見したことを示す証拠がないのならこのシナリオの結末に過大な期待を寄せることはできない。ロシアを怒らせるリスクを冒すぐらいなら、自分たちの監視下で捕らえられたアメリカ人たちが処刑儀式に直面することすら甘受する政権が、大統領選投票日の二日前という時点でいきなり度胸を見せることはないだろう。

ショーとおれは死ぬ運命にあり、おれにできることは何もない。

その冷徹な事実を受け入れると、前回死に直面したときの記憶がよみがえってきた。あのときおれの横にいたのはフロドで、あいつは片腕を失い、片脚をずたずたにされ、痛みで意識が混濁していた。

同じ仕事を選んだ大抵の人間と同様、おれも死を深く考えてはいない。でも本当は死のことがずっと頭から離れずにいる。おれは葬儀に何度も参列して、深い悲しみにある夫や妻に折り畳まれた国旗が手渡される場面を何度も見てきた。自分が不屈だなどと思えるわけがない。おれより優秀な大勢のオペレーターたちが、今はアーリントン国立墓地に永遠に抱かれて眠りについている。おれだって強運に恵まれた人生を送ってきたわけじゃないが、それでもとうとう死神がやってきたら、フロドの横で迎えることになるだろうとは思っていた。

ほんの一瞬だけ、おれはライラのことを思う。部屋の反対側にいるだけで今でもおれの胸をときめかせる彼女のことを。肌からライラックの香りを漂わせる彼女のことを。笑うと鼻を鳴らし、怒ると鼻にしわを寄せて緑の瞳を輝かせる彼女のことを。彼女にはもっとふさわしい相手がいるはずだ。

おれよりふさわしい相手が。

彼女には一緒に歳を重ねてくれる相手がふさわしい。赤ん坊たちを揺らして寝かしつける誰かが。子どものリトルリーグのコーチをやってくれる誰かが。危険がない仕事に就いている相手が必要だ。高校教師とかエンジニアとか弁護士とか。

おれではない誰かが。

おれは危険がない仕事には就いていないし、普通じゃないし、無欠でもない。おれは彼女と一緒に齢を重ねるべき男じゃないし、出産の際に彼女の手を握りしめてやれるわけでもない。そう、おれは彼女にふさわしい相手の条件にひとつも当てはまらない。おれはまだレインジャーだ。人生最悪の今のこの瞬間も、おれは自分自身より大きな存在に縛られている。

それは合衆国陸軍第七五レインジャー連隊隊是だ。

レインジャーに志願したことを自覚し……

おれは体重を移動させ、膝を曲げて胴の下に入れて床に押しつけ、てこの力を利用してどうにかして座位を取る。

……自分が選んだ職業の危険性を充分に認識したうえで……

もがきながら膝立ちになろうとすると、激痛が稲妻となっておれの胴体を引きちぎり、また涙が溢れてくる。これは骨折の痛みじゃない。もっと体の深いところからくるものだ——内臓損傷、ひょっとしたら脾臓が破裂したのかもしれない。

……レインジャー連隊の威信と名誉と気高い団結の精神を保つべく、日々奮励努力する。

おれは死ぬ。今日じゃないかもしれないが、誰のところにも来るように、大鎌を抱えた骸骨野郎がそのうちおれのところにもやって来る。しかしおれは連中とはわけがちがう。おれは空挺レインジャーだ。守るべき遺産がある。空挺レインジャーは簡単には死なない。

そして今日がこの世で過ごす最後の日だとしたら、全能の神にひとつだけお願いしたいことがある——タイムアップとなる前に、空挺レインジャーの何たるかをできるだけ多くのジハーディストどもに見せつけてやれる時間をお与えください。

「準備完了。あと三十秒でライヴ配信開始だ」

また姿のない声が投光ランプの向こう側から聞こえてくるが、今度はその言葉の意味がしっかりわかる。

鋸歯のナイフが咽喉に食い込んだときに死刑囚がもがかないように首を切断するには技術を要する。結局、あまりもがかれると映像は台無しになることが多い。そしてハリウッドのスプラッター映画とはちがって、ジハーディストどもの処刑映像は撮り直しがきかない。

なのでジハーディストの処刑執行人たちは、死刑囚を確実におとなしくさせるための狡猾な心理テクニックを編み出した。それは模擬処刑を使う手だ。死刑囚を縛り上げてカメラのまえに連れ出し、これからおまえは死ぬことになると言う。そこで抵抗されると理不尽に殴りつけ、そして最後の瞬間に覆面姿のジハーディストが中止を告げる。そんなリハーサルを何度も繰り返す。

残虐な行為を本当に実行するまで、死刑執行人はそんなリハーサルを何十回も繰り返すともある。その挙げ句に死刑囚の心は痛めつけられ、処刑の過程に麻痺してしまう。そして首を斬り落とされる最後の瞬間がやって来ても、今度もまたリハーサルだと思い込んであまりもがかなくなる。あるいは、この狂気をもう終わらせたいと思って抵抗しないのかもしれない。たとえ冷たい鋼鉄の刃が自分の首にめり込むことでそれが終わるのだとしても。

いずれにせよ結果は同じことだ。死刑囚は黒装束の死刑執行人に首を斬り落とされ、その一部始終は高画質で録画され、多くのジハーディストのウェブサイトや掲示板に配信される。

しかしこの手も今回は使えない。

サイードたち一味にはスケジュールがある。そのスケジュールはおれの折悪しき出現で中断されたが、それでもスケジュールはスケジュールだ。ショーの処刑をライヴ配信すると公言した以上、暴力を渇望するジハーディストどもは今この瞬間も血を求めている。おれの新たなご主人さまがさらに配信を遅らせたら、数え切れないほど多くのジハーディスト志願者たちのまえで恥をかくことになる。いつものごとくリハーサルを何度もやる時間はないはずだ。

この制約は、おれたちを捕らえているジハーディストどもをちょっとしたジレンマに追い込んでいる――どうやって死刑囚をおとなしくさせて、スケジュールどおりに見栄えのいい斬首映像を撮ればいい？

もちろんむやみやたらと殴りつければいい。死刑囚が意識を失ってしまえば、ナイフの鋸歯がその首を斬り落としにかかったときに与える魂を無感覚にしてしまうような恐怖が弱まってしまうからだが、いざとなったらそれでもかまわないだろう。

「あの男の準備をさせろ」

何気ない指図の声に、おれの背骨に怖気が立つ。膝立ちする力を与えてくれた正義の憤怒に匹敵する何かを、おれは奮い起こそうとする。でも湧き起こってきたのは、照明の正面から歩いてくるおれの悪夢がもたらす恐怖だけだ。

サイードだ。

そしてあいつはまっすぐおれに向かってくる。

56

イラク西部、アル・アサド空軍基地

ヴィニー・〝ボクサー〟・マグラー少佐はF‐22ラプターのスロットルレヴァーを押し込み、プラット&ホイットニー社製の二基のターボファンエンジンのアフターバーナーを点火する。最新鋭ジェット戦闘機が雄叫びを上げて滑走路を疾走すると、三十二トンの推力がヴィニーを座席に押しつける。通常の戦闘機の半分以下の滑走距離でラプターの機首は上を向く。一秒後、車輪は地上を離れて空中を舞う。ヴィニーがトグルスウィッチでエンジンの推力偏向ノズルを調節すると、ステルス戦闘機の迎え角は急角度からほぼ垂直に変わる。

子どもの頃、ヴィニーはどうしても宇宙飛行士になりたかった。固体燃料ロケットの先端にシートベルトでくくりつけられたらどんな気分になるのか考えているうちに眠りに落ちる夜をいくつも過ごした。ラプターのパイロットになると、ヴィニーはそんなことをもう考えなくなった。ジェットエンジンを全開にし、愛機を世界最速のジェットエンジン搭載発射体のひとつへと変えるたびに、少年時代の夢はかなえられている。

しかしアル・アサド空軍基地の滑走路が眼下に消えていくと、ヴィニーは今回は子どもの頃に夢見ていたフライトではないと自分に言い聞かせる。今夜、十二年前にラプターのコックピットに身を落ち着けて以来初めて、愛機を限界のその先まで持っていくつもりだ。

そう考えると、ヴィニーは不安と興奮を等しくおぼえる。彼はふたつの感情を脇に置き、ヘッドアップ・ディスプレイ（HUD）とコンピューター計器表示ガラス製スクリーン（グラスコックピット）の中心に置かれた多機能ディスプレイに、やはり等しく注意を向ける。上昇高度が三万フィートから四万フィート、そして五万フィートとなったタイミングで、ヴィニーは愛機をかすかにバンクさせ、編隊長の任務として旋回パターンに入り、編隊僚機（ウィングマン）の到着を待つ。交信周波数とナヴィゲーション・ポイント、そして搭載兵器のプリセット情報は、異様に短かった出撃前ブリーフィングの最中に慌ててデータカートリッジにロードして、そこから全部しっかり転送されている。しかし実際にヴィニーの頭を占めているのは、こうしたありふれたチェックリストの項目ではない。

ヴィニーの注意は、ムーヴィングマップ・ディスプレイに引かれた控えめな線にひたすらに注がれている。その線はシリアの領空、より具体的に言えばアサド側空軍とその後ろ盾のロシアが主張している管制空域がそこから始まることを示している。

「ボクサー、こちらリングマスター。フライトを続行せよ。繰り返す、フライトを続行せよ」

無線の発信元はイラク領空を直進するボーイングE‐3セントリー早期警戒機（AWACS）だ。通信は暗号化無線でヴィニーの耳に届いたが、返信はしない。

少なくとも自分の無線機では。

無線機を使う代わりに、ヴィニーはサイド操縦桿（スティック）のトグルスウィッチに触れる。すると〝了解〟のひと言を示すコード化されたレーザー光がAWACSの背中に搭載された大型レーダーに向かって放たれる。

今回の任務ではステルス性が最優先される。ラプターは世界初の第五世代戦闘機だ。敵の支配空域に探知されずに侵入し、無警戒の航空戦力に大打撃を与えるための特殊設計がなされている。しかし些細な無線交信で自機の存在をさらけ出してしまえば、自慢のレーダー波吸収性能は何の意味もなくなる。

この問題を軽減するべく、ヴィニーは絶対に必要になるまで無線封鎖をしておくことにした。その代わりにヴィニーとAWACSの管制官、そして三機の僚機とは光通信システムを介して連絡を取る。光通信システムは最初にF‐35統合打撃戦闘機に採用されたが、その後は空軍のその他の主力戦闘機、つまりF‐22ラプターにも搭載された。

AWACSの管制官への応答から数秒後、ヴィニーのヘッドセット内で二音階の電子音が立て続けに鳴り、彼のストライク・パッケージの残り三機のラプターが到着したというテキストメッセージが光通信システムを通じて送られてきた。彼は頭を左右に向け、フライトヘルメットに着装された暗視ゴーグル(NVG)を使って到着した僚機を目視する。三機とも所定の位置についていることを確認すると、ヴィニーはスロットルレヴァーを少しずつ押し、打ち合わせどおりに愛機の巡航速度を超音速に設定する。

往々にして科学的事実(サイエンス・ファクト)というよりも空想科学(サイエンス・フィクション)を思わせる性能を有するラプターは、またしても驚異の力を見せつける。プラット&ホイットニーのジェットエンジンは、燃料を大量に消費するアフターバーナーを使うこともなく機体を超音速まで加速させる。

しかしラプターのレーダー波を回避する外装、実用アクティヴ電子走査アレイレーダー(AESA)、そしてコンピューター支援飛行制御システムという離れ業ともいうべき驚異の科学技術に、今のヴィニーは心を奪われてはいない。この機の革新的な性能を評価していないわけではない。三十秒前、彼と三人の沈黙のハンターたちはムーヴィングマップ・ディスプレイ上の緑の線の反対側に入ったからだ。

現在、彼らはロシアの管制空域を飛行している。

ヴィニーが率いる四機のラプターによるストライク・パッケージは戦争に突入する。

57

「さあ、行くぞ」任務の新たな段階に入ることを告げるというよりも、乗員たちが感じている心の昂ぶりを言葉で表現するかのように、ジョエル・グレンデニング三等上級准尉は言う。

「よし、行け」フィッツ大佐はそう言い、ジョエルの背中を叩く。

ジョエルは、自分のコンソールと副操縦士（コ・パイロット）のあいだに突き出ているディスプレイ上で起こっていることをわざわざ答えたり説明したりはしない。デルタフォース（ザ・ユニット）の指揮官は、今回はもうムーヴィングマップ・ディスプレイに示されている赤い線の意味するところを充分すぎるほどわかっている。

救出作戦が三十分前に中止されたのち、ヘリがふたたびロシアの管制空域に入ったら何に直面することになるのか全員がわかっている。ホワイトハウスが承認した計画を統合特殊作戦コマンド（JSOC）の連絡将校がもたらすと、ヘリの乗組員全員が二度目の救出作戦に志願した。あいにくジョエルは、この二度目の、そして最後の救出作戦に連れていくメンバーを自ら選ぶ際、将来有望な志願者たちから顔を背けなければならなかった。

背後からついてくるブラックホークの機内の込み具合から察するに、ザ・ユニットのコマンドーたちもやはりこぞって志願したと見える。しかしジョエルとはちがい、フィッツ大佐はドレイクと捕虜にされたCIAのオペレーターの救出作戦に加わらせてくれと志願したコマンドーの数を制限しようともしなかった。

一瞬ジョエルは、ふたりのアメリカ人を捕虜にしているテロリストたちに対して憐れみを感じそうになる。あくまで〝そうになる〟だが。しかしすぐにこの任務で問われていることを思い出す。汚点ともいうべきブラックホーク・ダウンの一件が起こったのはジョエルがまだハイスクールにいた頃のことだ。それでもあの日が遺したものはいまでも陸軍第一六〇特殊作戦航空連隊（ナイトストーカーズ）で赤々と燃えている。アメリカ軍のふたりのオペレーターが危機に瀕していて、ジョエルとその戦友たちは救出のためにヘリを駆っている。ジョエルに言わせれば、この任務以上に連隊のモットーを体現するものはない――ナイトストーカーズは諦めない。

この任務は正義のためのものだ。それは当然なのだが、それでもジョエルは越えてはならない一線（シン・レッド・ライン）の向こう側で自分たちを待ち受けている事態を甘く見てはいない。前回は威嚇射撃が待っていた。

今回は双方とも真剣勝負に臨むことになるだろう。

イラク領空の境界線付近を周回しているAWACSからの通信が、さまざまな電波をなぎ倒して入って来る。ほぼ予定どおり。この空飛ぶ航空管制塔の無線機がどれほどの送信出力を有しているかはジョエルにもわからないが、その大音量は歯の詰め物ががたがた鳴るほどだった。この通信がロシアの注意をしっかりと惹くことをジョエルは願う。

実際はそう願ってはいないかもしれないが。

58

「セクター・チャーリーをフライト・レヴェル（FL）30で哨戒飛行中のロシア軍機へ、こちらは合衆国空軍航空管制（ATC）だ。当方の二機のヘリコプターが、あと三分でそちら側の管制空域を東から西に向かって移動する。貴機の現在の方向と高度を変更しないでいただきたい。繰り返す、貴機の現在の方向と高度を変更しないでいただきたい。すれば敵対する意思ありと見なす。了解されたし。以上、交信終わり」

アメリカ空軍の厚かましい通信に、ディミトリ・アンドロヴィノッチ中尉はわが耳を疑う。ヤンキーどもは頑固一徹とは聞いていたが、それでもこの展開はにわかには信じがたい。こっちの空にこそこそ忍び込んだ連中のヘリが燃え上がる鉄くずの山にならなかったのは、こっちが自制心を見せてやったからだ。なのにそれから一時間も経たないうちに、ヤンキーどもはまるでここは自分たちの空だと言わんばかりの態度でおれの厚意に応じてきた。

連中の傲慢ぶりには心底驚かされる。

ディミトリは照準レーダーを起動させる。レーダー波の返りが一定しないのは、前回と同じようにこのアメリカ軍ヘリもステルス装備だということだ。やはりレーダーに映っている早期警戒機（AWACS）がさっきの通信の送り主なのだろう。

それ以外はレーダーには何も映っていない。

まさか、積んでいるのは馬鹿でかいレーダーだけという丸腰の哨戒機で脅すというんじゃないだろうな？

ディミトリは自己防護装備のスクリーンを一瞥するが、地対空ミサイルもしくは空対空ミサイルシステムのアクティヴレーダー波は一切感知していない。

ヤンキーどもははったりをかましているんだろうか？

「アウトリガー・メインへ、こちらバジャー・スリー・フォー」ディミトリは操縦桿の無線送信ボタンを押し、そう言う。「さきほどのアメリカ側からの通信を監視していたか？」

「もちろんだ、バジャー・スリー・フォー。貴機への指示に変更はない。アメリカ機によるわれわれの管制空域への侵入を許してはならない」

「バジャー・スリー・フォー、了解した」ディミトリはボタンを押し、マスターアームスウィッチの安全装置を解除する。それからＳｕ－27をひねって急旋回させ、侵入を試みるヘリに機首を向ける。

今度こそ、仕上げを御覧じろ（ごろう）だ。

59

「方位140、FL30を飛行中のロシア軍機へ、こちら合衆国空軍ATC。以前の方向および高度に機を戻せ。さもなければ攻撃する。これは最終警告だ。以上、交信終わり」

ヴィニー・〝ボクサー〟・マグラー少佐はリアルタイムで展開されるドラマを見守っている。ロシア空軍のSu-27（フランカー）を示す赤い菱形のアイコンが、合衆国陸軍のMH-60を示すふたつの青い長方形へと方向転換し、向かっていく。

指示されたとおり、彼はまだラプター側の照準レーダーを作動させていない。その必要もない。標的の情報は、すでに周回飛行中のAWACSから双方向データリンクを介してラプターの主兵器倉（メインウェポンベイ）に格納されているAIM-120中距離空対空ミサイル（AMRAAM）の衛星航法システム（GPS）／慣性航法ユニット（IMU）に直接送信されているからだ。

ヴィニーはタクティカル・ディスプレイをほんの一瞬だけ長く見て、フランカーがAWACSからの無線指示に従っていないことを確認する。そしてサイドスティックのトリガーガードを上げ、トリガーを二回引く。

ウェポンベイの扉が開く音がすると、最初に機体が揺れるのを感じ、それから二発のミサイルが後流（スリップストリーム）のなかに落ちていく。かっきり二秒後、撃ちっぱなし（F&F）型ミサイルのロケットエンジンが点火されて尾のような炎を噴き、搭載コンピューターがAWACSのレーダー情報にアクセスしたのちに算出した迎撃コースに沿って猛スピードで飛んでいく。

Su-27の水平位置をロールさせ、機関砲の銃口をヘリに向けたとき、初めてディミトリは何かがおかしいことに気づく。捕捉レーダーがほんの一瞬だけ音を発したのだ。しかしディミトリがHUDから眼を落して多機能ディスプレイでレーダー波の返りを確認すると、新たな標的を捉えたことを示すアイコンは表示されていなかった。まるで何かが一瞬だけ出現し、すぐどこかに消えてしまったみたいだ。

この落ち着かない気分に、それでなくとも神経質になっていたディミトリはあることを思い出す。一瞬、彼の心はパイロット講座へと引き戻される。教官はイラクの標的の上空にあるアメリカ軍のステルス爆撃機を捉えたレーダースクリーンの様子を見せる。爆撃機のウェポンベイの扉が開かれ、格納されていた兵器を放出する瞬間を除いて、レーダースクリーンには何も映っていなかった。

でも、アメリカ軍がB－2爆撃機をシリア上空で周回飛行させる理由は何だ？

次の瞬間、ディミトリはレーダーの誤作動の原因を正確に把握するが、その発生源はわからない。この空域を飛んでいるのは不格好なB－2ではないのだろう。

別種の捕食者に追われているのだ。

ディミトリは叫び声を上げ、スロットルレヴァーを目一杯押し込み、機体を急旋回させてアメリカ軍のヘリから離れていく。そして眼に見えないアメリカ軍の猛鳥がまだ兵器を放っていないという一縷の望みにすがり、急上昇して元の高度に戻っていく。

その願いは泡と消えた。

60

ヴィニーが乗るラプターのディスプレイに表示されるロシアのフランカーを示すアイコンに、彼が放ったミサイルがあっけないほど正確に重なり合う。アイコンは一瞬ばらばらに分離したと思うとまた結合し、そしてディスプレイから完全に姿を消す。ロシア空軍の迎撃機を一機撃墜し、空域はクリアになる。それでもヴィニーはまだ一回も無線交信をしていない。

これが現代の空対空戦闘というものだ。

この空域に残存する脅威がないことを確認すると、ヴィニーはストライク・パッケージの各機に簡潔な暗号メッセージを光通信システムで送信し、今回の任務の二番目かつ最後の標的に向けて進路を変える。僚機からの返信を示す音がヘッドセットから聞こえる。AWACSの管制官は国際緊急周波数(GUARD)でまた呼びかける。

「セクター・チャーリーを飛行中のロシア軍機へ、こちら合衆国空軍ATC。これよりシリアの全空域は合衆国の管轄の下に封鎖される。封鎖が解除される以前に離陸するいかなるシリアおよびロシアの航空機も敵対の意思ありと見なし、攻撃する。繰り返す、封鎖が解除される以前に空域に侵入するいかなるシリアおよびロシアの航空機も敵対の意思ありと見なし、攻撃する。合衆国空軍ATCより交信終わり」

三分後、ヴィニーら四機のラプターからなるストライク・パッケージは周回高度に達して哨戒を開始し、シリア西端の地中海岸にある、シリアに展開しているロシア空軍部隊が駐留するフメイミム空軍基地を空から封鎖する。ヴィニーに下されている命令は、これからの二十分間、空軍基地から飛び立とうとするすべての機体を、望ましくは滑走路から離れるより早く殲滅することだ。

ヴィニーの機のレーダーに新たな輝点（ブリップ）がいくつも浮かぶ。出撃したB－1ランサー爆撃機がイラク領空のすぐ内側で編隊を形成しており、ラプターのステルス性はさらに増している。ロシア側が何らかの理由でメッセージを理解せず、ヴィニーが新たなへそ曲がりのロシア軍機への攻撃を余儀なくされた場合、ランサーの編隊が超音速の轟音を立てて襲来し、フメイミム空軍基地の二本の滑走路をクラスター爆弾で使用不能にする。しかしついさっき生じた事態に鑑みれば、ロシア側はメッセージをしっかり受け取ったことを明快極まりないやり方で伝えてくるだろう。ヴィニーはそう確信している。これから起こることは向こうの出方次第で決まる。

どちらに転ぶにせよ、ヴィニーら不可視の殺し屋たちの準備は整っている。

「ロシアの脅威はなくなりました」飛行士たちが至極念入りに洗練させてきた感情のない声を保とうとしつつ、ジョエルはそう言う。ぎりぎりではあったが、何とか保てた。しかしフィッツ大佐はおかまいなしに感情を爆発させる。

「やったぞ！」大佐は騒音に満ちたヘリの機内で会話を交わすための通話装置（インターコム）が必要ないほどの大声で雄叫びを上げる。

「これで標的に向かう許可が出ますよね、大佐？」ジョエルは訊く。

「もうすぐだ」フィッツ大佐は補助席（ジャンプシート）から身を乗り出してくる。「ＤＩＡのオペレーターにはビーコンを渡してある。彼がボタンを押した瞬間、作戦を開始する。それまでは彼にショーの居場所を突き止める時間を与えなければならない」

「了解です。しかしおれたちに残された時間はあと十五分です。十五分後にはラプターの燃料は残りわずかになり、持ち場を離れざるを得なくなります。彼らが去ってしまったら、おれたちも戻らないと連中に撃ち落されたロシア野郎と同じ目に遭わされます」

「わかっている、准尉。ビーコンが発信された時点で、私は標的の建物の屋上にいたい。

可能なかぎり標的に接近するわけだが、ビーコンが発信されるまで襲撃はできない」

ジョエルは奮い起こせるかぎりの熱意を込めてフィッツの指示にうなずいてみせる。しかし彼は恐怖を感じずにはいられない。多機能ディスプレイに表示される、任務に残された時間を示すタイマーはゼロに近づきつつある。そのＤＩＡのオペレーターのことは知らないが、それでも彼のために祈りを捧げる。

61

シリア、マンビジュ

「気分はどうだ？」サイードはおれの眼のまえに片膝をついてそう訊いてくる。

本気でおれの身を案じてるわけじゃないんだろうが、それでもおれは答えることにする。ビーコンがあろうがなかろうが、フロドはおれの友人だ。いや、そんな言葉じゃ足りない。あいつはおれの兄弟だ。あいつもおれと同じように特殊部隊の精神を持ち合わせていて、絶対にあきらめない男だ。ほかのすべてが失敗しても、おれは自分の兄弟への信頼は失わない。おれを見つけるためにフロドは全力を尽くすと信じている。でも奇跡を起こすには時間が必要だ。おれがあいつに与えてやれるのは時間だけだ。その時間を作るには、眼のまえの間抜けにおれの首を斬らせるんじゃなくてしゃべり続けさせなきゃならない。両手を縛られ体もあらかた壊れているおれに、殺人マニアのジハーディストの気をそらせる手段はひとつしかない——ウィットに富んだ会話だ。

「おれに鼻を潰されたときのおまえの気分よりはマシだろうな」歯がまた欠けたから間の

抜けた話し方になってしまった。タフガイのイメージに何となくそぐわないから、ここは畳みかけておく。「あんたも昔はハンサムだったのか？　そんな顔になっちゃ何ともわからないがな」

拳が飛んでくる。おれは顔をそむけてかわそうとするが、全然うまくいかない。反射神経が少し鈍っている。そしてこのシリア野郎は丸腰の人間を殴るのはお手のものみたいだ。サイードの拳はおれのあごの一端を捉え、おれの頭は片側に弾かれる。歯は何とか折れずに済んだが、血の塊がまたひとつかふたつ溶けて、口のなかが血で溢れる。

上々の展開だ。

「おれが誰だかわかるか？」サイードはおれの髪を摑んで顔を自分のほうに向ける。

「いまいちよくわからない」答えると、血とよだれが口から垂れる。「おれが知らなくても気にするな。あんたら生まれつきの間抜けは全部同じに見えるんだから」

また拳が飛んできて、今度は右耳のすぐ後ろに喰らう。部屋がぐるぐると回り、倒れそうになったが、サイードに支えられる。

「おれの名前はサイードだ。おまえを殺すためにここに来た」

「あんたのことはたぶん憶えてる」舌がもつれてきた。「たしかケツがきゅっと締まってて縮れ毛の妹がいるんだよな？」

サイードはおれの折れた足首を踏みつける。痛みのあまりおれは嘔吐する。あとどれぐらい耐えられるかわからない。

でも、これも最悪ってわけじゃないのかもしれない。このままいけば、遅かれ早かれおれはサイードにたこ殴りにされて気を失い、そのあとにはまちがいなく死が待ち受けている。見られたざまじゃないが、意識があるまま首を斬られるよりはずっとマシだろう。

「まあ落ち着け、サイード」ミスター洗練がそう言う。「誰だかわからなくしたり死ぬまでミスター・ドレイクを殴るわけにはいかん。ミスター・ドレイクはそう仕向けているみたいだぞ」

思ったとおり、間抜けなジハーディストはとっくに全員死んだみたいだ。でも正直言って、ミスター洗練が本当にジハーディストだとは思えない。こいつの役回りはわからないが、サイードの一味とは明らかに毛並みがちがう。

「顔が滅茶滅茶になっちまえば、せっかくの斬首シーンをアップで見せる意味がなくなるからだろ？」ミスター洗練に向かっておれは訊く。

「ミスター・ドレイク」また英語に切り換えてミスター洗練は言う。「どうやらきみは私を見くびっているみたいだな。たしかにきみの友人はじきに野蛮人どもの刃の感触を味わうことになる。しかしきみはそんな結末を迎えはしない。先ほど言ったとおり、きみはビジネス上の最重要人物なんだ」

「どんなビジネスだ？」

「混乱というビジネスだ」

「おまえたちの新型化学兵器がもたらす混乱のことか？」

「ご名答だよ、ミスター・ドレイク」ミスター洗練は笑みを浮かべる。「しかしきみの考えているようなやり方で混乱をもたらすわけじゃない。われわれはイラクとアフガンでいろいろと学んだ。このビジネスの肝は、きみの国の政府に長期的な軍事行動を起こさせることなく、その眼をシリアに向けさせ続けることにある」

「それはあんたひとりが思いついたたわ言なのか？」おれはそう言いながら、こいつが今言ったことを理解しようとする。「それともあんたのところの秘密組織の週一の戦略会議で決まったことなのか？」

「私の戦略が繊細なバランスを要することはたしかだ。しかしそれだけの価値はまちがいなくある。きみのところの政府がシリアのような国に総出で注目してくれたら、アメリカのドル札が舞う。それも何十億という単位で。そうしたドルは当然の結果として、きみのところの政治家たちが咽喉から手が出るほど欲しがっている安定をもたらす人々の懐に入る」

「あんたのような？」

「とくにね」

「あの化学兵器を使うつもりなんかさらさらないんだろ？」

「いやいや、ちゃんと使うつもりだよ。ただしアメリカに対してではないがね。さっき言ったばかりじゃないか、バランスが肝なんだよ。われわれはアメリカの眼と資金をシリアに釘付けにしておきたいが、きみたちの先の見えない対テロ戦争の新たな戦線を開くつもりは毛頭ない。ＩＳのネアンデルタール人どもはこの教訓を身をもって学んだ」

「あんたはジハーディストじゃないのか？」

ミスター洗練の笑顔がとがめるようなしかめっ面に変わる。「ミスター・ドレイク、きみにはがっかりだよ。言っただろ、私はビジネスマンなんだ。ジハーディストどもも、きみも、きみの国のお仲間たちも、そしてあの化学兵器ですらも、全部ビジネスの目的を達成するための手段でしかない。それでは」ミスター洗練はそう言うと、スラックスについた眼に見えない埃を払う。「話を続けたいのはやまやまだが、ほかに行くところがあってね」

「話の続きはあとでできるのかな？」

ミスター洗練は慙愧に堪えないというような笑みを浮かべ、かぶりを振る。

「残念ながらそれはない、ミスター・ドレイク。きみの科学者は二重スパイとしてはいまいちだったが、たしかに化学兵器のことは実によくわかっていた。もっとも、あの化学兵器の正しい化学組成――この言葉でよかったかな？――を見つけ出すまで少々時間はかかったがね」

ミスター洗練は楽屋落ちでも言ったかのようにウィンクして見せる。おれは見詰め返し、話のオチがつくのを待つ。笑みを浮かべていたミスター洗練の眉間に徐々にしわが寄っていく。どうやらおれはあからさまにきょとんとした顔をしているにちがいない。

「おいおいどうした、ミスター・ドレイク。まさかそこまでとは思ってもみなかったよ。本当にみなまで言わなければならないのかな？」

「そうみたいだ」そうは言ったものの、まだ何のことやらさっぱりわからない。「世界に名だたるおれの推理力も、さすがにここまでボコボコにされたらうまく働かないみたいだ」

おれのことをとびきり出来の悪い生徒だとでも言いたげにミスター洗練はため息をつく。

「きみが悩まされている症状のことだよ、ミスター・ドレイク。発症までに時間はかかるが、さすがにもう自覚できるんじゃないかね？」

症状という言葉を聞いて、ずたぼろになったシナプスの発火を邪魔していた脳みその目詰まりがようやく消える。DIA本部でフロドやジェイムズと一緒に観た映像がフラッシュバックする。あれから何十年も経ったように思える。パリッとした身なりのカップルが高そうなレストランでディナーを愉しんでいる。絵に描いたような幸福な一幕が、男の手が震え出した途端に一変する。

おれの手のように。

ミスター洗練が今のおれの顔に見たものは困惑じゃなかった。こいつは手をポンと叩き、笑顔に戻る。「そう、そうだよ! ようやくわかったみたいじゃないか!」

「アインシュタインか」思い出した。何カ月か前に初めて面と向かって会ったとき、あいつは気もそぞろにそわそわしていた。神経質になっているからだろうとあのときは思っていた。その見立てはまちがいじゃなかったが、原因については完全に見誤っていた。アインシュタインはおれと一緒にいるところを見られることに神経をとがらせていたわけじゃない——自分が開発したばかりの化学兵器の有効性を心配していたんだ。

おれで試してみた兵器の効き目を。

ようやくすべてのつじつまが合った。アインシュタインが藪から棒に亡命したいと言い出したこと。おれ以外とは仕事をしないと言い出したこと。それはあいつをスカウトしそこねたときに絆が生まれたからじゃない。おれがあいつの第一号実験体で、あいつの新兵器が額面どおりの効果を見せなかったからだ。

まちがいなくパトロンたちからとんでもない額の開発費を出してもらった化学兵器がだ。アインシュタインは最初からふた股をかけていたから、テロリストどももあいつに監視をつけておれとの合流場所に送り出した。おれが見事出国させてやることができたら、あいつはほいほいついて来てジハーディストどもの血まみれの金を使って人生をやり直すつもりだった。ところがフィッツ大佐の部隊が救出に来ないとわかった途端、アインシュタインはわが身かわいさにおれをジハーディストどもに売ってリスクヘッジを図った。あいつの金づるたちは、化学兵器の第一号が約束どおりの結果を出せなかった理由を知りたがったにちがいない。連中の疑問に答えるには、実験に使ったマウスを好きなときに自由に調べる必要があった。

おれのことだ。

「アインシュタイン？」ミスター洗練は言う。「あの科学者にそんなコードネームをつけたのか？　そこまで買いかぶっていたとはね。私としては、むしろローゼンバーグのほうがふさわしいと思うんだが。きみたちの国の核の秘密をソ連に渡した夫婦がそんな名前だっただろ？」

「歴史に詳しいんだな」おれはぐるぐると回る頭で考えついたたわ言で時間を稼ぐ。

「クイズ番組（ジョパディ！）に出たらチャンピオンまちがいなしだ！」

「ジョークを言っていられるのも今のうちだよ。われわれの化学兵器の改良版は極めてよく効くが致死性は高くない。その代わり、狂牛病のように徐々に脳を蝕む。ＣＩＡのご友人とはちがい、きみは今日のライヴ配信が終わってもまだ生かされる。しかしそのはつらつとしたウィットに富んだ口はもう利けなくなる」

「どうして殺すんじゃなく脳を損なうように作ったんだ？」おれは訊く。

「収支と注目だよ、ミスター・ドレイク。きみを改良版に曝露させ、長々と時間をかけて死んでいくさまを全世界に配信する。きみが受ける苦しみは、確実にアメリカの人々の金と眼をシリアに集めつづける。きみのところの政府はまたぞろ救出を試みるかもしれないし、そのときはうまくいくかもしれない。でもきみにとっては救出されようがされまいが結末は同じだ。改良版に曝露して脳内に入り込んだ水銀化合物の抽出は不可能だ。ここで死ぬにしても自宅のベッドで死ぬにしても、きみは自分で自分の面倒も見られぬまま最後の日々を過ごすことになる。さようなら、ミスター・ドレイク」

　ミスター洗練は踵を返し、おれの返事も待たずに歩き去っていく。

かえって助かった。生まれて初めて、気の利いた返しの言葉がネタ切れになった。

62

「ライヴ配信を開始する」投光ランプの声がそう告げる。

おれの横で黒装束のジハーディストのふたり組はショーを摑み、ぐったりとした体を膝立ちにさせる。

「気分はどうだ？」サイードはそう言い、おれの髪を摑んで耳を自分の口元に寄せる。「自分がしくじったとわかって。あの男を助けるために戻って来たのに、これからおまえはその男が死ぬところを見る。おまえの愚かな尻軽女（アフ・アル・マヌヘ）の兄弟の資産（アセット）とその家族のように」

アインシュタインが化学兵器を自分に使ったという事実をまだ呑み込めずにいるおれは、サイードの言葉の意味が一瞬わからない。しかしわかった瞬間、肺から空気が一気に抜ける。おれはシリア野郎に眼を向けるが、こいつが今言ったことが思ったとおりのことなのか確信がまだ持てずにいる。

「ああ、そうだよ」サイードはそう言う。おれがつけてやった傷のせいでせせら笑いがさらに歪む。「おまえの資産（アセット）とその家族が殺されたのはたまたまじゃない。おまえと体がぶっ壊れた相棒の車がおれたちのキル・ゾーンを通りかかったのも偶然じゃない。おまえの資産（アセット）のことなど全部わかっていたんだよ、ミスター・ドレイク。とっくにな。今となっては百パーセントの自信をもって言えることだが、助けが来るというおまえの考えは夢物語だ。誰も来やしないよ、ミスター・ドレイク。ひとりたりとも」

　サイードの言わんとすることはあまりにも衝撃的で、おれのこんがらがった脳みそでは理解できない。ファジルの死とフロドの体の自由を奪った待ち伏せ攻撃は何らかのかたちでつながっていた？　どんなふうに？　サイードはチャールズの資産（アセット）だ。チャールズがこいつに教えたのか？　チャールズはずっとサイードに情報を与えていたのか？　サイードはビーコンのことも知っていたのか？　だからおれの下着を奪ったのか？

　おれは絶望の洪水に押し流される。おれの心はじめじめとにおうコンクリートに叩きつけられて砕け散る。

　サイードの言うとおりだ。たぶんこいつが思っている以上に。フロドを信頼してはいるが、それでも現実は受け入れなきゃならない。ビーコンからの信号がなければ、フロドはおれがまだ生きていることを、ましてやおれがショーを見つけたことを大統領に納得させることはできない。

つまり誰も助けに来ない。

おれの横でショーを摑んでいるジハーディストどもが詠唱を始め、殺戮の狂気を盛り立てる。

おれの指が小刻みに震え出す。

今の状況が皮肉なものだということはおれにもわかる。アインシュタインの最初の人体実験はうまくいかなかった。そこでおれはあいつの研究を手伝うべくこの死の国に戻った。それもこれも、より強力な改良版の実験体になるためだった。ショーの処刑を終えたら、ジハーディストどもはすぐさまおれに改良版を使う。もっと悪いことに、これまでの三ヵ月にわたるおれの苦しみには何の意味もなかった。おれがシリアに舞い戻ったのは、ひとりの男の命を救うためだ。約束を破り、ファジルと彼の家族を死なせてしまったことを償うためでもある。どうにかして自分を罰し、おれが犯したいくつもの罪をあがなうために来た。

でもそんなことは何ひとつできていなかった。

聖書には〝罪の報いは死なり〟と記されている。でもおれは報いを受けて死ぬことはなかった。おれが犯した罪の責めは、よせばいいのにおれを頼るという馬鹿なことをした人たちが代わりに受けることになった。ファジルや、彼の家族や、ライラや、フロドのような人たちが。じきにショーも仲間入りすることになる。

おれのまわりの人たちは皆、苦しみを強いられた。

おれ以外の全員が。

震えは指から腕、背中、そして脚へと破竹の勢いで広がっていく。全身から力が抜ける。とうとう今度こそアインシュタインの化学兵器がその威力を発揮したのかもしれない。おれの苦しみは、まさしくそれが生まれた場所でようやく終わるのかもしれない。

おれはしゃんとしていられなくなり、骨の入ったずた袋のようにがっくりと崩れる。

いきなりおれの体が重たくなり、サイードは驚く。悪態をつき、おれの髪から手を放して両肩を抱え、おれの全体重を受けてひっくり返らないようにする。

サイードはうまく持ちこたえる。

あと少しというところまで。

おれの胴体こそぶち当たることはなかったが、自由になった頭がやつの胸にドスンと当たる。

少しのあいだ、おれは絶望の重みをサイードに担わせる。痙攣するおれにまた毒づき、自分にかけられている重みをずらす。するとおれの頭は片側を向く。

そしてふたりの姿が眼に入る。

ふたりはサイードのすぐ後ろで手をつないで立っていた。ぷっくりした頬ときらきらした瞳の赤ん坊と、ほかの誰かが。

赤ん坊はにっこり笑い、ちっぽけな手を振る。

でも今回ばかりはおれの眼を惹いたのはアビールの顔じゃない。

この子の母親だ。

ヤナは何も言わない。しゃべる必要もない。表情で多くのことを語っている。自分を凌辱し、容赦なく殺した男は、ぐったりとしたおれの体から数センチのところにいることを。

もしかしたら神の——アッラーでもいい——摩訶不思議な御力のなせる業なのかもしれない。あと戻りはできないという靴磨きのジェレマイアの言葉は、もしかしたら正しいのかもしれない。もしかしたら、おれはずっと見当ちがいのものを追っていたのかもしれないのだから。

その刹那、おれはついに理解する。ぶっ壊れた人間になってこの国を去ってからずっと、おれの頭から抜け落ちていたことを。ファジルと彼の家族が殺された瞬間を取り戻すことはどうやってもできない。あの瞬間は去り、もう二度と戻ってこない。おれがどれだけ悪人どもを殺そうが、どれだけ善人を救おうが、ぷっくりほっぺにグミのように甘い笑みをたたえたアビールは死んだままだ。

でもおれは生きている。生きたままでいられる望みがまだ残っているのなら、おれはショーをジハーディストどもの手から救い出すよりずっと難しいことをしなくちゃならない。おれはある者を赦さなきゃならない。

おれ自身を。

震えが止まる。

おれは脚を奮い立たせ、残された力のかぎりを上に向かって爆発させる。おれの頭がサイードのあご先にぶち当たり、あごの骨が心地よい音を立てて割れる。おれたちは床に倒れ込み、おれは仰向けにサイードの胸の上に乗る。

両手は後ろ手に縛られているし、体は壊れ放題だが、それでもまだ心臓は動いている。おれは生きている。全能の神が生かしておいてくださる気になっているかぎり、おれにはやらなきゃならない仕事がある。

レインジャーに〈降伏〉の二文字はない……

おれはサイードの鼻に凶暴な頭突きを喰らわせる。軟骨が砕ける感触を額におぼえる。温かい血がおれの顔一面に飛び散るが、それでもおれはやめない。

まだまだ序の口だぞ。

……倒れた戦友を敵の手に渡してはならない……

サイードは悲鳴を上げ、顔を背けようとする。その耳がおれの口をかすめる。

それがまちがいだった。

おれはゴムのような歯触りの肉を嚙み、頭から引きちぎる。

それからサイードの咽喉元に襲いかかる。

……いかなる状況下にあっても国家の名誉を汚してはならない。

おれは嚙み、かじりつき、引き裂き、そして叩きつける。おれは止まらない。ショーを抱えていたジハーディストどもが身もだえするサイードからおれを引きはがそうとするあいだも。ブリーチングチャージが起爆して建物が揺れ、閃光手榴弾がいくつも炸裂して、光と激しい振動でおれの感覚が麻痺しているあいだも。減音器（サプレッサー）つきのアサルトライフルの咆哮と死にゆく男たちの叫び声が空気に満ちているときでさえも。

おれは鬨の声を上げながら嚙みつづけ、頭突きを喰らわせつづけ、ぼろぼろの体をサイードに叩きつけつづける。グローヴをはめた手がおれを敵から引きはがすまで続ける。聞きおぼえのある声が狂戦士（バーサーカー）と化したおれの憤激を打ち破る。

「もう終わりだ、レインジャー」フィッツ大佐はおれの耳元でそう怒鳴る。「もうやめろ。終わったんだ」

そのときようやく、おれはやめる。

サイードのなれの果てが、おれの下で血まみれのコンクリートに転がっている。まるで野犬の群れに襲われたかのようなありさまだ。ぞっとする眺めだが、その野犬がほかならぬおれ自身だという事実が怖気を倍加させる。恥か、少なくとも自己嫌悪に襲われるところだが、そんな気分にはならない。サイードはくたばって、おれは生きている。それ以外はどうでもいい。

「ビーコン」サイードからフィッツ大佐に眼を向けおれは言う。「ビーコンを作動できませんでした」

「ビーコンなんかくそくらえだ」おれを引き起こしながらフィッツ大佐は言う。「おれたちにはあの隊是がある」

63

ワシントンD.C.
六時間後

ピーターはもうひと口飲み、顔をしかめないようにする。琥珀色の液体はそれでなくともひりついている咽喉を焦がしながら下っていき、その途中で鼻腔を燻す。まだ二杯目の半ばだが、すでに彼はウイスキーの効き目を実感している。入ったときには陰鬱に感じられたバーの照明も、今では柔らかく感じよく思える。店の奥の角のブース席にいるブルネットは最初はまずまずと思う程度だったが、苦痛に満ちたひと口を重ねるごとにどんどん魅力的に見えてくる。

「お代わりは?」バーテンダーが訊いてくる。

「まだいい」ピーターはグラスをコースターの上にそっと置く。彼はウイスキーを心底嫌っていて、ノブクリークの二十五周年記念ボトルをもってしてもその見解を改めようとは思わない。それでもこの夜をお開きにするまでにはもう一杯飲むつもりだ。上等なウイスキーを三杯だけ——飲む量はそれ以上でもそれ以下でもない。

　二十年以上前のあの夜と同じように。

「選挙はどうなるかな？」バーテンダーはそう言い、店の奥の壁に掛けられた、音声を消したテレビを指差す。

「ゴンザレスが勝つと思うけど」ピーターはグラスをくるくる回してまたひと口飲む。というより、ピーターはそのとおりになることをわかっている。陣営で一番辛めの世論調査担当者ですらもゴンザレスが七ポイントの差をつけて勝利すると予測している。レーガン並みの圧勝とまではいかないが、辛勝というわけでもない。

「ほかのにするかい？　こう言っちゃ悪いんだが、ウィスキーが好きそうには見えないんだ」

「そうだよ。大嫌いだ。でも妹が大学の頃に好きになってね。妹はそこいらの女子大生が好きそうな甘ったるい酒じゃなく高い酒に走った。あの子が州軍に入って海外派遣されるまで、よく一緒に飲んでたんだ。戻ってこなかったけど」

　戻ってこなかったわけじゃない。クリステンは戻ってきはしたが、その引き締まった体は彼女の命を奪った即席爆発装置(IED)で原形をとどめないほど焼かれてしまった。幸いなことにピーターは亡骸の身元確認をせずに済んだ。その重責は父親が担った。愉快な人間だった父親は、それ以来くすりとも笑わなくなった。

「それは気の毒なことをしたな」バーテンダーはそう言うと、傷だらけのオーク張りのカウンター越しに手を伸ばしてピーターの前腕を握る。「次の一杯は店のおごりだ」

「遠慮しておくよ。払いは自分で持つ。それが妹との習わしだったんだ。いつもぼくが払ってた」

「あんたがそう言うなら」バーテンダーはそう言う。「何かほかのに替えたくなったら言ってくれ」

バーテンダーはレジに引っ込み、ひとりきりになったピーターは物思いにふける。こんな状態のわりには、かなり穏当なことしか頭に浮かばない。大統領はピーターが止めるのも聞かずに救出作戦を承認し、今回ばかりは統合特殊作戦コマンド(JSOC)の筋肉馬鹿どもも評判どおりの働きを見せた。マット・ドレイクとジョン・ショーは救い出され、その過程で合衆国市民の命はひとつたりとも失われなかった。

実を言えば、ゴンザレス大統領が七ポイント差で勝ちを収めるという予測が出た理由のひとつは、ピーターが〈ニューヨークタイムズ〉と〈ワシントンポスト〉の毎度おなじみの記者にリークした、救出作戦について巧妙に細工したいくつかの情報だ。今やゴンザレス大統領は兵士のために全力で戦う男という人物像が出来上がった。最悪の結果だ。

ロシア側は激怒したが、プーチン大統領はシリアの原状回復を静かに訴えつつも、義憤をおおっぴらにぶちまけるだけで矛を収めていた。電話を介した一度だけの短いやり取りでは、居丈高なプーチン大統領に対し、ゴンザレス大統領はロシア空軍のフランカーが二機の米軍ヘリに向かって発砲する映像を公表すると脅した。

今回ばかりは、ロシアの絶対的指導者も眼をつむった。

事態はピーターが望んでいたとおりに進まなかったにせよ、結局のところ彼が立場を危うくすることはなかった。ベヴァリーは力を失い、ピーターとの取り決めどおりに辞職する。それもこれもチャールズが入手してくれた電子メールのおかげだった。エッツェル大将とベイリー中将、そして国防情報局(DIA)の何人かの不適格者たちとの間に遺恨が残ったが、それでもチャールズがCIA長官に就任すれば、安全保障会議は赤子の手をひねるぐらい簡単に操れるようになるだろう。普段から言っているとおり、ホルヘ・ゴンザレスが二期目を勝ち取れば何でもできるし、その勝利は時計の針が進むごとに現実味を帯びてくる。

「一杯おごらせていただける?」

ピーターはウイスキーから眼を上げる。隅のブース席にいたブルネットが横に立っている。彼はグラスをコースターに置いたまま回して彼女の申し出を考え、ゆっくりと頭を振る。

明日は十一月の第一月曜日のあとの火曜日だ。言い換えれば、大統領選挙の投票日だ。ホルへの勝利はまちがいないが、それでもピーターは気を緩めるつもりはない。とにかく今のところは。ただし、二十四時間経てば気分も一変してしまうだろう。

「次の機会でいいかな？」そう言うピーターの眼はブルネットの顔から、レースブラウスの大きく開いた衿ぐりからほんの少しのぞく胸の谷間に移る。

「いいわよ」ブルネットは身を屈めてそう言う。温かい吐息がピーターの耳をくすぐる。「電話して」

ブルネットは折ったカクテルナプキンを彼の手のなかに滑らせ、それ以上は何も言わずに店を出ていく。

ドアをすり抜けるように出ていくブルネットを、ピーターはまたひと口飲みながら見つめる。これからの二十四時間が与えてくれるものを考えながら、アルコールがもたらす温かみに包まれる。

何もかも確実に上向いてきている。

ピーターは酔いと性的興奮が等しく混じった至福の三秒間をぐずぐずと愉しむ。それはブルネットに渡されたカクテルナプキンを開くためにかかった時間でもある。女の字とすぐわかる筆跡で携帯電話の番号が書かれているんだろう。そうとばかり思っていたピーターは、別の何かを眼にする。ふたつの単語。彼のこれからを変えてしまう力があるふたつの単語だ。

無制限の貸し。

咽喉を逆流してきたウイスキーにむせる。バーのカウンター席でむせ返らないようにする彼の頭に浮かんでいる思いはただひとつだ。

ロシアの絶対的指導者が眼をつむるわけがない。

エピローグ

イリノイ州シカゴ

「本当についていかなくて大丈夫？」

「大丈夫だ」おれはそう答え、裏路地の突き当たりに建つレンガ造りの二階建ての家から隣の助手席に坐る女性へと眼を向ける。妻の美しい顔を見ることは自分に与えられた当然の権利だと思っていた。そんな単純なことがどれほど贅沢なのか、ようやく思い知らされた。妻の顔がいつの間にか亡くなったシリア人女性のそれに変わらなくなった今、ライラがおれと眼を合わすたびにおれも彼女を見つめるようになった。

見つめていると普通はあっという間に別の行動に発展してしまうものだが、それでも彼女と臆せず眼を合わせるという単純な行為そのものがおれを笑顔にさせる。むしろ、ライラがここにいるとわかっているだけでおぼえる幸福感は、同時に消えることのない罪悪感ももたらす。おれの世界では万事うまくいっていても、この通りの突き当たりの家に暮らす女性はまったく別の世界にいるのだから。

彼女の世界は砕けてしまった。

「こんなことはしなくていいのよ」ライラはそう言い、助手席からおれの手を取る。「もう充分やったんだもの」

おれは妻の手を握るが、何も言わない。

もちろん彼女としてはそんなつもりはなかったんだろうが、ライラの言葉はおれにとって告訴状と同じだ。おれが本当に充分やっていたら、シカゴ郊外の閑静な住宅街にレンタカーを停めて、そのなかでふたりして坐ってはいないだろう。あれから八週間が経った。おれはシリアで起こったことの大半を理解したが、それでもすべてじゃない。

フィッツ大佐と彼の部下たちが約束を果たしてくれたことはわかっていた。彼らがショー(J)とおれを救出した直後、Ｂ－２ステルス爆撃機が二発の千ポンド級の無線誘導付き統合直接攻撃弾(DAM)を投下し、化学兵器研究施設を土台にいたるまで破壊した。アインシュタインの創造物は失われ、ＩＳ分派は一掃された。

が、すべてがこんなにきれいさっぱり収まったわけじゃない。フィッツの襲撃チームが建物に突入したとき、ミスター洗練の姿はどこにもなかった。それにサイードとＩＳ分派とミスター洗練、そしてチャールズのつながりはいまだにわからない。それでもおれにとってはもうどうでもいいことだ。

おれはまた壊れた体でシリアから戻ってきたが、今回は心のなかの何かが修復されていた。アンドルーズ空軍基地に帰還したおれを、ジェイムズとフロド、そしてライラが飛行機の脇で出迎えてくれた。おれはフロドと抱き合い、ライラにキスし、そしてジェイムズには国防情報局（DIA）でのおれの仕事は終わったと告げた。

世界中のジハーディストどもにとっては悪夢的存在たるジェイムズ・グラスも、今回ばかりはおれの退職通告を何も言わずに受け入れた。少なくとも、わざわざこのタイミングでおれの決断に異議を唱えるつもりはなかったと見える。DIAを辞める辞めないのせめぎ合いの第一ラウンドはおれの勝利で終わったのかもしれないが、戦い全体はまだまだ終わらないだろう。

それからの八週間、おれは体をゆっくりと癒やしていった。そのあいだにギターを弾きまくり、同時にインターネットを使った調査にもかなりの時間を費やした。おれの時代遅れのネット検索が壁にぶち当たったときは、フロドに助けを求めることもあったかもしれない。はからずも――そうじゃないかもしれないが――おれがシカゴに行けるまでに体力が回復してきたタイミングで、フロドが飛び切り重要な情報を見つけた。おれが今ここにいるのは二カ月の長きにわたる探偵仕事の賜物だ。

これからおれは、あの金曜日の朝にオースティンから始まったことに終止符を打たなければならない。

「すぐに戻る」おれはライラにそう言うと車のドアを開け、足を引きずりながら歩いていく。

おれが負った最悪のダメージは収まっていった。ＣＴとＭＲＩによる検査を何度も受けた結果、ミスター洗練が姿を消す直前に言ったことが確認された。つまりおれはアインシュタインの化学兵器の初期版に曝露したというわけだが、脳へのダメージは機能を損なうようなものではなく、永続的なものですらないかもしれない。今はまだ何とも言えないが、軍医はおれの症状が多発性硬化症のような自己免疫疾患のそれに似ていると言った。おれは寛解期にあるものの、突然再発する可能性はある。過度のストレスを引き起こすような状況は精神面でも身体面でも避けるようにと軍医は忠告した。

余計なお世話だとおれは軍医に忠告してやった。

外傷も快方に向かっている。鼻はようやく普通に戻ったし、捻挫した手首はちゃんと動くようになったし、脚の銃創から血が滲んでくることもなくなった。体じゅうにあった青痣もあらかた薄くなったが、ジハーディストどもの一団にボコボコに蹴られた腰は今でもクソみたいに痛い。それでも足首はまがりなりにもよくなった。一応、だが。松葉杖は必要なくなったが、大して歩けるわけじゃない。自信満々に闊歩するというよりも千鳥足に近いが、シカゴでの訪問先へと続く比較的平坦な私道と一段しかない玄関ポーチをこなすぐらいには回復したと確信している。

もっと早く来ることもできたのにそうしなかったのは、負傷した姿をさらすことが恥ずかしかったからじゃない。どちらかといえば、シリアの物語に終止符を打つにふさわしい見た目というものがあるだろうという思いのほうが強い。戦死した軍人の近親者に死亡通知書を届ける将校が礼装で任務に臨むように、これから伝えることを損なわないような見た目じゃないとだめだと思ったからだ。これから会う女性に、おれは憐憫(れんびん)の情を見せなければならない。

逆におれにはその女性に憐れみをかけてもらう価値はない。

「あなた?」助手席から身を乗り出し、ライラは言う。

「すぐ戻る」おれはドアをそっと閉じる。

家のほうを向き、歩き始める。私道の半分辺りまで来たところで、おれは身の丈以上のことをやろうとしているのかもしれないと気づく。陰鬱な空は嵐の兆しを見せているし、風の街(ウィンディ・シティ)というシカゴのふたつ名が伊達じゃないことを実感している。体の内側は治りかけの足首から放たれる白熱の痛みに激しく揺さぶられているのに、外側は氷のように冷たい突風に打ちのめされている。

おれは歯を食いしばり、第七五レインジャー連隊隊是の第一条を唱える。唱え終えたところでようやくポーチにたどり着く。ゴールの直前でおれは足を止めて息を整える。立ち止まってもふらつき、身も凍る寒さなのに汗が顔を伝い落ちる。折れた足首の骨がくっつくまでの長い日々のあいだに、おれはじっくり時間をかけてこの訪問のなりゆきをあれこれ思い浮かべていた。まさかこんな体たらくになるなんて思ってもみなかった。

やっぱり〈作戦は敵と遭遇した途端に吹っ飛ぶ〉だ。

おれはポーチの端にある頑丈そうな木製の柵を摑んで身を引き上げ、たった一段を登頂する。そして震える指で呼び鈴を押す。

一分が過ぎ、二分が過ぎ、おれは車までよたよたと戻らなきゃならなくなったらどんな間抜けな気分になるかじっくり考えてみる。ようやくドアが開く。きれいなパキスタン人女性がおれを見る。

おれより十歳ぐらい年上で、黒髪が輝く波を描いて両肩の向こう側に落ちている。黒い瞳は人を惹きつけるものがある。笑みを浮かべたら、今でも半分ぐらいの歳の男たちを釘付けにするんじゃないだろうか。

でもおれにはわかっている。彼女がかつてと同じ笑みを浮かべることはもう二度とないことを。

「はい」彼女はそう言う。かすかだがまだ訛りが感じられる。

「ミス・ファルーキですか？」

「どちらさま？」

「マット・ドレイクという者です。ご子息のことで伺いました」

彼女の滑らかな顔に険しい怒りの筋が走り、両眼は光を発する。「わたしの知っていることならもう全部話しました。なのにまたやって来たの？　あなた記者？　国務省の人？　FBI？　もう放っておいて」

彼女がドアを閉じようとしたそのとき、一陣の風がドアを叩きつける。思いがけない突風に女性はよろけ、ドアを閉めるタイミングが一瞬遅れる。

しかしおれに必要なのはその一瞬だけだ。

「すみません、待ってください」おれはそう言い、おれたちを隔てる虚空を越えて女性の手に触れる。「私はそんな者じゃありません。私はご子息と一緒にいました。彼が命を落としたときに」

予行演習どおりに熱弁をふるうこともままならず、こんな言葉しか口からこぼれ落ちてこなかったが、それでも効き目はあった。彼女はその場に立ったまま風に向かって身を屈め、怒りと希望がせめぎ合う表情をおれに向ける。

「本当に？」

「はい」おれはそう言い、ほんの少しだけまえに出る。「ご子息を助けようとしたんですが、できませんでした。申し訳ありません」

おれの告白で怒りが勝ちを収める。

「だから赦してほしいってことなの？　それを言うためにここに来たの？　良心の呵責から逃れるために？　ここに来れば赦してもらえて、車に戻って元通りの暮らしを送れるからって？　わたしの人生は終わったっていうのに？」

「ちがいます」このとき初めて、玄関ポーチに立ち、ほんのわずかな時間しか一緒にいなかった少年の母親と話をしている意味を理解する。「私はそんなもののためにここに来たわけじゃありません。たとえあなたが赦してくれたとしても。ここに来た理由は、たったふたつのことをお伝えするためです——まず、ご子息は善良な少年でした。道を誤ったのかもしれませんが、それでも善良な人間でした。命を落とす直前に、彼はシリアから逃げるのを手伝ってほしいと言いました。この家に帰りたいと。ふたつ目に、ご子息はあなたを愛していました。あなたのために家に帰ろうとしたんです」

おれの顔から真実を探ろうとする彼女の黒い眼に涙が溢れる。今度こそおれは臆することなく彼女と眼を合わせる。

ややあって彼女は短くうなずく。

「信じるわ」思いに満ち満ちた声で彼女はそう言う。「あなたを信じます」

彼女は手を伸ばし、おれの顔に触れる。薄くはなってきたがまだ緑と青が残っている痣を指でなぞる。そして何も言わずに家のなかに引っ込む。

ドアはばたんと閉じられる。

おれは眼をこすって涙を拭い、身の引き締まる冬の空気を深く吸い、家からレンタカーのほうに向き直り、頭と両肩に襲いかかってくる強風との再戦に身構える。私道に下りて歩き始めたところで車のドアが開き、ライラが出てくる。すると獰猛な風がぴたりと止む。

いきなりの無風状態は意外でも、ここで驚いちゃいけないような気がする。

何だかんだ言っても、風とは気まぐれなものなんだから。

謝辞

作家のなかにはデビュー作からたぐいまれな文才を発揮し、一気に出版界の寵児になる方もいる。私はそんなタイプではない。むしろ読者諸兄が読み終えたばかりの本作を生み出すまで、美術学修士課程（MFA）で大衆小説の執筆を学んだうえに三つの失敗作を生んだ十七年の歳月を必要とした。いきおい感謝の言葉を捧げなければならない人々もかなり多い。

私は遅咲きの作家と言えるかもしれない。それでも本作を生み出すことができたのは私の出版前の作品を読み、さまざまに意見を述べてくれた素晴らしい人々のおかげだ。本作以外の失敗作を読み、講評してくれた多くの方々の協力がなければ、私は作家にはなれなかった。ケヴィン・アンルー、トミー・レッドベター、ジョエル・カイムとミシェル・カイム、ケルシー・スミスとナタリー・スミス、そしてエリカ・ニコルズに感謝する。なかでもエリカは私の作品をすべて読み、さらには寛大にも本作の主人公の姓を考えてくれた。ありがとう、エリカ。

十七年にわたる作家修業の旅路のなかで、私はペンシルヴェニア州グリーンズバーグにあるシートン・ヒル大学のMFA課程を卒業した。そこで出会った人々はまさしく素晴らしい人々ばかりだったが、なかでもニコル・ピーラー、マイケル・アーンゼン、アルバート・ウェンドランド、ディヴィッド・シフレン、パトリック・ピッチャレリ、ヴィッキー・トンプスン、マリア・V・スナイダー、そしてシェリー・ベイツら常勤および非常勤の教職員の皆は、よりよい作家になろうとする私に時間を割き、それぞれの英知を惜しみなく与えてくださった。彼らにも感謝する。

大学の学友たちもそれぞれの専門知識と批評、そして自信を与えてくれた。とくにランディー・パラスケヴォプーロス、ナンシー・パラ、ステファニー・ダン、ジェイミー・ブラウン、ローリー・スターベンス、ビル・フェイ、そしてドーン・ガートレーナーらはマット・ドレイクという主人公の造型に大いに手を貸してくれた。みんなありがとう。

シートン・ヒルのファミリーに次いで感謝の言葉を捧げたいのは、国際スリラー作家協会の毎年恒例の会議〈スリラーフェスト〉で幸運にも出会った友人や作家たちだ。K・J・ハウ、ジョシュ・フッド、ショーン・パーネル、ライアン・ステック、そしてブラッド・テイラーらは本作の第一稿に快く眼を通してくれた。とくにビル・シュワイガートとニック・ペトリは途方もない時間を惜しみなく費やし、タイムリーかつ極めて重要な意見を事細かに述べてくれた。みなさん、ありがとうございます。

ヘリコプターの操縦は何時間もの退屈に純然たる恐怖がちりばめられていると誰かが言った。〝退屈〟を〝絶望〟に変えると、小説の執筆でも同じような経験を味わえる。絶望と恐怖の日々を、私は幸運にもブラム・ストーカー賞受賞作家のジョン・ディクソンという副操縦士(コ・パイロット)を得て乗り切ることができた。ジョン、きみの友情と見識をどれほど大切に思っているか、私はいくら言葉を尽くしても伝えきれない。ありがとう。

長年にわたり、私は出版業界の大勢の専門家たちからのご厚誼を賜ってきた。マット・シュウォーツは多くてもせいぜいビール三杯というお手軽な〝料金〟で何時間も相談に乗ってくれた。私の担当になった極めて優秀な編集者のトム・コーガンとアシスタントのグレース・ハウスをはじめ、バークレー社のチームは粗の目立つ本作の初稿を素晴らしい小説に変えてくれた。この大変化のカギとなってくれたのは、アイリーン・グッドマン・リテラリー・エージェンシーで私を担当してくれる凄腕エージェント、バーバラ・ボエルだ。バーバラは友人であり、本を広める人間であり、そして有無を言わせない力のある女性でもある。この本が改善されたのは彼女のおかげだ。

大勢の親切な人々の技術的な専門知識がなければ本作の執筆は不可能だった。カービー・ケンダル博士、マイルズ・ガードナー、ダニエル・ディキンソンは全力を尽くして哀れな著者に化学の何たるかを教えてくれた。ネイト・セルフとジェフ・ミシュラー、グレッグ・グラス、そしてブランドン・ケイツは第七五レインジャー連隊隊是を実践することの意味を教えてくれた。私に高高度降下・高高度開傘（HAHO）を体験させてくれ、この場面の描写を初期の段階でチェックしてくれたのはジェイソン・ベイリー退役上級曹長だ。ケルシー・スミス大佐は私のさまざまな空中描写の過剰な部分に手を入れてくれた。技術面の描写での誤りはすべて私の責任だが、正確な描写については各分野の優れた専門家たちの才能の賜物だ。

　軍事及びスパイ・スリラー作家として、私は自分が巨人たちの肩の上に立っていることを痛感している。このジャンルは優れた作家が綺羅星のごとくひしめいている。トム・クランシー、ダニエル・シルヴァ、ヴィンス・フリン、ブラッド・ソー、ネルソン・デミル、ブラッド・テイラー、そしてマーク・グリーニーらの作品に、私は多大な影響を受けている。このジャンルのレヴェルを非常に高いものに引き上げ、その過程で不可能なことも簡単なもののように見せてしまった諸先輩方に感謝する。

　最後に家族に感謝したい。三人の子どものウィルとフェイスとケリアは本作の出版という夢が苦労の末に実現にいたった舞台の最前列に坐っていた。三人の我慢強さと、ときには何時間も架空の世界に消えてしまう父親を許してくれたことに感謝。みんな愛してるよ。

末筆ながら妻のアンジェラに感謝する。彼女はこの旅路の出発点からつき添ってくれて、その信念は決して揺らぐことがなかった。最初の読者として常に励ましてくれ、そして何よりも重要なことに、ずっと私を信じつづけてくれた。ありがとう、ベイビー。きみがいなければ、本作も、そして私の人生のありとあらゆるいいことも、とにかく何も存在することはなかった。愛してる。

——ドン

訳者あとがき

ミリタリーサスペンス界の新進気鋭の作家ドン・ベントレーのデビュー作『シリア・サンクション』*Without Sanction* をお届けする。

アメリカ大統領選挙投票日の四日前というタイミングで、ＣＩＡの準軍事作戦チームがシリアにあるテロリストの化学兵器研究所を襲撃した。襲撃は失敗に終わり四名が死亡し、一名が正体不明の新型化学兵器の餌食になった。そしてまたこのタイミングで、その化学兵器を開発した科学者〈アインシュタイン〉が、情報を手にアメリカ側に寝返りたいと言ってきた。シリアで自分の資産（アセット）を死なせてしまった過去に苦しむ国防情報局（ＤＩＡ）の作戦要員（オペレーター）マット・ドレイクにアインシュタイン確保の命が下る。が、戦死したはずのＣＩＡオペレーターのなかのひとりが生きていて、テロリストに拘束されていることが判明する。ドレイクに、処刑される前にオペレーターを救出するというさらなる難題が課される。一方ホワイトハウスでは、史上初のヒスパニック系現職大統領の再選を目指す首席補佐官が、選挙結果を大きく左右しかねない投票日直前の面倒事を穏便に片付けようとし、囚われの身のオペレーターを見殺しにする策をめぐらす。シリアに潜入したドレイクだが、内戦で荒廃したこの国に跋扈するさまざまな武装勢力とアサド政権を支援するロシア軍だけでなく、母国の政府も相手にせざるを得なくなる。満身創痍となり絶体絶命のピンチに陥った彼は合衆国陸軍軍人、いや合衆国国民が絶対に使ってはならない手を使う。

シリア内戦という現在進行形の国際問題に、アメリカだけでなく世界の一大政治イヴェントである大統領選挙を絡めたプロットにまず拍手を送りたい。このふたつのホットな話題だけで興味を大いにそそられる。しかし本作の最大の魅力は、当然ながらわれらが主人公マット・ドレイクだ。彼は情報機関であるDIAのオペレーター、つまりはスパイなのだが、それ以上にかつて所属していたレインジャー連隊の精神を体現するコマンドーだ。〈倒れた戦友を敵の手に渡してはならない〉という連隊の隊是を愚直に守ろうとするドレイクは、捕らわれたCIAの〝戦友〟を自らの命を賭してまで助けようとする——こう書くと果てしなく格好いいヒーローのように見えてくるが、実際にはそうではない。そもそも敵地への潜入でまず大きくつまずき、その後も襲いくるさまざまな敵にいいようにやられて、そのたびに通常なら作戦中止になるほどの怪我を負う。それでもあるかなきかの活路を見いだして生き延び、最後の最後にとんでもない大博打を打つ。こんなにいいとこなしのヒーローがこれまでいただろうか。『ダイ・ハード』のジョン・マクレーン刑事も顔負けのツキのなさもドレイクの魅力（?）のひとつだ。苦境に立たされてもウィットに富んだジョークで強がるところは、別ジャンルのたとえで申し訳ないがルパン三世や宇宙海賊コブラを彷彿とさせる。八面六臂の活躍を見せる情報機関のオペレーターといえば、新しいところではマーク・グリーニーの〈グレイマン〉シリーズのコートランド・ジェントリーが有名だが、彼が冷徹な殺人マシーン（言い過ぎかもしれないが）なのに対して、ドレイクはあくまでひとりの人間であり続ける。祖国を愛し、相棒を兄弟のように愛し信頼し、妻をこれでもかというぐらいに愛し、イーグルスをはじめとしたアメリカンロックを愛し、信頼を裏切ってしまったことに悩み苦しみ、ほんのつかの間だけ一緒だった少年の死に怒り狂い、そして上官や相棒の言葉に涙する、わたしたちと何ら変わるところのないユタのしけた農場のせがれだ。生きるか死ぬかの戦地にありながらも彼を生身の人間たらしめているのは、やはり戦地に赴いた経験のある著者ベントレーの筆力のなせる業だ。このジャンルでは珍しく、主人公のパートが一人称視点で描かれているところも大きいかもしれない（グレイマンも前作『暗殺者の悔恨』ではジェントリー自らが語っているが）。

ドレイクに立ちはだかる〝悪役〟で、もうひとりの主人公でもあるピーター・レッドマン大統領首席補佐官にしても、動機こそ個人的なものだが至極真っ当な大望を愚直に実現させようとする、鋼の心を持つ政治家だ。頭脳明晰なピーターが策略をめぐらせて宿敵のCIA長官をやり込め、自身の大望の障害となるドレイクを窮地に陥れていくさまは、その理由がわかっているからどうも憎めない。むしろ爽快感すらおぼえる。結局のところこの物語は、冒頭の聖書の一説にあるように〈小の虫を殺して大の虫を助ける〉を是とするか非とするのかを問うているのだ。

脇を固めるキャラクターたちも曲者ぞろいだ。ドレイクが全幅の信頼を寄せる相棒のフロドは、もしかしたら彼のほうがスパイに向いているんじゃないかと思えるほど多芸多才で、ドレイクに負けず劣らずのへらず口を叩くナイスガイだ。大統領補佐官のピーターも美貌の策士ベヴァリー・キャッスルも、そして謎だらけの〝ミスター洗練〟も今後も登場が期待され、ドレイクにどんな試練を与えるのか愉しみでもある。

著者のドン・ベントレーは軍事畑を歩いてきた作家だ。合衆国陸軍の攻撃ヘリ〈アパッチ〉のパイロットを十年務め、アフガニスタンでの〈不朽の自由作戦〉に従事し、青銅星章などの勲章を授与された。除隊後はFBIの特別捜査官となり、ダラス支局のSWATチームに配属された。その後は特殊部隊用の最新機器を提供する各企業で勤務した。オハイオ州立大学で電気およびコンピューター工学を、そしてシートン・ヒル大学の美術学修[MF]

士課程で大衆小説の創作を学んだ。二〇二〇年に刊行された本作はマーク・グリーニーやリー・チャイルドといった先輩作家から称賛された。二〇二一年三月にはマット・ドレイクシリーズの第二作 *The Outside Man* を発表し、三作目の *Hostile Intent* も二〇二二年に控えている。どちらもドレイクのスパイとしての活躍が描かれている期待大の作品だ。本シリーズ以外にも、トム・クランシー亡きあとも書き継がれている〈ジャック・ライアン・ジュニア〉シリーズに二〇二一年の第八作 *Target Acquired* で加わっている。

最後に、本作にめぐり合わせてくれた早川書房の根本佳祐氏に感謝する。わたしの拙い翻訳原稿を根気よくすみずみまで読み、的確な指摘とアドヴァイスでブラッシュアップしていただいた若井孝太氏にも感謝する。本作が日の目を見たのはひとえに両氏のおかげだ。そしてわたしが昼となく夜となく繰り出す質問に懇切丁寧に答えてくれた、大切な相談相手で友人のW・ブリュースター氏にも感謝する。

二〇二一年十月

ピルグリム

〔1〕名前のない男たち
〔2〕ダーク・ウィンター
〔3〕遠くの敵

I am Pilgrim

テリー・ヘイズ
山中朝晶訳

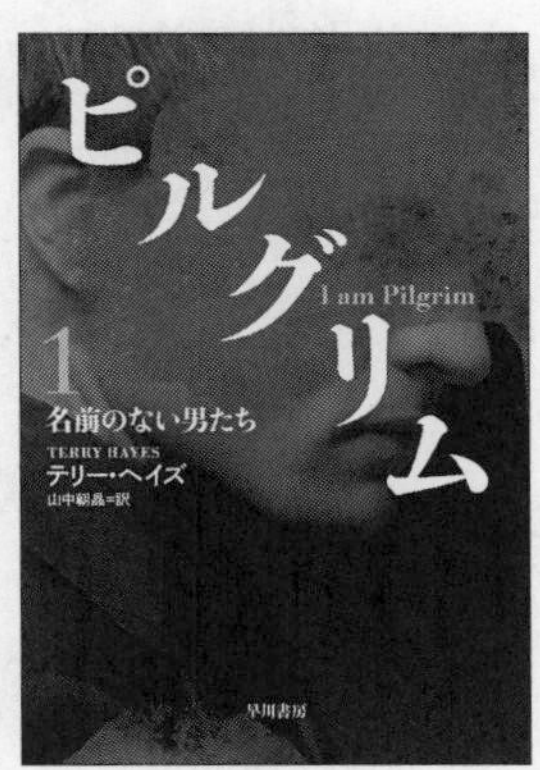

アメリカの諜報組織に属するすべての諜報員を監視する任務に就いていた男は、あの九月十一日を機に引退していた。だが〈サラセン〉と呼ばれるテロリストが伝説のスパイを闇の世界へと引き戻す。彼が立案したテロ計画が動きはじめた時アメリカは名前のない男に命運を託した。巨大なスケールで放つ超大作の開幕

訳者略歴　英米文学翻訳家　訳書『アウトロー・オーシャン』アービナ，『わたしはナチスに盗まれた子ども』エールハーフェン＆テイト　他多数

HM=Hayakawa Mystery
SF=Science Fiction
JA=Japanese Author
NV=Novel
NF=Nonfiction
FT=Fantasy

シリア・サンクション

〈NV1489〉

二〇二一年十一月二十日　印刷
二〇二一年十一月二十五日　発行
（定価はカバーに表示してあります）

著者　ドン・ベントレー
訳者　黒木章人（くろき ふみひと）
発行者　早川浩
発行所　株式会社　早川書房

郵便番号　一〇一 - 〇〇四六
東京都千代田区神田多町二ノ二
電話　〇三 - 三二五二 - 三一一一
振替　〇〇一六〇 - 三 - 四七七九九
https://www.hayakawa-online.co.jp

乱丁・落丁本は小社制作部宛お送り下さい。
送料小社負担にてお取りかえいたします。

印刷・中央精版印刷株式会社　製本・株式会社明光社
Printed and bound in Japan
ISBN978-4-15-041489-4 C0197

本書は活字が大きく読みやすい〈トールサイズ〉です。